KING

Título original: *The Moonlight Child*

© 2020, por Karen McQuestion. Publicado según acuerdo
  con Taryn Fagerness Agency y Sandra Bruna Agencia Literaria.
© 2023, de la traducción por Gemma Deza Guil
© 2024, de esta edición por Antonio Vallardi Editore S.u.r.l., Milán

Todos los derechos reservados

Primera edición en esta colección: octubre de 2024
Cuarta edición en esta colección: febrero de 2026

Newton Compton Editores es un sello de Antonio Vallardi Editore S.u.r.l.
Pl. Urquinaona, 11, 3.º 1.ª izq. Barcelona, 08010 (España)
www.newtoncomptoneditores.com

Gruppo editoriale Mauri Spagnol S.p.A.
www.maurispagnol.it

ISBN: 978-84-10080-90-4
Código IBIC: FA
DL: B 14.040-2024

Diseño de interiores:
David Pablo

Composición:
Gra ime Digital, S. L.

Impreso en febrero de 2026 en Puntoweb s.r.l., Ariccia (Roma), en Italia.

Karen McQuestion

La casa
al final de la calle

Traducción de Gemma Deza

Newton Compton Editores
Barcelona, 2024

Para Jessica Fogleman,
una correctora extraordinaria

Capítulo 1

Era el cumpleaños de Morgan. Habían pasado ya tres años, pero, en la mente de Wendy, su hija seguía siendo una joven de dieciocho, la edad que tenía cuando discutieron y se marchó de casa hecha una furia, con una mochila con sus trastos al hombro. Sus palabras de despedida fueron:

—Estoy harta de ti. ¡Por mí como si te pudres en el infierno!

Edwin había vaticinado que regresaría, pero el día que discutieron Wendy tuvo un mal presentimiento. Hacía meses que Morgan y ella no dejaban de reñir, sobre todo por el novio que se había echado Morgan, Keith, que era mucho mayor que ella, y por la nueva pandilla de amigos con la que iba, unos drogatas a juicio de Wendy. Morgan había sido una adolescente difícil, y su comportamiento había empeorado cuando había conocido a aquella gente, trabajando de camarera en un antro de mala muerte en el centro de la ciudad. Una adolescente de dieciocho años con un empleo en un garito nocturno era una ecuación infalible para tener problemas. Sus padres no habían encajado bien su anuncio de que había encontrado aquel trabajo. Wendy le había dicho que dudaba incluso de que fuera legal.

—Aún no tienes veintiún años —había señalado—. Se supone que ni siquiera deberías pisar ese lugar, y mucho menos trabajar ahí.

Y Morgan le había disparado a modo de respuesta:

—Con las propinas gano el triple que trabajando de dependienta en un comercio. Dijiste que, si no iba a la universidad, tenía que ganar lo suficiente para mantenerme. Y cuando voy y lo consigo, te dedicas a buscar peros.

Morgan sabía cómo dar la vuelta a las palabras de Wendy y convertirlas en armas arrojadizas, y su madre se desesperaba. Wendy era de naturaleza conciliadora, pero Morgan parecía dispuesta a discutir por todo.

Edwin le había recomendado a Wendy que no interviniera:

—Déjala que lo vea por sí misma. Se cansará. Se dará cuenta de que esa gente no va a hacer nada en la vida. La hemos criado bien. Ya volverá.

—Y si no se cansa, ¿qué? —preguntó Wendy—. ¿Y si no vuelve?

—Wendy, no podemos hacer mucho más. Es adulta. Cuanto más la presiones, más se rebotará. Si mantenemos la calma y no rompemos el contacto con ella, volverá cuando esté preparada para hacerlo. Créeme. Es solo una fase.

Estaba completamente en desacuerdo, pero había cedido, convencida de que Edwin era el más sensato e imparcial de los dos. Además, como profesor universitario, lidiaba con chavales de la edad de Morgan a diario. Podría decirse que era un experto tratando a jóvenes de dieciocho años. En su fuero interno, Wendy presentía que Edwin se equivocaba, pero parecía tan seguro que la hizo dudar. Con el tiempo se arrepentiría. Siempre se había guiado por su instinto maternal, y aquella vez no le hizo caso.

El alcohol y las drogas se habían convertido en los monstruos que dominaban a su hija. No podía demostrar que Morgan consumiera drogas, pero su instinto le decía que así era. La personalidad de Morgan había cambiado. Se había vuelto temperamental y había adelgazado, cosa que ella había atribuido al trabajo físico que desempeñaba. Para ilustrarlo, había marcado bíceps y le había dicho:

—Me he puesto así de cachas de tanto subir cajas de cerveza del sótano.

Lo dijo presumiendo, como si se sintiera orgullosa. Cuando su nueva mejor amiga, una tal Star, se había presentado en la puerta de casa preguntando por Morgan, Wendy pensó que parecía una drogadicta salida de un telefilme, con el pelo greñudo, los ojos inyectados en sangre y aquellos movimientos agitados. Había ido a pedirle que le prestara dinero, estaba claro, cosa que

Wendy había captado a pesar de los susurros intercambiados en el vestíbulo.

Y después de tantas riñas y de tanto padecer, Morgan se había esfumado sin más.

Al principio creyeron que se habría instalado en casa de algún amigo. Pero tras dos días desaparecida, Wendy decidió poner una denuncia. La policía se había mostrado comprensiva, pero no había ayudado mucho. Técnicamente, le habían señalado, Morgan no había desaparecido. Sus palabras de despedida habían sido un mensaje inequívoco de que se iba por voluntad propia. Aun así, los agentes habían sido amables. Habían interrogado a toda la gente sospechosa que frecuentaba el bar donde trabajaba Morgan. Habían preguntado por su novio, Keith, pero nadie parecía saber mucho de él, y mucho menos dónde estaba o cómo contactar con él. Para su más absoluto bochorno, Wendy se dio cuenta de que ni siquiera sabía cómo se apellidaba. Cuando le había preguntado a Morgan su nombre completo, su hija la había acusado de estar interrogándola, así que no había insistido. Y ahora se daba cuenta de que había sido un grave error.

La policía no tardó en llegar a un punto muerto, pero Wendy les agradeció que al menos lo hubieran intentado.

Para no perder la cordura dándole vueltas a aquel asunto, se había mantenido muy ocupada durante todo el primer año. Además de su empleo a jornada completa como contable en un bufete de abogados, había colgado carteles, había hecho llamadas telefónicas y había creado una página web. Había telefoneado al móvil de Morgan de manera constante hasta que dejó de saltar el contestador. La compañía telefónica le informó de que la cuenta se había dado de baja, pero no pudieron facilitarle ninguna información adicional. Cada mañana comprobaba si había comentarios en la página web, a pesar de que las pistas nunca habían conducido a nada concreto. El titular en la página web decía: «¿Has visto a nuestra hija, Morgan Duran?». Abajo, Wendy había publicado un *collage* de fotografías de Morgan y su descripción física: metro sesenta y ocho de altura, complexión esbelta, ojos pardos, cabello castaño oscuro y piel morena. Pero había dejado tantas cosas por decir sobre ella... Por eso Wendy había añadido: «Morgan, si lees esto, por favor, vuelve a casa. Te echamos muchísimo de menos».

Eran tantos los recuerdos. Desde muy pequeña, cuando sonreía, el mundo se iluminaba, y su risa era contagiosa. Su hermano mayor, Dylan, la adoraba..., seguía adorándola.

A medida que pasaba el tiempo, Edwin y Wendy solo hablaban sobre Morgan cuando estaban en la cama, porque la oscuridad hacía que a Wendy le resultara más fácil expresar su pena y sus preocupaciones. Y aunque él lo negase, Wendy tenía la impresión de que Edwin pensaba que Morgan estaba muerta. No lo había verbalizado de manera explícita, probablemente porque pronunciarlo en voz alta los desgarraría a ambos, pero Wendy había captado el mensaje. Lo que le dijo fue:

—Yo estoy tan devastado como tú, pero creo que deberíamos prepararnos para lo peor.

Ella no estaba dispuesta a prepararse para lo peor, pero aquel limbo, aquella incertidumbre era igual de dolorosa y la estaba carcomiendo por dentro. En los días ajetreados en el bufete, a veces no se acordaba de ella en horas, pero no había logrado pasar ni un solo día sin sucumbir a la agonía de saber que su hija se había ido.

Dylan había sugerido que los tres enviaran una ampolla con saliva tanto a 23andMe como a Ancestry.com para que tuvieran su ADN en archivo. Por si acaso. Y Wendy lo hizo, pero su «por si acaso» contemplaba que Morgan se encontrara en coma en un hospital en alguna parte y hubiera sido imposible identificarla, y cuando su ADN coincidiera y ellos acudieran corriendo a su lado, el sonido de la voz de su madre le devolvería la conciencia y se recuperaría por completo.

Transcurridos los dos primeros años, los amigos y parientes dejaron de preguntar, porque sabían que, de haber noticias, se las comunicarían. Esporádicamente se publicaba algún artículo o algún fragmento de vídeo en internet sobre una persona desaparecida, alguien que había reaparecido tras años de ausencia y se había reunido con su familia. Ninguna de aquellas noticias era agradable. Los protagonistas nunca eran víctimas de una amnesia. Ninguno de ellos había roto el contacto con sus familias a causa de un malentendido. Por lo general, les habían ocurrido cosas espantosas, cosas que Wendy no le desearía ni a su peor enemigo, pero, por algún motivo, la gente sentía la necesidad de reenviarle aquellas noticias, como si quisieran decirle: «¿Lo ves? Aún hay esperanza. Todavía puede pasar».

Wendy no contemplaba la opción de rendirse, así que seguía buscando en internet, comprobando si la policía tenía novedades y leyendo los comentarios de la página web con la esperanza de que sus esfuerzos condujeran a un final feliz.

Aquel día se había quedado en casa. Era el cumpleaños de Morgan y alguien tenía que celebrarlo, recordar el tiempo en que hubo una niña llamada Morgan, que empezó su andadura por la vida como una recién nacida preciosa, un bebé de 2,835 kilogramos de peso, la niñita más dulce que Wendy había visto nunca. Wendy recordó la infancia de Morgan, cuánto le gustaba disfrazarse de princesa, cómo perseguía a su hermano mayor por toda la casa como un patito y lo orgullosa que se había sentido de haber cursado toda la secundaria sin faltar ni un solo día a clase por estar enferma. Ni un solo día. Fue en el instituto donde empezaron los problemas: las insolencias y las escapadas a hurtadillas de casa, pero incluso entonces Wendy había logrado vislumbrar a su guapa, divertida e inteligente hija bajo todo ello. Era una fase, se había dicho, una fase que Wendy había rogado que pasara rápidamente. Mas pese a todo el dolor que había provocado Morgan, Wendy no la habría cambiado por nada en el mundo. Y así había sido hasta que, de manera inexplicable, el mundo se la había arrebatado.

Aquel día, tras comprobar la página web una vez más, Wendy se dirigió al armario de la despensa y sacó un paquete con dos magdalenas rellenas de nata y bañadas en chocolate. Las había comprado para la ocasión. Eran las favoritas de Morgan. Wendy colocó una magdalena en el centro de un platillo y le clavó una vela. Sacó la caja de cerillas del cajón de los trastos de la cocina y, con manos temblorosas, rascó el fósforo de una cerrilla contra la oscura tira lateral de la cajetilla. Acercó la llama a la vela y la prendió, luego apagó la cerilla de un soplido y la arrojó al fregadero.

Llevó la magdalena a la mesa, se sentó delante de ella y cantó con voz trémula:

–Cumpleaños feliz, cumpleaños feliz, te deseamos, Morgan, cumpleaños feliz.

Al soplar la vela, Wendy formuló un deseo.

Capítulo 2

Antes de aquella noche, Sharon no les había prestado demasiada atención. Aunque sus patios traseros colindaban, Sharon no conocía personalmente a la familia. Por la placa del buzón, sabía que se apellidaban Fleming. Alguna vez, cuando pasaban en coche por la calle, los había atisbado un instante: la mujer, una pelirroja esbelta con un corte de pelo corto y de apariencia cara; el marido, un empresario con expresión adusta; su hijo, un adolescente con sobrepeso y ceñudo, y un perrito ladrador. Buscando en Google había averiguado que los padres se llamaban Suzette y Matthew. Pero, por más que había buscado el nombre del hijo en internet, no lo había encontrado por ninguna parte, y pensó que mejor así.

A veces veía al adolescente paseando al perro, tirando de la correa, vestido con una sudadera ancha con capucha, con los hombros encorvados como si sobrellevara un peso enorme. Al señor y la señora Fleming los veía de pasada. En ocasiones divisaba a Matthew ocupándose del jardín, pero la mayoría de las veces los veía entrando o saliendo de casa, a Suzette haciendo marcha atrás en el camino de acceso a la vivienda para aparcar su Audi plateado o a su esposo sacando el maletín del maletero de su Toyota negro de tamaño mediano tras haber aparcado en el garaje contiguo.

Nada en ellos era fuera de lo común.

Una alta valla de madera en la parte posterior de la casa impedía verlos desde el otro lado. Sharon, soltera y jubilada, no tenía nada en común con ellos, pero era curiosa por naturaleza. En los últimos tiempos, sus interacciones consistían, sobre todo, en saludar amablemente con la mano a los vecinos, ir a comer o al cine con viejas amistades, acudir a misa los domingos y mantener frecuentes conversaciones telefónicas con su hija, Amy, que se había mudado a Boston.

Aquella noche tenía previsto ver el eclipse de superluna roja del que todo el mundo hablaba. Incluso la cajera del supermercado del barrio lo había mencionado, y había añadido que el cielo estaría despejado y en perfectas condiciones para contemplarlo.

A las once en punto, Sharon se calzó las botas y se puso los guantes y el abrigo de plumas, dispuesta a salir al exterior para disfrutar de una mejor vista. Se le antojaba un poco absurdo abrigarse de aquella manera para salir al porche de atrás, y además apenas unos minutos, pero no tenía alternativa. El enero en Wisconsin era inclemente; aquella noche, la temperatura rozaba los diez grados bajo cero. Mejor arroparse que arriesgarse a quedar congelado.

Una vez debidamente forrada, abrió la puerta corredera del patio posterior, salió y volvió a cerrarla para que el gato no se escapara. El cielo nocturno formaba una cúpula sobre ella y el aire frío dejaba a la vista las estrellas y una luminosa luna grande que colgaba como un melocotón maduro listo para la cosecha. La sombra del eclipse ya había empezado a cubrir el borde del satélite. La luz emitida viraba más a un rojizo anaranjado que al rojo sangre que habían prometido, pero no importaba. Realmente era espectacular. Contempló sobrecogida su asombrosa belleza.

Se quitó los guantes para sacarse el teléfono del bolsillo. Cuando tuvo la luna centrada en el encuadre, amplió la imagen y accionó el botón. La fotografía que obtuvo no hacía justicia a lo que veían sus ojos, pensó con pesar. Algunas cosas era mejor verlas al natural, no convertidas en píxeles.

Al bajar el móvil, una ventana iluminada en la casa de los vecinos captó la atención de Sharon. Había alguien en la cocina.

Entornó los ojos para ver mejor. Había una niña fregando los platos. Era una niña pequeña, de unos cinco o seis años. Costaba discernirlo de lejos, pero desde luego no era una adulta ni una adolescente. Por sus proporciones, intuyó que estaría subida a un taburete. Sharon estaba convencida de que los Fleming solo tenían un hijo, aquel muchacho adolescente. ¿Era posible que tuvieran una hija también y se le hubiera pasado por alto? Le parecía poco probable. Tal vez fuera una visita. Podía ser, pero ¿cómo podía una niña tan pequeña estar fregando los platos a las once de la noche?

Desde su porche posterior, Sharon sacó unas cuantas fotografías de la niña y luego descendió la escalera para cruzar el patio. La nieve polvorienta se levantaba con sus pisadas y el gélido aire le hizo ser consciente de cada respiración. Cerca de la valla había un parterre elevado, delimitado por traviesas de ferrocarril. Sharon saltó las traviesas y se puso de puntillas, sosteniendo el teléfono en alto hasta que apareció la ventana en la pantalla. Tras esperar a que la luz se ajustara automáticamente, tomó una fotografía.

Mientras miraba, otra persona apareció en la ventana: era la dueña de la casa. Suzette se inclinó sobre la niña con aparente poca amabilidad. Movía los labios alterada y la niña se encogió y se apartó de ella. Contuvo la respiración al ver que la señora Fleming agarraba a la niña por el brazo y le señalaba algo en el interior de la casa que quedaba oculto a Sharon. Un segundo después, las dos desaparecieron de su vista.

«¿Qué ha sido eso? Qué raro…».

Sharon volvió a entrar en casa, se desabrigó y se acomodó en el sofá a mirar las fotografías que había sacado. Tal como le había parecido, la luna no resultaba ni de lejos tan impresionante en la fotografía. En la imagen que había tomado desde el porche, la niña apenas era una silueta. Una mancha con forma de persona. La fotografía que había tomado desde la valla era mejor, pero seguía sin ser buena. La falta de nitidez probablemente fuera un error suyo, pensó. Aunque se había esforzado por ponerse al día con la tecnología, en muchos aspectos iba rezagada. «No es tan difícil, mamá. Te complicas demasiado», le había repetido Amy un sinfín de veces.

Para ella era fácil decirlo. Había crecido rodeada de tecnología y había aprendido a medida que esta evolucionaba. Sharon no contaba con esa ventaja. Seguía recordando cuando los hornos microondas habían irrumpido en el panorama y todo el mundo se había quedado estupefacto al comprobar lo rápido que se asaba una patata. En realidad, no era una patata al horno, sino una patata al microondas, pero eso era lo de menos. Cocinar una patata en tan poco tiempo era poco menos que un milagro. Más o menos en aquella época, la idea de grabar en vídeo un programa para verlo cuando se tenía tiempo libre era una novedad. En cambio, ahora era una idea anticuada. Ahora que internet había hecho posible la transmisión en línea, la idea de grabar en vídeo había quedado tan desfasada como un látigo.

Uno de aquellos días intentaría entender cómo ver la televisión por internet. Sonaba muy práctico poder escoger películas y programas y verlos cuando se le antojara. Era como tener una gramola en casa, pero, en lugar de música, podía elegir qué ver en cada momento.

Podría haber enumerado un centenar de cosas por el estilo, tecnologías milagrosas y aparatos que no existían cuando era joven y que ahora estaban tan integrados en el paisaje que nadie parecía prestarles demasiada atención.

La vida cambiaba muy rápido últimamente. A veces costaba seguirle el ritmo.

Más tarde, estando ya en la cama, volvió a pensar en aquella niñita. Tenía que haber alguna explicación sensata, o al menos plausible, para que una niña estuviera fregando los platos en la cocina de los Fleming a las once de la noche. Tenía que haberla. Darle vueltas y más vueltas era una pérdida de tiempo. Estaba claro que Sharon había visto demasiados programas de crímenes y había leído demasiadas novelas de suspense. Aun así, al parecer su mente se negaba a olvidarlo. Suspiró y se hizo una promesa, llegó a un compromiso consigo misma para calmar sus inquietudes. Si era capaz de imaginar una situación razonable, lo olvidaría todo. Su mente barajó múltiples ideas hasta quedarse con una. Quizá, pensó, la niña fuera una pariente que estaba de visita. Y quizá, solo quizá, se había levantado de la cama para ir a beber un vaso de agua y se había entretenido jugando en el fregadero. La señora

Fleming había aparecido y se había irritado al verla jugar con el agua cuando debería estar durmiendo.

Visto así, tenía sentido. Tenía que haber ocurrido algo por el estilo. Algo más calmada, Sharon se quedó dormida.

Capítulo 3

Sharon tenía previsto explicarle a su hija lo de aquella niñita de la ventana la próxima vez que hablaran. Pensó que lo mejor sería enviarle la imagen para que Amy la tuviera como referencia. Pero Sharon no llegaría a hacerlo si Amy no le iba explicando los pasos, y sabía que eso desencadenaría una trifulca. A Sharon la acobardaba pedirle ayuda. Amy tenía razón al impacientarse por tener que explicárselo por enésima vez, y Sharon no podía evitar sentirse tonta. «No es tan difícil», le diría su hija.

Y Sharon tendría que admitir que era cierto. No era tan difícil. ¿Por qué no conseguía metérselo en la cabeza?

Estaba casi segura de que el icono que se utilizaba para compartir fotografías era aquella pequeña *V* con círculos en ambos extremos, la que le recordaba a *Star Trek* por algún motivo, pero le daba miedo utilizarla sin verificarlo antes.

–¿Tanto les costaba poner la palabra «Compartir»? –se había preguntado en voz alta la primera vez que habían hablado de ello–. Sería mucho más fácil.

–No, es más fácil así, y mejor –había contestado con rotundidad Amy, antes de proceder a explicarle por qué–. Porque así todo el mundo lo ve de un simple vistazo, tal como sabes de manera intuitiva cuál es el símbolo del botón para encender todos los electrodomésticos.

Sharon no tuvo el valor de confesarle a Amy que durante mucho tiempo, para recordar cuál era el botón de encendido, había tenido que pensar que parecía el contorno del pecho de una adolescente.

Amy era una mujer ambiciosa, una abogada especializada en derecho laboral. Su nuevo empleo en la Costa Este estaba relacionado con contratos para la industria naviera. A Sharon todo aquello le sonaba muy árido y poco interesante, pero a Amy se le daba de fábula el arte de la negociación y leer la letra pequeña. Y a juzgar por su salario, debía ser buena en su trabajo. Sharon se sentía orgullosa de ella, aunque no siempre la entendiera.

Antes de jubilarse, Sharon había imaginado sus años dorados como una oportunidad para pasar más tiempo con su hija, pero, cuando Amy se marchó, revisó su sueño y llegó a la conclusión de que sería una oportunidad para apuntarse a clases o hacer trabajo de voluntariado. Parecía una buena idea, pero al poco de dejar el mundo laboral, la había aparcado en cuanto había descubierto la felicidad de tener libertad de horarios. La verdadera felicidad era hacer lo que quería, cuando quería y sin tener que rendir cuentas ante nadie. A Sharon le gustaba su vida, aunque a veces se sintiera un poco sola.

No quería meterse en problemas con los vecinos, pero la niñita a la que había visto la noche anterior fue lo primero que le vino a la mente al despertarse. Tener la opinión de Amy sobre el asunto le iría bien.

Sin embargo, cuando Amy la telefoneó de manera inesperada aquella mañana, el tema de la niña misteriosa se le fue de la cabeza. Sharon, que estaba desayunando, dejó la cuchara sobre la mesa para responder.

Tras intercambiar los saludos de rigor, Amy fue directa al grano:

–Mamá, siento mucho pedirte esto, pero necesito un favor.

Sharon contuvo el aliento. Amy nunca pedía nada. Incluso de niña había desestimado su ayuda, decidida a averiguarlo todo por ella misma. Si le pedía un favor a su madre, la única explicación era que no había podido resolverlo sola.

–Claro, cariño. ¿Qué necesitas?

Escuchó la voz aliviada de Amy al otro lado del hilo.

–Sabía que podía contar contigo –dijo.

–Por supuesto. Lo que sea por ayudarte.

–Bueno, en realidad no se trata de ayudarme a mí exactamente –dijo Amy–. Es a Nikita.

—¿Nikita?

Sharon sintió una punzada en el estómago. Nikita Ramos era una niña de acogida con la que Amy había establecido una relación mientras trabajaba como voluntaria de abogada de oficio. En aquel entonces, Amy no le había contado demasiado sobre aquella muchacha, solo que había estado en una casa de acogida desde los doce años y que la vida para ella había sido una lucha incesante.

Sharon solo había visto a Nikita una vez, y eso había sido antes de que Amy se trasladara a Boston, cuando, por casualidad, se las había encontrado de compras en el centro comercial. Amy las había presentado y Sharon había notado que Nikita la repasaba de arriba abajo con una larga mirada. Por supuesto, Sharon había hecho exactamente lo mismo. Nikita le había parecido una de esas niñas duras, tanto por su lenguaje corporal como por su aspecto. Llevaba el pelo largo, teñido de color negro azabache con un mechón lila, vestía una camiseta también negra con una gran calavera en la pechera de uno de cuyos ojos sobresalía una serpiente. Parecía buscar que la estereotiparan como alguien con quien mejor no meterse en líos. Y, además, parecía ansiosa, como si necesitara fumarse un cigarrillo o algo peor. Nikita la había saludado y le había dicho que estaba encantada de conocerla, pero no la había mirado a los ojos ni una sola vez, algo que a Sharon le había resultado sospechoso.

—¿Qué pasa con Nikita? –preguntó.

—Necesita quedarse en algún sitio y, bueno, he pensado que tú vives sola y tienes la habitación vacía en el piso de arriba.

Amy tenía la costumbre de decir algo y dejarlo suspendido en el aire, a la espera de la reacción de la otra persona. Pero no era por reticencia, y Sharon lo sabía. Su hija podía ser pasmosamente atrevida cuando era necesario. Aquella pausa era una estrategia, una oportunidad para que Sharon sintonizara con la manera de pensar de Amy.

—¿Me estás diciendo que quieres que viva aquí? –le preguntó.

Se le agolparon las objeciones en el cerebro. Hacía siglos que no subía a la planta de arriba y no tenía ni idea de en qué condiciones estaba la habitación, por no hablar de lo que representaba convivir con una adolescente. Apenas había sabido criar a su propia hija, y eso que Amy había sido fácil. Una niña modélica, en todos los sentidos. Ni siquiera sabía lo que comían los adolescentes ahora. Y quién sabía con qué bagaje emocional cargaría esa cría después de haber vivido en casas de acogida. ¿Qué pasaría si Nikita causaba algún desperfecto en la casa o se ponía violenta? ¿Y si le hacía daño al gato? Sharon se estremeció solo de pensarlo. Había infinidad de razones para negarse, pero sabía que Amy no se lo pediría si no fuera importante. Y también sabía que no pondría deliberadamente a su propia madre en peligro.

Amy dijo:

—Será solo durante una temporada. Me ha llamado y sonaba desesperada. Me ha dicho que no podía quedarse donde está ni una noche más. Estaba frenética, dispuesta a marcharse ya, pero la he convencido de que se quedara hasta que se me ocurriera algo. Si te soy sincera, no tengo ni idea de qué sucede. No me lo ha querido decir, pero sí sé que necesita irse de allí ahora mismo.

—Un momento, un momento —dijo Sharon—. Que yo me aclare… Pensaba que Nikita era demasiado mayor para seguir en casas de acogida.

Estaba segura de ello. Recordaba que Amy se había encargado de ayudarla a encontrar un alojamiento después de graduarse en el instituto. Amy ya se había mudado a Boston por aquel entonces, pero había tomado un vuelo a Wisconsin para ocuparse de todo. Su hija tenía buen corazón.

—Sí, así es, y desde entonces ha vivido en varios sitios. Sé lo que te está pasando por la cabeza, mamá. Pensarás que tanto cambio solo puede ser señal de que es problemática.

Y eso era exactamente lo que pensaba Sharon, aunque se avergonzara de ello.

—Pero no es cierto. Nikita ha vivido un infierno. Lo único que necesita es una habitación y un poco de apoyo, alguien que esté de su parte, que la haga creer que es importante —Amy hablaba con voz firme—. Podría haber llamado a algún amigo, pero tú has sido la primera persona en quien he pensado. Creo que os podríais llevar bien.

–¿Cuánto tiempo se quedaría?

–¡Gracias, mamá, gracias! Eres la mejor. Sabía que me ayudarías. –La gratitud de Amy manó a borbotones por el teléfono, hablaba tan rápido que la pregunta de Sharon se perdió en el torbellino–. Te enviaré la dirección y el teléfono de Nikita por mensaje de texto. ¿Cuándo puedes ir a buscarla?

–Cuando sea –respondió Sharon, mirando su cuenco de cereales de avena a medio comer.

Se lo acabaría en un minuto. En cuanto al resto de sus planes, bueno, los platos sucios podían esperar, y la montaña de toallas que tenía por doblar también. Esa era la ventaja de estar jubilada y de vivir sola. Su tiempo era suyo y solo suyo. O al menos lo había sido hasta ahora.

–Voy a llamarla para decirle que vas de camino. Gracias otra vez, mamá. ¡Eres genial!

En aquel momento, Amy sonaba más como si tuviera catorce años que cuarenta, lo cual hizo sonreír a Sharon.

Después de despedirse, Sharon colgó el teléfono y deseó no estar cometiendo un grave error.

Capítulo 4

El GPS condujo a Sharon hasta un barrio decadente, una zona conocida por su alto índice de delincuencia. Había casas de todo tipo; algunas estaban bien mantenidas, prueba de ello eran sus jardines cuidados y sus caminos de acceso despejados de nieve, mientras que otras parecían abandonadas, con pintura desconchada en las fachadas y el terreno lleno de basura. Sharon negó con la cabeza. ¿Cómo podía alguien tener un frigorífico en el porche delantero o un coche sobre bloques de hormigón en el camino de acceso? Desde luego, cada cual vivía a su manera…

Cuando llegó a la dirección indicada, apagó el motor, se apeó del vehículo y recorrió el camino de entrada cubierto de nieve hasta la puerta. Llamó al timbre y escuchó voces en el interior, primero la de una mujer gritando muy enfadada algo que no atinó a entender, y luego la de un hombre respondiendo con voz igualmente altisonante. Pateó el suelo para limpiarse la nieve de las botas y esperó hasta que, finalmente, al cabo de un par de minutos, la puerta se entreabrió.

Una mujer con mala cara le preguntó a través de la rendija:

–¿Sí?

–He venido a recoger a Nikita.

La mujer se la quedó mirando con expresión inescrutable. «¡Maldita sea! Debería haberlo formulado como una pregunta». Se aclaró la garganta y volvió a intentarlo, esta vez con tono más decidido.

–He venido a buscar a Nikita. –Al no obtener respuesta, Sharon se preguntó si se habría equivocado de casa–. ¿Está aquí?

–Sí, está aquí –contestó la mujer con cara de malas pulgas, y le hizo un gesto invitándola a entrar.

La mujer dio media vuelta con brusquedad y se alejó dejando la puerta entreabierta.

Sharon entró y la observó desaparecer al final del pasillo. A la izquierda, una escalera conducía a la planta de arriba. A la derecha, en el salón, un hombre calvo que rozaba la cuarentena estaba sentado en una butaca reclinable gastada mirando algo en una tableta. Tenía puestos unos auriculares y no parecía haberse percatado de la presencia de Sharon.

—¿Nikita? —la llamó Sharon—. Soy Sharon Lemke, la madre de Amy. He venido a buscarte.

—¡Bajo en un minuto!

La voz llegó desde la planta de arriba y, un minuto después, Nikita apareció tirando de un maletón y con una mochila colgada del hombro. Llevaba puestos unos tejanos desgarrados y una sudadera muy holgada. La maleta debía de ser pesada, a juzgar por los golpes que daba en cada escalón. Nikita parecía distinta de aquel día en el centro comercial, más cansada y con marcadas ojeras. Ya no llevaba el mechón lila en el pelo.

La mujer regresó a toda prisa por el pasillo, con rostro enojado. Se detuvo a pocos pasos de chocar con Sharon. Por un instante, Sharon pensó que iba a pegarle, pero, en lugar de eso, descargó su cólera con Nikita.

—¿Así que ya está? ¿Te largas de aquí sin darnos ni un solo día de aviso? —preguntó cruzando los brazos.

Nikita no respondió; se limitó a mirar a Sharon.

—Vámonos —dijo, señalando la puerta con la cabeza.

—¿Y qué hay de tu trabajo? No vas a poder seguir trabajando ahí si te vas del barrio. ¿Cómo vas a ir a trabajar sin un coche? Me apuesto lo que quieras a que ni siquiera lo has pensado.

Nikita se encogió de hombros.

—Tampoco era ninguna maravilla de empleo. —Cargó con la maleta hacia la puerta—. Ya conseguiré otro.

Sharon sostuvo la puerta y Nikita levantó la maleta para cruzar el umbral.

A su espalda, la mujer dijo:

—¿Y te vas así, sin más? ¿Ya está? Te damos una habitación y te tratamos como si fueras de la familia. Sin el dinero que me pagas por el alquiler, este mes no voy a llegar a fin de mes. ¿Qué se supone que tengo que hacer yo ahora? Seguro que ni siquiera te importa, ¿verdad? Eres escoria, eso es lo que eres.

—¡Eh, basta ya! —la atajó Sharon, pero nadie pareció darse cuenta.

Nikita no volvió la vista atrás.

—No puedo quedarme.

La mujer soltó un rosario de blasfemias que las siguió de camino al coche. Sin decir palabra, Sharon abrió el maletero y Nikita metió dentro la maleta. Aún en silencio, subieron al vehículo. Mientras encendía el motor, Sharon volvió la vista hacia la casa y vio al hombre observándolas a través del ventanal de la fachada.

Habían recorrido ya unas cuantas manzanas cuando Sharon dijo al fin:

—Vaya, esa mujer era un encanto.

—Sí.

Nikita se remetió el cabello por detrás de la oreja y suspiró.

—¿Tienes hambre? Podemos hacer un alto en algún sitio y comer algo.

Nikita negó con la cabeza.

—No, gracias.

Cuando se encontraban más cerca de casa, Sharon volvió a hablar:

—Ya casi hemos llegado. Vivo al final de la siguiente manzana.

—Es un barrio bonito.

Nikita apoyó la mano en la ventanilla y miró hacia el exterior como una niña.

Las casas tenían un tamaño engañosamente modesto, teniendo en cuenta las vidas privilegiadas de la mayoría de sus inquilinos. Vacaciones en Hawái. Tutores para los niños. Segundas residencias en lagos en el norte para el verano. En términos económicos, Sharon era una excepción. Pero no le importaba.

—No te dejes impresionar —dijo—. Mi casa es una de las más pequeñas. De hecho, es la más pequeña. Con diferencia.

El agente inmobiliario le había dicho que, en su origen, había sido una casita de invitados de una finca aledaña, idea que a Sharon le había parecido divertida.

Sharon recordaba la reacción de su hija la primera vez que vio la nueva casa. Si habían podido costeársela, había sido solo porque Sharon había obtenido una indemnización por un accidente de tráfico que la había dejado malherida. Incluso después de haber soldado los huesos, la pierna y la cadera no habían vuelto a ser las mismas, pero los 60.000 dólares le habían pagado las sesiones de fisioterapia y le había quedado suficiente para dar la entrada de una vivienda. Entonces Amy cursaba su primer año de instituto y a Sharon le entusiasmó encontrar una casa dentro de su presupuesto en el barrio donde estaba la escuela de Amy. Se la enseñó emocionada a su hija una vez que los vendedores aceptaron su oferta, haciendo hincapié en que no sería necesario cambiar de colegio y en que, por primera vez, tendría su propio cuarto de baño. Sabía que la casa era diminuta y que estaba destartalada, pero no había anticipado la falta de entusiasmo de Amy. En un intento por darle un giro positivo a las cosas, Sharon había añadido:

—Ya sabes lo que dicen: ¡la peor casa de la manzana es la mejor inversión!

A lo que Amy había respondido:

—Ya, pero ¿tenías que comprar la peor casa de todo el estado?

Y Sharon había soltado una carcajada.

Aún se sonreía al recordarlo. La casa estaba hecha una ruina, pero había cumplido su función y Sharon no tenía previsto mudarse a corto plazo, sobre todo con todas las mejoras que le había ido haciendo a lo largo de los años: la reforma de los dos cuartos de baño y de la cocina, los nuevos apliques, la pintura de las paredes y el cambio de suelo en todas las habitaciones. Al ver fotos antiguas, costaba creer que se tratara del mismo lugar.

Se detuvo en el acceso al garaje y pulsó el botón para abrir la puerta. Aguardó mientras se levantaba.

—Nikita, quiero…

—Niki.

–¿Qué?

–Llámeme Niki, por favor. Amy es la única a quien permito que me llame Nikita.

–De acuerdo. –Era una petición fácil de cumplir. No le costaba nada llamarla Niki, si ella lo prefería, pero habría sido un gesto que Amy le comunicara ese pequeño detalle. Aparcó en el garaje y apagó el motor–. Como te decía, Niki, me gustaría que te sintieras como en casa. Y, por favor, tutéame. Hace mucho que vivo sola, así que, si necesitas algo, pídemelo. No estoy acostumbrada a convivir con nadie.

–No me quedaré mucho tiempo, si es adonde quiere ir a parar.

–No, no me refería a eso. –Pero Niki ya estaba abriendo la puerta, así que Sharon hizo lo mismo, se apeó del coche y abrió la portezuela del maletero–. En realidad, me refería justo a lo contrario.

Niki sacó la maleta.

–De acuerdo.

Sharon, sin dejar de hablar nerviosamente, empezó a avanzar por el camino hasta la puerta de casa. Aquella muchacha la inquietaba, le resultaba insondable. ¿Qué habría inducido a Amy a pensar que se podían llevar bien? Mientras recorrían la casa, le fue diciendo:

–Aquí están las perchas para colgar el abrigo y hay una alfombrilla para dejar las botas si entras con los pies mojados. –Se descalzó las botas y colgó su abrigo, pero Niki se limitó a asentir con la cabeza y no hizo ademán de quitarse la sudadera o los zapatos. Sharon retomó el recorrido, mientras decía–: Como puedes ver, aquí está la cocina. Y esa puerta da al lavadero. Utiliza la lavadora y la secadora cuando quieras. Y si necesitas que te ayude a ponerlas, avísame. Son bastante nuevas y muy tecnológicas. Yo tardé un montón de tiempo en aclararme sobre cómo usarlas –confesó–. Tuve que ver un tutorial en YouTube tres veces para que me quedara claro.

Durante todo aquel rato, Niki fue arrastrando su maleta y no se desprendió de su mochila. Miró a su alrededor como si buscara las salidas, como si se preparara para escapar en cualquier momento.

Después de atravesar el salón, Sharon señaló con un gesto a su gato anaranjado, que estaba tumbado, completamente extendido sobre el respaldo del sofá.

—Ese es Sarge. Es muy perezoso y es poco probable que te moleste.

Niki se inclinó para acariciarle la cabeza a Sarge y el gato le dio unos golpecitos de apreciación con el hocico en la palma de la mano.

—Qué dulce —dijo Niki, frotándole bajo la barbilla—. ¿Se llama Sarge?

—El diminutivo de Sargento Arrumacos.

—Perfecto —dijo Niki, haciendo un gesto de aprobación con la cabeza.

Continuaron. Sharon señaló hacia la entrada principal y rodeó toda la casa hasta llegar a su dormitorio, con un cuarto de baño adyacente. Atravesó la estancia y abrió la puerta para enseñarle el aseo.

Sharon tenía una rutina ensayada que solía interpretar cuando les mostraba la casa a sus invitados, una especie de disculpa por el tamaño de las habitaciones y, por mera costumbre, empezó a explicar:

—No es demasiado grande, pero como es solo para mí y…

Niki soltó su maleta por primera vez y echó un vistazo a la estancia, hechizada.

—Creo que es el cuarto de baño más bonito que he visto nunca.

Flexionó el cuerpo, doblándolo por la cintura para contemplar de cerca el suelo de azulejos hexagonales.

—¿De verdad?

Niki se enderezó y asintió con la cabeza.

—Es muy bonito. ¡Y solo para ti!

Pasó un dedo por las encimeras de granito y contempló las lámparas colgantes con forma de tulipán, unos apliques de anticuario que a Sharon le encantaban tanto por su aspecto como por la luz rosada que proyectaban.

—Qué suerte vivir aquí.

—Pues sí. Mucha gente de mi edad busca apartamentos con asistencia. Y supongo que ese tipo de viviendas tiene sus ventajas, pero yo prefiero quedarme aquí mientras pueda.

–Si yo tuviera esta casa, no me mudaría nunca.

Sharon sonrió.

–Me has leído el pensamiento.

Niki asintió con la cabeza y luego se volvió para mirarla.

–Si voy a dormir en el sofá, ¿dónde dejo mis cosas? ¿En el cuarto de la lavadora?

Sharon tardó un momento en entender a qué se refería.

–Ah, no, no vas a dormir en el sofá. Puedes instalarte en la antigua habitación de Amy, en la planta de arriba. Acompáñame. Te llevaré a verla.

Sharon tomó la delantera y abrió una puerta que daba acceso a una angosta escalera de madera. Antiguamente, la escalera conducía a un desván, pero los anteriores propietarios lo habían reconvertido en dos dormitorios y un cuarto de baño. El dormitorio más amplio había sido el de Amy; la otra habitación se utilizaba como trastero. La llamaban «el cuarto de los trastos». Sharon se lo contó mientras subían las escaleras. Cuando llegaron a la habitación de Amy, a Sharon le alivió comprobar que estaba ordenada y sin polvo, que la cama estaba hecha y no había trastos tirados por el suelo ni sobre la cajonera. Amy debió de dejarla ordenada la última vez que vino de visita.

–Ponte cómoda. La cajonera debería estar vacía.

Niki dejó la maleta junto a la cama y se dirigió hacia la ventana.

–Da al patio de atrás –le dijo Sharon, colocándose junto a ella y señalando–. Las vistas no son ninguna maravilla.

–¿Quién vive en esa casa? –preguntó Niki.

Desde aquella altura, veían directamente una de las estancias de la planta superior. Hacía mucho tiempo que Sharon no subía al dormitorio de su hija y se le había olvidado que la segunda planta tenía aquellas vistas.

–Los Fleming. Una pareja con un hijo adolescente y un perrito.

–¿Los conoces?

–No, no hemos coincidido nunca. Algunas veces los he visto al pasar en el coche por delante de su casa.

–Lo entiendo.

–Pero justo anoche me pareció ver algo raro.

Sharon no tenía previsto sacar el tema a colación, pero se le escaparon las palabras.

–¿Raro en qué sentido?

Se encogió de hombros.

–Tal vez no sea nada, pero anoche salí al patio de atrás hacia las once de la noche para contemplar el eclipse lunar. –Sharon hizo una pausa y, al ver que Niki no decía nada, continuó–: Vi a una niñita fregando los platos en la cocina. Era una niña muy pequeña, de unos cinco o seis años, ¿sabes? Me dio la sensación de que estaba subida a un taburete delante del fregadero. Me pareció raro porque los Fleming no tienen ninguna hija, al menos que yo sepa.

No supo interpretar la expresión de Niki. ¿Pensaría que era una vieja metomentodo que no tenía nada mejor que hacer que espiar a los vecinos?

–Pero, aunque tuvieran una hija, ¿por qué iba a estar fregando los platos a las once de la noche? –preguntó Niki, como si le leyera el pensamiento.

–Eso digo yo –replicó Sharon–. Se me ocurrió que quizá tuvieran invitados en casa, pero ¿por qué iba a estar esa niñita fregando los platos?

Niki asintió con la cabeza, sopesando sus palabras.

Sharon añadió:

–Y luego vi a la señora Fleming entrar en la cocina y, aunque todo pasó en una milésima de segundo, me pareció que estaba furiosa. Le pegó un tirón del brazo a la niñita y desaparecieron de la vista.

–A mí me suena a niña en acogida –aventuró Niki.

–No creo que tengan a una niña en acogida –respondió Sharon, cayendo en la cuenta de que apenas sabía nada de aquella familia.

–Podrían tenerla y que no lo supieras –le rebatió Niki–. Encaja perfectamente con lo que viste. Una niñita fregando los platos por la noche. Probablemente la hubieran castigado y encima se metió en más problemas por no hacerlo bien.

–No… –respondió Sharon, boquiabierta–. No puedo creer que alguien trate así a un niño.

Niki soltó una carcajada irónica.

–Pues créetelo. Pasa todo el tiempo.

–¿Pero tan pequeña? Parecía una cría muy pequeña.

–Pues claro. –Niki entornó los ojos–. Si yo te contara lo que me ha pasado…

Sharon escuchó las palabras de Amy resonando en su cabeza: «Nikita ha vivido un infierno. Lo único que necesita es una habitación y un poco de apoyo, alguien que esté de su parte, que la haga creer que es importante».

Era algo tan sencillo, no era pedir demasiado. No era pedir casi nada.

Sharon dijo:

–Saqué fotografías con el teléfono. ¿Te importaría echarles un vistazo y decirme qué opinas?

Sin esperar a su respuesta, sacó el teléfono y buscó la imagen más nítida.

Niki agarró el teléfono que le tendía Sharon. Se quedó mirando la pantalla un momento y luego deslizó el dedo para ver las otras imágenes, hasta acabar de nuevo en la que Sharon le había mostrado primero. Su rostro se tiñó de compasión.

–Pobrecilla. –Levantó los ojos y miró a Sharon–. Necesita que alguien la ayude.

–¿De verdad lo crees? –Escuchar a alguien poner palabras a sus pensamientos la desconcertó–. Yo pensé lo mismo, pero no sabía qué hacer. No he sido testigo de ningún maltrato, solo de un momento extraño. Y no conozco a la familia.

–Es una llamada difícil –opinó Niki.

–¿Crees que debería llamar a alguien?

–¿A los servicios de protección a la infancia, por ejemplo?

–Sí, algo así.

Niki torció la boca mientras pensaba y luego negó con la cabeza.

–No hay ningún maltrato que puedas demostrar. Y ni siquiera sabes quién es esa niña. Podría no ser nada.

–Pero no lo parece –apuntó Sharon.

–Sí, yo también lo creo.

–¿Y qué hacemos?

–Conocerlos y observar. Confía en mí: si pinta raro, probablemente haya gato encerrado. Cuando sepas algo más, cuando tengas información real, entonces podrás denunciarlos. Si te anticipas, les darás la oportunidad de encubrirlo.

Niki parecía hablar por experiencia propia, lo cual hizo que Sharon se preguntara una vez más qué le habría pasado en la vida.

–Buen consejo.

Sharon se asomó a la ventana, pero no había nadie a la vista ni nada que señalara la existencia de ningún problema en el hogar de los Fleming. Se sentía mejor después de haberlo compartido con Niki. Dos pares de ojos veían mejor que uno.

Capítulo 5

–¡Mia! Mia, ¿dónde estás?

Procedente de la puerta de casa, la voz de la señora atravesó la estancia como un puñal. Mia, que había vuelto a meterse a gatas en el hueco entre el sofá y la pared, salió a toda prisa. Hasta ahora nadie había descubierto su escondite, y quería que así siguiera siendo. Cuando el señor estaba de viaje y Jacob en su habitación o en la escuela, y cuando la señora había salido o estaba ocupada, el hueco de detrás del sofá se había convertido en su lugar para estar tranquila, sin que nadie la molestara. Tenía su habitación en el sótano, sí, pero no le permitían bajar hasta el final del día, con el pretexto de que desde allí no los oiría si la llamaban. A veces, cuando la veían parada, la familia se acordaba de que había algo que hacer, así que, si lograba estar un rato fuera de la vista de todo el mundo, al menos podía disfrutar de unos instantes de paz. A la señora no le gustaba que se sentara en los muebles, y sentarse en las escaleras todo el tiempo era cansado. Esconderse detrás del sofá resultaba útil, siempre que se mantuviera alerta. Tenía que acudir cuando la llamaban si no quería meterse en problemas.

Y si la señora descubría que se escondía allí, no se libraría de un buen castigo.

–Estoy aquí, señora.

Mia abandonó el salón y fue a recibirla al vestíbulo de entrada. Griswold, el fiel compañero canino de Mia, la siguió trotando. Mia agarró el bolso y las llaves de la señora, y se dio media vuelta para colocarlos en su sitio: las llaves en un gancho en la cocina y el bolso en el armario de la ropa blanca, un lugar donde la señora creía que a los ladrones nunca se les ocurriría mirar.

A su espalda, Mia escuchó los golpes secos de la señora quitándose los zapatos de tacón con una sacudida. Supo que su siguiente tarea sería recogerlos y guardarlos en el zapatero del vestidor de los señores. Pero primero tendría que examinarlos bien. Si las suelas estaban sucias, tendría que limpiarlas, y si tenían rozaduras, tendría que pulirlos. La señora era muy quisquillosa con sus cosas.

–¡Menudo día he tenido, Mia! –La voz de la señora sonaba cansada–. He tenido que esperar una hora en la consulta del médico y luego ni siquiera me ha escuchado. Y después de eso, he tenido que ir al tapicero a mirar unas muestras de tejido y ha sido una pesadilla, créeme. Había un tráfico espantoso y casi no llego a mi cita para hacerme la manicura. Y, para colmo, mi amiga ha llegado tarde al restaurante donde habíamos quedado para cenar. Estoy reventada. Créeme, no volveré a programar tantas actividades en un solo día nunca más. Qué afortunada eres de poder quedarte en casa todo el día.

Mia respondió desde la cocina:

–Sí, señora.

Se puso de puntillas para colgar las llaves del gancho. Se había sentido orgullosa la primera vez que se dio cuenta de que ya era lo bastante alta para hacerlo sin necesidad del taburete. Así fue como supo que había cambiado desde su llegada a casa de los Fleming hacía tres Navidades. Ahora ya podía mirarse al espejo, claro, pero no le gustaba su aspecto. La señora le había cortado el pelo muy corto, a lo Dora la Exploradora, según decía Jacob. Le encantaría tener el pelo más largo, pero, cada vez que le crecía un poco, la señora sacaba las tijeras y se lo cortaba.

No siempre lo había tenido así. Un día, la señora había perdido la paciencia cepillándoselo después de lavárselo y había dicho que el pelo largo de Mia era un engorro. Después de eso, habían empezado los cortes regulares. Ojalá tuviera fotografías para saber cómo era entonces y cuánto había cambiado en aquel tiempo, pero la señora había dejado clarísimo que estaba prohibido sacarle fotografías a Mia. En una ocasión, Jacob la había fotografiado con su teléfono móvil y le había añadido unas orejas y un hocico de conejito. Había quedado muy mona y divertida, pero Jacob le había advertido que no le dijera nada a su madre:

–Si lo haces, te arrepentirás.

A veces Jacob le decía que iba a machacarla o que le haría comer el suelo. Y aunque nunca hacía nada de eso, a veces, cuando la señora lo regañaba, Mia notaba un cambio en Jacob, una ira que bullía bajo la superficie. Con ella solía ser bueno; le daba algo de comer cuando su madre no estaba en casa a cambio de que Mia recogiera por él los excrementos que el perro dejaba por el patio. A Mia no le importaba. Griswold solía acercársele y la llevaba hasta allí, mostrándole con orgullo lo que debía recoger. ¡Era un perrito bobalicón!

Mia se dirigió a guardar el bolso de la señora en el armario de la ropa blanca, lo colocó junto a las toallas de mano y luego enderezó las toallas para que quedaran bien ordenadas. A continuación fue a recoger los zapatos de la señora. Le alivió ver que las suelas estaban limpias y que no había necesidad de pulirlos. Esa era una de las ventajas del invierno. Caminar por la nieve evitaba que las suelas de la señora se llenaran de polvo o de salpicaduras de barro.

En la cocina, la señora gritó:

–¡Mia, ven aquí ahora mismo!

Mia fue corriendo hacia la puerta, con un zapato en cada mano.

–Sí, señora.

Como de costumbre, Griswold fue trotando tras sus talones. Jacob solía decir que era la sombra de Mia.

–¿Has acabado la colada y has guardado las cosas en su sitio?

–Sí, señora.

–¿Y has limpiado el cuarto de baño del piso de arriba y has fregado el suelo de la cocina?

–Sí, señora.

–¿Has rellenado los dispensadores de jabón y has vaciado los cubos de la basura?

–Sí, señora.

Mia se enorgullecía de haberlo hecho todo, y además en un

tiempo récord, aunque a la señora le daba igual cuánto tardara en hacerlo.

—¿Dónde está Jacob?

La señora miró por encima de la cabeza de Mia esperando ver a su hijo doblando la esquina de un momento a otro. Pero era poco probable que eso ocurriera, sobre todo si Jacob sabía que su madre estaba en casa. En una ocasión, Mia lo había oído hablando por teléfono con un amigo y diciéndole que ojalá sus padres se divorciaran, y había dicho que, si eso ocurría, él se iría a vivir con su padre.

Mia señaló hacia arriba, indicando que Jacob estaba en su habitación. Jacob cursaba último año de secundaria. Cuando estaba en su dormitorio, sus padres siempre daban por sentado que estudiaba. Pero Mia sabía que no era así.

—¿Has preparado cena para los dos?

Mia asintió con la cabeza.

—Sí, señora.

Para deleite de Jacob, Mia había preparado *nuggets* de pollo, patatas fritas y compota de manzana. Y no se había limitado a servir aquel festín, sino que, además, la había dejado sentarse en la mesa del salón con él y ponerse tanto kétchup como quisiera. Y como se había pasado todo el rato mirando su teléfono móvil, ni siquiera se había dado cuenta de que Mia le había tirado unos pedacitos de pollo a Griswold. Ojalá cada noche cenaran así.

—Muy bien. Pues entonces te dejaré libre temprano. Guarda mis zapatos y puedes bajar a tu habitación.

—Sí, señora.

Intentando ocultar su alegría, Mia subió las escaleras y dejó con cuidado los zapatos en el zapatero del vestidor de la señora. Una vez abajo, pasó por delante de la cocina, donde la señora se estaba sirviendo una copa de vino.

—Buenas noches, Mia.

—Buenas noches, señora.

—Recuerda que mañana por la mañana puedes subir a desayunar, pero luego tendrás que regresar a tu habitación. Y no quiero verte ni oírte ni por asomo. –La señora volvió a tapar la botella con el corcho y abrió la puerta del frigorífico–. Viene el operario a instalar unas persianas nuevas en la cocina y necesito que estés callada como un ratón. ¿Entendido?

Mia afirmó con la cabeza. Las persianas habían estado bajadas desde que ella tenía memoria, bloqueando tanto la entrada del sol como que ella pudiera ver el patio trasero. Cuando se rompieron, cuando la pieza de arriba se salió del soporte, la señora la había culpado, pero no había sido culpa suya. El señor había salido en su defensa:

–Pero si la niña ni siquiera llega a la palanca. Es imposible que las haya roto ella.

El señor le guiñó un ojo, aunque Mia no acabó de entender por qué. Pensó que se estaban librando de algo, pero no sabía de qué. No tenía ni idea de qué había pasado con las persianas. Un día estaban en la ventana y al siguiente las vio sobre la encimera. Jacob, probablemente.

La señora se la quedó mirando por encima del borde de su copa de vino.

–El perro se queda aquí. En un minuto bajaré a arroparte.

–Sí, señora.

Mia alargó la mano para indicarle a Griswold que se quedara y bajó las escaleras, contenta con aquel vuelco de los acontecimientos. Tenía el resto de la noche para ella y parte de la mañana del día siguiente también. Al llegar al pie de la escalera, cruzó el sótano para dirigirse al rincón más alejado, hacia lo que Jacob llamaba su «compartimento secreto».

–Es superguay –le había dicho–. No conozco a nadie más que tenga una habitación secreta.

Y ella se sentía afortunada por eso.

Las paredes del sótano estaban revestidas de madera de color claro y los suelos parecían de madera noble, pero en realidad tenían una capa superficial de plástico ranurada. Cuando había llegado a vivir con los Fleming, la señora la había puesto a dormir en la habitación extra que había en el piso de arriba.

El problema había empezado cuando la señora se había dado cuenta de que necesitaban un lugar seguro donde dejarla cuando tenían visita. Al cabo de unos meses, a la señora se le había ocurrido una idea más ingeniosa. Había contratado a un hombre para construir una pared en la parte del fondo y, tras la pared, aquel hombre había hecho una habitación. La habitación de Mia. Una estantería con ruedas ocultaba la entrada, con todos los libros pegados en su sitio y un pequeño cerrojo en un lateral para fijar la puerta desde fuera. Si la estantería estaba en su sitio, daba la sensación de que la estancia acababa en esa pared. A nadie se le habría ocurrido pensar que la habitación de Mia estaba detrás.

Y lo que era aún mejor, el cuarto de baño estaba muy cerca. La habitación de Mia y el cuarto de baño dibujaban una L al final del sótano. Y como ella era la única que utilizaba aquel baño, sentía todo aquel espacio como propio.

Mia había escuchado a la señora hablando con el operario, contándole que tenía previsto usar aquella habitación para guardar algo de valor. «Algo de valor». Le había dado vueltas y más vueltas a esa expresión en su cabeza, contenta porque la consideraran algo de valor. Pero la idea se había evaporado cuando se lo había explicado a Jacob.

—No se refería a ti —le había dicho él—. Lo ha dicho por decir.

Jacob sabía cosas porque era casi un adulto, mientras que Mia aún era pequeña. Hacía poco le había preguntado a Jacob si ella no cumplía años como todo el mundo y él le había explicado que no celebraban su cumpleaños porque no sabían qué día había nacido.

—Creemos que tienes seis o siete años —le había dicho—. Si lo supiera seguro, te lo diría.

Cuando el albañil hubo concluido su trabajo, Mia se quedó con aquel cuarto, cuya construcción, según le gustaba recordar a la señora, había costado un riñón. Y todo lo habían hecho por ella. Tenía una cajonera, un catre y un viejo televisor que el señor le había regalado cuando la señora había comprado uno nuevo para su habitación. Se sintonizaban solo unos pocos canales y se veía muy mal, pero era mejor que nada. Mia lo ponía siempre a un volumen muy bajo para no darle a la señora ningún motivo para quitárselo. La televisión era su único vínculo con el mundo exterior y aprendía mucho viendo las noticias y los programas divulgativos. Había aprendido a leer viendo *Barrio Sésamo*, un secreto que nunca le había confesado a nadie. Cuando aprendió los sonidos de las letras, le resultó fácil leer las palabras de los libros que Jacob le había dado, libros de cuando era pequeño que ya no quería. Mia los tenía escondidos en uno de los cajones de la cajonera, porque no sabía si la señora le dejaría quedárselos.

Entró en el cuarto de baño, se lavó la cara y se cepilló los dientes deprisa para estar lista cuando la señora bajara a darle las buenas noches. Cuando escuchó los pasos de la señora en las escaleras, ya había desplazado la estantería lo máximo que podía, se había puesto el camisón, se había metido en la cama y se había tapado con las sábanas hasta la barbilla.

–¿Todo bien, Mia? –La voz de la señora le llegó desde el otro lado.

–Sí, señora.

–Muy bien.

La señora corrió la estantería hasta encajarla en el marco de la puerta y la habitación quedó a oscuras. Un segundo más tarde, el ruido del cerrojo le dio las buenas noches.

Capítulo 6

Cuando Niki bajó las escaleras la mañana siguiente, Sharon ya estaba sentada a la mesa de la cocina, ojeando el periódico con una taza de café en la mano. Acababa de desayunar una tostada con canela y pasas. Sharon la saludó con un asentimiento de cabeza.

–Buenos días.

–Buenos días.

Niki iba vestida con pantalones oscuros y una camisa abotonada de rayas. Calzaba unos zapatos planos negros. Su aspecto no era el de una empresaria, pero sin duda sí más conservador que el día anterior. Sorprendía ver lo menuda que era sin aquella holgada sudadera con capucha. Su figura delgada y su esbelta cintura serían el sueño de la mayoría de las mujeres. Pero esa no fue la única diferencia con el día anterior que apreció Sharon. Niki se había recogido el cabello en un moño y sus marcados pómulos, su piel perfecta y sus grandes ojos oscuros quedaban a la vista. La combinación era asombrosa.

–Estás guapísima –le dijo Sharon.

Cohibida, Niki se estiró la camisa por delante.

–He pensado en salir a buscar trabajo. Necesito encontrar un empleo lo antes posible.

–Eso suena bien. –Sharon señaló con la cabeza la tostadora–. Si te apetece una tostada de pan de canela y pasas, adelante.

–Gracias. Sí que me apetece.

Sharon pensó que se movían con diplomacia, procurando no molestarse la una a la otra. Después de que Niki se retirara a su dormitorio la víspera, Amy había telefoneado para comprobar cómo estaban encajando y había escuchado a su madre con suma atención antes de darle una serie de instrucciones. «No la atosigues. Explícale con claridad cuáles son tus expectativas. Hazla sentir a gusto, pero no la mimes. No le hagas demasiadas preguntas. Es probable que se largue si cree que no te apetece su compañía». Sharon tenía conflictos con aquella retahíla de instrucciones. Por un lado, estaba bien saberlo. Por el otro, le resultaba un poco insultante. Seguramente habría hecho todo lo que Amy le pedía sin necesidad de que se lo indicara. Pero supuso que nunca estaba de más recordarlo.

—Hay café en la cafetera y zumo de naranja en el frigorífico —dijo Sharon—. Los vasos y las tazas están en el armario de arriba, a la izquierda de la nevera.

Niki asintió con la cabeza, metió dos rebanadas de pan en la tostadora y se sirvió un poco de zumo mientras esperaba. Para cuando se sentó a la mesa, Sharon supuso que ya había pasado tiempo suficiente para volver a hablar.

—¿Así que vas a salir a buscar trabajo? —preguntó.

—Ese es el plan. Ya he llamado a mi viejo empleo y les he dicho que lo dejo porque me he trasladado y no tengo transporte.

—¿Se han enfadado?

Sharon tenía curiosidad. No había dejado un empleo de golpe en toda su vida. En ocasiones había estado tentada de hacerlo, pero siempre había dado dos semanas de preaviso y había acabado aguantando.

—Estoy segura de que se enfadarán. —Sonrió, dejando a la vista una dentadura blanca y ordenada—. He dejado un mensaje en el contestador.

«Ah, un mensaje en el contestador». Eso lo hacía mucho más fácil.

—Me habría encantado disponer de esa opción cuando tenía tu edad. Ahora muchas cosas son más fáciles.

—Sí.

Sharon tomó aire y activó mentalmente su modo empresaria. Si Niki iba a vivir allí, necesitaba saber lo que se esperaba de ella.

—Ayer caí en la cuenta de que no tuvimos oportunidad de hablar de verdad.

El rostro de Niki se ensombreció, probablemente anticipando que estaba a punto de recibir un sermón. Pero Sharon no tenía ni la más remota intención de hacer eso.

–Creo que deberíamos intercambiarnos nuestros números de teléfono y te daré unas llaves de la casa. Así podrás entrar y salir a tu antojo –dijo.

Niki pareció aliviada.

–Y ya que hablamos de eso, ¿cuánto tiempo tengo? ¿Y cuáles son las reglas?

Le dio un sorbo a su zumo de naranja, sin apartar los ojos de Sharon.

–¿Cuánto tiempo tienes para qué?

–Para quedarme aquí.

Sharon respiró hondo. Desde la llamada inicial de Amy, se había replanteado toda la situación. Cuando conoció a Niki en el centro comercial, le había parecido una muchacha dura e intimidante, el tipo de joven que no acepta nada de nadie y, en efecto, había algo en ella que respaldaba esa impresión. Al fin y al cabo, había decidido dejar su casa anterior pese a las objeciones de la mujer. Pero tenía que haber ocurrido algo, y Sharon apostaba a que tenía que ver con el hombre que había observado cómo Niki se marchaba de casa. Aun así, aunque habían pasado muy poco tiempo juntas, Sharon se había replanteado su postura inicial. Amy tenía razón. La muchacha había tenido una vida difícil y se merecía la oportunidad de enmendarla.

–Mientras nos llevemos bien, puedes quedarte el tiempo que necesites –respondió.

–El tiempo que necesite… –repitió Niki, como si le costara creérselo–. ¿Y cuáles son las reglas?

–Pues no se me ocurre ninguna así de repente –contestó Sharon, casi como si se disculpara–. Que seas una invitada considerada, supongo, que no dejes las toallas tiradas por el suelo, que limpies lo que ensucies, cosas de sentido común, ya sabes.

–¿Y a qué hora es el toque de queda? –preguntó Niki con el aire ensayado de alguien que ha pasado por la misma situación repetidas veces.

—Bueno, eres adulta, así que puedes organizarte tu propio horario, siempre y cuando no perturbes mi sueño. Si tienes previsto salir hasta tarde, dímelo con tiempo. Si oigo a alguien entrar a las tres de la madrugada, me gustaría saber que eres tú y no un ladrón que se está colando en casa.

Era el mismo acuerdo al que había llegado Sharon con Amy una vez había alcanzado la mayoría de edad.

Respondía más a la necesidad que a ninguna otra cosa. Amy había sido una buena niña, y Sharon no se sentía con fuerzas de permanecer despierta hasta las tantas solo para controlarla. Además, había veces en que llegar a casa tarde estaba justificado. Cuando estudiaba en la universidad y vivía en casa, a menudo salía del trabajo a las once de la noche. Y si, al acabar, iba con sus colegas a un restaurante que estuviera abierto toda la noche y se ponían a charlar y no llegaba a casa hasta las dos o las tres de la madrugada, no pasaba nada.

—¿Te parece bien?

—Claro.

Permanecieron sentadas unos minutos más, Niki comiendo y Sharon, boli en mano, rellenando el sudoku. Cuando Niki hubo acabado, recogió el plato de Sharon, lo puso sobre el suyo, aclaró los dos en el fregadero y los metió en el lavavajillas.

—¿Y cuánto va a cobrarme de alquiler? —preguntó como si tal cosa.

En lugar de responder a la pregunta, Sharon dijo:

—Amy me ha dicho que estás ahorrando para comprarte un coche y buscar un sitio donde vivir sola.

—Ese es el plan. Pero me está costando una eternidad. Cuando cumplí la edad en la que ya no podía estar en casas de acogida, me instalé en un apartamento compartido, pero no tuve que soltar un pastón de entrada. Simplemente me mudé; pagaba cada mes y podía ir tirando. —Atravesó la cocina y se sentó al otro lado de la mesa, frente a Sharon—. Si alquilo un apartamento sola, necesitaré tener mucho dinero para el pago inicial. No me importa compartir y desplazarme en autobús, pero, aun así, necesito tener ahorrado el alquiler del primer mes, o la mitad del alquiler si voy a compartir casa, además de la fianza y el dinero para comprar los muebles y para equipar la cocina. —Señaló hacia los armarios.

—Eso es mucho —observó Sharon en tono amable.

Se acordó de cuando era joven. ¿Cómo había logrado ella independizarse desde cero? Recordó que sus padres le habían vendido uno de sus coches viejos por una miseria. Prácticamente había sido un regalo. Y que los parientes que tenían muebles o menaje del hogar que ya no querían también habían contribuido con ello a su causa. El resto lo había comprado en tiendas de segunda mano y en comercios en liquidación. Los años siguientes había ido adquiriendo lo que iba necesitando y luego ya había comprado incluso artículos que no eran imprescindibles. Compras impulsivas. Con remordimiento, recordó la panificadora que solo había utilizado unas pocas veces y el exprimidor que se había prometido utilizar con frecuencia. Había conseguido deshacerse de la panificadora sin un ápice de culpa, pero, por algún motivo, era incapaz de desprenderse del exprimidor. Pensó que era cuestión de tiempo. Al volver la vista atrás, cayó en la cuenta de que se había pasado la primera mitad de su vida adquiriendo cosas y ahora estaba invirtiendo la segunda en desembarazarse de ellas.

Niki hizo un gesto de asentimiento con la cabeza.

—Tienes razón. Es mucho.

Sharon tomó una decisión.

—Mira, por ahora dejemos lo del alquiler. Puedes quedarte gratis. Ahora mismo eres mi invitada y, si eso cambia, te lo haré saber.

—Un momento. —Niki parecía confundida—. Tiene que cobrarme algo. No puedo vivir aquí sin pagar nada.

—Claro que puedes, si yo lo digo. Es mi casa y yo hago lo que quiero —respondió Sharon—. Mientras te esfuerces por alcanzar un objetivo, no tengo problema en que te instales aquí gratis. Si empiezas a gastarte el dinero en estupideces, como en el juego o en drogas, me lo replantearé.

Niki frunció el ceño.

—Yo no tomo drogas. ¿Es eso lo que piensas de mí?

Sharon se inclinó hacia delante, apoyando la palma en la mesa. Al otro lado de la ventana, tras la cabeza de Niki, vio un pajarillo marrón posarse en el comedero que tenía pegado con una ventosa al vidrio.

—No, Niki, no creo que tomes drogas, pero la verdad es que ni yo te conozco a ti ni tú me conoces a mí, así que solo lo estoy dejando claro. No quiero vivir con alguien que consume drogas o que bebe demasiado. No es nada personal, es solo mi forma de ser. ¿Y quién sabe? Tú tampoco me conoces a mí de nada. Podría ser una drogadicta. Lo único que sabemos seguro es que Amy nos ha avalado a las dos. Y yo creo que eso significa que ambas somos buenas personas.

Niki echó un vistazo a la estancia.

—Tú no eres ninguna drogadicta. Es imposible que seas una drogadicta.

—Pareces muy segura.

—Porque sabría detectarlo. —Sonaba convencida de lo que decía—. Tienes la mirada limpia y tu aspecto es saludable. Tu casa está ordenada y estás levantada y lista para afrontar el día que tienes por delante.

—Trato de mantenerme al día con las cosas. —Sharon sintió una leve punzada de orgullo—. Aun así, por lo que sabes, podría ser todo fachada. Podría tener una vida secreta.

—No. —Niki negó con la cabeza y, al hacerlo, sus pendientes de plata se balancearon—. Está claro que no eres ninguna drogadicta. He visto un montón de drogadictos. Me daría cuenta.

Capítulo 7

El centro comercial estaba a tres kilómetros y medio de casa de Sharon. Cuando Niki comentó que iría hasta allí andando, Sharon respondió:

—No digas tonterías. Hoy hace frío. Ya te acerco yo en coche.

Niki pareció abrumada mientras sopesaba ambas opciones. Al final dijo:

—¿Estás segura?

—Pues claro que estoy segura. No es ninguna molestia. Además, no tengo nada mejor que hacer.

Pronunciar aquellas palabras en voz alta la cogió por sorpresa. ¿De verdad no tenía nada mejor que hacer? Por un lado, los días de Sharon estaban llenos. Dependiendo de la estación del año, le encantaba pasar bastante rato al aire libre, ya fuera adecentando el jardín o quitando la nieve. Nunca se aburría. La biblioteca y el pequeño supermercado del barrio eran destinos frecuentes, y tenía el calendario repleto de citas: peluquería, dentista, revisiones médicas rutinarias, comidas con amigas, la iglesia el domingo… Tener la casa limpia y la colada hecha eran prioridades para ella, porque odiaba la suciedad y el desorden. Ocuparse de todas estas pequeñas cosas la mantenía siempre activa: agitar el comedero del gato para que pareciera estar lleno, limpiar las encimeras, quitarles el polvo a los pajarillos de cristal de adorno que tanto le gustaban a su madre… Procuraba no sentarse hasta después de cenar y, cuando lo hacía, era para leer un libro o ver el telediario, sus recompensas tras un día productivo. Pero, si era sincera consigo misma, ninguna de sus actividades era esencial. Todo ello carecía de relevancia en comparación con ayudar a una joven a labrarse su camino en el mundo.

Al entrar en el coche, le preguntó a Niki:

–¿Tienes carné de conducir?

Niki se cruzó el pecho con el cinturón de seguridad y lo fijó en el anclaje con un nítido sonido metálico.

–Sí. Amy me enseñó a conducir y luego me llevó a hacer el examen. Aprobé a la primera. –Se volvió para mirar a Sharon, sonriendo–. No he conducido mucho desde entonces porque no tengo coche, pero está bien tener el carné para usarlo como documento de identidad.

–Ya tendrás un coche… –le dijo Sharon–. Es cuestión de tiempo.

Mientras conducía a través de su comunidad, fue señalándole a Niki los lugares de interés: la biblioteca, la oficina de correos, la gasolinera…

Siguieron unas cuantas manzanas más y, al girar, Niki señaló hacia un edificio.

–¡El instituto de Amy!

–Así es.

Niki dio unos golpecitos en la ventanilla.

–Odiaba el instituto, no le gustaba ir a la sala de estudio y tomó clases en verano para poder graduarse un año antes.

–Pareces saber mucho sobre mi hija.

–Pasamos mucho tiempo juntas. –Una larga pausa–. También habla mucho de ti.

–Ah, ¿sí? –Sharon arqueó las cejas. Amy no le había hablado demasiado de Nikita, aludiendo a temas de confidencialidad, pero, al parecer, no había aplicado el mismo criterio en el sentido contrario–. Espero que solo cosas buenas.

–Solo cosas buenas –la tranquilizó Niki–. Ni una mala.

Sharon aparcó en el estacionamiento del centro comercial y repasó los comercios. Algunas *boutiques* de moda de lujo, una joyería, una floristería, una tienda de nutrición, una tienda de regalos y una escuela de kárate. En un extremo había una franquicia de la cadena de parafarmacias Walgreens.

–Walgreens podría ser un buen sitio por el que empezar –sugirió–. Cada vez que entro, hay alguien nuevo en la caja registradora.

Aparcó el coche en un espacio a media altura del centro comercial.

Niki negó con la cabeza.

–No. Demasiado corporativo. No quiero trabajar para la gran maquinaria. Además, probablemente me digan que les envíe la solicitud a través de internet.

–¿No es así como funcionan la mayoría de empresas hoy en día? Parece que todo se hace a través de internet.

–Sí, más o menos, pero he descubierto que en los pequeños comercios prefieren verte en persona primero, así que normalmente entro y me presento, y eso hace que mi solicitud destaque entre las demás. –Se desabrochó el cinturón y se volvió para mirar a Sharon–. ¿Seguro que no te importa esperar?

–En absoluto. Llevo el libro en el bolso. Tómate el tiempo que necesites.

Observó a Niki salir del coche, caminar hacia los escaparates y entrar con seguridad en la floristería.

Con la intención de apoyar al comercio local, Sharon había visitado la mayoría de aquellas tiendas al menos una vez, pero le daba la impresión de que iban dirigidas a una clientela con más poder adquisitivo del que ella había tenido en toda su vida. Sinceramente, no acertaba a entender cómo seguían funcionando aquellos comercios. Una vez se lo había preguntado a Amy y le había contestado:

–Pues hay varios métodos. Blanqueo de dinero. Venta de armas en el cuarto trastero. Mano de obra barata.

La lista de posibilidades, le había dicho a su madre, era infinita. La corrupción era creativa. Si Sharon no la hubiera conocido bien, habría pensado que Amy estaba de broma. Pero conocía a su hija; Amy tenía una visión pesimista del mundo, aunque ella desde luego no la describiría así. Su hija lo veía justo a la inversa. Pensaba que su madre contemplaba el mundo a través de un cristal de color rosa. «La visión de Sharon», lo había llamado en una ocasión. La ingenuidad de Sharon a la hora de ver el lado feo de las personas, había comentado Amy en otro momento, era encantadora. No lo dijo como un cumplido, pero al menos la había calificado de «encantadora».

Sharon sacó el libro del bolso, pero no empezó a leer, porque vio que la puerta de la floristería se abría. Niki salió y Sharon vio su expresión triste, como si le hubieran dado malas noticias. Sin embargo, eso no pareció amedrentarla. Con decisión, giró y entró en la tienda de regalos. No llevaba abrigo; Sharon se había dado cuenta de ello cuando estaban en casa, pero había preferido no preguntar. A juzgar por lo que había visto de las pertenencias de la muchacha, la única prenda exterior que tenía era una sudadera con capucha. A Sharon no le pareció buena idea sacar el tema a colación, sobre todo aquel día. Aún estaban habituándose la una a la otra, pero en algún momento habría que solucionar el asunto. Niki no podía seguir saliendo a la calle en pleno enero sin una chaqueta. Además de incómodo, era peligroso.

Niki no estuvo demasiado tiempo en la tienda de regalos Nancy's Fancy Gifts, lo cual no fue ninguna sorpresa. Sharon nunca habría dicho que fuera un lugar para ella, lleno de figuritas coleccionables, espejos con marco dorado y tapices murales decorativos. En el extremo inferior de la escala de precios había un surtido de postales de felicitación, pero incluso las postales valían como poco diez dólares. Sharon lo sabía porque, cuando el local había abierto, había entrado a echar un vistazo. Enseguida se había sentido incómoda, algo que la dependienta pareció detectar, porque empezó a rondarla como un moscardón, como si Sharon fuera una cría que pudiera romper algo en cualquier momento. No, no parecía el empleo indicado para Niki.

Segundos después de salir de la tienda, Niki entró con aire seguro en la siguiente. No se daba por vencida a la primera, de eso no cabía duda.

El sol entraba a través del parabrisas y la temperatura era agradable incluso con el motor apagado. Observó cómo Niki iba de tienda en tienda, hasta acabar en la de nutrición. Cuando llevaba allí dentro más de quince minutos, Sharon abrió el libro y empezó a leer.

Estaba tan absorta en la historia que se sobresaltó cuando finalmente Niki abrió la puerta y volvió a sentarse en su asiento.

–Siento haber tardado tanto –se disculpó, casi sin aliento, cerrando la puerta de un golpe–. Pero ¿quieres saber algo? –Su voz transmitía emoción.

Sharon alzó la mirada y vio los ojos de Niki iluminados de alegría.

–¿Qué?

–¡Que ya tengo trabajo! –Sostuvo en alto un polo de color azul con las palabras «Por una nutrición excepcional» bordadas en la parte izquierda–. En la tienda de nutrición. Me ha dicho que puedo empezar mañana mismo. Un nuevo empleado les ha dejado tirados y necesitan a alguien que se incorpore de inmediato.

–¡Felicidades! –exclamó Sharon, chocando con ella el puño. Agradeció internamente que Amy hubiera empezado con aquello de chocar los puños. Sharon seguía chocando los cinco, cosa que, según le había informado su hija, técnicamente no era incorrecta, pero ya no se hacía, salvo en el deporte–. Cuéntamelo todo.

De camino a casa, Niki le dio los detalles. La tienda no era una franquicia ni pertenecía a ninguna cadena, y llevaba abierta tres años.

–Los propietarios son un matrimonio. He hablado con el marido. Es un señor mayor muy agradable llamado Max. Conoceré a su mujer mañana. Solo tienen dos empleados a jornada partida y uno que trabaja treinta y cinco horas a la semana. Esa seré yo. Me encargaré del bar de zumos. Tienen un pequeño bar en la parte de atrás de la tienda, muy mono, en el que solo sirven zumos. Me ha dicho que recibiré algunas propinas, no demasiado, pero es un extra que siempre viene bien.

–El dinero en efectivo es lo mejor –opinó Sharon.

–Y que lo digas. –Niki sonrió de oreja a oreja, luego se llevó la mano al moño, se quitó la goma de pelo que lo sujetaba y dejó que le cayera la melena sobre los hombros–. No puedo creer que ya tenga un trabajo. Estaba un poco preocupada. No quería que pensaras que soy una vaga.

–No lo habría pensado. –A Sharon la conmovió que Niki diera tanta importancia a su opinión. Nuevamente, se dio cuenta de lo engañosa que había sido su primera impresión sobre aquella joven. Al entrar en el camino de acceso a la casa, le preguntó–: ¿A qué hora empiezas mañana?

–Abren a las nueve, pero me ha dicho que llegue media hora antes para darme una pequeña formación.

Sharon detuvo el coche a la espera de que se abriera la puerta del garaje.

–Entonces a las ocho y media. Ya te llevo yo.

–No hace falta, de verdad.

–Ya sé que no hace falta –le dijo Sharon–. Pero quiero hacerlo. Me hace sentir útil, así que, en realidad, eres tú la que me está haciendo el favor. Además, tengo que hacer unos recados en esa dirección, así que no es ninguna molestia.

–Muchas gracias, de verdad. –Bajó la voz y añadió–: Amy y tú sois lo mejor que me ha ocurrido en la vida.

Sharon escuchó la emoción subyacente a sus palabras y se conmovió. Que unos simples gestos amables fueran lo mejor que le había sucedido decía mucho sobre la vida de aquella muchacha. Era muy triste, pero Sharon se sintió afortunada de poder desempeñar un papel importante en la vida de otra persona. ¿Con qué frecuencia se presentaba esa oportunidad? No era habitual. O quizá ella no hubiera prestado atención.

Capítulo 8

La mañana siguiente, la señora descorrió temprano el cerrojo de la puerta de Mia, instándola a levantarse deprisa. Dio tres palmadas y dijo con voz clara:

–No hay tiempo que perder. Ese hombre vendrá pronto a instalar las persianas.

Mia sabía a qué se refería. Tenía que acabar sus tareas matinales con presteza y comer rápido y luego regresar a su dormitorio hasta que volvieran a avisarla.

«Con presteza» era una expresión que la señora utilizaba mucho. Otra de sus favoritas era «hasta nuevo aviso». En una ocasión, Jacob se la había repetido en tono de burla a la señora, imitando su voz mientras decía «hasta nuevo aviso», y ella le había dado un bofetón tan fuerte que se le había puesto la oreja roja. La bofetada había dejado asombrados tanto a Jacob como a Mia. Los golpes eran algo reservado a Mia; a Jacob le echaban sermones o lo castigaban. A veces, su madre le requisaba el móvil, pero eso era cuando se portaba realmente mal. Sin el teléfono, Jacob se amargaba y lo pagaba con Mia. La bofetada de aquel día no tenía precedentes. Luego había culpado a Mia diciéndole:

–Si hubieras hecho tus tareas a tiempo, mi madre no habría estado de tan mal humor.

Tenía razón, y Mia se había sentido fatal por ello. Había tantas cosas que dependían de su capacidad para hacer lo que la señora quería en el momento oportuno. La felicidad de todo el hogar dependía del humor del que estuviera la señora. Incluso parecía afectar a Griswold.

Aquella mañana Mia se vistió a toda prisa, se lavó la cara, se cepilló los dientes y subió a la planta principal. La recibió Griswold, que, emocionado, le restregó el hocico contra la pierna. La primera responsabilidad del día de Mia era rellenar el comedero de Griswold y darle agua fresca. Luego tendría que vaciar el lavaplatos, si era necesario, o cargarlo si los platos estaban en el fregadero. Aquella mañana evitó pasar por delante de la ventana porque dos noches antes la señora la había sacado de la cama para que fregara dos ollas grandes en el fregadero. Mia las había frotado con fuerza para que quedaran bien limpias, pero aun así se había metido en problemas. La verdad es que había sido error suyo, por no darse cuenta de que, sin las persianas, se la podía ver a través de la ventana. La señora había soltado un grito al ver a Mia con las manos en el agua jabonosa, frotando una olla. Mia se había asustado tanto al oír su grito que se le había escapado un poco de pipí.

—¡Apártate de la ventana, estúpida! Pero ¿ cómo se te ocurre? —La señora la había levantado del taburete con tanto ímpetu y la había zarandeado con tanta fuerza que los dientes le habían castañeteado y luego, enfadada, la había enviado a la cama. Después se había disculpado con ella diciéndole—: Lamento lo que ha pasado, Mia. Si no la fastidiaras siempre, no tendría que ser tan dura contigo.

Mia había asentido con la cabeza, sin mirarla a los ojos. La señora había continuado:

—Procura utilizar la cabeza por una vez en la vida. Estoy intentando enseñarte la manera correcta de hacer las cosas, pero no sirve de nada si no prestas atención.

Cuando la pausa se extendió lo suficiente como para requerir una respuesta, Mia había dicho:

—Lo siento.

La señora había hecho un gesto afirmativo con la cabeza.

—Esa es mi niña.

Oír aquellas palabras había consolado a Mia. En realidad, no formaba parte de la familia, pero les pertenecía. «Esa es mi niña».

Tras dar de comer al perro y vaciar el lavavajillas, se sirvió un bol de cereales, con cuidado de que la leche no salpicara. Comió en la encimera, mientras el resto de la familia lo hacía sentada alrededor de la mesa de la cocina. El señor le dio un último sorbito a su café y luego, en silencio, se puso en pie y cogió su teléfono y sus llaves. Lo oyó rebuscar entre los abrigos del armario del vestíbulo y luego apareció en la puerta con la chaqueta que solía llevar al trabajo y un par de guantes de piel en la mano.

—Yo ya me voy.

—Adiós. —La señora ni siquiera alzó la vista.

—Hasta luego, papá —dijo Jacob.

El señor respondió:

—Que tengas un buen día, hijo. Y tú también, Mia.

A Mia la reconfortaba cuando la incluía con frases como aquella. Se acabó los cereales con una sonrisa.

Tras recoger la cocina y obtener permiso para regresar a su habitación, Mia bajó al sótano, esta vez acompañada de Griswold. Normalmente no dejaban entrar al perro en su cuarto, pero la señora había hecho una excepción aquella mañana.

—Si no, estará todo el rato por en medio mientras hacen la instalación —había dicho.

Mia tiró de la estantería para encerrarse en su habitación, luego se acomodó en su catre y dio unas palmaditas en el hueco que quedaba a su lado. Griswold subió de un salto y se acurrucó perfectamente a lo largo de su cuerpo. Era tan calentito y suave… Le acarició el pelaje y le rascó la parte de atrás de las orejas.

—Eres el perrito más dulce y más bonito del mundo —le susurró.

Griswold gruñó suavemente mientras su cola repiqueteaba en el colchón.

Mia era la persona favorita de Griswold de entre toda la familia. Jacob decía que era porque era ella quien lo alimentaba, pero Mia tenía otra teoría. Creía que era porque solo advertían su presencia cuando hacían algo mal.

Aquel estaba siendo uno de los mejores días de su vida, tan solo por detrás del día en el que el señor había insistido en que los acompañara a pasar un día en la feria estatal, hacía dos veranos. La señora había protestado, pero el señor había sido categórico.

–¿Es que no puede divertirse un poco, Suzette? Si nos encontramos a algún conocido podemos decir que es nuestra sobrina y que ha venido a pasar la semana.

La señora había contestado en tono de burla:

–¿Nuestra sobrina? ¡Pero si no se parece en nada a nosotros? Además, seguro que preguntarán de quién es hija. ¿Y qué les digo entonces? –Cruzó los brazos y alzó la barbilla en gesto desafiante–. Todos mis amigos saben que solo tengo un hermano y que no tiene hijos. Y tu hermana es demasiado vieja para tener una niña de esta edad.

–De acuerdo –había replicado el señor impaciente–. Pues diremos que es la hija de una prima, adoptada en Centroamérica. –Le hizo un guiño a Mia, que notó que el corazón se le desbocaba.

Mia se esforzó en reprimir una sonrisa.

Y así fue como pudo visitar la feria estatal. Tuvo que aguantarle el bolso de mano a la señora todo el rato, pero merecía la pena a cambio de contemplar todo aquello y escuchar todos aquellos sonidos. ¡Y de ver a tanta gente! Parejas de enamorados, familias con una mamá y un papá de verdad, padres que agarraban de la mano a sus hijos pequeños o que empujaban cochecitos. Un padre aupó a su hijo sobre los hombros mientras le decía:

–Así lo verás todo.

Mia lo observaba todo maravillada.

Era un día caluroso, pero no le importó. Tuvo ocasión de probar un bollo de crema y el queso frito. La expresión que puso al darle el primer bocado al bollo de crema había hecho que el señor riera encantado. También habían visitado algunos de los establos y Mia había estallado de felicidad al ver a los animales de granja. Jacob se había quejado del olor apestoso, y, en silencio, ella le había dado la razón.

Pero aquella mañana libre, a solas ella y Griswold, también era agradable. Cuando escuchó las pisadas fuertes de las botas de trabajo en el piso de arriba, supo que el hombre que debía instalar las persianas nuevas había llegado y que su descanso acabaría pronto. Le llegaba la voz de la señora desde la planta superior, pero no discernía lo que decía. Reconocía su tono de voz enérgico y autoritario: la señora estaba dando instrucciones a aquel hombre y dejándole claro que no toleraría ningún error. La señora siempre exigía lo mejor de cada uno.

Mia enterró el rostro en el suave pelaje del perrito.

–Ay, Griswold, cuánto te quiero.

En respuesta, Griswold aulló y agitó la cola alegremente, y Mia supo que le estaba diciendo que él también la quería.

Capítulo 9

Niki se despertó temprano para encarar su primer día de trabajo en Nutrición Excepcional. Hizo una plácida transición del sueño a la vigilia, sintiéndose como si flotara sobre una nube. Se quedó tumbada en la cama un ratito, observando el rayo de luz que se filtraba a través de la ranura entre las cortinas y recordando dónde estaba y cómo había llegado hasta allí. Estaba en la que había sido la habitación de Amy. Amy había dormido en aquella misma cama, en aquella casa donde vivía con su madre. Y ahora era Niki quien estaba allí, ocupando su mismo espacio, conviviendo con la misma mujer. Tenía la ligera sensación de haber salido de su vida y haberse colado en la antigua vida de Amy. La idea la hizo sonreír.

Cuando le asignaron a Amy como abogada, era la tercera que se hacía cargo de su caso. La primera había tenido que dejarlo porque había tenido un hijo. Y la segunda se había largado con una reverencia porque le habían ofrecido un ascenso en el trabajo. Se llamaba Angie. Se había disculpado ante Niki, asegurándole que no podía seguir ocupándose de aquellos casos porque le requerían demasiado tiempo.

—No es por ti, de verdad —le había dicho.

Niki se había limitado a encogerse de hombros. La gente entraba y salía de su vida sin más. Había acabado por no esperar nada de nadie. El hecho de que se hubiera implicado durante un tiempo ya le parecía fenomenal, sobre todo teniendo en cuenta que se trataba de un trabajo voluntario y, además, ella no se había explayado dándole muestras de aprecio.

Aquellas dos primeras mujeres habían hecho un trabajo decente cuidando de ella, pero Amy las había superado con creces. Había llevado a Niki a comprar ropa y material escolar, había asistido a las tutorías con los profesores y la había defendido cuando la habían amenazado de expulsarla por un incidente ocurrido en el cuarto de baño del instituto. Un altercado que no había sido culpa suya. Un grupo de compañeras la habían acorralado contra la pared amenazándola con un par de tijeras. La habían cogido totalmente desprevenida. Niki no tenía ni idea de por qué la habían convertido en su diana. Para resumir, la cabecilla de aquella pandilla, una muchacha llamada True, había empezado a gritar que Niki tenía mucha jeta por atreverse a flirtear con su novio, un chaval llamado Jace. Cuando True la había amenazado con matarla, Niki se había defendido. Había hecho caso omiso de las tijeras que tenía presionadas contra el cuello, le había dado un puñetazo a True en el brazo y le había propinado una patada a otra chica. Cuando sus atacantes retrocedieron, se abrió camino a empellones entre ellas y consiguió salir por la puerta y refugiarse entre la multitud que había en el pasillo. Al llegar a su siguiente clase, se había jurado a sí misma no volver a pisar el cuarto de baño de la escuela y no volver a dirigirle la palabra a Jace nunca más, ni siquiera para saludarlo. En su mente, lo peor ya había pasado. Pero a la mañana siguiente la mandaron al despacho de la subdirectora y le dijeron que estaba expulsada. Intentó explicar lo ocurrido, pero la señorita Marzetti se negó a escucharla y la reprendió como si todo hubiera sido culpa suya.

—No sé cómo funcionaban las otras escuelas en las que has estado, pero en Central High tenemos una política de tolerancia cero hacia los abusos —le dijo, subiéndose las gafas por el puente de la nariz—. No pasamos ni una.

—Fueron ellas quienes empezaron. Me arrinconaron en el cuarto de baño y me pusieron unas tijeras en la garganta —alegó Niki—. Amenazaron con matarme.

La señorita Marzetti continuó hablando como si oyera llover. Enfadada, la subdirectora le había dicho que una de sus compañeras tenía un morado del tamaño de una pelota de tenis en el brazo y otra un corte en la mejilla.

–Les has hecho heridas graves –añadió indignada.

–Yo no les hice nada. Fueron ellas quienes me atacaron a mí. Amenazaron con matarme, por si no lo ha oído.

Sus palabras quedaron suspendidas en el aire. La señorita Marzetti le indicó que se dirigiera a su taquilla y recogiera sus cosas. Telefonearían a sus padres de acogida para que vinieran a buscarla. Podía esperar sentada en la entrada a que llegaran.

Niki reprimió las lágrimas de frustración mientras salía del despacho. ¡Menudo desastre! Sus padres de acogida trabajaban los dos a jornada completa. Ninguno de ellos podría acudir hasta acabar su turno. Se pasaría allí sentada horas y, cuando se presentaran a buscarla, estarían furiosos. Es posible que incluso solicitaran que la transfirieran a otra casa.

Llorando, Niki se dirigió a su taquilla, buscó a tientas su teléfono en la mochila y telefoneó a Amy al trabajo.

Apenas había pronunciado la palabra «expulsada» cuando Amy le dijo:

–Tranquila, Niki. Ahora mismo voy para allí.

Al ver entrar con decisión a su abogada por la puerta media hora más tarde, a Niki se le hinchió el corazón de gratitud. Y lo que era aún mejor, cuando le explicó lo ocurrido, Amy se había indignado. Al acabar de contárselo, Amy estaba furiosa.

La abogada se dirigió con aire resuelto al mostrador donde había sentadas dos secretarias tecleando en sus ordenadores.

–Disculpen –dijo cortando el silencio con su voz–. Necesito ver inmediatamente a la señorita Marzetti.

Intentaron darle evasivas, formulando frases que a Niki le sonaron a excusa barata. «La señorita Marzetti está ocupada. Debe solicitar una cita. Podría verla otro día». Amy se inclinó sobre el mostrador y dijo:

–No puede ser otro día. Necesito verla ahora mismo y no se hable más.

Su voz se había intensificado al final de la frase y había desconcertado a Niki, que nunca la había oído hablar así.

Las dos mujeres intercambiaron una mirada y Niki se preguntó si llamarían a seguridad. Pero, entonces, una de ellas descolgó el teléfono y le comentó algo a la señorita Marzetti entre susurros. Después, se puso en pie y le dijo a Amy:

–La señorita Marzetti tiene unos minutos libres. Puede recibirla ahora. –Señaló hacia el pasillo y, al ver que Niki también se ponía en pie para seguir a Amy, le dijo–: Tú no, querida. Es un asunto entre adultos.

Amy le hizo una seña a Niki para que la siguiera.

–Esto la incumbe. Tiene que estar presente.

El despacho de la señorita Marzetti parecía distinto con Amy presente. De manera que se presentó como la abogada especial de Niki, designada por los tribunales.

–Estoy aquí porque los derechos de Niki se han vulnerado.

–¿En qué sentido? –La señorita Marzetti frunció el ceño y juntó las manos por las yemas de los dedos.

–Tengo entendido que los estudiantes a su cargo tienen derecho a vivir en un entorno seguro y, cuando se les acusa de mala conducta, tienen derecho a hablar en su propia defensa. A Niki se la ha privado de esos dos derechos. Y al tratarse de una joven en acogida que ya ha sufrido suficiente a lo largo de su vida, me parece especialmente flagrante.

«Especialmente flagrante». A Niki le encantó la expresión y la archivó para utilizarla en el futuro.

La señorita Marzetti le dio la versión de los hechos de las otras chicas y concluyó diciendo que la escuela tenía una política de tolerancia cero hacia el acoso escolar.

–Aquí no toleramos la violencia y castigamos el acoso.

Amy le espetó:

–Me alegra saberlo, porque han acosado a Niki y esas chicas están mintiendo.

–Tienen lesiones.

–Que probablemente se hayan infligido ellas mismas.

–Y sus relatos concuerdan.

–Como no podría ser de otra manera. No conozco a esas muchachas, pero sí a Niki, y sé que no es una mentirosa. Yo me creo su versión de lo ocurrido. La han atacado y amenazado.

—Podemos darle una y mil vueltas a este asunto —dijo la señorita Marzetti—, pero me he pronunciado y ya he presentado la documentación. Mi decisión es firme.

Cualquier otra persona habría reculado o le habría rogado a la subdirectora que se lo replanteara. Pero Amy no.

—Pues tendrá que retirar la documentación —dijo—, porque esto es lo que va a suceder: no van a expulsar a Niki. Va a llamar usted a sus padres de acogida y les va a decir que todo ha sido un malentendido y que no se ha metido en ningún lío. Niki regresará al aula y no se le aplicará ningún otro castigo. Y si se produce algún otro altercado de estas características, espero una llamada telefónica por su parte de inmediato y quiero que se trate a Niki con la misma consideración con que usted trata a los alumnos a los que favorece.

La señorita Marzetti hizo amago de objetar.

—Espere un momento… —dijo indignada.

Amy se puso en pie y le habló desde aquella posición elevada, con una inclinación de los hombros hacia delante que dejaba clara su dominancia.

—No, espere un momento usted. Debería avergonzarse de sí misma por poner en el punto de mira a una cría en acogida que no tiene manera de defenderse. Le estoy dando la oportunidad de enmendar la situación. Y si es usted inteligente, la aprovechará.

Ambas se sostuvieron la mirada durante lo que probablemente fuera un minuto, aunque a Niki le pareció una eternidad. Al final, la señorita Marzetti suspiró y dijo:

—Niki, esta vez te voy a permitir librarte con solo un aviso. Telefonearé a tus padres de acogida para comunicárselo. Puedes volver a clase.

Cuando Niki se puso en pie para marcharse, la señorita Marzetti no pudo evitar apostillar:

—Los otros padres se están planteando llamar a un abogado.

Amy dijo:

—Pues yo soy abogada. Por favor, dígales que estaré encantada de reunirme con su representante legal.

En la recepción, Amy le había entregado a una de las secretarias su tarjeta de visita, así como una solicitud para que su número de teléfono figurara como el contacto principal de Niki en caso de emergencia.

Tumbada en la antigua habitación de Amy, Niki recordó aquel episodio y una sonrisa lenta se abrió paso en su rostro. Amy era genial, la persona más valiente que había conocido nunca, la mejor. Segura de sí misma y entusiasta. La madre de Amy, Sharon, no se parecía demasiado a ella, y eso le hizo preguntarse cómo sería su padre.

—No lo he visto nunca en mi vida —le había contestado Amy cuando Niki le había preguntado por él.

Le explicó que su madre se quedó embarazada de un hombre con el que solo mantuvo una aventura de una noche y decidió tener el bebé.

—Creo que me alegro de que lo hiciera —soltó Amy con una carcajada.

Su padre ni siquiera sabía que había tenido una hija, y Amy no parecía echar de menos su presencia ni preguntarse siquiera qué habría sido de él.

Costaba mirar a aquella mujer de sesenta y tantos años e imaginársela teniendo relaciones sexuales esporádicas y criando sola a una hija, pero de eso hacía ya toda una vida.

Niki no podía dejar de pensar en que aquel día, el primero en su nuevo empleo, era el principio de lo que podía ser una nueva vida. Como quería causar buena impresión, se puso sus mejores pantalones y el polo azul de Nutrición Excepcional y se recogió el cabello en un moño pulido antes de bajar a tomar un bocado. Después de desayunar, Sharon la llevó en coche hasta el centro comercial y, al dejarla frente a la tienda, le dijo:

—Llámame cuando acabes y vengo a recogerte.

Niki cogió su bolso del suelo del coche.

—Puedo volver andando. Para no ser tanta molestia, quiero decir.

Lo dijo como si nada y esperó la respuesta de Sharon sin levantar los ojos.

–No seas tonta. ¿Por qué vas a caminar por la aguanieve con este frío cuando puedo venir a recogerte en cinco minutos?

Sharon y ella apenas empezaban a conocerse. Amy le había dicho que su madre era buena y de trato fácil, pero la vida le había enseñado a Niki que todo el mundo tenía capas y que, a veces, bajo la belleza podía esconderse algo muy feo y cruel. Obviamente, Amy conocía a Sharon de toda la vida, de manera que probablemente estuviera familiarizada con todas las facetas de su personalidad, aunque la gente solía comportarse de manera distinta con su familia. Niki lo había aprendido siendo aún una niña, en las casas de acogida donde había estado. Incluso las mejores familias, las que la querían de verdad, eran incapaces de no favorecer a sus hijos de sangre cuando surgía un conflicto. Con todo, en esta ocasión la situación era distinta. Sharon la estaba dejando alojarse en su casa por hacerle un favor a Amy. No cobraba por hacerlo y no parecía tener demasiadas expectativas puestas en Niki. Una estancia con final abierto como invitada. Sonaba demasiado bueno para ser verdad, algo que la hacía sentir agradecida a la par que recelosa. Lo bueno dura poco.

Al menos no tenía que preocuparse por que un viejo asqueroso la manoseara mientras dormía.

Haber conseguido un empleo tan rápido parecía una buena señal. Estaba empezando de cero. Decidió que las cosas podían cambiar a partir de ahora. Llamó con los nudillos a la puerta de vidrio y se presentó a la mujer que le abrió:

–Hola, soy Niki. Max me contrató ayer.

La mujer, una rubia alta con el pelo encrespado, frunció el ceño. Su maquillaje se antojaba duro y chabacano bajo las intensas luces de la tienda. Se aclaró la garganta.

–Sí. Te contrató mientras yo no estaba. –Sus palabras quedaron suspendidas en el aire durante un momento incómodo y luego asintió con la cabeza–. Soy la esposa de Max, Dawn.

Niki tenía un don para captar el humor de las personas. Lo

llamaba «tomar la temperatura de la estancia». Por el lenguaje corporal de Dawn y su tono de voz, Niki dedujo que Dawn no la quería allí. Mentalmente, se encogió de hombros. Quizá Max no tuviera su aprobación, o quizá no pudieran costearse tener otra empleada. En cualquier caso, ni se planteaba tirar la toalla antes incluso de empezar. Estaba allí y estaba dispuesta a trabajar.

–Max me dijo que usted era la encargada y quien me formaría.

Aquello pareció suavizar las cosas. Dawn respondió:

–¿Has trabajado alguna vez en nutrición?

–No, pero me gusta aprender y le prometo que trabajaré duro. No tardará en descubrir que me pongo al día rápido.

Niki lo dijo con convicción, pero parecían frases sacadas de un guion de teatro. Era cierto que trabajaba duro y que aprendía rápido, pero había sido Amy quien le había enseñado a decir cosas así. Amy le había dicho:

–Los empresarios necesitan sentirse seguros de que eres la persona adecuada para un empleo. Y les gusta cuando les dejas llevar la batuta.

«Dejarles llevar la batuta». Era una manera suave de decir que les gustaba mandar y que lo único que esperaban de sus empleados era obediencia ciega. Pero Niki estaba dispuesta a jugar también a ese juego. Era patético, pero qué más daba.

–¡Bien! –dijo Dawn–. Hay mucho que aprender aquí, ya lo verás, así que será mejor que prestes atención a todo lo que digo –hablaba con arrogancia, como si estuviera a punto de impartir unos conocimientos que harían temblar la Tierra–. Permíteme que te muestre la tienda.

No había mucho que mostrar. La tienda era una estancia grande, con el mostrador y la caja registradora a la derecha y estanterías con artículos a la venta a ambos lados. La barra donde se servían los zumos corría en paralelo a la pared del fondo, con unas pocas mesas de café apiñadas delante.

Niki siguió a la mujer, que abrió el frigorífico situado tras la barra de zumos, señaló las hortalizas y las nombró una por una.

–Tenemos nuestro apio, nuestras remolachas, nuestras zanahorias… –Y continuó señalando el jengibre, las manzanas, las espinacas, etcétera, etcétera, mientras Niki asentía con la cabeza.

Una vez que Dawn acabó de enumerar fatigosamente todo el contenido del frigorífico, se enderezó y le preguntó con un tono un poco cortante:

–¿No crees que deberías haber tomado nota?

«¿Tomar nota de los nombres de los productos?». Niki se abstuvo de decir lo que le vino a la cabeza. En lugar de ello, respondió:

–Sí, señora.

Y se excusó para ir a buscar la libreta y el bolígrafo que llevaba en el bolso. Una empleada obediente, eso es lo que sería, aunque ello implicara comportarse como si fuera tonta. Ese era el problema con aquellos empleos básicos. La gente daba por supuesto que, si fuera más lista, estaría haciendo algo que requiriese más agudeza mental. O, por lo menos, que estaría estudiando en la universidad. No tenían ni idea de que lo que ella hacía era sobrevivir. Estudiar no era una opción y, probablemente, nunca lo sería. Sobrevivir al día a día era su prioridad.

Mientras Dawn le iba explicando el funcionamiento de la tienda, Niki entendió que el trabajo no tendría demasiadas complicaciones. Lavar y cortar hortalizas no era difícil; y lavarse bien las manos y utilizar los guantes que le proporcionaban era cuestión de sentido común. Unas tarjetas laminadas detrás de la barra contenían las instrucciones para elaborar cada tipo de zumo. Niki no necesitaba que Dawn le demostrara cómo limpiar la barra, pero prestó mucha atención de todos modos. La caja registradora, que ella solo tocaría en caso de que Dawn y Max no estuvieran en la tienda, era muy similar a las que había utilizado en otros trabajos y no representaría ningún problema.

–Preferimos manejar todas las transacciones nosotros mismos –le dijo Dawn con cierta brusquedad–. Probablemente no tengas que utilizar demasiado la caja registradora, por no decir nada.

«En otras palabras: mantén las manos lejos de nuestro dinero».

–Sí, señora.

No le suponía ningún problema.

—Cuando no haya clientes en el bar, te tocará limpiar, ordenar y rellenar los estantes. Si todo está en orden, puedes documentarte leyendo sobre todos nuestros productos. Los clientes te harán preguntas y debes estar preparada para ayudarlos a escoger.

Dawn le señaló las estanterías que cubrían las paredes de la tienda, llenas de botes de plástico de vitaminas, suplementos y polvos diversos. Unas etiquetas sobre cada sección indicaban para qué servían: «¡Energía!», «¡Pérdida de peso!», «¡Salud del corazón!», «¡Vitaminas!», «¡Sustituto de comidas!» y «¡Suplementos para deportistas!».

Dawn le entregó dos hojas de papel grapadas.

—Este es el manual del empleado. Memoriza todo lo que pone y guarda mi número de teléfono en tu lista de contactos. Si alguna vez vas a llegar tarde, necesito saberlo de inmediato. Podemos darte un aviso por impuntualidad y despedirte en caso de ausencia injustificada. En Nutrición Excepcional, valoramos la responsabilidad.

Niki miró las hojas manoseadas que le había entregado y dijo:

—Lo entiendo. Soy una persona responsable, ya lo verá.

Dawn le entregó otra hoja con una floritura.

—Y este es el contrato como empleada de Nutrición Excepcional que tendrás que firmar. Dice que accedes a trabajar para nosotros un mínimo de tres meses. También recoge los motivos que nos dan derecho a despedirte. Y aquí tienes el formulario para la renta. Necesitaré que lo rellenes también.

Antes de que abriera la tienda, Niki ya había leído las páginas impresas y sabía lo que se esperaba de ella. No le llevó demasiado rato rellenar y firmar los otros documentos. Nada de aquello era tan complicado como Dawn parecía creer.

A lo largo del día, Dawn revoloteó a su alrededor mientras interactuaba con los clientes, observando con atención cómo introducía los productos en la licuadora y susurrándole instrucciones a cada paso. Era su tienda, y así se lo hizo saber. A Niki solo le quedaba esperar que, con el tiempo, Dawn confiara en que era capaz de hacer sola su trabajo.

Max llegó por la tarde, poco antes de la hora de marcharse de Niki. Entró por la puerta de atrás, lo cual sobresaltó a Niki, que estaba en el almacén cogiendo mercancía para rellenar los huecos en las estanterías, dejando una ráfaga de aire helado tras de sí. Tenía la cara roja por el frío. La saludó con la cabeza mientras se quitaba el gorro y los guantes, se sacudió para quitarse el abrigo y lo guardó todo en una taquilla que había a un lado.

–¿Qué tal te ha ido el primer día? –le preguntó.

–Bien, gracias –respondió Niki–. Estoy aprendiendo mucho.

Max afirmó con la cabeza, en ademán de aprobación.

–Me alegra saberlo.

Max la dejó allí y entró en la tienda. Lo escuchó saludar a su mujer y preguntarle con una voz atronadora:

–¿Qué tal lo ha hecho?

Era evidente que se refería a ella. Niki aguzó los oídos para escuchar la respuesta.

Dawn ni siquiera se esforzó por hablar en voz baja.

–Pues no es ninguna inútil, pero sigue de prueba.

–¡Te dije que funcionaría! –exclamó él con una alegría fingida.

Dawn suspiró hondo.

–Todavía no ha funcionado. Una metedura de pata y la pongo de patitas en la calle.

Capítulo 10

Niki se tomó como un triunfo el hecho de haber superado una semana en su empleo sin que la despidieran. Dawn no se había mostrado más amable con ella, pero a regañadientes sí que había admitido que trabajaba de manera aceptable. Max era más agradable, aunque solo cuando su mujer no estaba presente. Pero la falta de cordialidad del matrimonio no le importaba. No buscaba tener un club de fans, lo único que quería era trabajar. Necesitaba ganar dinero.

Dinero, dinero, dinero. Mucha gente tenía mucho más de lo que podrían gastar en toda una vida, tanto que ni siquiera sabían cuánto tenían. Le habría gustado que le enviaran un poco. Soñaba con que le tocara la lotería o con que algún pariente lejano le legara una casa o una inmensa fortuna. En los días en los que estaba verdaderamente desesperada, se habría conformado con que un billete de veinte dólares agitado por el viento aterrizara a sus pies.

Pero la única responsable de sus penurias era ella. Amy se había ofrecido a pagarle las clases de la universidad y a ayudarla a solicitar becas, pero Niki había rechazado con vehemencia ambas ofertas. Recordaba claramente haberle dicho a Amy:

–Gracias, pero no.

En aquel entonces, cursaba el primer trimestre de su último año de bachillerato y estaba mentalmente cansada, agotada, para ser más precisos. No quería ni oír hablar de seguir yendo a clase, tomar apuntes y memorizar datos aleatorios. Tenía la libertad al alcance de la mano y se moría de ganas de disfrutarla.

A los dieciocho años, Niki se había hartado de que otra gente le dijera lo que te tenía que hacer y le impusiera toques de queda.

Lo único que deseaba era salir al mundo, tener su propia casa y vivir la vida a su manera.

No había anticipado que fuera tan duro.

Al acabar el instituto, Niki había permanecido en su casa de acogida anterior durante unos meses, pagando alquiler. Su madre de acogida, una mujer con aspecto de abuela llamada Melinda, le había dicho que podía continuar viviendo allí, pero solo durante el verano, porque tenían previsto mudarse en otoño. En un principio, Niki se había preocupado al saber que tenía un plazo para marcharse, pero a finales de agosto había conocido a un grupo de chicas que alquilaban una casa y necesitaban una compañera de piso. Enseguida concretaron los detalles y al día siguiente salió por la puerta y se instaló en el apartamento de aquellas jóvenes. El lugar era una pocilga y tenía que compartir habitación, pero la inquilina de antes había dejado un colchón que podía utilizar, lo cual era una ventaja añadida. El alquiler era barato y nadie se preocupaba por ella ni por sus horarios. Entraba y salía a su antojo.

Al principio, sus compañeras de piso le habían parecido muy simpáticas. Le encantaba su camaradería, compartir comida y bebidas con ellas y charlar durante toda la noche. No se parecían en nada a las chicas que había conocido en el instituto. Aquellas jóvenes vivían el presente. Niki encontraba hilarantes las anécdotas que contaban sobre sus familiares y colegas del trabajo, y le encantaba que tuvieran una actitud tan relajada. Fumaban porros. De hecho, fumaban tanta maría que el apartamento parecía estar sumido en una neblina permanente, como si fuera un sueño. Y aunque ella no consumía, no le preocupaba demasiado. Lo que sí le preocupaba era el desfile constante de hombres que pasaban por el apartamento. No era raro dirigirse al cuarto de baño a primera hora de la mañana y que te saludara un desconocido con el pelo mojado y una toalla alrededor de la cintura. O sin toalla.

Pero ni siquiera eso había sido motivo suficiente para mudarse. Sí lo fue que alguien le robara 300 dólares del bolso mientras dormía. El bolso estaba en el suelo, junto a su colchón, así que pensó que estaría seguro durante la noche. ¡Ja! Pensar en cuánto había tardado en ganar ese dinero la ponía enferma. Tanto tiempo y esfuerzo para nada.

Justo por aquella época, había empezado a quedar con Evan, quien le dijo que podía instalarse con él y con su amigo. Evan era guapo, con el pelo moreno y rizado y una sonrisa infantil irresistible. Tenía el mentón cuadrado y unos bíceps impresionantes. Y a su atractivo físico se añadía su personalidad magnética y el modo en que hilaba las historias de sus vidas. Quería poner un negocio, y harían mucho dinero. Hablaba sobre los viajes que harían y los regalos que le compraría. Diamantes, coches, ropa… Todo lo que se le antojara. Niki había escuchado un sinfín de promesas vacuas a lo largo de su vida.

Era fácil caer bajo su hechizo. Era encantador, de un modo retorcido, lanzaba cumplidos y luego se desdecía, disfrazándolos de bromas. En una ocasión le había pedido que se metiera en el maletero de su coche nuevo para comprobar si la palanca de desbloqueo funcionaba. Niki había accedido, pero no le había parecido gracioso que no lo abriera. Sin embargo, Niki había sido más lista que él. Se quedó callada y esperó hasta que Evan se preocupó y abrió el portón él mismo. Y entonces fingió estar teniendo un ataque de epilepsia y Evan entró en pánico. Sabía pagarle con su misma moneda, y a él aquello parecía gustarle. Evan tenía un buen empleo y no fumaba marihuana. Le gustaba más beber cerveza, y normalmente no era ningún problema, pero cuando bebía demasiado, cosa que sucedía con cierta frecuencia, se volvía mezquino. Empezó a pegarle. Al principio la agarraba del brazo con fuerza y le daba empujones, no muy fuertes, pero sí firmes. Semanas después, comenzó a darle puñetazos y Niki hizo las maletas y acabó alquilándole una habitación a un matrimonio a quien había conocido en el trabajo.

Su estancia allí duró solo dos semanas, porque una noche se despertó y encontró al marido inclinado sobre su cama, con una mano por debajo de las mantas, deslizándosela muslo arriba. Conmocionada, se incorporó y le preguntó:

—Pero ¿qué haces?

–Nada, nada. –Había retrocedido un paso y había levantado las manos en gesto de rendición–. Solo estaba comprobando si estabas bien. Como has dicho que estabas mareada, estábamos preocupados.

Se escabulló de la habitación y cerró con cuidado la puerta al salir.

Niki no había dicho en ningún momento que estuviera mareada, pero cuando aquel tipo salió de su habitación sentía náuseas y no dejaba de pensar en lo que podía haber ocurrido de no haberse despertado a tiempo.

Niki no pegó ojo el resto de la noche. A la mañana siguiente, cuando le contó a su mujer lo ocurrido, esta soltó una carcajada restándole importancia y dijo:

–Seguro que no pretendía nada malo. Ya hablaré con él. –Se dirigió al cajón de los trastos de la cocina y sacó un tope para puertas de caucho de color marrón–. Cuando te vayas a dormir, calza la puerta por debajo con esto y seguro que así no te pasa nada.

Confusa, Niki se marchó con el tope para la puerta en la mano. Encontrarse a aquel hombre en su dormitorio le había parecido una violación, y el hecho de que su mujer le quitara importancia hizo que le dieran arcadas. Se llevó el tope para la puerta a su cuarto, lo arrojó debajo de la cama y empezó a hacer las maletas. Una llamada telefónica a Amy y, en menos de una hora, Sharon estaba en la puerta. Niki sabía que, sin Amy, no habría tenido ninguna opción. Pero Amy era alguien en quien se podía confiar. Le costaba imaginar una mejor amiga o abogada.

Convivir con Sharon era tan fácil que casi deseó pagar alquiler para tener un acuerdo cerrado, algo con lo que pudiera contar a largo plazo. La casa de Sharon era pequeña, la más pequeña del vecindario, pero tenía tres dormitorios y dos cuartos de baño, lo cual parecía excesivo para una anciana. Su yo pequeño y más idealista habría fantaseado con que Sharon la adoptara y poder disfrutar así de la seguridad de un hogar permanente. Pero ya había superado la edad de adopción y Sharon era demasiado vieja para ser su madre. Además, Sharon ya tenía una hija.

Cuando llevaban ya más o menos una semana viviendo juntas,

los días de Niki empezaron a seguir una rutina. Sharon la dejaba en el trabajo por la mañana y la recogía cuando terminaba su turno. Al llegar a casa, Sharon tenía la cena en el horno, siempre algo suculento, con verduras o guarnición de ensalada. Durante la cena, Niki le explicaba qué tal le había ido el día, le contaba anécdotas sobre los clientes y le hablaba de Dawn y Max y de las otras empleadas, dos universitarias cuyos horarios de trabajo se solapaban ligeramente con el de ella. Después de cenar, Niki recogía la cocina, cosa en la que había insistido desde la primera noche, y Sharon se iba a leer al salón. Entonces, Niki normalmente se excusaba para ir a su dormitorio, donde lavaba el polo del trabajo en el lavabo y lo colgaba sobre la bañera. Dawn le había prometido que le daría uno de recambio cuando la contrataron, pero desde entonces no había vuelto a hacer alusión a ello, así que Niki albergaba sus dudas. Mientras tanto, se consideraba afortunada por que el polo fuera de poliéster y se secara rápidamente. Una vez hecho esto, iba a su dormitorio, donde hacía yoga junto a la cama y pasaba un rato en el teléfono. Hacía caso omiso de los mensajes de texto de su ex, Evan. «Cariño, te echo de menos. Lo siento mucho. No volverá a pasar. Por favor, dame otra oportunidad». Se había planteado bloquearlo y sabía que algún día quizá tendría que hacerlo, pero los mensajes cada vez eran menos frecuentes y, en parte, le hacía gracia que quisiera volver con ella. No iba a suceder bajo ningún concepto, pero saber que era una decisión exclusivamente suya la hacía sentir empoderada.

Una noche se sorprendió respondiendo en voz alta a los mensajes. Evan no era ningún lumbreras y sus mensajes eran más o menos siempre iguales.

Lo siento, Niki. No volverá a pasar.

«En eso estamos de acuerdo».

Tienes que creerme, mi vida no vale nada sin ti.

«Perfecto, me alegro de que así sea». Decirlo así, en voz alta, la hizo sentir feliz.

Por favor, dame otra oportunidad.

«Se han acabado las oportunidades. Ya las has consumido todas».

Cariño, te echo de menos.

«Cariño no era precisamente lo que me tenías».

Después de leer el último, cerró el teléfono y lo conectó al cargador. Tenía la sensación de haber apagado mentalmente a Evan.

—Aquí no tienes poder —dijo, mientras dejaba el teléfono sobre la mesita de noche.

Escuchó unos arañazos en la puerta, la abrió y encontró al gato, que se la quedó mirando con sus grandes ojos verdes.

—Hola, Sarge. Entra. ¿Qué pasa?

Se había dado cuenta de que Sharon tenía la costumbre de hablarle al gato y parecía que ella también la había adoptado. Sarge no era un gato especialmente mimoso, así que, cuando iba a su cuarto a visitarla, Niki se sentía halagada. Niki se sentó en la cama y Sarge subió de un salto junto a ella, y le permitió acariciarle bajo la barbilla, con un ronroneo que sonaba como un motor fiable. Minutos después, al dejar de acariciarlo, Sarge se estiró con todo el cuerpo, saltó al suelo, se dirigió a la puerta y esperó a que Niki lo dejara salir.

—Hasta luego, Sarge —se despidió ella, y cerró la puerta tras él.

Al mirar hacia la ventana, detectó movimiento en el patio trasero de los Fleming. Enseguida cogió del trastero los binóculos de los que se había apropiado y apagó la luz de su dormitorio. Se los llevó a los ojos y los enfocó.

Salvo por el foco que había sobre la puerta trasera, el patio estaba a oscuras. La figura que caminaba llevaba una capucha de color oscuro y sostenía algo que se encendió mientras ella miraba, proyectando un rayo en el suelo. Una linterna. Tenía que tratarse del hijo adolescente que Sharon había mencionado. «¿Qué estará haciendo?». Siguió con la mirada el movimiento de la luz mientras el chico recorría el patio de un lado a otro, agachándose de vez en cuando para recoger algo. El resplandor dejó claro que estaba recogiendo deposiciones de perro, pero ¿por qué lo hacía a aquellas horas de la noche?

Niki sentía un cierto interés por la familia, espoleado por la idea de que estuvieran maltratando a una niña. Se había dado cuenta de que Sharon siempre pasaba por delante de casa de los Fleming con el coche tras recogerla en el trabajo, aunque no era la ruta más directa. En dos ocasiones habían divisado a la señora Fleming, una vez en su coche, retrocediendo por el camino de acceso a su casa, y la otra recogiendo un paquete del porche. No había nada que llamara demasiado la atención, más allá de la brillante melena pelirroja y a la moda de la mujer, cortada en capas, que le enmarcaba el rostro. Un corte de mujer rica de zona residencial, estiloso y en un tono poco natural. Parecía una mujer de gustos caros.

En otra ocasión habían observado al hijo adolescente mientras recorría con desánimo el camino de acceso a su casa, con las manos en los bolsillos de la sudadera con capucha, y unos tejanos anchos y desaliñados. Era un chico corpulento, lo que el exnovio de Niki, Evan, habría llamado un «vaquilla». En una ocasión, Niki había corregido a Evan, diciéndole que «vaquilla» era el término para una vaca «hembra», pero él le había lanzado una mirada fulminante que la había hecho abandonar el tema antes de que se pusiera furioso y le pegara.

No había nada en la familia Fleming que indicara que tenían una niña en acogida, de manera que quizá Sharon sí hubiera fotografiado a una visita aquella noche. Mientras observaba, la señora Fleming abrió la puerta trasera de la casa y gritó algo que sonó como el nombre del chico seguido por una retahíla de palabras de enojo que a Niki le resultó imposible discernir. Un perrito correteó entre las piernas de la mujer y pareció exasperarse aún más. Al ver al perro, la mujer salió al porche y movió el brazo con agresividad. Su voz aguda se le clavó en el alma a Niki.

La chica se puso los binóculos debajo del brazo, desbloqueó la ventana y la deslizó hacia arriba para oír mejor. Entró una ráfaga de aire frío, pero no le importó. No tenía más remedio que abrirla si quería escuchar lo que decían. Se acercó los binóculos al rostro echó una ojeada al patio.

La señora Fleming gritaba:

–¡Griswold, vuelve aquí ahora mismo! –El perrito corría describiendo círculos, haciendo caso omiso de su orden–. ¡Jacob, deja lo que sea que estés haciendo y coge a ese chucho!

Jacob ni siquiera levantó la vista, pero hizo un gesto con el brazo que sujetaba la linterna y gritó:

–Mamá, entra en casa. Ya lo entro yo cuando acabe.

Apenas acababa de pronunciar aquellas palabras cuando ella le gritó:

–¡No se te ocurra decirme lo que tengo que hacer! –Alzó la vista hacia la casa de Sharon y Niki se apartó a un lado de la ventana, aunque sabía que no podía verla–. ¡Quiero a ese perro dentro de casa ahora!

Estaba tan enfadada que Niki anticipó que habría una bronca allí mismo, en el jardín nevado, pero, en lugar de eso, Jacob ignoró a su madre y ella se dio media vuelta y entró en casa. La puerta corredera se cerró de un portazo, pero la puerta principal siguió abierta y la luz de la casa se proyectaba sobre el jardín. Un momento después, la mujer volvió a aparecer con una niñita a la que empujó con prisas al porche.

–Cógelo –le ordenó la señora Fleming con tono mezquino.

La niña caminó pesadamente por la nieve gritando:

–¡Griswold, ven aquí, pequeñito!

Vestía tejanos y una sudadera ancha que la hacían parecer aún más pequeña de lo que era. Tenía el pelo castaño oscuro y lo llevaba cortado en una melenita, justo por debajo de las orejas. Al escuchar su voz, el perro dejó de correr como un loco, se dirigió en línea recta hacia ella y saltó alegremente en sus brazos. Ella lo abrazó y lo llevó a la casa, donde la señora Fleming seguía esperando, impaciente. Cuando la niña y el perro cruzaron el umbral, la puerta se cerró de un portazo tras ellos. En el patio, el muchacho negó con la cabeza y siguió buscando.

Todo aquel episodio duró solo unos minutos y, en apariencia, no había pasado nada. Un perro que se escapa y una niñita a la que hacen salir a recogerlo. Nada grave. Pero entonces ¿por qué le latía a Niki el corazón como si estuviera leyendo la parte trepidante de un *thriller*? Quizá fuera porque ahora podía confirmar lo que

Sharon había visto la semana anterior. Definitivamente había una niña pequeña en casa de los Fleming. ¿Sería su hija? ¿Una niña en acogida? ¿Una visita? Era imposible saberlo a ciencia cierta. No parecía maltratada, a menos que se considerara maltrato hacerla salir a la calle dos minutos sin chaqueta.

Pero había algo raro en toda aquella escena. La ropa de la niña le iba grande y su pelo parecía cortado sin cuidado. Además, ¿por qué enviaba la señora Fleming a la niña a coger a la mascota de la familia en lugar de hacerlo ella misma o esperar a que lo hiciera su hijo? A juzgar por la respuesta del perro, estaba claro que adoraba a la niñita, de manera que, si estaba en acogida, todo apuntaba a que llevaba allí un tiempo.

A simple vista, la situación parecía normal, pero Niki seguía inquieta. Lamentó no haber sacado el móvil y haberla grabado en vídeo.

Niki continuó espiando hasta que el chaval acabó de patrullar por el patio y regresó a la casa. Bajó la ventana y echó el pestillo antes de dirigirse a la planta inferior. Se moría de ganas de contarle a Sharon lo que acababa de ver y decirle que ya sabían cómo se llamaba el hijo de los Fleming: Jacob.

Capítulo 11

A veces, Jacob quería que su madre se muriera. No le deseaba una muerte horrible, bastaba con un ataque al corazón repentino o una rotura de un aneurisma cerebral, algo letal, pero no demasiado largo o doloroso. Se la imaginaba desmayándose y el resto de la familia reaccionando ante la imagen, gritando alertados y apresurándose a llamar a una ambulancia. Lo mejor sería que pasara en la cocina, pensaba, donde su madre podía agarrarse a la encimera mientras se desplomaba, para frenar la caída. De ese modo no se derramaría demasiada sangre. Una vez llegara la ambulancia, los paramédicos entrarían a toda prisa y harían cuanto pudieran, pero todo sería en vano, por supuesto.

«Lo lamentamos muchísimo», les dirían, y él se veía a sí mismo asintiendo con la cabeza, apenado, triste, pero agradecido de que lo hubieran intentado.

Ser huérfano de madre haría que lo compadecieran, y seguramente lamentaría no haber tenido con su madre la típica conexión madre e hijo, pero no la echaría de menos, ni por un instante. La existencia de su madre carecía de todo sentido, por lo menos para él. En casa, todo el mundo parecía más contento cuando ella no estaba. Incluso Griswold, que tenía el cerebro del tamaño de una nuez, se ponía nervioso en su presencia y le temblaban las patas traseras cuando su madre alzaba la voz.

Jacob evitaba tropezar con ella porque su mera presencia parecía provocarla. Cuando no tenía tareas que encomendarle, criticaba aspectos de su personalidad y su apariencia física. Lo acusaba de tener mala actitud. Se quejaba de que llevase el pelo demasiado largo. Y le decía que tenía que adelgazar.

Su peso solía ser la queja más recurrente. El hecho de que estuviera gordo la sacaba de sus casillas, porque lo consideraba un símbolo de su fracaso como madre. Había contratado una tarifa familiar para el gimnasio y se había puesto furiosa cuando Jacob se había negado a ir con ella. Había desterrado la comida rápida y los tentempiés de toda índole y supervisaba todo lo que Jacob comía en casa, cosa que lo obligaba a escaparse a hurtadillas para comprar comida basura en la gasolinera de la esquina. Se estaba convirtiendo en un cliente habitual del local, donde se detenía al regresar de la escuela para comprar bolsas de patatas fritas y refrescos, que escondía disimuladamente en la mochila.

A su madre le habría gustado tener un hijo que fuera lo opuesto a él. Habría querido un hijo perfecto, un deportista que sacara buenas notas, el tipo de chaval que competía en el equipo de debate. Jacob tenía el armario lleno de ropa que su madre le había comprado: polos y pantalones chinos con pinzas de color caqui que no pensaba ponerse. Cuando era pequeño, lo había obligado a ir al peluquero con frecuencia, pero cuando Jacob entró en la adolescencia, había conseguido oponer resistencia física, cosa que a su madre la había enfurecido. Había acabado abandonando la idea de llevarlo a rastras a la peluquería, pero Jacob lo había pagado con varias semanas de insultos y maltrato verbal.

Su madre era una pirada.

De vez en cuando, su padre intercedía en su defensa. La última vez había sido cuando su madre se había echado sobre él con unas tijeras en las manos, amenazándolo con cortarle el pelo allí mismo, en la cocina, cuando Jacob se disponía a desayunar. Su padre había alzado la vista de su tableta y le había dicho:

—Deja al crío en paz. Está bien así.

Su madre no encajaba bien ese tipo de comentarios; de hecho, Jacob no conocía a nadie que pudiera tener un berrinche más fácilmente. Pero, al menos, la había hecho bajar las tijeras y dirigir la ira hacia su padre, lo cual había permitido a Jacob escabullirse.

Después de aquello, su padre había empezado a insistirle en que fuera al peluquero, pero dejaba que fuera Jacob quien escogiera cómo llevar cortado el pelo. A Jacob le gustaba llevarlo largo, y no solo porque hiciera perder los estribos a su madre. Cortarse el pelo de manera que el cuello y las orejas le quedaran a la vista lo hacía sentirse expuesto. Era mejor tener algo que lo protegiera.

Su padre decía que su madre siempre había sido una mujer temperamental, pero se había vuelto más malhumorada después de la muerte de Olivia. Olivia, la hermana de Jacob, vivió y murió antes de que Jacob naciera, pero aun así él pensaba en ella de vez en cuando. Su madre nunca hablaba de ella, pero su padre le había explicado lo ocurrido, y era espantoso. Su padre estaba fuera de la ciudad, en una conferencia médica. Durante su ausencia, Olivia, que tenía solo cinco meses, tuvo fiebre. Su madre le dio paracetamol infantil. Al ver que la fiebre no remitía, la llevó a urgencias. Menos de veinticuatro horas después, Olivia estaba muerta. Su padre regresó corriendo a casa de la conferencia en cuanto lo supo, pero era demasiado tarde. Los médicos dijeron que no era culpa de nadie. En ocasiones, pese a hacer lo imposible, los pacientes fallecían.

–Cuando me dijeron que era meningitis, tuve un mal presentimiento –le había dicho su padre, negando con la cabeza. Incluso años después, se le llenaban los ojos de lágrimas cada vez que hablaba de Olivia–. La muerte de Olivia destrozó a tu madre. Por supuesto, me culpó por no haber estado presente. –Suspiró–. Yo esperaba que pudiéramos superarlo juntos, pero nunca volvió a ser lo mismo. –A Jacob le dio la impresión de que su padre también se culpaba a sí mismo–. Y cuando tú naciste, pensé que ayudaría.

A veces Jacob se preguntaba cómo habría sido su vida si Olivia no hubiera muerto. ¿Habría sido la niña perfecta que su madre quería? ¿Acaso habrían querido tener un segundo hijo? Todo ello no hacía sino incrementar su sensación de que era una decepción para su madre.

Lo más curioso era cuánto querían otras personas a su madre. Profesores, vecinos, los amigos de Jacob… Su madre podía ser encantadora si se lo proponía; lo malo es que nunca mostraba esa faceta con su familia. Durante las reuniones de sus padres con sus maestros, cuando hablaban de sus pésimas notas, se mostraba como el epítome de la madre preocupada y cariñosa. Jacob lo sabía porque sus profesores solían comentarlo, y uno de ellos incluso le había dicho que era afortunado por tener una madre tan dedicada y amorosa. ¡Ja! Si ellos supieran… No dejaba de sorprenderle la frecuencia con que le hacían tales comentarios, porque ya debería de estar acostumbrado. Siempre había sido así.

Cuando estaba en la escuela, su madre a menudo se ofrecía voluntaria para acompañar a su clase de excursión. Y en los eventos escolares se metamorfoseaba en la madre perfecta, lo llamaba «Cielo», le alborotaba el pelo y contaba anécdotas simpáticas sobre él a los demás adultos. Contaba anécdotas que él no recordaba que hubieran sucedido. Entonces le resultaba confuso, porque no sabía que solo era una actuación. Había perdido la cuenta de las veces que algún otro niño le había dicho lo afortunado que era de tener una madre tan buena. En una ocasión, una niña le dijo que su madre era guapísima.

—Es como una modelo.

¿Qué podía él responder a eso? «Solo por fuera. Deberías ver su corazón frío, muerto». No lo hubiesen creído. ¡Qué fácil era engañar a la gente!

Si vieran cómo le había gritado porque el perro estaba correteando por el jardín. ¿Qué esperaba que hiciera el animal si le abría la puerta? Su madre lo culpaba porque no había limpiado el jardín al volver de la escuela, pero es que se le había olvidado. Podía haber esperado perfectamente al día siguiente, pero no, como una lunática, lo había hecho salir y recoger las cacas en plena noche. Y luego había hecho salir a Mia corriendo a coger a Griswold cuando Jacob había dicho que ya lo entraría él cuando hubiera acabado. Ni siquiera era capaz de esperar unos minutos. Todo tenía que ajustarse a sus términos y a sus horarios. Todos eran prisioneros de sus caprichos.

Todos los integrantes de aquel hogar sabían que evitarla era la mejor táctica para llevar una existencia pacífica. Su padre viajaba mucho por trabajo, y Jacob sospechaba que añadía días extra a su agenda para retrasar el inevitable retorno a casa. El propio Jacob se refugiaba en su dormitorio y silenciaba la áspera voz de su madre con ayuda de los auriculares. Mia, que tenía menos opciones, había buscado un escondite detrás del sofá. Pensaba que Jacob no lo sabía, pero a Jacob no se le escapaba casi nada. Mia se hacía la tonta, pero era más lista de lo que sus padres creían. Pensaban que apenas sabía hablar, lo cual era irrisorio. Cuando estaban ellos dos a solas, hablaba por los codos. Y tenía mucho vocabulario. Además, la pobrecilla había aprendido a leer, pero eso era un secreto tácito que solo conocían ellos dos. El verano pasado Jacob había empezado a regalarle libros que pensaba que podían gustarle, diciéndole que eran suyos, de cuando era pequeño, aunque de hecho los había comprado en los mercadillos de segunda mano del vecindario.

La hacía tan feliz… Y ver su rostro alegre hacía un poco más luminosos también los días de Jacob.

Mia no tenía ningún retraso mental, como creía su madre. Al cerebro de aquella niña no le pasaba nada. Jacob podría haber sacado a su madre de su error, pero le gustaba aventajarla en algo. Saber algo que ella no supiera le proporcionaba una inmensa satisfacción.

Vivir en aquella casa era un infierno, pero al menos la universidad le ofrecía una vía de escape. La pobre Mia estaba condenada. Se quedaría allí para siempre.

Capítulo 12

La tarde siguiente dejaron a Niki sola en la tienda por primera vez desde que la habían contratado. Había sido un día muy tranquilo y, después de que un trío de viejecitas se marchara, solo quedaban allí ella y Dawn. Mientras Niki limpiaba la licuadora, Dawn se le acercó y le dijo:

–Tengo que salir un momento al banco a hacer un ingreso. Vuelvo en quince minutos.

–Vale.

Niki continuó limpiando la barra.

–Tendrás que hacerte cargo de la tienda mientras yo estoy fuera –señaló Dawn, dando unos golpecitos con un dedo en la barra para recalcar sus palabras.

–Lo entiendo. Lo haré lo mejor que sepa.

Pero la conversación no concluyó ahí. Cuando se dirigía ya hacia la puerta, Dawn dejó caer que el cajón de la caja registradora estaba lleno.

–Así tendrás cambio.

Dawn la había mirado a los ojos, a la espera de una respuesta, pero Niki se había limitado a asentir con la cabeza. Sabía que la estaba poniendo a prueba. Había tenido que hacer frente a situaciones parecidas en sus casas de acogida y empleos anteriores. Galletas y bolsas de patatas abandonadas a la vista, dinero dejado en cualquier parte, navegadores abiertos para comprobar si usaba un dispositivo sin permiso…

La gente solía dar por supuesto que, si tenía la oportunidad, robaría. Y Niki podía ser muchas cosas, y no todas buenas, pero era honesta. No cogía nada que no fuera suyo, nunca lo había hecho. Por supuesto, alguna vez había estado tentada de hacerlo, pero nunca había sucumbido a la tentación. Era más una cuestión de practicidad que de integridad. Vivir siendo honesta podía ser complicado, pero vivir delinquiendo invariablemente acababa pasando factura. Conocía a amigos y familiares que habían llegado a robar o a extender cheques falsos para conseguir dinero para drogas. Y, por más cuidadosos que hubieran sido, la historia siempre había tenido el mismo final. Quien con fuego juega, acaba quemándose. Simplemente no sabías cuándo.

Una de las madres de acogida de Niki, la mujer que precedió a Amy, solía saludarla preguntándole:

–¿Seguro que no te estás empolvando la nariz, Niki?

Era una expresión tan rara…, parecía sacada de una película antigua. Y, además, era insultante. Niki no era ninguna delincuente, era una niña en acogida, y su situación no se debía a que ella hubiera hecho nada malo. En todo caso, se excedía cumpliendo las reglas. Tampoco es que le costara demasiado. La gente esperaba poquísimo de ella. Allí, en aquella tienda, por ejemplo, actuaban como si necesitara supervisión constante. Dawn había dejado más que clara la importancia de lavarse las manos y de velar por que la comida estuviera en condiciones higiénicas, pero no sabía que Niki era una maniática de la limpieza, tanto personal como de su entorno. Maniática rayana en lo obsesivo. Para Niki, limpiar era casi como meditar. Pasar la bayeta por los mostradores, fregar los platos, quitar el polvo… El acto de transformar la suciedad en limpieza le resarcía el alma. Y ahora que era adulta y controlaba lo que la rodeaba, tenía claras preferencias sobre cómo le gustaba que se hicieran las cosas.

Niki había acabado de limpiar la licuadora y estaba tomando distancia para comprobar cómo había quedado cuando se abrió la puerta y, para su sorpresa, quien entró por ella fue Suzette Fleming. Avanzó con paso decidido, quitándose los guantes de piel. Llevaba un abrigo de ante de color tostado hasta las rodillas que parecía costar una fortuna. De cerca, su cabello de color rojo cereza resultaba aún más vistoso, con unos ángulos de corte y unas capas tan precisas que parecía recién salida de un salón de peluquería. Niki le había explicado a Sharon que había visto a la señora Fleming, el perro y la niñita la noche antes, de manera que verla entrar en la tienda la cogió por sorpresa, como si de alguna manera la hubiera llamado con la mente o la hubiera atraído involuntariamente a su esfera personal. La coincidencia de haberla estado espiando la noche previa y que apareciera de improviso en la tienda le resultó desconcertante. Sintió remordimientos y tuvo la sensación de que estaba a punto de confrontarla; de ahí que se sintiera aliviada cuando, tras salir de detrás de la barra, la mujer no pareció reconocerla.

–Buenas tardes –la saludó Niki–. Bienvenida a Nutrición Excepcional. ¿En qué puedo ayudarla? ¿Busca algún producto en concreto?

Dawn había escrito el guion de aquel saludo y exigía a Niki que repitiera sus palabras exactas. A Niki se le antojaba un poco intimidante, pero no le daba demasiada importancia. Por lo general, la gente solo venía a echar un vistazo o solicitaba un producto concreto. Pero aquella vez no fue así.

La señora Fleming frunció el ceño mientras se quitaba el abrigo y se lo entregaba a Niki.

–¿Dónde está Dawn?

–Ha salido un momento. Quizá yo pueda ayudarla.

Niki sujetó el abrigo, sin saber muy bien qué hacer con él. Pesaba más de lo que habría esperado; el tejido era suave y el forro, caro.

–No, no, no –dijo la señora Fleming, negando con la cabeza–. Lo siento, pero no me sirve. Tengo un acuerdo con Dawn. Ha pedido algo concreto para mí.

Hablaba con voz fuerte y su postura, con una mano en la cadera, imponía respeto.

–Puedo comprobar los pedidos especiales en el almacén –ofreció Niki, dejando con cuidado el abrigo sobre el mostrador, junto a la caja registradora.

En la tienda, el espacio de almacenamiento era limitado, de manera que solo vendían los productos más populares, pero

Dawn y Max pedían de manera puntual casi cualquier cosa que les solicitaran. Algunos de sus clientes eran culturistas y compraban proteína en polvo en grandes cantidades. Costaba creer la cantidad de dinero que la gente se gastaba en esas cosas, aunque Niki no era quién para juzgarlos. Aquellos tipos eran descomunales, todo músculos, con unos hombros tan anchos que apenas cabían por la puerta. Niki no había detectado que ninguno de los pedidos especiales fuera a nombre de la señora Fleming, pero podía habérsele pasado por alto.

–Si me da un minuto, voy a comprobarlo y enseguida regreso.

La señora Fleming suspiró con impaciencia.

–No, cariño, no estará en el almacén. Es un acuerdo privado entre Dawn y yo. –Sonrió, como si Niki fuera una niña que acabara de decir una tontería, pero «muy mona». La señora Fleming se inclinó hacia Niki, tan cerca que por un segundo Niki pensó que iba a abrazarla–. Escucha, cielo, ¿por qué no hacemos una cosa? Llama a Dawn por teléfono para hacerle saber que estoy aquí, esperándola, y que no dispongo de demasiado tiempo. –Sonrió, dejando a la vista una bella dentadura blanca–. Venga, basta de cháchara. Llámala.

Niki tomó aire, mientras sopesaba qué hacer.

–Dawn ha dicho que serían a lo sumo quince minutos, estoy segura de que regresará de un momento a otro.

–Tienes que llamarla, de verdad –hablaba con voz melosa, pero su insistencia incomodó a Niki. Dawn era muy temperamental. ¿Quién sabía qué podía irritarla? Como si le hubiera leído la mente, la señora Fleming añadió–: Créeme, no se molestará. Soy una de sus clientes vip.

Niki no sabía que la tienda tuviera clientes vip, pero la señora Fleming hablaba con un tono tan autoritario que no le costó creérselo. Le habían advertido que no utilizara el teléfono de la tienda para hacer llamadas al exterior; de hecho, era una regla especificada en las hojas impresas que le habían dado. Por otro lado, tenía el número de Dawn en la lista de contactos de su propio móvil. Tras vacilar un instante, respondió:

–Voy a buscar mi teléfono. Está en la parte de atrás.

Cuando regresó, encontró a la señora Fleming de pie en el mismo sitio, mirándose en un espejito de mano. Lo cerró de golpe y preguntó:

–¿Qué ha dicho?

–No la he llamado todavía. –Niki localizó el nombre de Dawn, inició la llamada y luego se llevó el teléfono a la oreja–. Hola, ¿Dawn? Ha venido una cliente a recoger un pedido especial. Su nombre es…

Niki miró a la señora Fleming arqueando las cejas en ademán interrogativo. Sabía perfectamente cómo se llamaba, incluso podría haber recitado de memoria la dirección de su casa si hubiera habido necesidad de hacerlo, pero no podía revelar esa información. No había una manera adecuada de explicar cómo sabía aquellos datos.

En lugar de responder, la señora Fleming se abalanzó sobre Niki y le arrebató el teléfono de las manos con gesto impaciente. En un abrir y cerrar de ojos, lo tenía pegado a la oreja.

–Dawn, soy Suzette. Tenemos un problema grande grande. Tu empleada, que es una idiota, al parecer no sabe nada, así que tienes que venir aquí inmediatamente. –Rio alegremente, como si le hubieran contado un chiste–. Sí, sí, ya lo sé. He llegado antes de lo previsto, pero yo siempre llego antes de lo previsto, de manera que deberías haber sabido que hoy también lo haría. Ya sabes lo cascarrabias que me pongo si tengo que esperar mi pedido. –Chasqueó la lengua al oír la respuesta de Dawn–. Entendido. Te espero aquí. ¡Ven rápido! ¡*Adiosito*!

Le podría haber devuelto el teléfono a Niki, pero, en lugar de hacerlo, se dirigió al mostrador y lo depositó al lado de su abrigo.

Niki notó una punzada de exasperación que podía haber dado paso a un ataque de cólera. Pero se tragó las palabras que le habría gustado decir y respiró con comedimiento. Se repitió mentalmente el mantra: «No puedes controlar a los demás, solo a ti misma». No conseguiría nada descargando su ira en aquella mujer. Tomó una decisión rápidamente. Contendría la rabia, recogería su teléfono, regresaría a la barra de los zumos, seguiría troceando frutas y verduras y acabaría su turno. Dawn regresaría de un momento a otro y entonces sería ella quien se encargara de aquella zorra pelirroja.

Niki se dirigió a recoger el teléfono y, a su espalda, la señora Fleming se jactó:

–No era tan difícil, ¿no? Para empezar, deberías haberme escuchado, en lugar de discutir. Es importante que sepas cuál es tu lugar, querida.

Hasta aquel momento, Niki se había sentido en total control de la situación, pero la provocación de la señora Fleming le pareció intolerable. Muy despacio, se dio media vuelta y le dijo:

–Sé perfectamente cuál es mi lugar. Estaba gestionando la situación con profesionalidad. Ese teléfono es de mi propiedad y no me gusta que me lo arranquen de las manos.

El rostro de la mujer reflejó irritación por el tono castigador de Niki, pero no respondió. De hecho, la señora Fleming dejó claro que se abstenía de responder apretando los labios mientras alzaba la barbilla y desviaba la mirada en gesto desafiante.

No pintaba bien. Si la señora Fleming seguía con aquella actitud cuando Dawn regresara, Niki podía hallarse en un buen lío.

Para suavizar la situación, le formuló una pregunta:

–¿Tiene hijos? Tenemos en oferta unas gominolas multivitamínicas para niños. Tienen sabor a frutos del bosque, son totalmente naturales, edulcoradas con hoja de estevia orgánica. A los niños les encantan.

La señora Fleming no se dignó siquiera a mirarla.

–No, gracias.

–¿No tiene hijos o no le interesa el producto?

–Tengo un hijo de diecisiete años. Es demasiado mayor para tomar gominolas de vitaminas –respondió ella con un bufido.

Niki presintió que en cualquier momento aquella mujer se iba a enfadar de verdad y no pudo resistirse a indagar un poco más. Sharon había sacado fotografías de una niñita y ella misma había visto a la cría en el patio trasero de los Fleming.

–Entonces, además de su hijo, ¿no vive ningún niño más pequeño en su hogar?

–No. Y, además, eso no es de tu incumbencia. –Lanzó a Niki una mirada glacial–. ¿Acaso no tienes nada que hacer? No tienes por qué darme conversación. –Abrió con gesto de contrariedad visible su bolso de mano y rebuscó algo en su interior–. Impertinente.

Sin decir ni una palabra, Niki regresó a la parte posterior de la tienda, donde concentró su atención en inventariar los productos del minifrigorífico de la barra de zumos. Incluso desde la distancia se percibía la tensión en el establecimiento, así que se sintió aliviada cuando la puerta principal se abrió y entró Dawn.

–Hola, hola –saludó Dawn alegremente, sumando sus palabras al repiqueteo del timbre–. Lamento haberte hecho esperar. He venido tan pronto como he podido.

Niki escuchó mientras ambas mujeres hablaban entre susurros y luego vio a Dawn dirigirse a un armario cerrado con llave que había detrás de la caja registradora y sacar una pequeña bolsa de papel blanca, distinta de las que utilizaba en la tienda. La señora Fleming abrió la bolsa y comprobó el contenido antes de guardársela en el bolso de mano. Luego sacó un fajo de billetes y los colocó con ímpetu sobre el mostrador, de uno en uno.

Dawn observaba mientras iba depositando el dinero, asintiendo en ademán de aprobación.

–En paz, entonces. Gracias por pasarte, Suzette.

–Solo una cosa más.

La señora Fleming se inclinó hacia delante para susurrarle algo y ambas miraron en dirección a Niki.

Siguió un intercambio durante unos minutos y luego Dawn la llamó:

–Niki, ¿podrías venir un momento, por favor?

Obediente, Niki salió de detrás de la barra y se unió a las dos mujeres.

–¿Sí?

Tenía la intuición de que sabía lo que iba a suceder, así que mantuvo la cabeza bien alta y se recordó que no había hecho nada malo.

—¿No crees que le debes una disculpa a la señora Fleming?

—¿Cómo?

—No te hagas la tonta, Niki. La señora Fleming me ha explicado que has sido muy grosera con ella. En Nutrición Excepcional nos vanagloriamos del excelente servicio que ofrecemos a nuestros clientes y el modo como has hablado a la señora Fleming hace un rato no es acorde a la política de nuestro negocio. Discúlpate ahora mismo.

¿Que se disculpara? Niki miró a las dos mujeres, que a su vez la observaban con expresión arrogante, a la expectativa, y se tomó un momento para tragar saliva antes de contestar:

—Lamento que no le haya gustado cómo he gestionado la situación, señora Fleming. La próxima vez puede utilizar usted su propio teléfono móvil, si lo prefiere.

Niki vio que el fajo de dinero que había en el mostrador detrás de Dawn estaba coronado por un billete de cien dólares.

La señora Fleming se volvió para mirar a Dawn.

—¿Ves a lo que me refería? Es una impertinente.

—Yo no soy ninguna impertinente —protestó Niki—. He sido educada. La señora Fleming me ha arrancado mi propio teléfono móvil de la mano y le he dicho que no me parecía bien.

—¡Niki! —la reprendió Dawn, alarmada—. Ya basta. —Se volvió hacia la señora Fleming—. Créeme si te digo que esto me parece inaceptable. Lo lamento mucho. Ya nos ocuparemos de ello.

La señora Fleming frunció el ceño.

—¿Cómo? ¿Cómo os vais a ocupar de ello? —Y, tras hacer una pausa, añadió—: Personalmente, yo la despediría por insubordinación.

—¿Insubordinación? —preguntó Niki—. Menuda ridiculez. Yo no he sido insubordinada.

Conocía bien la definición de «insubordinación» y no había cruzado esa línea, ni siquiera se había aproximado a ella.

Dawn dudó, pero solo por un segundo.

—Niki, te extenderemos un primer aviso por escrito por ser grosera con una clienta. Ahora, vete a casa y reflexiona sobre lo que ha ocurrido aquí. Mañana tendremos una reunión y hablaremos de cómo podría haberse gestionado mejor esta situación.

–¿Quieres que me vaya ahora?

Faltaban al menos dos horas para que concluyera su turno.

–Sí, recoge tus cosas y márchate. Mañana hablaremos.

–Increíble –lo dijo en voz baja, mirando hacia el suelo, pero, al parecer no lo bastante bajo.

–Niki –dijo Dawn, con tono de advertencia–. Ya basta.

Sin añadir palabra, Niki fue al cuartito de atrás, se puso la sudadera con capucha, agarró su mochila, volvió a salir y pasó ante la señora Fleming y Dawn para dirigirse a la puerta del establecimiento. La señora Fleming le lanzó una mirada altanera, a la que Niki respondió con lo que Evan solía llamar su «mirada mortal». Le costaba tragar a causa de la injusticia de toda aquella situación, pero momentos después, cuando estaba afuera, en la acera, su cólera dio paso al desaliento al darse cuenta de que era demasiado pronto para llamar a Sharon y pedirle que fuera a recogerla. Además, no creía que pudiera explicarle lo sucedido sin echarse a llorar. Y detestaba la idea de llorar delante de Sharon. Sabía que nada de aquello era culpa suya. La señora Fleming se había pasado de la raya, actuando con mala educación y superioridad. La había llamado idiota y le había arrebatado el teléfono móvil de las manos. En un mundo justo, Niki habría tenido razón. Pero el mundo no era justo y se esperaba que quienes trabajaban por el salario mínimo aceptaran lo que les echaran y sin protestar. Ese había sido su error. Debería haberse limitado a pedir perdón y pasar capítulo, pero no soportaba que la denigraran.

Aquella fortaleza interior era algo que había desarrollado recientemente, y no le resultaba fácil recurrir a ella. Se había pasado toda la vida sin saber defenderse. De hecho, hasta que no había conocido a Amy no habría sido consciente de que ella también tenía derechos.

Y ahora regresaba a casa derrotada. Sharon y ella se estaban entendiendo muy bien, y le sabía mal que Sharon pudiera tener un mal concepto de ella a causa de aquel incidente. Pensar en decepcionar a Sharon le resultaba intolerable. Además, Sharon le había mencionado que había quedado con una amiga para comer y que después irían las dos al centro comercial de compras. Dos ancianas comiendo juntas y poniéndose al día y después yendo al centro comercial, quién sabía cuánto podían tardar... Quizá Sharon ni siquiera estuviera en casa todavía.

Niki bajó de la acera y acometió el largo camino hasta casa de Sharon. Una fuerte ráfaga de viento le golpeó el rostro y se llevó la mano atrás para cubrirse la cabeza con la sudadera. Caminaba inclinada hacia el viento, pestañeando con fuerza para contener sus emociones, pero, a pesar de su empeño, empezaron a brotarle lágrimas, lágrimas rápidas y calientes que le resbalaban por las mejillas. Se enjugó la cara con la manga y pensó: «A la mierda todo». Había tenido un día espantoso. No había nada de malo en llorar. Para cuando llegó al final de la zona de estacionamiento, ya sollozaba desconsoladamente.

Niki siguió caminando, regodeándose en su desgracia. El llanto se convirtió en parte del camino, sus hombros subían y bajaban mientras avanzaba con la cabeza gacha, un paso tras otro, luchando contra el viento. Lo que más le dolía era lo injusto de lo sucedido. Seguía viendo a Dawn y a la señora Fleming allí juntas, de pie, formando un frente unido contra ella. No podía seguir trabajando allí, no si quería mantener su dignidad, pero tampoco podía dejar el empleo. Sharon pensaría que era una perdedora, y, si era sincera, ella misma también lo creía un poco. Debería haber gestionado aquel asunto de manera distinta. Debería haber dejado que todo aquello le resbalara. Sí, aquella mujer la había llamado idiota. ¿Y qué? Había clientes groseros. Así era la vida. Sin embargo, aquella vez se lo había tomado como algo personal.

Tendría que empezar a solicitar otros empleos sin demora y, entre tanto, aguantar en Nutrición Excepcional. Aceptaría cualquier trabajo, el que fuera, y se largaría de allí en cuanto tuviera algo seguro en perspectiva.

–No soy ninguna idiota –farfulló en voz alta.

Al menos, el frío la motivaba a desplazarse con rapidez. En un cuarto de hora habría llegado a casa. Con suerte, Sharon aún estaría por ahí con su amiga y tendría tiempo de recobrar la compostura antes de la hora de cenar.

Capítulo 13

El sonido de la llave en la cerradura desconcertó a Sharon, que acababa de llegar y estaba colgando su abrigo de una percha en el zaguán de la entrada trasera. Su primer pensamiento fue que tenía que ser Niki. Su segundo pensamiento fue que, si no era Niki, entonces es que alguien estaba entrando en casa, y entonces estaba metida en un buen lío.

–¿Niki? –preguntó en voz alta.

–Sí, soy yo.

Así que era Niki. Por supuesto que era ella. ¿Quién iba a ser si no?

–Llegas pronto.

Sharon se descalzó y dejó los zapatos en la alfombrilla.

–Sí, me han dejado salir antes de acabar el turno.

Sharon le dijo a gritos:

–Espero que no hayas tenido que volver a pie. Hace mucho viento.

–No era para tanto. –Y un segundo después, Niki añadió–: Voy a echar una cabezadita antes de la cena, ¿de acuerdo?

–Claro.

Mientras las pisadas de Niki reverberaban escaleras arriba, Sharon tuvo un presentimiento. No la inquietó que Niki quisiera echarse un sueñecito a última hora de la tarde. Le parecía comprensible que quisiera descansar, sobre todo tras el largo paseo a pie hasta casa con aquel frío. Ese no era el problema. Lo que la inquietaba era que Niki hubiera regresado a casa antes de lo previsto y un matiz en su voz, como si hubiera estado llorando. La intuición de madre de Sharon le dijo que pasaba algo. Niki había llegado temprano, lo cual, en sí, no significaba nada, pero, además de eso, estaba triste. Había pasado algo. ¿Tal vez tuviera que ver con el exnovio de Niki, el chico al que solo había mencionado puntualmente? «No funcionó. Tenía mucho genio —le había explicado—. Y a veces perdía el control». A Sharon no le costó leer entre líneas.

Se dirigió a los pies de la escalera y, con una mano en la barandilla, escuchó los pasos de Niki atravesar el techo por encima de su cabeza y concluir con un crujido de la cama cuando se tumbó a descansar. ¿Debería subir a hablar con ella? No, Niki era una adulta y Sharon no tenía que invadir su intimidad. Amy se lo había dejado muy claro: «No la agobies. Y no le hagas demasiadas preguntas».

Pero existía una delgada línea entre no hacer preguntas y no preocuparse. Preocuparse por alguien implicaba que a veces había que hacerle preguntas. De lo contrario, ¿cómo ibas a saber qué le ocurría?

Mientras Sharon permanecía allí dubitativa, escuchó a Niki llorar. Era un llanto en voz baja, probablemente Niki no quisiera que lo oyera. Si lo hizo, fue porque estaba al pie de la escalera. Para Sharon, llorar era un motivo para pasar a la acción. El llanto de una cría, aunque ya no fuera una niña, no podía ignorarse sin más. Sin esperar ni un minuto más, subió las escaleras, aguzando el oído. Al llegar al piso de arriba, el llanto cesó, pero Sharon continuó. Se detuvo frente a la puerta de Niki. Estaba entreabierta. Sharon la abrió del todo y entró.

Niki estaba hecha un ovillo sobre la cama, su cuerpo convertido en una coma sobre la colcha. Las persianas seguían subidas, de manera que había luz en la habitación, si bien también la invadía un ligero ambiente sombrío. Sin decir palabra, Sharon se dirigió al armario, sacó la manta extra y tapó con ella a Niki, arropándola por encima de los hombros y alrededor del cuerpo. Cuando hubo acabado, se sentó en el borde de la cama y empezó a acariciarle el pelo.

En silencio, Niki empezó a sollozar de nuevo, encogiendo los hombros tal como hacía Amy cuando luchaba por contener las lágrimas. A diferencia de su madre, Amy era una mujer dura, dispuesta a enfrentarse a cualquiera y a todo lo que se le pusiera por delante. Rara vez lloraba y, cuando lo hacía, procuraba contenerse. Sharon, por su parte, lloraba a lágrima viva viendo películas navideñas en televisión y cuando leía, sobre todo novelas tristes y tarjetas de felicitación emotivas. Tenía un don para llorar, le salía de manera natural.

Aunque hacía poco que se conocían, Sharon sintió una ternura sorprendente por la muchacha.

—Lo siento mucho —dijo finalmente, con palabras sosegadas y comedidas—. No sé qué te ha pasado, pero lamento mucho que haya ocurrido. Suéltalo todo. No te reprimas.

Niki tembló al respirar hondo y pareció serenarse, de manera que Sharon continuó, murmurando palabras para tranquilizarla y acariciándole el cabello. Por horrible que fuera que Niki estuviera tan triste, a Sharon la reconfortó sentirse útil, sentir que podía marcar la diferencia.

Minutos después, Sharon se puso en pie, se dirigió al cuarto de baño de Niki y regresó con una caja de pañuelos, que dejó sobre la mesilla de noche. Sacó uno y se lo puso en la mano a Niki. La chica se incorporó y se sonó la nariz.

—Todo se solucionará. Como siempre… —le dijo Sharon.

—¿Siempre?

Niki le lanzó una mirada dubitativa. Tenía el contorno de los ojos enrojecidos y la cara hinchada. El cabello, que llevaba recogido en una coleta, se le había empezado a soltar. Estaba hecha unos zorros.

—Bueno, a veces empeora antes de mejorar —admitió Sharon, y Niki asintió con la cabeza como si fuera la respuesta que esperaba oír.

Niki cogió otro pañuelo y se enjugó los ojos.

—Menudo día de mierda.

—¿Quieres hablar de ello? —preguntó Sharon vacilante—. A veces ayuda.

A Sharon le preocupaba parecer entrometida, de manera que se sintió aliviada cuando Niki afirmó con la cabeza y le empezó a relatar con pelos y señales lo ocurrido, notando cómo cada palabra seguía hiriéndola, pero decidida a no guardarse nada.

–Y Dawn me ha ordenado que me marchara –concluyó Niki. Arrugó el pañuelo en la mano–. Ha añadido que me lo tomara como un aviso y que mañana nos reuniríamos para hablar de ello –lo dijo en tono amargo y resignado.

–¿Crees que la señora Fleming te ha podido reconocer? –preguntó Sharon.

Niki negó con la cabeza.

–No lo creo. Anoche tenía la luz de la habitación apagada mientras la observaba. Además, no parece de esas personas que se fija en los demás.

Sharon asintió con la cabeza, pensativa.

–¿Y qué había en la bolsa blanca que la señora Fleming le compró a Dawn?

Niki inclinó la cabeza hacia un lado, reconcentrada, y al final dijo:

–Pues no lo sé. Ni siquiera he pensado en eso.

–¿Crees que era algo ilegal?

Con la expresión, Niki indicó que era posible.

–Quizá. No sé, no estaba con los pedidos especiales. Y lo pagó en efectivo. Mucho dinero. Vi un billete de cien dólares en el fajo que dejó para Dawn.

Sharon hizo una mueca con los labios mientras reflexionaba y dijo:

–Creo que es posible que Dawn y la señora Fleming montaran un numerito sobre tu comportamiento para distraerte de lo que fuera que estuvieran haciendo.

–¿De verdad? –Niki se enderezó un poco.

–Claro. ¿Un pago en efectivo? Ahí hay gato encerrado. ¿Una transacción así fuera de los libros de contabilidad? ¿Y lo tenía guardado en un armario bajo llave? –Sharon se sintió indignada en nombre de Niki–. Si Dawn comercia con drogas o estafa a Hacienda y se descubriera, se metería en un buen lío. Podría ir a prisión. Y quizá la señora Fleming también. Dawn podría perder el negocio. Probablemente no quisiera que hicieras preguntas, de manera que las dos le dieron la vuelta a la situación para hacer ver que eras tú quien había hecho algo mal… Y, por cierto, tú no has hecho nada malo. –Le dio una palmadita maternal en el brazo–. Has gestionado bien la situación. Mejor de lo que lo habría hecho yo.

Niki agarró otro pañuelo y se lo acercó a la nariz.

–Ni siquiera se me había ocurrido. Estaba tan enfadada porque me hubiera llamado idiota y me hubiera arrebatado el teléfono de la mano… Y luego le dio la vuelta a la tortilla para hacer ver que la culpable era yo. –Tragó saliva–. Nadie me escucha nunca.

–Yo te estoy escuchando –le dijo Sharon–. Y creo que hiciste exactamente lo que había que hacer. Lamento que te hayan tratado así. No te lo merecías.

–Gracias.

Permanecieron sentadas en silencio un momento; de súbito, Niki preguntó:

–¿Crees que debería preguntar qué estaba comprando la señora Fleming en la reunión de mañana por la mañana? ¿Preguntar qué había en la bolsa?

Sharon respondió:

–Ah, pero si mañana no va a haber ninguna reunión.

–Ah, ¿no?

–Espero que no. Déjame hacerte una pregunta: ¿quieres seguir trabajando ahí?

Niki suspiró.

–Bueno, no, pero ¿qué otra cosa puedo hacer? No tengo nada más en perspectiva y no puedo quedarme aquí sentada todo el día. He pensado en empezar a rellenar solicitudes por internet y dejar el empleo en cuanto encuentre otra cosa.

–Tú decides, pero, si sirve de algo, me gustaría decirte qué creo yo que deberías hacer.

–Soy toda oídos.

Niki se inclinó hacia delante, con rostro impaciente. Era obvio que quería consejo.

—Yo me presentaría allí mañana por la mañana, les devolvería su estúpido polo y me despediría.

—¿Así, sin más?

Sharon asintió con la cabeza.

—Así, sin más.

—¿Sin avisarles con tiempo?

—Sí. —Sharon observó cómo distintas emociones velaban el semblante de Niki. Una mezcla de incertidumbre y alivio. Luego añadió—: Yo diría que eres capaz de plantarte, Niki. Rompiste con un novio maltratador y dejaste la última casa en la que no estabas bien. Y dejaste tu último empleo por teléfono. Se nota que eres una persona fuerte, y me parece admirable. Cuando yo tenía tu edad, era una pusilánime. Tardé mucho tiempo en aprender a valorarme.

—¿Y no te importa que esté en paro y viviendo en tu casa? ¿No pensarás que me rindo muy rápido?

—¿Era eso lo que te preocupaba? —Sharon lo preguntó asombrada, y luego rio entre dientes—. Cielo, para mí eso es lo de menos. Conseguirás otro empleo enseguida. No me cabe la menor duda.

Niki reflexionó sobre ello un instante.

—De acuerdo, entonces lo haré. Mañana por la mañana iré allí y me despediré. —Sorprendió a Sharon inclinándose hacia ella para darle un abrazo—. Gracias, muchísimas gracias.

—¿Gracias por qué? Yo no he hecho nada.

—Gracias por escucharme y ayudarme. —Niki se apartó y Sharon vio que le resplandecían los ojos con lágrimas frescas—. Y por entrar en la habitación, taparme y ser tan buena.

—No es nada. —Sharon se encogió de hombros—. Me alegro de haberte ayudado. —Se alisó la parte delantera del pantalón—. Te mereces trabajar en algo mejor que Nutrición Excepcional, Niki. Sé que hoy te sientes mal, pero algún día esto no será más que una anécdota divertida.

—¿De verdad lo crees?

—No lo creo, lo sé. —Se puso en pie—. Voy a bajar y empezaré a preparar la cena. No te preocupes más por este asunto.

–¿Te ayudo?

Sharon sonrió.

–No, ya me apaño. Gracias. –Se dirigió hacia la puerta y, al llegar a ella, se volvió para mirarla–. ¿Quieres que te diga algo? Nunca me ha gustado ese polo.

–A mí tampoco.

–Y, además, solo te dieron uno. ¿Qué se supone que vas a hacer con un solo polo?

–No lo sé. –Niki bajó la mirada hacia el polo de poliéster barato–. Me dijeron que solo tenían este a mano y que habían encargado otro.

–Pues yo diría que a estas alturas ya debería de haber llegado.

–Sí.

–Bueno, la buena noticia es que ya no tendrás que llevarlo más. No lo laves antes de devolverlo.

–No pensaba hacerlo.

–Te llamaré cuando la cena esté lista. Vamos a cenar espaguetis. Tal vez te interese dejarte el polo puesto por si se te cae un poco de salsa.

Niki asintió con la cabeza, sonriendo de oreja a oreja. Sharon bajó las escaleras, sintiéndose mucho más aliviada que cuando había subido por aquellos mismos escalones.

Capítulo 14

Cuando la señora llegó a casa, Mia ya tenía la mesa puesta para la cena que había preparado en la olla de cocción lenta. Lo más difícil había sido trocear las zanahorias y las cebollas. Jacob la había ayudado con las zanahorias, pero le dijo que tenía que apañárselas sola con las cebollas.

–Cuando corto esas cosas me escuecen los ojos –le había dicho antes de salir con paso torpe de la cocina, con los ojos fijos en su teléfono.

En una ocasión, unos meses antes, mientras cortaba hortalizas, Mia se había hecho un corte en el dedo pulgar. Le había empezado a sangrar y, aunque se había envuelto la mano con una servilleta de papel, lo había manchado todo de sangre y había acabado metiéndose en un buen lío. El señor y la señora tuvieron una discusión por aquel asunto. El señor decía que Mia era demasiado pequeña para utilizar un cuchillo afilado y que tampoco debería utilizar los fogones. Y la señora le replicó que no dijera estupideces, que lo único que pasaba es que Mia tenía que ser más cuidadosa. El señor le examinó la mano, le limpió la herida y se la cubrió con una tirita. Y cada noche se la revisaba: le despegaba la tirita y le pedía que doblara el dedo con la frente fruncida en gesto de preocupación. Cuando el corte finalmente se cerró, Mia se puso un poco triste, porque el señor dejó de inspeccionarle el dedo.

Desde entonces, Mia solo estaba autorizada a utilizar cuchillos afilados los días en que el señor estaba de viaje. Y aquel era uno de esos días. Había detectado que el ritmo de toda la casa era distinto cuando el señor no estaba, y nunca sabía qué podía esperar. A veces la señora tenía un estallido de energía y le pedía que la ayu-

111

dara a limpiar los armarios roperos o a quitarles el polvo a todos los rodapiés; en otras ocasiones se quedaba en cama y le pedía que le subiera las comidas a la habitación. Los días que guardaba cama eran mejores para Mia porque tenía menos quehaceres. Lo malo era que tenía que estar muy atenta por si la señora tocaba la campana, para no hacerla esperar.

Aquella tarde, la señora entró en la cocina con una sonrisa en la cara. Seguía llevando el abrigo de invierno puesto, pero se había quitado las botas y se había guardado los guantes en los bolsillos.

–Ay, Mia –le dijo con aprobación–, me ha llegado el olor a asado de ternera en cuanto he entrado por puerta. –Levantó la tapadera y echó un vistazo al contenido de la cazuela–. No tiene mala pinta –dijo bajando la barbilla–. Acabaremos haciendo de ti toda una cocinera.

–Sí, señora –respondió Mia.

Acababa de terminar de limpiar la cocina y se quedó delante de la señora, con las manos entrelazadas. Cuando la señora salió de la cocina para dirigirse al armario del vestíbulo, Mia la siguió, a la espera de sus instrucciones. Después de colgar su abrigo, la señora abrió su bolso de mano y sacó una pequeña bolsa de papel blanca y se la entregó a Mia para que la guardara. Mia estaba a punto de hacerlo cuando la señora empezó a hablar.

Con una mano en la cadera, le dijo:

–Ay, Mia, no sabes lo agradable que es regresar a casa después del día que he tenido hoy. ¡Cuántos problemas! Primero he tenido que ir a una reunión de la junta y ha sido soporífera. Esas cabezas de chorlito están planificando una subasta silenciosa y no tienen ni pajolera idea de cómo organizarse. No han dejado de parlotear y no han llegado a ninguna conclusión. No paraban de darle vueltas al asunto. Yo sabía cómo funcionan esas subastas desde el primer momento, por supuesto, pero he esperado a ver cómo se enzarzaban en una discusión y entonces me he puesto en pie y me he hecho cargo de la situación, asignándoles una tarea a cada una de ellas. Tendrías que haber visto la cara de Trina Meyer cuando he tomado las riendas. Parecía debatirse entre darme las gracias o estrangularme. –La señora soltó una carcajada estentórea y Mia sonrió–. Y luego he ido a comer con Jana, y después de eso he hecho unos recados. Había un tráfico tremendo. Tienen toda la autovía interestatal patas arriba. –Sacudió la cabeza, y su melena a capas acompañó su gesto como un aleteo–. Tienes tanta suerte de poder quedarte en casa.

–Sí, señora.

–Ay, Mia, eres una niña tan buena. Lo sabes, ¿verdad?

Mia afirmó con la cabeza, con el corazón henchido por ser la niña buena de la señora.

–Y tienes tanta suerte de vivir aquí con nosotros. Cuando pienso en cómo estabas cuando te salvamos imagino cómo habría sido tu vida. Solo de pensarlo me dan ganas de llorar.

Mia dudó. Le habría gustado hacer muchas preguntas. La señora solía decir que había salvado a Mia. Hablaba como si Mia recordara todo lo que había ocurrido, pero Mia era muy pequeña entonces. Por mucho que lo intentaba, no conseguía recordar prácticamente nada acerca de su vida antes de formar parte del hogar de los Fleming. Tenía un vago recuerdo de una mujer que le cantaba. Casi le parecía recordar el sonido de su voz, pero no con nitidez. Y le venían a la mente otras imágenes pasajeras. Recogiendo dientes de león. La sensación de que la empujaran en un columpio y de elevarse tanto que casi podía tocar las nubes. Sin embargo, aquellas imágenes parecían pertenecer a un sueño o a un deseo. Era posible que fueran producto de su imaginación. En una ocasión le había preguntado a Jacob acerca de su vida antes de vivir con ellos.

–¿Dónde estaba yo cuando me salvasteis? –le preguntó.

Le habría gustado obtener una respuesta, pero Jacob se limitó a sacudir la cabeza a ambos lados.

–Créeme –contestó él–, es mejor que no lo sepas.

Mia no se lo dijo, pero, sin que él lo supiera, le había tendido una trampa, porque antes de aquello no estaba segura de que Jacob supiera nada. Saber que él conocía la historia de cómo había acabado viviendo allí era importante porque implicaba que quizá algún día, en el futuro, si estaba de mejor humor, Jacob le contaría algo más. Sabía que volvería a preguntárselo, y que seguiría haciéndolo hasta que él se hartara y le respondiera. Y cuando lo hiciera, sabría la verdad. A veces, cuando se lo preguntaba, él le decía:

—Sabes que nunca te miento, ¿verdad, Mia?

Y ella asentía, porque sabía que nunca le había mentido.

La señora, por supuesto, era la que mencionaba constantemente la suerte que había tenido Mia de ir a dar con ellos. Por su manera de hablar, cualquiera habría dicho que había recogido a Mia de un vertedero o que la hubiera sacado de debajo de un montón de hojas. Aquel día la señora parecía afable, cariñosa, lo cual hizo que Mia hiciera acopio de todo su valor para hacerle una pregunta, cosa que nunca hacía. Abrió la boca y empezó a decir:

—Cuando me rescataron…

Pero la señora la interrumpió:

—Y luego he tenido que lidiar con la nueva empleada del nutricionista. —Soltó un resoplido—. La de cosas que tengo que aguantar. Menuda insolente. La muy mocosa ha tenido la osadía de replicarme. ¡Cómo se atreve! Si yo fuera Dawn, la despediría de inmediato. Imagínate, vociferarme a mí, su mejor cliente. ¡Cómo se atreve! —Empezó a caminar por el pasillo, con la bolsa blanca colgando de las puntas de los dedos—. ¡Mia! No te despistes. El día aún no ha acabado y tenemos muchas cosas que hacer todavía.

Mia se esforzó por caminar a su ritmo. La señora caminaba con el bolso aún colgando del codo. Seguramente le encargaría un par de tareas más, pero no sería tan malo como de costumbre. La bolsa blanca indicaba que estaría de mucho mejor humor muy pronto. En breve, la señora estaría descansando con el albornoz puesto, mirando Netflix en la cama, y luego se olvidaría de Mia. A veces incluso se olvidaba de bajar a arroparla y la puerta se quedaba abierta toda la noche. En esas ocasiones, Mia tenía demasiado miedo para salir de la habitación, pero saber que podía caminar por la casa sin que la controlaran se le antojaba a la par terrorífico y emocionante. Uno de aquellos días quizá lo intentara.

Capítulo 15

A la mañana siguiente, Sharon condujo a Niki al trabajo un poco antes de lo habitual. Niki no había querido desayunar, decía que no tenía apetito.

—Venga, vámonos y acabemos con esto de una vez —le dijo Sharon, sosteniendo en alto las llaves del coche—. Te sentirás mejor después de hacerlo.

Guardaron silencio durante la mayor parte del trayecto.

—No voy a mentir —dijo Niki mientras tomaban el desvío para entrar en la zona de estacionamiento—. Estoy un poco nerviosa.

Miró a Sharon con la esperanza de que pronunciara unas palabras reconfortantes. Por la mañana, en casa, habían repasado su plan para despedirse. Sharon tenía la impresión de que a Niki no le costaría hacerlo, porque había sido capaz de romper su relación con Evan y de dejar su antiguo empleo mediante un mensaje en el contestador y porque no había tenido problemas en marcharse del último sitio en el que había vivido después del incidente con el marido. Pero, y era un gran pero, el elemento común de aquellos tres episodios es que habían llevado a Niki al límite y había entrado en pánico, a raíz de lo cual había tomado decisiones impulsivas. Esta vez era distinto. Niki había tenido tiempo para reflexionar sobre la secuencia de acontecimientos y tenía la sensación de haber metido la pata.

Tal vez no le resultara tan fácil conseguir otro empleo, y ¿cuánto tiempo le permitiría Sharon vivir allí si se quedaba en el paro y no hacía ninguna aportación económica? Incluso la amabilidad extrema tenía sus límites.

—Es normal que estés nerviosa —la apaciguó Sharon—. ¿Has cambiado de opinión? ¿Quieres seguir trabajando ahí?

–No.

Respondió casi sin pensar. Niki no quería trabajar allí; de hecho, quería justo lo contrario. Lo que esperaba era soltar el polo y no volver a poner los pies en Nutrición Excepcional nunca más en la vida. La idea de despedirse le resultaba atractiva. Lo que se le atragantaba era entrar y hablar con Dawn. Si pudiera, pasaría por delante de la tienda en coche, bajaría la ventanilla, le gritaría «¡Me largo!» y arrojaría la camiseta por la ventana.

–No pasa nada por despedirse estando nerviosa. Sea como sea, lo habrás hecho.

El aparcamiento estaba prácticamente vacío. Sharon aparcó en un espacio de cara a los escaparates de las tiendas. A través del aparador, Niki vio a Max y a Dawn en el interior de la tienda.

–¡Vaya! Están los dos dentro –dijo, con el corazón en un puño.

–¿Los dos?

–Max y Dawn. –Niki no había coincidido en ningún momento con los dos en la tienda mientras estaba abierta. Imaginó que lo habían planificado, que tenían previsto hacer equipo para reprenderla o quizá que se disponían a desplegar la típica estrategia de poli bueno y poli malo–. No sé si soy capaz de enfrentarme a ellos. ¿Qué te parece si se lo digo por teléfono o por mensaje de texto?

–Podrías hacerlo –respondió Sharon reflexiva–. Pero ¿no crees que te sentirás mejor después de encararte a ellos y explicarles por qué te vas? Nadie tiene derecho a insultarte ni a quitarte el móvil. ¿Y a qué viene que Dawn se pusiera de su parte? Eso no está bien. Creo que decirles lo que piensas te resultará empoderador.

–Supongo que sí.

Niki suspiró, pero no movió ni un músculo.

–Sé que ahora te parece muy duro, pero algún día volverás la vista atrás y te alegrarás de haberte defendido. Y muy pronto algo mucho mejor se cruzará en tu camino. Créeme, cuando una puerta se cierra otra se abre. La vida cambia cuando menos te lo esperas. Lo sé porque me ha pasado muchas veces. Es una de las ventajas de ser vieja.

Sharon sonrió.

—¿De verdad?

—De verdad. ¿Quieres que entre contigo?

—¿Lo harías?

—Pues claro. Puedo acompañarte para darte apoyo moral. —Sharon apagó el motor, se echó el bolso al hombro y abrió la puerta—. ¿Vienes?

—Sí.

Niki dejó su bolso en el coche y atravesó el aparcamiento, con el polo colgando del brazo.

Sharon fue la primera en entrar en la tienda, y le sostuvo la puerta abierta a Niki para que la siguiera. Cuando Niki pasó junto a ella, le susurró:

—Adelante, tú puedes.

Niki tenía planeado decir: «No puedo seguir trabajando en un lugar que no defiende a sus empleados, así que me voy. Ayer fue mi último día». El resto de su plan pasaba por dejar el polo manchado de tomate sobre el mostrador, darse media vuelta y desaparecer. Su plan se vio ligeramente alterado por el hecho de que Max también estuviera presente, reponiendo artículos en la vitrina de las vitaminas que había a un lado de la tienda, mientras Dawn la miraba con ojos gélidos. Era imposible hablar con ambos al mismo tiempo y tomó la decisión de comunicarle su decisión a Dawn. Niki respiró hondo, se dirigió a la caja registradora y dejó el polo sobre el mostrador.

—¿Qué es esto? —preguntó Dawn con dureza, mirando la camiseta como si fuera un bicho muerto.

Niki prácticamente notó la ola de apoyo de Sharon a su espalda. «Tú puedes».

Irguió la espalda y dijo:

—No puedo continuar trabajando en un lugar que no defiende a sus empleados, así que…

—¿Me estás tomando el pelo? —preguntó Dawn, dando una palmada sobre el mostrador—. ¿Que nos dejas? ¿Después de todo el tiempo que hemos invertido en formarte?

Niki se obligó a pronunciar el resto de la frase, con el corazón latiéndole con fuerza:

—Así que me despido.

Dawn gritó hacia el otro lado de la tienda:

—¿Oyes eso, Max? La pequeña zorra nos deja.

—Un momento, un momento —protestó Sharon, mientras se colocaba al lado de Niki—. No hay ninguna necesidad de insultar a nadie. Intentemos comportarnos como seres civilizados. Niki podría haberlos dejado tirados, pero, en lugar de eso, ha venido aquí a darles explicaciones y a devolverles el uniforme.

—¿Y te traes a tu abuela para que te defienda? —Dawn salió de detrás del mostrador, agarrando la camiseta manchada con el puño cerrado—. ¡Debería darte vergüenza!

Desde el otro lado de la tienda, Max pronunció un tímido:

—Dawn, no te pongas así.

Decidida a rematar lo que había ido a hacer, Niki dijo:

—Ayer fue mi último día.

Sharon le dijo:

—Vámonos, Niki. —La agarró del codo y la condujo hasta la puerta.

Justo antes de irse, Dawn les gritó:

—Firmó una cláusula por la que se comprometía a trabajar un mínimo de tres meses. Eso se lo ha dicho, ¿abuela? Es legalmente vinculante. Podríamos demandarla, y ganaríamos.

A Niki se le había olvidado por completo que había firmado el contrato. ¿Podía ser legalmente vinculante? Miró a Sharon y vio que su mirada se había vuelto fiera.

—Me alegro de que mencione el tema legal —respondió Sharon, con una voz que atronó en toda la estancia—, porque esa es una de las principales razones por las cuales he alentado a Niki a dejar este trabajo. No quiero que mi nieta trabaje en un sitio cuyos propietarios trafican con drogas. Creo que la policía tendría mucho interés en conocer sus pedidos especiales para clientes vip.

Dawn se quedó boquiabierta y se puso lívida como el papel. Sharon mantuvo su postura, sosteniéndole la mirada durante lo que pareció un rato bien largo y luego, sin decir ni una palabra más, se dio media vuelta y salió por la puerta. Niki la siguió. Cuando estuvieron dentro del coche, Niki le dijo:

–¡Vaya! Menudo *mic drop* le has hecho.

–¡Supongo que sí! –replicó Sharon mientras ponía el motor en marcha–… signifique eso lo que signifique.

–Es como… –Niki se detuvo a pensar–. Es como decir que has sido tú quien ha tenido la última palabra. Que la has dejado fuera de combate.

Sharon asintió con la cabeza. Permanecieron allí sentadas un momento, observando la tienda. Max había dejado la caja de vitaminas en el suelo y estaba con Dawn detrás del mostrador. Desde su punto de vista, daba la sensación de que Max y Dawn estaban teniendo una conversación intensa.

Niki preguntó:

–¿Has visto la cara que ha puesto cuando le has dicho lo de traficar con drogas?

–Y tanto que la he visto.

–¡Qué pena que no tengamos pruebas! Me encantaría denunciarla a la policía. –Mientras hablaban, Dawn descolgó el auricular del teléfono de la tienda y empezó a pulsar teclas. Niki preguntó–: ¿A quién crees que estará llamando?

–A Suzette Fleming. Tienen que cuadrar sus coartadas.

–¿De verdad piensas eso?

–Sí. Está asustada, y tiene motivos para estarlo. –Sharon miró a Niki y le dio una palmadita en el brazo–. Al menos ya no tendrás que preocuparte por tu cláusula de tres meses. Después de esto no querrán saber nada de ti.

–Espero que tengas razón.

–Tengo razón. Puedes estar segura.

–Y además –respondió Niki–, si me demandaran, tampoco es que fueran a ganar demasiado.

–Así se habla. –Sharon sonrió y salió del aparcamiento. Cuando estaban a punto de llegar al desvío que conducía a su vecindario, continuó hacia la gasolinera de la esquina–. Solo será un minuto.

—Puedo echar la gasolina yo, si quieres —le propuso Niki, desabrochándose el cinturón.

—No, ya lo hago yo. —Sharon sacó un billete de diez dólares del monedero y se lo dio—. ¿Por qué no entras y compras unos dónuts? ¿Cuatro o así? Tú decides. Podemos celebrar tu despido al volver a casa.

Curiosamente, Niki, que quince minutos antes tenía el estómago cerrado, había recuperado el apetito y se le hizo la boca agua al pensar en los dónuts. Sharon parecía intuir cómo se sentía. Cogió el billete y entró en la tienda de la gasolinera. Se dirigió directamente a la vitrina de los dónuts. A través del escaparate, vio a Sharon hablando con una mujer en el otro surtidor. Sharon no era una mujer fácil de descifrar. Amable, pero no demasiado. Y tan tranquila que podría parecer fácil mangonearla, pero Niki tenía la impresión de que bajo aquella fachada complaciente había una mujer llena de fuerza. Sharon no dejaba aflorar esa fuerza con frecuencia. Al contrario que Amy, que era toda una presencia. Amy conducía con decisión y, cuando tenía la radio puesta, la música sonaba alto. Sharon les hacía gestos a los conductores que tenía delante, como si tuviera todo el tiempo del mundo, mientras que Amy se impacientaba si los coches de delante tardaban mucho en arrancar cuando el semáforo se ponía en verde.

—Mira a ese tipo —decía Amy, señalando al coche que tenían delante—. ¿Quién le ha regalado el carné de conducir a ese tarugo?

Si hubiera sido Amy quien la hubiera acompañado a Nutrición Excepcional aquella mañana, se habría encarado con Dawn desde el principio, mientras que Sharon no había dicho nada hasta que Dawn la había insultado y amenazado a Niki.

Dos maneras distintas de ser fuertes.

La vitrina de las pastas estaba medio llena, había multitud de opciones. Niki cogió una bolsa y, con un trozo de papel encerado, seleccionó dos rosquillas de azúcar, un bollo cubierto de chocolate y un dónut relleno de mermelada. Junto a ella, en la cafetera, una mujer con un abrigo de lana gris y unos tacones altos negros estaba accionando una palanca para servirse un capuchino. Cuando Niki llegó al mostrador, la saludó un viejecito con el pelo gris ondulado y algo barrigudo. Vestía una camisa de franela roja y unos tejanos, una estética de leñador que Niki había empezado a ver con frecuencia en los últimos tiempos, y pensó que quizá se estuviera poniendo de moda de nuevo, aunque aquel hombre no parecía alguien que se preocupara por las modas. Probablemente llevara vistiendo así sesenta y cinco años.

–Buenos días, jovencita –la saludó, con una sonrisa tan luminosa que Niki no pudo evitar sonreír también–. ¿Cuántas pastas te aguardan en esa bolsa?

–Cuatro.

Le entregó el dinero, él registró la compra y le devolvió el cambio.

–Aquí tienes, señorita. Espero que tengas un día maravilloso.

Era una frase algo cursi, y probablemente se la dijera a todos los clientes, pero aun así el optimismo de aquel hombre la puso de buen humor.

–Lo intentaré.

Al darse media vuelta para marcharse, un cartel colgado junto a la puerta le llamó la atención.

«BUSCAMOS PERSONAL

Forma parte del equipo de Village Mart. Buen salario, horario flexible».

Niki esperó hasta que la otra mujer hubo pagado su capuchino y luego retrocedió hasta el mostrador.

–Me gustaría formar parte de su equipo –dijo–. ¿Tengo que hacer la solicitud a través de internet?

–Si quieres, sí –le respondió él–. O te puedo dar el formulario y lo rellenas aquí mismo. –Buscó debajo del mostrador y le entregó uno–. Si de verdad te interesa trabajar con nosotros, puedo entrevistarte ahora mismo. Mi hermano, Fred, está en el almacén y puede ocuparse de la caja registradora.

–Estoy muy interesada –respondió Niki, mirando a través del

escaparate—. ¿Le importa que vaya a avisar a mi abuela? Tardaré un minuto.

—Tarda lo que necesites. —Se recostó, cruzando los brazos y riendo—. No me voy a ir a ningún sitio. Estaré aquí cuando regreses.

Capítulo 16

«La vida cambia cuando menos te lo esperas». Era lo que le había dicho Sharon, y a Niki le sorprendió que fuera verdad. En solo dos horas, había dejado un empleo y había conseguido otro mejor. Village Mart era propiedad de dos hermanos, Fred y Albert, dos viejecitos que parecían padecer algún tipo de trastorno de la personalidad que hacía que siempre estuvieran de buen humor. Albert había sonreído y había contado unos cuantos chistes durante la entrevista, cosa que había hecho que Niki se relajara. Al cabo de unos minutos había olvidado que la estaban entrevistando y había empezado a hacer bromas ella también. La contrataron allí mismo. Pagaban un dólar por hora más que en Nutrición Excepcional y, además, el horario era mejor: de miércoles a domingo de nueve de la mañana a cinco de la tarde. Nunca tendría que encargarse de abrir o de cerrar la tienda y siempre habría con ella uno de los hermanos. Y lo mejor de todo era que la tienda estaba solo a unas manzanas de casa de Sharon, así que podría ir a trabajar a pie.

Las pastas que compró acabaron sirviendo para celebrar que tenía un empleo nuevo.

–Sabía que conseguirías algo –le dijo Sharon una vez que estuvieron en casa, sentadas a la mesa de la cocina, con el café delante y decidiendo qué pasta elegir.

–Pues yo no lo tenía tan claro. –Niki le dio un sorbo al zumo de naranja–. Pero tengo un buen presentimiento con esto. Estará bien tener un horario regular.

Albert le había dado a elegir entre el turno nocturno o el diurno y ella no había dudado ni un instante en elegir trabajar de día.

–¿No te importa trabajar los fines de semana?

Niki se encogió de hombros.

–¡Qué va! Cada día es más o menos lo mismo para mí. Trabajaré cuando me necesiten. Les he dicho que podía ir también los festivos si necesitan ayuda. –Albert había parecido especialmente complacido al escuchar aquello–. ¿Puedo hacerte una pregunta?

–Por supuesto.

–¿Por qué le dijiste a Dawn que era tu nieta?

Sharon sonrió lentamente.

–¿Te molestó?

–No, solo me pica la curiosidad.

–Bueno, ella lo dio por supuesto y me pareció más fácil seguirle la corriente. Además, cuando se refirió a mí como tu abuela, me di cuenta de que me hacía gracia la idea de serlo. Debo de tener más o menos la misma edad que tendría tu abuela. –Suspiró–. Y Amy ha dejado perfectamente claro que no piensa tener hijos, así que supongo que la idea de contemplarte como mi nieta es como un deseo cumplido. Espero que no te importe.

–¿Importarme? –respondió Niki, asombrada–. No me importa. Me encantaría que fueras mi abuela. Me sentiría muy afortunada de tenerte como abuela.

Sharon era mucho mejor que ninguno de sus parientes. Incluso el más amable de ellos era poco de fiar y todos parecían tener un montón de problemas. La disfunción era la norma en su familia. Tenían de todo, desde adicciones hasta aprietos económicos pasando por una tendencia a infringir la ley. A veces, Niki se preguntaba cómo era posible que ella hubiera salido bien, a tenor de los modelos que había tenido. Por supuesto, ella aún era joven. Tenía mucho tiempo por delante para meter la pata.

–Bien, porque me he encontrado a una vecina en la gasolinera y me ha dicho que nos había visto ir y venir juntas en el coche. Y cuando me ha preguntado quién eras, le he dicho que eras mi nieta y que ahora vives conmigo. –Sharon rodeó la taza de café con las manos–. Me ha salido así. Y me resulta curioso que lo haya aceptado sin más y no haya hecho ninguna otra pregunta.

–Yo también le he dicho a Albert, en la gasolinera, que vivía con mi abuela –confesó Niki–. Es demasiado complicado de explicar y no quería entrar en detalles.

Hacía tiempo que había aprendido a no contar por voluntad propia que vivía con familias de acogida. La gente podía ser demasiado curiosa, formular demasiadas preguntas o bien reaccionar con compasión. Y la compasión era lo peor de todo. Niki no quería que la miraran por encima del hombro y, sobre todo, no quería que la etiquetaran como «la cría en acogida».

No había sido culpa suya acabar en una casa de acogida. Su madre y ella se habían desenvuelto relativamente bien y podrían haber continuado haciéndolo de manera indefinida. Claro que su madre era drogadicta y que a menudo iban cortas de comida o tenían que cambiarse de casa por no pagar el alquiler, pero Niki sabía que su madre la quería y siempre acababa encontrando algún modo de poder pasar la semana. Ella sola se encargaba de mantenerlas a las dos a flote. Y, entonces, cuando tenía doce años, la estúpida vecina de enfrente, la señora Washington, las denunció y empezaron a investigar su situación. La mujer de los servicios de protección a la infancia dijo que Niki no debería ser la adulta del hogar, que el sistema la ayudaría a conseguir el apoyo que necesitaba y que, con el tiempo, ambas volverían a estar juntas. En lugar de eso, enviaron a Niki a vivir con desconocidos y unos meses más tarde su madre se tomó una sobredosis y murió. Si Niki hubiera estado con ella, eso no habría pasado. Porque ella habría sabido frenarlo.

Y entonces, todos los amigos y los familiares que habían ido entrando y saliendo de su vida hasta entonces desaparecieron para siempre. La última vez que tuvo noticia de él, su padre estaba en la cárcel y, aunque no lo estuviera, Niki apenas lo conocía y lo que sabía de él no era nada bueno. Todos los parientes parecían tener una opinión sobre el destino de Niki, pero nadie quería hacerse responsable de criar a una niña. Al único tío que aceptó quedársela a cambio de que le pagaran por tenerla en acogida, lo descartaron por su pasado delictivo. En su momento, se había entristecido, pero, mirándolo con perspectiva, ya le daba igual.

—Pues tema zanjado —sentenció Sharon—. Por lo que al mundo concierne, eres mi nieta y yo soy tu abuela.

—Pero prefiero seguir llamándote Sharon, si te parece bien.

—Me parece perfecto.

Hacer la formación en Village Mart fue una experiencia divertida, cosa que no podía decir de sus empleos anteriores. A Albert y Fred los impresionó lo rápido que aprendió a manejar la caja registradora y no dejaban de elogiarla por sus interacciones con los clientes.

—¡Que me aspen! ¡Va como una flecha! —exclamó Fred—. Será mejor que nos andemos con ojo o Niki nos acabará sustituyendo a los dos —exclamó dándole un codazo a su hermano.

—No veo por qué eso tendría que ser algo malo —respondió Albert, dando un manotazo en el mostrador.

Albert y Fred eran justo lo contrario de Dawn y Max, cosa que hizo a Niki preguntarse por qué alguna gente era tan desgraciada mientras que otros eran optimistas por naturaleza. La felicidad de aquellos dos hermanos era contagiosa. La irradiaban como rayos de luz. Su simpatía influía en todos los clientes que entraban en la gasolinera, que acababan saliendo con una sonrisa en la cara. Por primera vez en la vida, a Niki no le importaba ir a trabajar.

A su regreso a casa tras su segundo día, descubrió que habían dejado una caja dirigida a ella durante su ausencia.

—¿Qué es esto? —le preguntó a Sharon, que se limitó a encogerse de hombros.

—Supongo que tendrás que abrirla para averiguarlo.

En el interior había una chaqueta de invierno, unos guantes, una bufanda y un gorro, todo ello regalos de Amy, que, al parecer, había hablado con su madre. Sharon se había lamentado de que Niki no tuviera abrigo y se había ofrecido a llevarla a la tienda a comprar lo que ella llamaba «una prenda exterior». Le había dejado claro que sería ella quien la pagaría, y había insistido en que lo haría encantada. Pero Niki se había negado por principios. No quería caridad y, además, podía soportar el frío. Algún día, cuando le apeteciera, se compraría un abrigo con su propio dinero.

Sin embargo, un regalo era algo distinto. Puesto que Amy se había tomado la molestia de seleccionar todo aquello y enviárselo, sería de mala educación no aceptarlo.

Niki sacó el abrigo de la caja y se lo colocó por encima. Era azul marino, casi negro, y tenía el grosor ideal, suficiente para abrigar pero sin un volumen excesivo. Tenía una capucha que quedaba plana contra la espalda cuando no se usaba. Le gustó. La bufanda era de punto, de color granate, y formaba un gran círculo, y el gorro era una boina holgada del mismo color. Los guantes eran del mismo azul que el abrigo. La boina no acababa de convencerla, porque no le gustaba cubrirse el pelo, pero todo lo demás le parecía perfecto.

Se puso el abrigo, se sacó la melena por el cuello y se abrochó la cremallera delantera. Luego se probó los guantes, que parecían hechos a medida.

—¿Qué te parece? —preguntó Sharon.

—Perfecto —respondió Niki, abriendo los dedos para comprobar los guantes.

—Te queda bien. —Sharon asintió con la cabeza, en ademán de aprobación—. Así no tendré que preocuparme de que pases frío. Me sentía fatal cuando te veía salir solo con la sudadera y ahora que vas caminando al trabajo me daba miedo que te enfermaras.

¿En serio le preocupaba que Niki pasara frío y se pusiera enferma? Qué tierna. Solo de pensarlo, a Niki le entraron ganas de llorar. Había tenido algunos padres de acogida buenos, personas que parecían tenerle aprecio, pero nunca había tenido la impresión de que se preocuparan por ella. Más bien parecían querer hacer bien su trabajo.

—Pareces mi abuela de verdad —le dijo Niki, y acto seguido se dio media vuelta, porque pensó que si veía la expresión de Sharon, podía echarse a llorar—. Voy a enviarle un mensaje a Amy dándole las gracias.

Ir a pie al trabajo al día siguiente resultó una experiencia más agradable con un abrigo en condiciones. Al llegar a la gasolinera, Fred le dijo:

—Bonita chaqueta.

—Es nueva —respondió ella. Fred y Albert le inspiraban tanta seguridad que les contaba cosas que normalmente no contaría a nadie—. Un regalo de una amiga.

—Pues debe de ser una buena amiga.

—Lo es.

Niki había hecho muchos amigos a lo largo de los años, pero cuando había dejado de estudiar en la misma escuela, de compartir casa de acogida o de trabajar con ellos, todos parecían haber perdido el interés por ella. La gente se marchaba tal como llegaba. Salvo Amy, a quien podía considerar la mejor amiga que había tenido nunca. Sharon no lo sabía, pero Niki le enviaba mensajes de texto a Amy casi cada noche. A veces no era más que un comentario breve, pero le sentaba bien enviar un mensaje sabiendo que era Amy quien estaba al otro lado. A Amy parecía haberle impresionado especialmente cómo había manejado su madre la situación con Dawn cuando Niki dejó su empleo. Amy le había contestado: «Me alegro de que te haya cubierto». Ambas lo hacían.

Aunque solo era su tercer día trabajando en la gasolinera, ya se sentía cómoda con la rutina, que consistía en telefonear para hacer los pedidos, salir a ayudar a los clientes que tenían algún problema con el surtidor y asegurarse de que la tienda estuviera limpia y ordenada. En ocasiones, Albert le decía que se relajara.

—Me estás poniendo nervioso. No pasa nada porque te tomes un respiro de vez en cuando. Te habrás dado cuenta de que nosotros no nos matamos a trabajar.

Los hermanos conocían bien a sus clientes, hacían comentarios sobre sus compras y detectaban si alguien conducía un coche distinto al que llevaba normalmente. Además, los conocían por sus nombres, y se encargaron de presentar a Niki a los clientes habituales.

—Niki ha empezado a trabajar con nosotros esta semana y ya es realmente indispensable —podía decir Fred—. No sé cómo nos las hemos apañado sin ella hasta ahora.

Las horas punta eran las mejores, porque el tiempo se pasaba volando. En la tienda de nutrición, el reloj avanzaba a paso de tortuga. En cambio, allí el día volaba. Incluso cuando los clientes no entraban, Fred o Albert hacían algún comentario acerca de quiénes estaban llenando el depósito. Y cuando no había nadie por allí, le contaban anécdotas sobre su juventud, sobre las veces que se habían metido en líos en la escuela, anécdotas de su infancia en el campo y de los empleos que habían tenido antes de comprar la gasolinera. Un montón de anécdotas, todas ellas muy interesantes. Le decían que sabía escuchar, pero a Niki no le costaba hacerlo, porque se lo pasaba bien hablando con ellos. Eran divertidos y amables, una buena combinación.

A la hora de comer había un momento de calma, pero por la tarde volvía a retomarse la actividad. Aquella tarde, Fred estaba reponiendo cervezas en la nevera y ella se encontraba tras el mostrador cuando Jacob Fleming entró por la puerta. Llevaba la sudadera de costumbre, con la capucha puesta, que casi le ocultaba el rostro. Caminaba con la cabeza gacha, como si quisiera ser invisible.

Pese a ello, Niki lo reconoció enseguida. Sintió la misma punzada de familiaridad que había notado cuando la señora Fleming había entrado en la tienda de nutrición. Hasta aquel momento, a Niki no se le había ocurrido que pudiera encontrarse a uno de los Fleming en su nuevo empleo, pero entonces le pareció evidente. Aquella debía de ser la gasolinera más cercana a su casa y tenían dos vehículos que necesitaban combustible. Tenía muchas posibilidades de volver a encontrarse cara a cara con Suzette Fleming en el futuro próximo. No le hacía ninguna gracia, pero la consoló pensar que siempre habría uno de los hermanos trabajando con ella y que no tenían problemas en dejarle ausentarse un momento para ir al lavabo o lo que fuera. Si entraba aquella mujer, siempre tenía la opción de escabullirse y dejar que fueran ellos quienes se encargaran de gestionar la transacción.

Al ver a Jacob no solo se acordó de su madre, aquella mujer malvada, sino también de la niñita a la que había visto recoger el perro en el patio. Si Jacob era un cliente habitual, quizá podría

129

entablar una cierta amistad con él y, con el tiempo, conseguir que le hablara de la niña. Tal vez existiera una explicación razonable sobre por qué aquella cría vivía con la familia, pero algo que le daba mala espina la instaba a averiguarlo.

Observó a Jacob quitarse la capucha, merodear por los pasillos de la tienda y detenerse frente a la sección de tentempiés. Tras pensárselo unos minutos, agarró una bolsa grande de patatas fritas, luego se dirigió a la nevera de los refrescos, abrió la puerta y sacó una lata de Coca-Cola. Fred lo vio justo cuando cerró la puerta del frigorífico.

—Hola, Jacob. ¡Me alegro de verte!

—Gracias. Yo también me alegro de verle a usted. —Lo dijo en un murmullo, pero con una leve sonrisa.

El buen humor de Fred contagiaba incluso a los adolescentes ariscos.

—Te presento a Niki, nuestra nueva empleada —dijo Fred, señalándola con el dedo pulgar—. Seguro que la consideras una mejora con respecto a los vejestorios que cubrían el turno de día. Ya está haciendo de este un lugar mejor.

Jacob se dirigió al mostrador y depositó sus artículos.

—Hola, Niki.

—Hola, Jacob, encantada de conocerte.

—Encantado.

Se sacó unos dólares del bolsillo mientras ella tecleaba las compras en la máquina registradora. Niki contó el cambio y dejó caer las monedas en la palma de Jacob.

—¿Vives por aquí? —le preguntó.

Jacob afirmó con la cabeza.

—En la avenida Maple.

—Ah, yo vivo al lado, en la calle Crescent —respondió ella—. Hace poco que me he instalado en casa de mi abuela.

—Ojalá yo pudiera vivir con mi abuela —deseó él, con rostro sombrío.

—Sí, es genial. ¿No te gusta vivir con tus padres?

Era una indagación indiscriminada, pero algo le dijo que así era, y el hecho de que Jacob no hiciera amago de marcharse le pareció una buena señal. Había captado su atención.

–No me gusta vivir con mi madre. Mi padre es un buen tipo. Pero no para mucho por casa. –Jacob suspiró.

–Y que lo digas. Algunas madres son lo peor… –comentó ella con empatía, sujetándose un mechón de pelo detrás de la oreja–. En mi casa no había escapatoria. Soy hija única, así que acaparaba toda la atención. Siempre quise tener un hermano o una hermana. Habría sido genial tener a alguien con quien hablar, pero no pasó.

–Sí, yo también soy hijo único.

–¿No hay más niños en tu casa?

Lo preguntó como si tal cosa, pero le escrutó el rostro en busca de una reacción. Y la detectó: una sombra de duda. Fue algo momentáneo, pero estaba segura de haberlo visto.

–No –respondió él finalmente, con un encogimiento de hombros–. Solo yo. –Apoyó la mochila en el mostrador y guardó su compra dentro–. Encantado de conocerte, Niki.

–Sí, yo también. Hasta pronto.

Asintió y se dirigió a la puerta; al llegar, hizo un alto para volverse a mirarla. Niki le sonrió y se despidió con la mano. Había conectado con él. Regresaría, estaba segura. Y entonces volverían a hablar. Con el tiempo, conseguiría sacárselo. Los chicos adolescentes no hablaban tanto como las chicas, pero ella tenía un don para escuchar y para formular las preguntas pertinentes. Y a veces eso era lo único que se necesitaba.

En aquel momento entró Fred y se le unió detrás del mostrador.

–Has sido muy agradable entablando conversación con Jacob.

–¿Viene mucho por aquí?

Fred inclinó la cabeza, meditando la respuesta.

–Depende de lo que entiendas tú por «mucho». Viene un par de veces a la semana, más o menos. Siempre compra comida basura. Su madre la tiene prohibida en casa, así que aquí es donde viene en busca de sal y azúcar. Las primeras dos veces que entró, apenas me miró a los ojos.

–Pero conseguisteis ganároslo –aventuró Niki en tono asertivo.

–No fue fácil. Es tímido. –Fred sonrió–. Y hay algo que le pesa, no cuesta demasiado darse cuenta.

–¿Sus padres vienen alguna vez?

Fred negó con la cabeza.

–Solo lo he visto con su padre. No conozco a la madre, pero, por lo que cuenta Jacob, parece una diva, así que supongo que le pide a su marido que ponga la gasolina.

Niki tenía más preguntas, pero justo en aquel momento la puerta se abrió de golpe y una mujer bajita y rubia entró en la tienda. Fred activó el modo de recepcionista.

–Señora Timmerman, tan guapa como siempre. ¿Cómo va todo?

Por el momento, Niki se contentó con aparcar para otro día el tema de Jacob Fleming. Ya se presentarían nuevas oportunidades.

Capítulo 17

Al llegar a casa, a Jacob le alegró ver que el coche de su madre no estaba en el garaje. Odiaba aquel trasto porque era una extensión de ella, un vehículo estúpido y brillante, un Audi plateado diseñado para atraer la atención y causar admiración. Aquel Audi era lo que su madre más quería en el mundo. Ahora bien, la pasión de su madre por los coches solo duraba tres años. Cada tres años, reemplazaba su Audi viejo por un Audi plateado nuevo. A Jacob, todos le parecían iguales, así que no entendía para qué servía sustituirlos. Su padre opinaba lo mismo y cada vez intentaba convencer a su madre de que se quedara el coche unos años más, pero ella no le hacía caso.

–El modelo de este año tiene mejores prestaciones de seguridad –alegaba, por ejemplo.

O bien aducía que consumía menos por kilómetro. En realidad, poco importaba lo que dijera, porque tanto Jacob como su padre sabían lo que pasaba de verdad. Todo aquello era cuestión de estatus. Una vez su tía se había referido por error al coche de su madre como un «Acura» y su madre había estado dando la brasa con ello durante una semana.

–Como si yo condujera un Acura –había dicho, sintiéndose insultada.

La ausencia del Audi indicaba que nadie acribillaría a Jacob con preguntas acerca de su día en cuanto atravesara la puerta. Y eso, junto con los tentempiés que llevaba en la mochila, lo puso de buen humor. Además, conocer a Niki, la nueva empleada de la gasolinera, había puesto la guinda a su día. Niki había sido amable y se había interesado por él, y le había parecido que no solo era amable con él porque fuera un cliente. Acababa de mudarse al barrio, según le había dicho, y vivía justo en la calle de detrás de su casa. Quizá buscara nuevos amigos. No parecía mucho mayor que él, pero trabajaba durante el día, así que seguramente no fuera al instituto. Aunque no tenía por qué ser necesariamente así. Jacob tenía un amigo que se había hartado de que se metieran con él todo el tiempo, así que había dejado el instituto y ahora hacía clases *online*. Tal vez Niki hiciera lo mismo, o quizá se estuviera formando en casa. Mucha gente se decantaba por la escuela en casa últimamente.

Si no fuera porque supondría quedarse en casa con su madre, a Jacob le habría gustado estudiar en línea. No podía sacar peores notas de las que sacaba y, sin duda, sería mejor para su salud mental. Sería genial no tener que hacer frente a los empujones deliberados en los pasillos y se evitaría que, en las taquillas, lo insultaran por estar gordo. El bus escolar era una pesadilla. Les había comentado a sus padres que no había ningún chaval de su edad que fuera en autobús. Y su padre lo entendía, pero no le ofrecía ninguna solución. Su madre le había dicho que caminar le sentaría bien.

En el instituto, al principio había conseguido mantenerse fuera del radar, pero en tercero los vientos habían cambiado y se había convertido en una diana. Un chaval había hecho alusión a su falta de cuello y a sus mofletes gordinflones y habían empezado a llamarlo «Cabeza LEGO». El mote se le había quedado y ahora todo el mundo, incluso los novatos, lo conocían por ese nombre. En cuanto a apodos, podría haber sido peor, de manera que fingió encontrarlo divertido. Pero seguía doliéndole, aunque no lo mostrara. En ocasiones se sorprendía mirándose al espejo y deseando ser alguien distinto, alguien que no tuviera un cabezón grande y gordo, los hombros caídos y un cuerpo con forma de pera. Por si no fuera bastante malo ser él, encima tenían que atormentarlo por ello. Ojalá lo dejaran en paz. El instituto era un infierno muy particular. Si había algo que tenía claro, es que una vez saliera de allí no volvería a pisar aquel edificio. No asistiría a las reuniones de exalumnos, por más años que pasaran.

Al llegar a casa, colgó su sudadera en el armario del vestíbulo y dejó las zapatillas en la alfombrilla. Cuando Mia salió a comprobar quién había llegado, le preguntó:

—¿Dónde está mamá?

Mia sacudió la cabeza de lado a lado; al parecer, no lo sabía.

Volvió a intentarlo.

—¿Te ha dicho cuándo volvería?

—Solo me ha dicho que llegaría tarde. Te ha dejado una nota diciéndote que podía retrasarse y se supone que tienes que prepararme la cena. Ha dicho que estaríamos solos.

Jacob dejó su mochila en el suelo y abrió el compartimento principal.

—Pues es tu día de suerte, renacuaja. He comprado unas patatas fritas para los dos.

En realidad, se las había comprado para él, pero, al ver cómo se le iluminaba la cara a Mia, deseó haberlas comprado pensando en ambos.

Mia lo siguió a la cocina, donde Jacob le indicó con un gesto que se sentara a la mesa. Luego repartió el refresco de cola en dos vasos y le dio a Mia el que tenía menos cantidad. Volcó patatas sobre un par de servilletas y deslizó una hacia Mia, cerró la bolsa enrollándola por arriba y la volvió a guardar en su mochila. Mia cogió una patata frita y la observó antes de llevársela a la boca, balanceando las piernas por debajo de la mesa. Mientras masticaba, Jacob escondió la lata de refresco aplastada debajo de una capa de desechos en el cubo de la basura, creyendo que su madre no se daría cuenta. No volvería a cometer el mismo error.

—Qué bueno está esto. Gracias, Jacob —dijo Mía.

Era una renacuaja muy divertida, siempre agradecida por todo lo que le daban.

—De nada.

—¿Las has comprado en la gasolinera?

Ya estaba con las preguntas… Intentaba ser paciente con ella, pero a veces lo sacaba de quicio. Jacob se decía que, de no ser por él, Mia no sabría nada del mundo exterior. Tenía aquel cacharro de televisión en su habitación, pero hasta que el padre de Jacob no le había comprado una antena en Best Buy, lo único que se veía era electricidad estática. Incluso ahora la imagen era de una calidad pésima, pero era mejor que nada. Los presos en las cárceles tenían más opciones de entretenimiento que la pobre Mia. Afirmó con la cabeza.

–Las he comprado en Village Mart. Había una nueva dependienta, una chica. Y ha sido muy amable. –Le dio un sorbo al refresco–. Además, es muy guapa. Se llama Niki.

–Niki –Mia lo pronunció como alguien que aprende un idioma nuevo–. ¿De qué color tiene el pelo?

–Oscuro. Casi negro.

–¿Como el mío?

–Como el tuyo, pero más largo. Por debajo de los hombros. Y también tiene los ojos oscuros como los tuyos.

Jacob cogió unas patatas y se las llevó a la boca. Si su madre entraba por la puerta en aquel momento, lo mataría, pero tanto él como Mia sabían recoger las cosas en un pestañeo si oían la puerta del garaje. En ese sentido, eran cómplices tácitos en un delito. A ninguno de los dos les apetecía ser objeto de un ataque de cólera.

–¿Y tienen muchas patatas?

Jacob afirmó con la cabeza.

–Muchísimas. Y también Doritos y Cheetos.

Los Doritos eran sus preferidos, pero había dejado de comprarlos después de meterse en un lío por haberse manchado la camisa de polvo naranja. No se había dado cuenta, pero nada pasaba por alto a la mirada escrutadora de su madre. Lo veía todo. Las patatas con sal, pensó Jacob, eran una apuesta más segura.

–¿Y tenían magdalenas de chocolate rellenas de nata?

Desde que el padre de Jacob le había dado una de aquellas magdalenas, Mia estaba un poco obsesionada con ellas.

–Sí. Y todo tipo de refrescos también. Botellas y latas. No sabía si elegir una cola de cereza o normal, pero al final me he decidido por una normal.

–A mí me gusta más el Sprite que la Coca-Cola.

–Ya lo sé. La próxima vez te compraré un Sprite. Y una magdalena.

–¡Oh! ¿De verdad, Jacob? ¡Sería genial!

Se contentaba con tan poco… Eso era lo bueno de Mia. Lo malo era tener que mantenerla en secreto. Al principio, a Jacob le había resultado difícil. Había estado a punto de que se le escapara mencionársela a algún amigo o familiar un montón de veces. De hecho, un día dijo su nombre por error y tuvo que inventarse una historia acerca de una prima pequeña que había venido de visita.

–Jacob –dijo Mia.

–¿Qué?

Eructó para hacerla reír y consiguió su propósito. Las risitas de Mia eran como burbujas.

–¿Puedo hacerte una pregunta?

–Ya lo has hecho.

–¿Puedo hacerte una pregunta distinta?

–De acuerdo.

Tenía una idea de hacia dónde se encauzaba la conversación y lo incomodó.

–¿Dónde vivía yo antes de vivir aquí?

Jacob resopló. Se merecía saberlo y, sin embargo, le habían advertido muchas veces que no se lo dijera. Su madre había dicho que irían todos a la cárcel si se sabía. Por supuesto, su madre no se imaginó ni por asomo que fuera la propia Mia quien lo preguntara. Para ella, Mia no era ni siquiera una persona. Era más bien una muñeca que se movía o un aspirador.

–Vivías en otra casa. Y no era muy agradable.

–¿Cómo era?

Jacob se detuvo a pensar. Él tenía casi catorce años entonces, era lo bastante mayor para recordar exactamente lo que había visto, pero también sabía que escuchar la versión de los hechos que su madre le había relatado a su padre a lo largo de los años podía haber modulado su recuerdo. Su madre sabía convencer a los demás de que la verdad era distinta, de verdades que no se correspondían con la realidad.

–Era vieja, y el tejado se estaba hundiendo. Dentro había bichos y estabas sucia y hambrienta.

–Pero, Jacob, ¿no tenía una madre ni un padre que me cuidaran? No era más que una niña, pero a veces conseguía ablandarle el corazón. Había algo en sus grandes ojos castaños y su manera de mirarlo que se le clavaba como un cuchillo en las entrañas.

–No –contestó él con tristeza–. No había nadie que cuidara de ti. Por eso te salvamos y te trajimos aquí.

–Entonces, ¿mi madre y mi padre están muertos? –Mia posó sus ojos en él, esperando con paciencia su respuesta.

–No lo sé. Probablemente.

–¿Y no había nadie conmigo?

Jacob notó que su frustración se transformaba en irritación, y le espetó:

–¡Ya basta de preguntas! Sabes que se supone que no debemos hablar de ello. Deja de incordiarme.

Mia agachó la cabeza y ocultó el rostro. Cuando finalmente volvió a alzarlo, Jacob vio que le brillaban los ojos por las lágrimas. ¡Jodér! Y ahora se ponía a llorar…

En voz baja, Mia le preguntó:

–Pero, Jacob, ¿por qué se supone que no debemos hablar de ello?

Jacob suspiró.

–No lo sé, Mia. Cómete las patatas.

El humor en la habitación había cambiado; tal era el grado de control que tenía su madre. Incluso cuando no estaba presente, la idea de su existencia se cernía sobre ellos y lo empañaba todo. Finalmente, Jacob le dijo:

–En realidad, Mia, no hay nada que contar. Somos lo único que tienes.

Mia se sorbió los mocos y cogió otra patata. Jopé, qué lento comía, saboreaba cada patata, mientras que Jacob podría haber devorado la bolsa entera de una sentada si se lo proponía. No tenía fuerza de voluntad con la comida rica. Si la tenía delante, se moría de ganas de comérsela. Y si no la tenía delante, pero sabía que estaba a su alcance, no podía dejar de pensar en ella.

Mia daba mordisquitos diminutos, lentos y delicados. Quizá ese fuera el motivo por el que Jacob era tan corpulento, mientras que Mia era tan diminuta.

Algún día le contaría a Mia lo que recordaba de cuando la encontraron, pero aquel no era ese día. Era demasiado pequeña e inocente, y su vida antes de ellos era demasiado atroz. Lo único que tenía que saber era que su situación previa era espantosa, de manera que Jacob y su madre se la llevaron a casa para vivir con ellos. Jacob recordaba cuánto se había enfadado su padre cuando habían regresado del funeral de su abuelo en Mineápolis y había descubierto que en algún punto de Wisconsin, en el trayecto de regreso a casa, se habían llevado a una niña.

Era muy sencillo de entender. Primero no tenían a Mia y luego sí. Y el modo en que la habían adquirido parecía cosa del destino. De hecho, eso era precisamente lo que afirmaba su madre, que el destino le había dado una segunda oportunidad de tener una niñita después de perder a Olivia.

Unas dos horas después de encontrar a Mia estaban de nuevo en la carretera; su madre había parado en Walmart para comprar pañales y ropa nueva para la pequeña y Jacob y Mia se habían quedado esperando en el coche. Hicieron noche en un hotel y su madre le cortó el pelo a la niña, porque lo tenía tan enmarañado y apelmazado que era imposible pasarle un peine. La siguiente orden de su madre aquel día fue darle un baño. El agua y una esponja blanca acabaron marrones por la mugre y, al sacarla de la bañera, Mia parecía otra niña. Mia permaneció en silencio todo el tiempo, dando palmaditas en el agua y permitiendo que la madre de Jacob hiciera lo que quisiera con ella. Como una muñeca.

Resultó que Mia no necesitaba pañales. Cuando la encontraron llevaba las braguitas empapadas de orines y el coche había acabado apestando de tal manera que habían dado por supuesto que no le habían enseñado a usar el lavabo, pero averiguaron que sí sabía usarlo y aguantarse hasta llegar a uno. Aquel primer día, la niña estuvo en silencio todo el tiempo, sin llorar, sin hacer ni un ruido, incluso cuando su madre le tiró del pelo con el peine.

Después le dieron de comer, y comió como si estuviera muerta de hambre. Comió tan rápido que acabó vomitando, y Jacob tuvo que limpiar el vómito por indicación de su madre. A partir de entonces, le dieron la comida en pequeñas cantidades, lo cual pareció funcionar mejor.

Jacob había sido quien había entrado a Mia en casa en brazos al regresar. Se había quedado dormida en el coche. Una vez dentro, la tumbó con cuidado en el sofá. Como es natural, su padre tenía muchas preguntas, y su madre le dio la versión abreviada, rematándola con un:

–No teníamos más alternativa que llevárnosla de allí. ¿Qué otra cosa podíamos hacer?

Su madre conseguía que todo sonara blanco o negro. Hasta donde Jacob alcanzaba a entender, tenía solo dos emociones: o se alegraba de que las cosas fueran como ella quería o se ponía como una furia por lo contrario. Ah, y podía disfrazar su satisfacción para que pareciera felicidad, alegría u orgullo. Incluso era capaz de fingir que reía. En cambio, le costaba más disimular la ira, pero la ocultaba fingiendo estar enfadada por un motivo justificable o manteniéndola a raya. Reprimirse era una de sus estrategias. La hacía sentirse superior cuando los demás se enfadaban, mientras que ella mantenía una actitud calmada.

Su padre preguntó:

–¿Y no se te ha ocurrido llevarla a la comisaría de policía más cercana?

–¿La comisaría más cercana? –preguntó su madre con tono divertido–. Pero si estábamos en el quinto pino, Matt. Allí no había nada. He tenido suerte de encontrar un Walmart para comprarle algo de ropa.

Jacob recordaba lo furioso que se había puesto su padre al saber que su madre tenía planeado quedarse a Mia.

–No puedes quedarte a otro ser humano así, sin más, Suzette –había espetado–. No es un juguete. Es una niña. La hija de alguien, y deben de estar buscándola.

Su madre lo fulminó con la mirada, una de aquellas miradas suyas que se clavaban como una daga emocional.

–Matt, ¿por qué no te metes en tus asuntos?

Al oír aquello, su padre había montado en cólera y había empezado a vociferar, a decirle que aquello era asunto suyo, que aquellas eran su casa y su familia, y que ambos podían ser condenados por secuestro. Caminó enfadado de un lado a otro del salón, exponiendo argumento tras argumento, todos ellos válidos, aunque la razón no era algo que importara a la madre de Jacob. Durante todo aquel rato, Mia estuvo dormida en el sofá, chupándose el dedo. Si podía dormir mientras sus padres discutían, se dijo Jacob, podría dormir en cualquier circunstancia.

Su padre siguió gritando, mientras su madre sonreía como si fuera ella quien tuviera la última palabra. No hizo nada hasta que su padre descolgó el teléfono para llamar a la policía. Entonces cruzó los brazos y dijo:

–Piénsatelo muy bien. ¿De verdad quieres hacerlo? Sabes que estaría obligada a explicarles el motivo real por el que decidiste dejar de ejercer la medicina. Desde luego, la prensa lo divulgaría y todo el mundo se enteraría. O supón que comparto las fotos que tengo de ti con esa pelandusca. ¿Qué te parecería, eh? ¿O tus mensajes de pervertido? ¿Qué pensarían tus padres del niño de sus ojitos cuando lo vieran esposado y metido entre barrotes por cometer fraude con la facturación?

–No te atreverías. –Se le quedó el rostro lívido.

–Por supuesto que sí. Y les diría que me amenazaste con matarme si lo contaba. –Sonrió al pensar en ello–. Y entonces todo el mundo sabría de qué pie calzas y me consolaría en mi dolor.

Su padre dudó, aún con el teléfono en la mano.

–No puedes demostrar nada.

Su madre soltó una carcajada.

–Pero ¿cómo puedes ser tan idiota, Matt? Claro que tengo pruebas, copias de documentos y capturas de pantalla de tus mensajes con tu amiguita. Si no me crees, adelante, llama a la policía.

Abatido, su padre colgó el teléfono.

–Así que esas tenemos. Delatarías a tu propio marido.

–Solo si me obligas a hacerlo. Realmente, no me quedaría otra alternativa. –Se pasó los dedos por la melena escalada–. Y no te molestes en buscar los papeles. Está todo guardado bajo llave. Y si me sucede algo, he tomado medidas para que la información se haga pública. –Sus labios se estiraron y formaron una sonrisa maléfica–. Pero no te preocupes, cariño, te visitaría en la cárcel. En cuanto a la niñita, si el tema sale a relucir en algún momento, diré que la dejaron en el umbral de casa. ¿Quién puede rebatirlo?

Se quedaron mirándose fijamente a los ojos, generando un ambiente tan tenso que Jacob sintió que se mareaba. Finalmente, su padre cedió.

–Es que no lo entiendo, Suzette. ¿Por qué? ¿Por qué te da tanto placer ser tan malvada y difícil? ¿Por qué eres tan poco razonable? Sería tan fácil no serlo… Jacob y yo no nos merecemos esto. Tenemos una buena vida. ¿Por qué no nos dejas vivir en paz? Yo intento hacerte feliz. ¿Qué te hemos hecho para que nos odies tanto? –De repente parecía mayor, derrotado.

–No digas tonterías, yo no os odio. Lo que pasa es que sé lo que quiero. Soy una mujer con una voluntad férrea, y eso es algo bueno. Antes me admirabas, ¿no es cierto?

Su padre no respondió a su pregunta, se limitó a hacer un gesto con la cabeza señalando a Mia.

–De acuerdo, puede quedarse a pasar la noche. De todas maneras, voy a hacer una búsqueda en internet. Estoy seguro de que la estarán buscando.

Pero nadie la estaba buscando. No apareció ninguna noticia sobre una niña desaparecida en Wisconsin, e incluso cuando su padre amplió la búsqueda, no encontró a ninguna niña desaparecida que encajara con su descripción. Aunque Mia era minúscula, el padre de Jacob calculó que debía de tener tres años. A medida que pasaban los días y las semanas, su padre expuso múltiples argumentos en contra de quedársela, pero con el tiempo sus objeciones fueron apagándose. Al principio, Mia no decía gran cosa, pero a veces hacía sonidos y uno de ellos, cuando le preguntaban cómo se llamaba, sonaba a «Mia», de manera que así fue como la llamaron. A su padre le preocupaba que se pusiera enferma y necesitara medicamentos con receta, pero eso nunca había ocurrido. Lo máximo que había contraído era algún resfriado esporádico. Su madre afirmaba que era porque estaba a salvo en su casa y no tenía contacto con otros niños.

–Está lejos de todos esos horribles gérmenes –decía dándole unas palmaditas en la cabeza a Mia–. Eres una niñita con suerte, ¿sabes?

Al principio, su madre pareció cuidar a Mia, utilizaba apodos cariñosos para referirse a ella, estaba pendiente de ella e incluso la vestía con ropa bonita, pero, al cabo de unos seis meses, pareció cansarse de todo. Cuando descubrió la voluntad de complacer de Mia, la puso a hacer tareas domésticas. Y cada mes que pasaba, las tareas de Mia aumentaban. Mia no se quejaba nunca, se limitaba a hacer lo que le pedían, siempre de buen humor y con una sonrisa en la cara.

Años más tarde, Jacob leyó una historia acerca de un viaje que María Antonieta hizo con su séquito en su carruaje. Se detuvieron en una aldea pobre, donde la reina divisó a un niñito muy mono, decidió que lo quería y se lo llevó a vivir a palacio. La historia decía que María Antonieta había tratado a aquel niño como a una mascota muy querida, pero que había perdido el interés en él al tener a sus propios hijos. Las similitudes entre la reina y su madre eran inquietantes. Sabía que algún día su madre se cansaría de Mia, y entonces, ¿qué pasaría? Se encogió de hombros al pensarlo.

En una ocasión había oído a sus padres discutir acerca de qué sucedería cuando Mia se hiciera mayor. Más o menos una semana después de que Mia se quedara con ellos, su padre había preguntado:

–¿Qué harás cuando sea lo bastante mayor como para hacer preguntas? En algún momento querrá salir al exterior y ver el mundo. ¿Qué harás entonces?

Su madre respondió con socarronería:

–No te preocupes por nada. Mia apenas habla y está contenta. Es feliz aquí y hace lo que le dicen. No puede querer lo que no sabe que existe.

–¿Y qué pasará si alguien descubre que está aquí y quiere saber de dónde viene? No puedes dar un pretexto barato para tener a un ser humano, Suzette.

–Ay, Matt. –Suzette sacudió la cabeza de lado a lado–. No paras de imaginar situaciones pesimistas. Es lo mismo que preguntar: ¿qué pasará si un tornado se lleva volando la casa? O ¿qué pasará si se desploma el tejado? La vida es incierta y puede pasar cualquier cosa. ¿Por qué recrearse en la negatividad? Deberías intentar ser optimista, como yo.

–¿Así que no tienes planes para su futuro? ¿No tienes ni idea de qué harás cuando nos descubran?

–¿Y quién va a contarlo? –Su madre pasó un dedo sobre las cuentas de su collar, con expresión distraída–. Ninguno de nosotros, eso está claro. Y Mia no puede, así que no veo el problema.

–No me puedo creer que pienses que esto está bien y que seguirá así para siempre. No tocas con los pies en la tierra, Suzette. Acabaré en la cárcel por secuestro porque has perdido la cabeza.

–Nadie va a ir a la cárcel –replicó ella con desdén–. Si sucediera lo peor, siempre podríamos dejar a Mia donde la encontramos. Nadie habría sufrido. Y tampoco podría dar detalles sobre nuestra familia. Ni siquiera sabe dónde está. Solo sabe unas cuantas palabras: perro, sí, no, Mia… ¿Cómo iban a encontrarnos?

–Tal vez sepa muchas más cosas. –Su padre frunció el ceño–. Mia habla poco, pero escucha. ¿Quién sabe cuánto entiende?

–Bueno, pues si tan preocupado estás, podemos emplear la solución del conejillo de Indias. –Su madre se levantó de la silla y se alisó las perneras de los pantalones–. O quizá tú y tu amiguita podéis adoptarla.

Y así, habiendo dicho la última palabra, salió tranquilamente de la estancia. Jacob, que había estado escuchando desde la habitación contigua, se estremeció de ansiedad al escuchar las palabras de su madre. Había hablado de que su padre había tenido una novia antes, eso no era ninguna novedad, solo uno de sus comentarios perversos y falsos destinados a zarandear a su padre, y también a Jacob. Lo que le hizo contener el aliento fue aquello de «la solución del conejillo de Indias». Jacob había tenido una cobaya cuando iba a tercero, un animalillo monísimo llamado Duffy. Era de color marrón y blanco, y vivía en una jaula en la habitación de Jacob. Jacob había pasado horas sin fin embelesado viendo a Duffy dar vueltas y vueltas en su rueda y lo sacaba de la jaula para acariciarlo.

Su madre no había demostrado ningún entusiasmo por la cobaya. Se quejaba de la peste y de los ruidos que hacía Duffy. Y ver el serrín que Duffy expulsaba de la jaula con las patas sobre la mesa la ponía furiosa. Y era cierto que Jacob no limpiaba la jaula tanto como debía, pero no era más que un crío. Además, aquella era su habitación. Si a alguien tenía que molestarle el desorden o el ruido era a él.

Un día, al regresar de la escuela, la puerta de la jaula estaba entreabierta y Duffy no estaba dentro. Lo buscó frenéticamente en la jaula y por la habitación, llamándolo en vano por su nombre. Aunque Jacob ya no era un niño pequeño, empezó a llorar. Fue a ver a su madre, que no se mostró demasiado alarmada, pero sí lo siguió en silencio hasta su habitación.

–¿Lo ves? –le dijo Jacob, apartándose para dejar a la vista la jaula–. No está aquí. Esta mañana estaba aquí y ahora no está.

–Ya lo veo. –Frunció el ceño–. Te habrás dejado la puerta de la jaula abierta. ¿Estaba cerrada la puerta de tu habitación?

–No.

El comentario de su madre acerca de la puerta de la jaula lo desconcertó. Jacob estaba seguro de haberla cerrado con el pasador, pero empezó a dudar. Tal vez se le hubiera olvidado…

Su madre y él buscaron por toda la casa; su madre incluso se arrodilló a cuatro patas para mirar debajo de los muebles. Cuando llegó su padre, se les unió.

–No creo que haya podido ir muy lejos –dijo su padre, centrándose en los dormitorios de la planta superior. Al final, su padre sugirió dejar la jaula en el suelo con la puerta abierta–. Quizá regrese cuando le entre hambre.

–¡Buena idea! –exclamó su madre, afirmando con la cabeza en ademán de aprobación.

Aquella noche, Jacob escuchó a sus padres discutir tras la puerta cerrada de su dormitorio. Como no conseguía entender lo que decían, salió al pasillo. Entonces oyó a su madre decir:

—Bueno, quizá si hubieras arreglado el pestillo de la puerta corredera, esto no habría ocurrido.

—¿Pretendes hacerme creer que un conejillo de Indias bajó al piso de abajo, se las apañó para empujar y abrir la puerta corredera y salir? —Su padre sonaba atónito—. Venga, Suzette, cuéntame qué ha pasado de verdad.

—¿Cómo iba a saberlo yo? —Jacob percibió el gesto ceñudo en su voz—. Yo he ayudado a Jacob a buscarlo. Estaba desconsolado. Me daba mucha pena.

Jacob no volvió a ver a Duffy. Al final, su padre y él limpiaron la jaula y la guardaron en el sótano. Hacía mucho tiempo que no pensaba en Duffy, pero al escucharla hablar de «la solución del conejillo de Indias», tuvo la sensación de que todas las piezas del puzle encajaban en su cabeza. Su madre se había quejado sin parar de Duffy. Y él estaba seguro de haber cerrado con pestillo la puerta de la jaula. El hecho era que la desaparición de Duffy había sido un misterio.

Siempre había sospechado que su madre era capaz de cualquier cosa, y ahora lo corroboró. Esperaba que hubiera regalado a Duffy, en lugar de dejarlo suelto en la calle. Pero no descartaba que hubiera optado por la segunda opción.

Mia lo sacó de su ensimismamiento.

—Jacob, ¿qué vas a preparar de cena?

—No lo sé. ¿Qué te apetece?

—¿Un perrito caliente?

Jacob sabía que había salchichas y panecillos en el congelador, en el cajón inferior, bajo otras cosas. Su madre probablemente ni siquiera se acordara de dónde estaban.

—De acuerdo, lo que tú quieras. Es un poco pronto para cenar, pero, si quieres, los preparo ya. ¿Qué te parece?

—Sí, por favor.

—Tus deseos son órdenes para mí, renacuaja.

–Oh, Jacob, eres la mejor persona del mundo. –Dejó ir un pequeño suspiro, feliz por el momento.

Jacob no pudo evitar sonreír. «¿La mejor persona del mundo?». Era un cumplido inmenso, y debería haberle alegrado, pero lo único que pensó fue que Mia solo conocía a tres personas en total, así que no había demasiada competencia.

Capítulo 18

Morgan llevaba desaparecida casi cuatro años la primera vez que tuvieron noticias de ella. Fue un día de julio, entre semana, mientras seguían con su vida de costumbre después del trabajo. Edwin estaba en la cocina preparando la cena y Wendy sentada frente a la encimera de la cocina, con la tableta en la mano, contestando correos electrónicos, cuando un detective llamó al timbre.

Edwin apartó la vista de las hortalizas salteadas y miró desconcertado a Wendy.

—Ya voy yo —se ofreció ella, deslizándose del taburete para ir a abrir la puerta.

Esperaba encontrarse al equivalente personificado del correo basura, a un crío del barrio recaudando dinero para su equipo de deporte o a una empresa de seguros del hogar lista para soltarle un discurso de ventas. De ahí que le sorprendiera encontrarse al detective Moore en el porche de su casa, con una expresión seria en el rostro.

—¿Señora Duran? —dijo, y su tono compungido hizo que a Wendy se le encogiera el corazón.

—¿Sí? —Wendy contuvo la respiración, como si fuera a necesitarla más adelante—. ¿Tienen noticias de Morgan?

En un instante, escuchó los latidos de su propio corazón resonándole en los oídos. Agarró con fuerza el marco de la puerta para apoyarse en él.

En lugar de responder, el agente preguntó:

—¿Su marido está en casa? Me gustaría hablar con los dos.

Wendy asintió con la cabeza.

—Entre, por favor.

Lo dejó esperando en la alfombra de la entrada mientras iba en busca de Edwin.

Una vez estuvieron todos sentados en el salón, Edwin tomó la iniciativa.

—¿Tienen novedades sobre nuestra hija? —preguntó mientras le apretaba con ternura la mano a Wendy.

Wendy nunca se había sentido tan agradecida por un gesto de confort.

—Así es.

Tenía una funda de cuero en la mano, del tamaño de una carpeta, que Wendy ni siquiera había visto hasta entonces. La abrió y buscó algo en su interior.

Wendy no pudo esperar más.

—Está muerta, ¿verdad? —Decirlo en voz alta la hizo morir un poco por dentro, pero tenía que saberlo.

—Eso no lo sé, señora. —Extrajo algo del tamaño de una tarjeta de visita y se puso en pie para mostrársela—. ¿Podrían confirmarme si este es el carné de conducir de Morgan?

Edwin lo agarró y lo sostuvo en la palma de la mano y Wendy se acercó para mirarlo. Era claramente el carné de conducir de Morgan, el que tanto se había alegrado de sacarse a los diecisiete años. En aquel momento, Morgan se había quejado de la foto, pero a Wendy le parecía que estaba guapísima.

Edwin alzó la vista.

—Sí, así es. Es el carné de nuestra hija.

—¿Ha tenido algún accidente? —preguntó Wendy.

—No. —El detective se removió en su asiento—. Lo han encontrado durante una investigación en el condado de Ash. El propietario de una vivienda de la zona puso una denuncia ante la policía por un conflicto con un inquilino. Explicó que los ocupantes se habían retrasado con el pago del alquiler y, al ir a exigírselo, el hombre sacó una pistola y le disparó. Por suerte, falló. Cuando el departamento del *sheriff* acudió a investigar, los inquilinos ya se habían marchado y la vivienda estaba hecha un desastre. Encontraron el carné entre las cosas que dejaron.

–¿El condado de Ash?

Wendy procesó la idea de que su hija había estado en Wisconsin durante todo aquel tiempo, que incluso era posible que nunca hubiera salido del estado.

–¿Cree que la han tenido retenida en contra de su voluntad?

Edwin formuló una pregunta que a Wendy ni siquiera se le había ocurrido.

–No disponemos de demasiada información, pero no lo parece. Los inquilinos eran una pareja joven. Era un asunto de dinero y el casero no fue de excesiva ayuda. Al mirar el carné de conducir, ni siquiera fue capaz de confirmar con seguridad que la mujer fuera Morgan, pero dijo que podía tratarse de ella. Tampoco consiguió darnos una descripción demasiado precisa del tipo y solo sabía su nombre pila. Keith, ¿les suena? –El detective Moore arqueó las cejas–. Si no voy errado, era el nombre del novio de Morgan, ¿verdad?

Había tanto que asimilar que Wendy tuvo la sensación de que las palabras la aporreaban. Contestó con un hilo de voz:

–Sí, se llamaba Keith.

–Tengo una copia de la denuncia a la policía, por si les interesa.

–Sí, nos interesa, gracias –contestó Edwin.

–Gracias –repitió Wendy, pero sus palabras estaban huecas.

¿De verdad sería Morgan? ¿De verdad había salido corriendo de su casero y había dejado la casa patas arriba? Morgan y su hermano habían recibido una buena educación. Wendy y Edwin se habían esforzado porque así fuera. ¿Cuántas veces había dicho Edwin «Lo único que quiero es que nuestros hijos sean felices»? ¿Habrían sido demasiado permisivos? Era una decisión tan difícil…

Wendy no quería pensar que su hija pudiera vivir aquel tipo de vida, pero lo cierto era que no sabía qué vida llevaba.

El detective Moore la miró a los ojos. A Wendy le había dado la impresión de que rondaría la edad de Morgan, veintitantos años, pero las arrugas alrededor de los ojos y su mirada compasiva la hicieron pensar que podía ser algo mayor.

–Les pido disculpas nuevamente por no tener más información.

–¿Sabía el casero si la pareja estaba casada? ¿O si tenían trabajo? –quiso saber Wendy.

El detective negó con la cabeza.

–Cuando lean el informe, sabrán todo lo que yo sé. He venido porque he pensado que era importante mantenerlos al día.

–Por supuesto –dijo Edwin–. Y se lo agradecemos de corazón. –Bajó la vista hacia el carné–. ¿Podemos quedárnoslo?

–Por descontado. –Volvió a mirar la carpeta de cuero y finalmente sacó unas hojas de papel–. Aquí tienen una copia de la denuncia. Pueden quedársela también.

Edwin alargó la mano para cogerla.

–Gracias.

–Bien, les dejo. –Se excusó el detective Moore–. Si les surge alguna pregunta, no duden en llamarme. No pretendo decir con ello que vaya a saber todas las respuestas, pero, si puedo averiguar algo, tengan por seguro que lo haré.

Lo acompañaron a la puerta y le agradecieron que hubiera acudido a verlos.

Cuando ya se iba, el detective Moore se dio media vuelta para añadir una última cosa:

–Solo para que lo sepan, no nos hemos olvidado de Morgan. De hecho, pienso mucho en ella. Lo que ocurre es que no tenemos demasiado margen de acción, dadas las circunstancias.

–Lo entendemos –dijo Wendy.

–Apreciamos todo el trabajo que han hecho por nosotros –añadió Edwin.

Cuando el detective se marchó, volvieron a sentarse en el sofá a leer la denuncia. Era breve y estaba redactada en términos formales. Pese a que habían disparado al propietario, se había eludido el dramatismo. Se limitaba a relatar los hechos. Wendy vio que la fecha del altercado había sido solo cuatro días antes. No conocía la ciudad, pero con una búsqueda rápida en Google averiguó que aquel lugar estaba a solo dos horas en coche de su casa.

Cuando acabaron de leerlo, Edwin dijo:

–Así que, en teoría, hace cuatro días podría haber estado a solo dos horas de nosotros.

–¿En teoría? –Wendy sostuvo en alto el carné de conducir–. Yo diría que es más que una teoría. No me negarás que esto es de Morgan.

Edwin parecía meditabundo, con una de aquellas miradas que Wendy llamaba sus «miradas pensativas». Ella solía apresurarse a sacar conclusiones, mientras que Edwin prefería evaluar todas las posibilidades. Por norma general, la manera de enfocar las cosas de Edwin funcionaba mejor, pero a Wendy la enervaba.

Edwin asintió con la cabeza.

–Es el carné de conducir de Morgan, pero no sabemos si la mujer era ella. Alguien podría haberlo encontrado o habérselo robado. Las usurpaciones de identidad son algo corriente. E incluso es posible que se lo hubiera dejado la inquilina anterior.

–Pero el tipo se llamaba Keith –argumentó Wendy–. Y eso sí que sería demasiada coincidencia.

–Es verdad. Pero podría ser otro Keith o el mismo Keith con otra mujer.

Permanecieron sentados en silencio un momento, hasta que ella preguntó, en voz baja:

–¿Por qué no me dejas tener esperanzas?

–Cariño… –La atrajo hacia sí–. No pretendo quitarte la esperanza. Lo único que no quiero es que se te rompa el corazón.

–Ya lo tengo roto. –Apoyó la cabeza en su hombro–. Lo necesito, Edwin. No te imaginas cuánto lo necesito.

–Ya lo sé.

–No creo que lo entiendas.

–Claro que lo entiendo. Simplemente, tenemos maneras distintas de procesar las cosas. –La besó en la coronilla–. Tengo una idea. ¿Por qué no telefoneamos al casero a ver si puede decirnos algo más?

El casero se llamaba Craig Hartley. La llamada telefónica al número que aparecía en el expediente acabó en una grabación. Edwin dejó un mensaje en el contestador.

–Buenas noches, señor Hartley. Soy Edwin Duran y me interesaría obtener cierta información relativa a sus antiguos inquilinos.

Le pidió que le devolviera la llamada lo antes posible y le dejó su número de móvil y el de Wendy. Después de aquello, continuaron con su noche, sumidos en una sensación de inquietud.

En la cena, Wendy dijo:

–Y si no nos devuelve la llamada, ¿qué?

–Es un poco pronto para preocuparse por eso, ¿no crees?

Wendy ladeó la cabeza.

–No es demasiado pronto. Han pasado años. Cada minuto que pasa es demasiado tiempo de espera.

El silencio de Edwin le dijo que su argumento había quedado claro.

Cuando hubieron acabado de cenar y fregar los platos, Wendy hizo un anuncio:

–Si mañana por la mañana no ha respondido, me tomaré el día libre en el trabajo e iré yo misma en mi coche hasta esa casa. Quiero hablar con Craig Hartley en persona. Si le enseño la foto de Morgan, tal vez pueda confirmarme si era ella. Y si era ella, necesito ver dónde estaba viviendo hace cuatro días.

–Entonces ¿ya has decidido que esa mujer era Morgan?

Wendy afirmó con la cabeza.

–Sí. Lo he decidido basándome en el permiso de conducir y en que el nombre del chico sea Keith. Y, además de eso, necesito creer que era Morgan. Es la primera noticia que hemos tenido que apunta a que todavía puede estar viva. Pienso ir. Y no me convencerás de lo contrario.

–Bueno, pues si tú vas, yo voy contigo. Lo haremos juntos.

Llegaron a media mañana. Craig Hartley no les había devuelto la llamada, y Edwin y Wendy habían tratado de ponerse en contacto con él de nuevo aquella mañana; le habían dejado un nuevo mensaje, esta vez especificando que la mujer en cuestión podía ser su hija, que llevaba varios años desaparecida. Pensó que tal vez Hartley se compadeciera del dolor de una madre, aunque sabía que podía serle absolutamente indiferente. A fin de cuentas, la pareja se había largado sin pagarle el alquiler y le habían disparado un tiro.

La dirección de la casa aparecía listada como Quiet Creek Road, pero, en un momento dado, la carretera pasaba de estar asfaltada a ser de gravilla y estaba llena de baches.

—Hablando de ir por el mal camino… —farfulló Edwin.

Cuando llegaron al final de la carretera solo quedaba una estructura a la vista, una casa tan destartalada que a Wendy le costaba imaginar que alguien pudiera vivir allí.

—¿Crees que es aquí? —preguntó mientras Edwin aparcaba el coche a un lado de la calle.

Wendy alargó el cuello para mirar, pero la dirección no figuraba por ninguna parte.

—Tiene que serlo. La calle acaba aquí.

Salieron del coche y se quedaron allí de pie, asimilando lo que veían sus ojos. La casa, si podía llamarse así, estaba apuntalada sobre una base de hormigón y construida con tablones de madera grises castigados por el tiempo. Si en algún momento había estado pintada o barnizada, no quedaba ni rastro. Tenía un pequeño porche delantero. El patio que la rodeaba estaba lleno de basura, de latas vacías, trozos de papel y tela, un neumático viejo y otras piezas de automóvil, todo ello en medio de charcos de barro. El tejado, combado hacia dentro, estaba cubierto por algo verde difícil de definir. Y la casa entera era más pequeña que su garaje.

—Aquí no puede vivir nadie —sentenció al final Wendy.

—Comprobémoslo. —Edwin tomó la delantera. Entró en el porche y se asomó por las sucias ventanas que había a ambos lados de la puerta—. Apenas se ve nada.

Wendy agarró el pomo de la puerta y descubrió que giraba con facilidad. Dio un empujoncito y la puerta se abrió de golpe con un crujido. Edwin la miró e hizo un gesto de asentimiento con la cabeza. Una vez dentro, esperaron a que los ojos se les acostumbraran a la penumbra.

–Supongo que no habrá electricidad –dijo Edwin–, sobre todo si no pagaban el alquiler.

–Yo me apostaría lo que sea a que en este sitio no hay electricidad.

Wendy rebuscó en su bolso, sacó su teléfono y activó la aplicación de la linterna. La casa era una gran estancia, un cuadrado de inmundicia perfecto. Las ventanas estaban rayadas y mugrientas, y el suelo estaba lleno de basura, había basura por todas partes. Al mirar a su alrededor, Wendy vio vasos de yogur vacíos, envoltorios de magdalenas de chocolate y nata y botellas de cerveza. Solo había un mueble, un sofá de color mostaza desvencijado contra una pared. El impresionante tufo que lo invadía todo solo podía ser de excrementos y orines humanos. A un lado de la habitación había una olla abollada en el suelo, llena de lo que parecía agua turbia.

–Madre mía, qué peste. ¿Cómo puede alguien aguantar este olor?

Recorrió con cautela el perímetro en busca de indicios de la presencia de Morgan. Había imaginado que tropezaría con alguna pertenencia de su hija o con algo que tuviera su caligrafía. Incluso una lista de la compra le habría infundido esperanzas, pero era evidente que allí no había nada de eso. Era como si alguien hubiera vaciado la basura de un mes en el suelo de la casa.

Edwin parecía igual de perplejo.

–Sin electricidad, sin agua… y no he visto que hubiera ninguna letrina. Tal vez esté en la parte de atrás.

Wendy negó con la cabeza. Podían dar un rodeo a la propiedad antes de marcharse, pero tenía la impresión de que no serviría de nada. Volvió a revisar la casa, preguntándose si rebuscar entre toda aquella porquería les daría alguna pista. Edwin debió de tener la misma idea, porque encontró una percha de alambre y la utilizó para rebuscar entre la suciedad. Cuando Wendy estaba a punto de darse por vencida, Edwin pareció leerle el pensamiento.

–Detesto tener que decirlo, Wendy, pero aquí no hay nada.

–Yo ni siquiera estoy segura de que sea aquí –respondió ella–. Este sitio debería estar precintado. ¿Cómo es posible que pueda alquilarse?

Se abstuvo de preguntar quién alquilaría un sitio así. Morgan podría haber vuelto a casa en cualquier momento. ¿Por qué habría escogido vivir en la inmundicia?

–No lo sé –admitió Edwin–. Tal vez tengas razón y no sea aquí. Si quieres, podemos recorrer la calle en el coche e ir comprobando las direcciones otra vez. Quizá haya alguien en casa que pueda indicarnos donde está la propiedad de Hartley.

En el porche, cuando cerraron la puerta al salir, Wendy se sacudió la ropa por delante, incapaz de zafarse de la sensación de haber caminado a través de una telaraña gigantesca. Al menos, fuera de aquel lugar, el aire era respirable.

Cuando estaban entrando en el coche, una ranchera blanca aparcó detrás de ellos. Hicieron una pausa y esperaron hasta que bajó de ella un hombre fornido con una gorra de béisbol. Llevaba una camisa tejana por fuera, de un tono algo más claro que sus vaqueros, y unas botas camperas.

–¿Puedo ayudarles en algo, amigos? –preguntó mientras se les acercaba.

–¿Es usted Craig Hartley? –preguntó Edwin.

–Así es. –Entornó los ojos–. ¿Quién lo pregunta?

–Soy Edwin Duran y esta es mi esposa, Wendy. Le hemos dejado mensajes en el contestador.

Craig Hartley los miró con dureza.

–Son ustedes los tipos que están buscando a su hija, la que desapareció hace unos años.

–En efecto –respondió Edwin–. Si tiene un minuto, nos gustaría hacerle unas preguntas.

–Tengo un minuto, pero no mucho más. –Parecía hablar a regañadientes–. Soy un hombre ocupado.

–Gracias –dijo Wendy–. ¿Sabe si el nombre de la mujer era Morgan?

–Nunca oí su nombre. Solo traté con Keith.

Edwin preguntó:

–¿Qué tipo de coche tenían? ¿Le facilitaron la matrícula?

–Una chatarra, y no, no les pedí la matrícula. Supongo que debería haberlo hecho… –Se encogió de hombros.

–¿Sabe adónde se dirigieron después de marcharse?

–No y, sinceramente, me importa un bledo. Espero no volver a verlos nunca más.

Wendy abrió el bolso y sacó dos fotografías.

–Esta es nuestra hija, Morgan. ¿Es la mujer que le alquiló la casa? –Le entregó las fotografías y él las miró durante un momento antes de sacudir la cabeza de lado a lado.

–Podría ser –dijo, mientras se las devolvía–. Apenas la vi. Casi siempre traté con el hombre.

–¿Y cómo era él?

–El típico desgraciado. Un drogadicto.

–¿Cree que tomaba drogas?

Craig soltó un bufido de exasperación.

–Mire, señora, sé que su hija ha desaparecido y todo eso, pero, si yo fuera usted, rogaría a Dios por que esta pareja no tuviera nada que ver con ella. Yo diría que eran un par de yonquis, ¿sabe? Los encontré ocupando mi cabaña de caza y me rogaron que les permitiera quedarse, así que se la alquilé por cincuenta dólares a la semana. Prácticamente un acto de caridad. Me pagaron dos semanas y, después de eso, nada. Me daban todo tipo de excusas, y me porté bien con ellos, ¿me oye? Les concedí semanas para que se las apañaran. Finalmente me harté y vine dispuesto a echarlos y entonces él enloqueció, sacó un arma e intentó matarme. Cuando llegó la policía, me encontré la casa llena de mierda. Eso es lo único que sé. Ahora me toca a mí limpiar toda la basura que dejaron. Uno intenta hacer una buena acción y ¿qué recibe? Una patada en el culo, siempre pasa lo mismo. –Se inclinó hacia delante y escupió en la tierra.

–Lo entiendo. –Wendy se guardó las fotografías en el bolso.

–No estoy seguro de que me entienda –dijo Craig–. Y ahora, a menos que hayan venido ustedes a pagar lo que dejaron a deber de alquiler o a ayudarme a limpiar esta casa, les ruego que se vayan.

–¿Podría concedernos solo un minuto más? –Wendy fue consciente de su tono de súplica–. ¿Sabe algo más sobre ellos? ¿Trabajaban o recibían visitas?

–Señora, no lo sé. Me pagaron algo de dinero. Y yo les dejé quedarse. Si tuviera que volver a hacerlo, puede estar segura de que les diría que se largaran con viento fresco. Ese es el pago que recibo por ser buena persona. Nunca más.

–Si, cuando limpie, encuentra algo que pueda identificarlos, algún papel o lo que sea, ¿podría llamarnos? ¿O decírselo a la policía? –le preguntó Edwin.

–Claro. –Levantó las manos–. ¿Por qué no? Y ahora, si me disculpan...

Se alejó de ellos, cruzó el patio y entró en la casa.

–Gracias –le gritó Wendy desde donde estaba.

Entraron en el coche y permanecieron en silencio hasta que dejaron la pista de grava y tomaron la carretera asfaltada. «De vuelta a la civilización», pensó Wendy.

–Menuda pérdida de tiempo –comentó Edwin–. No nos ha dado ninguna respuesta clara.

–No, nada claro –convino Wendy.

Pensó en la afirmación de Craig Hartley de que los inquilinos eran drogadictos. Si era Morgan, seguía con vida, pero necesitaba ayuda urgente. Wendy notó una ola de pesar cerniéndose sobre ella. Qué sensación tan espantosa, cuánta indefensión. No se lo deseaba a nadie.

Capítulo 19

Cuando Niki salió de Village Mart a las seis de la tarde ya había oscurecido, pero estaba solo a unas manzanas de casa y había aceras en todo el trayecto hasta allí. El camino estaba bien iluminado con farolas y nunca se había sentido insegura. Aquella tarde hacía un frío glacial y soplaba el viento, y agradeció llevar puestas sus nuevas prendas de abrigo. Sobre su cabeza, el cielo nocturno estaba despejado, con una luminosa luna como un foco recortado contra un fondo añil. Enterró la cara en la bufanda y se inclinó ligeramente hacia delante. Caminaba con paso rápido. Con el bolso cruzado sobre un hombro, se dio unas palmaditas en el bolsillo de la derecha para comprobar si llevaba el espray de pimienta que Sharon le había dado. Probablemente aquel fuera el vecindario con menos delincuencia en el que Niki había vivido nunca, pero la reconfortaba tenerlo a mano. Nunca se sabe lo que puede pasar.

Niki se encontraba a medio camino cuando un coche frenó a su lado e hizo sonar el claxon, un bocinazo corto. Volvió la vista y no le sorprendió ver a Sharon al volante. Se había dado cuenta de que Sharon había tomado la costumbre de andar haciendo casualmente recados justo en el momento en el que Niki tenía que regresar a casa andando y se paraba a recogerla. Niki estaba tentada de decirle que no se preocupara, que no le importaba caminar, pero le gustaba sentirse cuidada.

Niki abrió la puerta del lado del copiloto y entró, dejó su bolso en el suelo y se abrochó el cinturón.

Sharon esperó hasta que hubo acabado para proseguir la marcha.

—¿Has tenido un buen día?

Niki se dio cuenta de que había dejado incluso de fingir que se la había encontrado por casualidad.

–Bastante bueno. ¿Adivina quién ha venido a comprar algo para picotear?

–¿Quién?

–¡Jacob Fleming!

–¿De verdad? –La voz de Sharon reflejaba una cierta incredulidad–. Jacob Fleming. ¡Menuda casualidad!

–¿A que sí? –Niki había anticipado la reacción de Sharon–. La verdad es que es bastante simpático. Fred me lo ha presentado y hemos estado charlando un rato.

–¿Te ha dicho que su madre intentó que despidieran a una pobre chica en la tienda de nutrición?

Niki rio.

–No, no ha salido el tema. Pero creo que nos hemos caído bien. A nivel personal, quiero decir. Le he preguntado dónde vive y, cuando me ha contestado que en la avenida Maple, le he dicho que vivo justo en la calle de detrás. Con mi abuela. –Ambas sonrieron con aquel comentario–. Hemos hablado sobre familias, le he mencionado que era hija única y él me ha dicho que él también. Entonces le he preguntado: «¿No hay más niños en tu casa?» y te juro que ha dudado. Ha dicho que no, pero ¿sabes cuando alguien hace una pausa y por su expresión sabes que está a punto de decir una mentira? Pues te juro que se lo he visto en la cara.

Sharon dobló la esquina para tomar la avenida Maple y Niki supo que iban a pasar otra vez por delante de casa de los Fleming. Habían recorrido infinidad de veces aquella ruta. Y nunca habían obtenido ninguna respuesta, pero Sharon seguía intentándolo.

Sin embargo, esta vez sucedió algo distinto.

Al acercarse a casa de los Fleming, vieron que la puerta del garaje estaba abierta y que había un coche plateado aparcado justo en medio del garaje. La señora Fleming estaba bajando por el lado del conductor; acabaría de llegar a casa.

–Mírala –dijo Sharon–. La bruja mala de la avenida Maple.

—Qué raro que aparque justo en medio, ¿no? ¿Dónde va a dejar el coche su marido?

—Quizá esté de viaje —conjeturó Sharon mientras se detenía junto a la acera—. O quizá tenga el coche en el mecánico.

—Supongo que estará de viaje. Hace un par de días que no lo veo desde mi ventana.

Sharon apagó el motor y los faros se apagaron. La señora Fleming estaba abriendo el maletero.

—Voy a hablar con ella —anunció—. Voy a preguntarle directamente si hay una niñita viviendo con ellos. —Sus palabras rezumaban determinación.

—No estoy segura de que sea buena idea —espetó Niki.

—Tengo que hacerlo. Estoy harta de mirar y esperar. Voy a salir ahí y preguntárselo a la cara.

Niki notó un nudo en el pecho.

—No te va a decir nada, y es una mujer realmente mala.

Sharon se encogió de hombros.

—Ya he tratado antes con mujeres malas. Confía en mí: perro ladrador, poco mordedor. Además, ¿qué va a hacerme?

Niki observó cómo Sharon abría la puerta y cruzaba con paso rápido la calle para alcanzar a la señora Fleming antes de que entrara en casa. Escuchó cómo la llamó a gritos:

—¡Disculpe!

Y vio a la señora Fleming que se detenía y se daba media vuelta.

Niki sintió tanto miedo como admiración al ver a Sharon avanzar al trote por el camino de acceso a casa de los Fleming. Le vino a la mente una expresión que a Evan le gustaba. «Pelotas de acero». Bajo su fachada bonachona, Sharon tenía más agallas que la mayoría de las personas, eso tenía que concedérselo. Niki alargó el cuello para ver mejor y observó cómo hablaban las dos mujeres. La conversación no parecía polémica, pero resultaba difícil juzgarlo desde la distancia. ¿Qué podría estar diciéndole Sharon que justificara preguntar por la familia de una desconocida? Se le ocurrieron varias ideas. Quizá Sharon estuviera fingiendo que estaba llevando a cabo una encuesta. O que trabajaba para la

Oficina del Censo del Gobierno de los Estados Unidos. Tal vez le hubiera dicho que estaba a cargo de vigilar el vecindario. Le costaba imaginárselo. Cuando Sharon regresó al coche, Niki se moría de curiosidad, sobre todo porque Sharon lucía una expresión triunfal.

—¿Y bien? —le preguntó en cuanto entró y cerró la puerta—. ¿Te ha dicho algo?

—No, no. Estaba claro que no iba a ceder. Pero ha sido agradable. Cautelosa, pero agradable.

Sharon puso en marcha el coche y se encaminó hacia casa.

—Le he dicho que me acabo de mudar a la calle y que mis dos nietos pequeños viven conmigo, que uno de los vecinos me ha comentado que tiene una niñita de la misma edad con la que podrían jugar y que quería presentarme para poder quedar un día y que jugaran juntos. Le he dicho que no estaba segura de estar en la casa correcta, que a veces olvido las cosas. He fingido ser una viejecita despistada.

—¡No me creo que se te haya ocurrido todo eso! ¡Es brillante!

—Tengo mis momentos —replicó Sharon orgullosa—. Le he dado un nombre inventado y he señalado hacia el final de la calle para indicarle cuál era mi casa. Pero ni siquiera me ha prestado atención. Dudo que interactúe alguna vez con los vecinos, y probablemente ni siquiera sepa quién vive al final de la manzana. Parece una mujer muy pagada de sí misma.

—Muy pagada de sí misma —repitió Niki dándole la razón—. ¿Y qué te ha dicho cuando le has preguntado si tenía una hija pequeña?

—Pues lo ha negado, por supuesto. Ha dicho que quienquiera que me lo hubiera dicho estaba mal informado. Que ella y su esposo solo tienen un hijo, un chico de diecisiete años llamado Jacob. Me he disculpado por mi error y le he preguntado si me podía recomendar algún dentista, porque somos nuevos en la zona y todo eso. Me ha dicho que no, que no están contentos con su dentista y también están buscando otro. Y luego le he preguntado por algún pediatra. Se notaba que empezaba a exasperarse, pero no ha dejado de sonreír. Al final me ha cortado y me ha deseado buena suerte. Ha dicho que no tenía tiempo para seguir hablando, que tenía cosas que hacer.

Niki había esperado algo más.

—Bueno, te felicito por preguntar. Eres más valiente que yo.

El coche dobló por la calle Crescent y continuó su camino. Estaban ya muy cerca de casa. Sharon giró para aparcar y pulsó el botón para abrir la puerta del garaje. Tras detenerse un instante hasta que se abrió del todo, aparcó el coche en el interior. Una vez hubo apagado el motor, añadió:

—Aún no te he contado la mejor parte.

—Ah, ¿sí? ¿De qué se trata?

—Justo cuando nos estábamos despidiendo, la puerta de la casa, la que hay dentro del garaje, se ha abierto y adivina quién ha salido por ella.

—¿Una niñita?

—Exacto. La niñita ha abierto la puerta y se ha quedado allí de pie, clara como el día, con la cara hacia nosotras. La señora Fleming ha gritado: «¡Cierra la puerta!» y me ha dicho que tenía que irse y ha entrado deprisa en casa.

—¿Y eso ha ocurrido justo después de que te dijera que no tenía una hija?

—Exactamente. Y créeme si te digo que no era su hijo. He visto una niña con mis propios ojos. No era Jacob. Era una niña muy pequeña, de cinco o seis años, con el pelo moreno y cortado en una melenita espantosa. Ha asomado la cabeza por la puerta del garaje y, cuando la señora Fleming ha gritado, ha cerrado la puerta al instante.

—Entonces la señora Fleming ha mentido —musitó Niki—. Me refiero a que ha dicho una mentira total, porque si la niña fuera una niña en acogida o simplemente estuviera de visita, la habría mencionado, ¿no crees?

Sharon asintió con la cabeza.

—Yo diría que sí. La mayoría de las personas lo habrían comentado.

—Pero ¿por qué iba alguien a tener a un niño en secreto en su casa?

—Pues no se me ocurre ninguna razón.

Niki pensó en las noticias de personas a las que habían secuestrado y retenido prisioneras durante años. ¿Sucedía eso alguna vez en barrios de clase media? Quizá. La gente no era más moral por tener más dinero. Había criminales y gente horrible en todas las clases socioeconómicas.

—¿Qué hacemos? ¿Llamamos a la policía y les explicamos lo que sabemos?

—Opino que tenemos que hacer algo, pero primero deberíamos hablar con Amy, ¿no crees? —propuso Sharon.

Niki estuvo de acuerdo.

—Amy sabrá qué hacer.

Capítulo 20

Mia supo que se había metido en un buen lío cuando abrió la puerta del garaje y la señora le gritó, pero todavía no la habían castigado, así que ahuyentó su mal presentimiento y pensó en que ella y Jacob compartían un nuevo secreto. Pensarlo la hizo sonreír de satisfacción.

Unos días antes, Jacob había bajado al sótano después de la hora de meterla en la cama, había llamado flojito con los nudillos a la puerta, la había abierto y había entrado. Mia sabía que se trataba de Jacob antes de verlo, porque era el único que llamaba antes de entrar.

Mia se sentó en la cama y entornó los ojos cuando él accionó el interruptor de la luz.

–¿Jacob?

–Perdona –le dijo señalando hacia la lámpara–. ¿Te he despertado?

Mia negó con la cabeza.

–No.

Aunque hubiera estado dormida, no le habría importado. Que Jacob bajara a verla podía alegrarle el día. No pasaba a menudo, pero, cuando sucedía, siempre le llevaba regalos: libros, normalmente, o algo de comida para picar. La última vez había sido un libro nuevo con sopas de letras, y le había regalado también un bolígrafo para que rodeara las palabras. Era el tipo de libro en el que se podía escribir, le había dicho Jacob.

Cada vez que Jacob le hacía un regalo, le advertía que no se lo dijera a su madre. Si la señora se enteraba, decía, se desataría el infierno. Mia no sabía qué significaba aquello exactamente, pero conocía lo bastante bien a la señora para saber que sería muy malo.

—Hola, renacuaja —le había dicho aquella noche unos días atrás—. ¿Tienes un minuto para hacer una cosa muy guay? —Sostuvo en alto una bolsa de plástico.

Mia asintió con entusiasmo y Jacob se sentó en el borde de la cama.

—Voy a pedirte que hagas algo y quizá te suene raro, pero creo que es una buena idea. Te lo explicaré y luego tú decides si quieres hacerlo o no, ¿vale?

—Vale.

Le gustó que le diera a elegir, pero sabía que, si Jacob pensaba que algo era una buena idea, probablemente lo fuera.

—¿Ves esto? —Sacó una caja de la bolsa—. Lo he comprado para ti y ya he leído las instrucciones. Es un tipo de test especial. —Abrió la caja, sacó algo de plástico y lo sostuvo en la mano—. Tienes que escupir en este recipiente. Una vez esté lleno, lo enviaré por correo a un sitio especial y examinarán la saliva para buscar una cosa que se llama ADN. Estos test permiten saber muchas cosas sobre la persona que ha escupido. Espero que, si lo haces, podamos averiguar algo más sobre el sitio del que vienes y si hay otras personas conectadas contigo.

Mia pareció desconcertada.

—¿Personas conectadas conmigo? ¿Qué significa eso, Jacob?

Jacob guardó silencio un largo rato y luego respondió:

—No creo que tu madre y tu padre estén vivos, pero podrías tener otros parientes: tíos o tías o incluso primos. Quizá tengas abuelos. Este test nos dirá si es así.

Mia sabía quiénes eran esas personas porque lo había visto en la televisión y lo había leído en los libros, pero nunca había pensado que pudiera tener sus propios parientes.

—¿De verdad lo crees, Jacob? ¿Crees que podría tener una abuela?

En la televisión, las abuelas siempre eran muy buenas.

—Es posible. Pero escucha, Mia, el test podría no revelar nada, así que no quiero que te hagas falsas esperanzas, ¿vale? Solo vamos a hacerlo para ver si conseguimos averiguar algo, ¿entendido?

—Entendido.

—Si no sale nada, no quiero que llores. Sigues teniéndonos a nosotros, ¿vale? Así que no será como si hubieras perdido algo.

Mia asintió con la cabeza.

—Vale.

—¿Tienes alguna pregunta?

—¿Cómo funciona eso? ¿Cómo les dice mi saliva que hay otras personas? —Quería que fuera verdad, pero todo aquello carecía de sentido.

Jacob hizo un gesto de negación con la cabeza.

—Es muy complicado. Pero, créeme, funciona. ¿Confías en mí?

—Confío en ti.

—Sabes que nunca te mentiría, ¿verdad?

—Sí.

—¿Quieres hacerlo?

—Sí —respondió con impaciencia.

—No puedes decirles nada ni a mi madre ni a mi padre, ¿de acuerdo? Si mi madre se enterara, me mataría. Y tú no quieres que eso pase, ¿verdad?

—No diré nada —le aseguró.

Llenar de saliva el tubo no fue fácil, pero Jacob fue paciente con ella. Le enseñó a hacerlo y le dijo que se tomara todo el tiempo que necesitara. La clave estaba en dejar que se formara saliva en la boca durante un rato antes de escupir. En un momento dado, Mia notó la boca seca y Jacob le dejó hacer un descanso. Mia no estaba segura de ser capaz de volver a tener saliva suficiente, pero al cabo de unos minutos ya volvía a estar bien. Cuando la saliva llegó a la raya del recipiente de plástico, Jacob le hizo un gesto de aprobación con el pulgar. Mia observó cómo quitaba la boquilla ancha de la parte superior del tubo y lo cerraba con una tapa de rosca.

—Parece un tubo de ensayo —dijo ella.

Jacob la miró sorprendido.

–¿Cómo sabes tú qué es un tubo de ensayo?

Mia se encogió de hombros.

–Simplemente lo sé.

–Eres una personita muy lista.

Le encantaba cuando Jacob le decía cosas bonitas. Mientras lo observaba, Jacob metió el tubo de ensayo en una bolsa de plástico transparente, luego sacó una tira de plástico azul de la parte superior y apretó para cerrarla. Cuando lo hubo hecho, lo metió todo en una caja y la cerró herméticamente.

Entonces le dijo:

–Pues ya está. Lo enviaré por correo y en unas cuantas semanas tendremos los resultados.

–¿Los resultados?

–Un informe que nos hablará de tus parientes.

–¿Y eso también vendrá por correo?

--No, lo podré ver en internet.

Mia asintió con la cabeza. Sabía lo que era internet. Jacob y sus padres siempre estaban mirando sus teléfonos u otras pantallas, aunque a ella no le dejaban hacerlo. Averiguaban todo tipo de cosas en internet: qué tiempo iba a hacer, a qué hora daban un partido de fútbol por la tele, cuánto tardaba el pollo en hornearse... A veces, Jacob le dejaba mirar, cuando no había nadie cerca, y una vez incluso le había sacado una fotografía, pero siempre era él quien sostenía el teléfono. Quizá alguna vez ella también pudiera hacerlo.

–¿Y me dirás lo que dice el informe?

–Confía en mí, renacuaja, en cuanto lo averigüe, tú serás la primera en saberlo.

Capítulo 21

–¡Mia! –bramó Suzette al entrar en la casa–. ¡Ven aquí ahora mismo!

Solía presumir de tener una voz bonita al hablar (de hecho, el maestro de música de su colegio la había alabado por sus dulces notas), pero aquella frase sonó gutural y excesivamente altisonante. Se enfureció al escucharse con una voz tan fea cuando era completamente innecesario. ¿Por qué su familia la llevaba a aquellos extremos?

Mia salió de la cocina como un cordero degollado, con una expresión que indicaba que sabía que se había metido en un lío y temblando por lo que sabía que se avecinaba. «Bien». Al menos una persona en aquella casa sabía cuándo había infringido las reglas. Suzette estaba agotada; siempre era ella la que se encargaba de tenerlos a todos a raya. Era extenuante.

–¿Sí, señora? –preguntó Mia en voz bajita.

Suzette dejó caer su bolso de mano y las bolsas de la compra y agarró tan fuerte a Mia por los brazos que la pequeña tuvo la sensación de que se los estaba clavando en los costados.

–¿A qué diablos ha venido eso?

Al ver que la niña no contestaba, bajó la cara hasta quedar frente a frente con ella.

–¿Se supone que tienes que abrir la puerta de la calle? ¿Alguna vez lo has hecho?

Zarandeó a Mia con tal fuerza que a la niña le castañetearon los dientes.

–No, señora.

–Pero hoy la has abierto, ¿no es cierto?

–Sí, señora.

–¿Y por qué lo has hecho si sabes que no debes? ¿Por qué?

Suzette notó que la ira se apoderaba de ella. Podría romperle el cuello a aquella cría si quisiera, pero se contuvo. Nadie hubiera creído las veces que podría haberse dejado llevar por la ira y no lo había hecho. Había ocasiones en las que resultaba tentador. Podría haberle arruinado la vida a Matt y hacer que lo metieran en la cárcel. Y podría haber expuesto fácilmente a Jacob por ser un vago y un negado. En cuanto a Mia, nadie echaría de menos a una niña que no existía.

Pero no solo no la hubieran creído por no despedazarlos, sino que no conseguía los acólitos que se merecía por hacer justo lo contrario. Solía hablar elogiando a su marido y a su hijo, restando importancia a las muchas debilidades que tenían y dotándolos de atributos de personalidad ficticios que ni tenían ni tendrían nunca.

Se inventaba historias de los regalos extravagantes con los que Matt la agasajaba, y añadía:

–¡Por más que le digo que no me compre nada, insiste! Dice que no hay nada demasiado bueno para su alma gemela.

Tales embellecimientos de la realidad estaban justificados por el hecho de saber que Matt le habría hecho tales regalos de haber sido consciente de lo afortunado que era de tenerla como esposa. Gracias a ella, había pasado de ser un memo a ser un marido ilustrado, lo cual había sido muy considerado por parte de Suzette. En sus fabulaciones, su marido le escribía notas de amor, de las que ella presumía, citándolas, ante las mujeres de sus círculos sociales.

En cuanto a Jacob, había tenido que esforzarse mucho para hacerlo quedar bien. Sus notas eran atroces y saltaba a la vista que no era deportista. Su gusto en cuanto a la moda era espantoso, igual que sus modales. Nada de aquello era culpa de Suzette. Intentaba ayudarlo, de verdad. La única alternativa que le quedaba era retratarlo como un ser creativo tímido, un genio encubierto, alguien que no se preocupaba por encajar en las expectativas de la sociedad. Suzette era una empresa de relaciones públicas unipersonal encargada de convertir a los Fleming en la envidia de todo aquel que se cruzaba en su camino. Y ahora Mia había cometido una majadería que podía derribar todo lo que Suzette tanto se había esforzado por construir. Volvió a zarandear a la niña.

–¡Contéstame!

–Lo siento –gimoteó Mia.

–¿Por qué, Mia? ¿Por qué no haces caso?

Muchas veces, Mia era como una página en blanco, su rostro no daba ninguna pista de lo que sucedía en el pequeño cerebrillo dañado que tenía dentro. Aquella era una de esas veces, y eso enfureció aún más a Suzette. La empujó contra la pared, con la esperanza de obtener alguna respuesta, pero Mia se limitó a temblar y sacudir la cabeza a ambos lados.

–¿Es que quieres que venga la policía y te encierre? ¿Es eso lo que quieres?

–No, señora –pronunció aquellas palabras en un susurro.

–Pues es lo que pasará, ¿sabes? Te arrojarán a una celda fría y oscura, sin comida ni agua, y te comerán las ratas y los bichos. ¿Te suena eso bien?

–No, señora.

–Te damos una casa bonita y te mantenemos segura y caliente. Y lo único que pido a cambio es que sigas mis instrucciones. No es tan difícil, Mia, no es nada difícil.

–Sí, señora.

Suzette recordó el tiempo en el que pensó que Mia era un regalo del universo, una ofrenda para aliviar la pérdida de Olivia. ¡Ja! No podía haber estado más equivocada. Al cabo de unos pocos meses se había dado cuenta de que Mia no tenía la chispa que su hija seguramente habría tenido. Olivia habría sido como Suzette, una persona encantadora con una personalidad arrolladora. Aquella niña tenía la personalidad de un trapo de cocina. Volvió a zarandearla.

–Tienes que aprender, Mia. Empieza a prestar atención de una vez.

–Sí, señora.

Se oyeron las torpes pisadas de Jacob descendiendo las escaleras cuando acabó de regañar a Mia. Bajaría dispuesto a defender a su pequeña *minion*, cosa que había empezado a hacer últimamente. Su intromisión fue inapropiada. Suzette no estaba dispuesta a permitir que un adolescente, un mocoso, le dijera cómo debía manejar los asuntos en su propia casa. Seguía teniendo a Mia sujeta contra la pared cuando Jacob quedó a la vista y ni siquiera se preocupó en volverse para mirarlo y hacerle saber que había notado su presencia.

–¡Jopé, mamá! Te he oído desde el piso de arriba y con los cascos puestos. ¿Qué pasa ahora?

Al verlo, desaliñado y gordo, con aquella ropa que le iba tres tallas grande, Suzette se disgustó. Y aún le desagradó más la insinuación de que sus gritos eran una reacción exagerada. ¿Acaso creía su hijo que lo que le apetecía al llegar a casa era tener que lidiar con un problema? Pues no, era lo último que le apetecía. ¿No sería mucho más agradable que todos hicieran lo que les decía? El hogar funcionaría entonces como una máquina bien engrasada y todo iría bien en el mundo. Si seguían sus reglas, aquella casa sería una puñetera utopía. No pedía demasiado.

Jacob se acercó.

–Mia, ¿estás bien?

Así que eso era lo que pasaba. Jacob ni siquiera se preocupaba por ella, simplemente asumía que su madre había tenido un berrinche y que Mia no tenía culpa alguna. En esencia, estaba anteponiendo a Mia a su propia madre. ¡Qué insultante! Con todo lo que había hecho por él… En un ataque de venganza, le dio a Mia un empujón repentino y la tiró al suelo. Mia cayó con fuerza y se golpeó la cabeza contra la pared. A Suzette le alegró ver la expresión de asombro de Jacob. Siempre sabía cómo captar su atención.

–Mia está bien –dijo en tono tajante–. Ya nos hemos entendido, ¿verdad, Mia?

Mia asintió mientras se incorporaba, despacio. Jacob permaneció inmóvil, con la mirada horrorizada en su regordete rostro.

—Y ahora, para que aprendáis la lección, esta noche Mia se queda sin cenar… y tú también, Jacob, por no vigilarla como debías.

A juzgar por la expresión de la cara de Jacob, había dado con el castigo perfecto. Jacob lloraría en su habitación si se quedaba sin cenar, pero le estaba bien empleado. ¿Dónde se había metido mientras Mia revelaba el secreto de la familia a una desconocida en el garaje? Debía asumir cierta responsabilidad en todo aquello. Además, saltarse una comida no le iría mal. Tenía grasa de sobras para quemar.

—De acuerdo, mamá. Siento no haber vigilado a Mia.

—Eso está mejor. —Se sacudió las manos—. Y ahora baja a arropar a Mia, y quiero que tú también te pases el resto de la noche en tu habitación. Los dos estáis castigados.

—Sí, mamá.

Mia se puso en pie como pudo y siguió a Jacob hasta las escaleras del sótano. Una vez quedaron fuera de su vista, Suzette entró en la cocina para iniciar su velada. Casi podía paladear la copa de vino que se tomaría acto seguido. Había una botella de riesling por estrenar enfriándose en el estante superior del frigorífico. Era lo que más le apetecía, pero primero tenía que acabarse el merlot. No le gustaba tener muchas botellas de vino abiertas por ahí. No daba buena imagen.

Al sentarse a la mesa, mientras disfrutaba de sus primeros sorbos de merlot, pensó en la anciana que se había atrevido a colarse hasta la puerta de su casa sin invitación. Menudo descaro. Parecía inofensiva, pero era raro que hubiera preguntado específicamente por una niñita. Tenía que ser una coincidencia, pero no por eso dejaba de inquietarla.

Aquella semana no paraban de surgir problemas. Primero la había llamado Dawn de Nutrición Excepcional para decirle que la abuela de su empleada había amenazado con denunciar su compra especial, y ahora aquello. Suzette había percibido el pánico en la voz de Dawn, pero no le preocupaba. Por lo que a ella concernía, no había nada que pudiera delatarla. Pagaba en efectivo y recogía una bolsa sin distintivo. Gran trato. Aunque la pillaran con las pastillas, podía afirmar que no tenía ni idea de qué eran, que alguien debía de habérselas cambiado por sus vitaminas.

Y aquella vieja tampoco era motivo de preocupación, solo un incordio. Era imposible que supiera que Mia existía. La niña nunca salía a la calle y las ventanas de la primera planta estaban todas cerradas. Nadie sabía que vivía allí. Era mala pata que Mia hubiera abierto la puerta en el momento menos oportuno… Pero la mujer no parecía haberse dado cuenta. Por suerte, tenía pinta de cabeza de chorlito, seguramente era inofensiva. Aun así, no podía volver a suceder, y Suzette estaba segura de que no sucedería. Le había metido el temor de Dios en el cuerpo a Mia, y a Jacob también. O quizá fuera el temor de Suzette. Soltó una carcajada al pensar en su nueva versión de la expresión.

En momentos como aquel era cuando más echaba de menos a su padre. Hacía ya tres años que había muerto. Tres largos años. Era mucho tiempo sin la persona que mejor la conocía y que la apoyaba incondicionalmente. Su madre seguía viva, pero era una inútil. Había sido una madre espantosa durante la infancia de Suzette, y ahora que era vieja se había vuelto dependiente y difícil. Suzette se alegraba de haber dejado que fuera su hermano, Cal, quien se ocupara de ese asunto. Estaba segura de que estaría tramando cómo quedarse con su parte de la herencia. Era un capullo codicioso, se veía claro por cómo se preocupaba por su madre, acompañándola a todas sus citas médicas y ayudándola con las reparaciones de la casa. Saltaba a la vista que intentaba granjearse su favor. Así que, si tenía previsto arrebatarle la fortuna de la familia, por lo menos que se lo ganara.

Su padre siempre le había dicho que era una niña especial, y adoraba todos y cada uno de sus movimientos. Decía: «Lo único que hay que saber sobre Suzette es que siempre tiene razón y necesita ser el centro de atención». Pero lo decía con tanto cariño que escuchar aquellas palabras la hacía brillar. A ojos de su padre, Suzette siempre tenía razón, y no le había preocupado convertirla en el centro de su mundo. Durante toda su infancia, su padre fue su animador personal. Cuando otras niñas eran malas con ella, le decía que lo que les pasaba era que le tenían celos. Si no ganaba un premio en la escuela, le decía que el jurado estaba compuesto por idiotas. Cuando sus amigas le daban la espalda, le decía que algún día se arrepentirían, que más valía sola que mal acompañada. Su padre siempre velaba por sus intereses.

Su madre era otra historia, siempre predispuesta a bajarle un poco los humos a Suzette. Le decía que no era mejor que los demás y que tenía que aprender a ceder y a llevarse bien con las personas. Claro. Suzette había aprendido enseguida a no hacer caso de su charlatanería derrotista. Era a la voz de su padre a la que se aferraba.

Y su padre le había dado otro sabio consejo más: le había enseñado a presentarse ante el mundo. Había empezado haciéndole una pregunta:

–¿Quieres que todo el mundo sepa que eres la mejor, Suzette?

Ella se había inclinado hacia delante para escucharlo, porque sabía que lo que estaba a punto de decirle era muy importante.

Y él continuaba:

–Solo hay una manera de dejárselo claro a todos cuantos te rodean. Para empezar, debes tener claro que tu rival no es la chica más lista de la estancia, ni la más guapa, y, desde luego, tampoco la más alta, la más rica ni la más fuerte. Tu rival es la chica más segura de sí misma. La gente segura de sí misma consigue todo lo que se propone, y los hombres caen como moscas a los pies de las mujeres seguras.

Era el mejor consejo que le habían dado nunca, las palabras que habían guiado toda su vida desde entonces. En ocasiones se había sentido tentada de compartir aquel conocimiento con otras personas. A Jacob, sin ir más lejos, le iría bien tener más confianza en sí mismo. Pero se había refrenado de hacerlo. ¿Por qué tenía que revelarle a nadie su secreto? Era solo para ella, la princesa de papá, la niña más segura de la estancia y ahora la mujer más segura de sí misma en cualquier lugar.

Le dio otro sorbo al vino y sonrió.

Capítulo 22

Después de que Niki le dejara un mensaje de voz en el contestador a Amy, Sharon y ella cenaron, aún haciéndose preguntas acerca de la niñita de la cual la señora Fleming había negado categóricamente que viviera en su casa.

–¿Qué motivo puede haber para que la tenga ahí? –se preguntaba Sharon–. No sé, quizá esté ocultando a una amiga y a su hija de un marido maltratador…

Treinta años antes, Sharon hizo eso mismo con una compañera de trabajo. Se había olvidado por completo de ello hasta hacía poco. La mujer se llamaba Matilda. Trabajaban juntas, pero apenas la conocía. Se saludaban y poco más. Y de repente, un día, Matilda se presentó en su puerta con su hijo de seis años y una pequeña maleta suplicándole que le dejara quedarse.

–Serán solo uno o dos días –le aseguró–. Hasta que mi madre nos consiga los billetes de avión para volver a casa.

Su casa estaba en Nebraska, donde se había criado. El marido conocía a todas y cada una de sus amistades, pero no a Sharon, de manera que su casa era el escondite perfecto. En cuanto Matilda supo que los billetes la esperaban en el mostrador de la aerolínea, Sharon los condujo a los dos al aeropuerto. Todo aquello había ocurrido antes de existiera internet, así que nunca supo cómo acabó la historia. Esperaba que Matilda y su hijo hubieran tenido una vida más feliz. El marido parecía una mala bestia.

–Podría ser –Niki sonaba dubitativa–. Pero hay más cosas que no encajan. Te lo mostraré cuando acabemos de cenar.

Cuando fregaron los platos, ambas subieron las escaleras, y el gato tras ellas. Niki cogió una silla del trastero y colocó a Sharon en posición antes de apagar las luces.

–Estos últimos días he estado observando cada noche y he detectado un patrón.

–¿Un patrón?

Sarge se subió de un salto al regazo de Sharon, como si también quisiera formar parte de aquello, y Sharon lo acarició distraídamente.

Niki observó a través de los prismáticos durante un minuto antes de bajarlos y colocárselos en las manos a Sharon.

–Sí. Todas las ventanas de la primera planta están siempre tapadas, incluso las laterales y las frontales. Al menos, lo estaban cuando hemos pasado por delante con el coche. En el segundo piso es diferente. Unas veces las persianas están subidas y otras bajadas.

–Como en cualquier casa de vecino –apuntó Sharon, llevándose los binóculos a los ojos–, depende de si te estás vistiendo o quieres que entre más luz en la habitación o lo que sea.

Observó a través de los prismáticos, sin estar segura de qué estaba mirando. La planta de arriba estaba a oscuras, mientras que en la planta inferior se percibía el resplandor de una luz encendida tras las persianas.

Niki dijo:

–Nunca he visto a Jacob, así que su dormitorio debe dar a la fachada, pero la habitación de sus padres y su cuarto de baño dan a nuestra casa. Hay otra habitación, además, en este lado de la casa, a la derecha. Creo que es el despacho. He visto al padre, que a veces se pasea por el cuarto en calzoncillos. Hace unos días que no está en casa o, al menos, yo no lo he visto.

–¿Camina por la casa en calzoncillos?

–Sí, solo con los calzoncillos puestos. –Sacudió la cabeza a ambos lados y rio–. Pero no es nada especial, créeme. Por si te lo preguntas…

–No me lo había preguntado.

–Y cada noche, a las ocho en punto, las luces del sótano se encienden, pero solo unos minutos. Luego se apagan, pero sucede algo más. ¿Ves lo que está ocurriendo ahora mismo en la ventana del sótano que hay en la esquina, a la izquierda del todo?

Sharon desvió la vista para seguir las indicaciones de Niki.

–No veo nada.

–Sigue mirando. Cuesta de ver, pero hay una parte del sótano, una esquina, donde, después de que se apaguen las luces, se ve un resplandor. Ocurre casi cada noche.

Sharon mantuvo los ojos fijos en ese lado de la casa, frustrada por no atinar a ver nada. Le recordó a aquella vez en clase de Biología en el instituto en la que solo conseguía ver sus pestañas mientras que el resto de la clase no dejaba de exclamarse al ver paramecios.

–Lo siento, pero no veo nada… –Y, de repente, lo vio. Justo en el rincón inferior de la casa, detectó un leve destello de luz–. ¡Ya lo veo! ¿Qué es eso? ¿Una vela?

–A mí me parece más probable que alguien esté mirando un portátil o viendo la televisión a oscuras –conjeturó Niki.

–¿Crees que tienen una sala de juegos en el sótano? –Le devolvió los prismáticos–. ¿Y que podría ser de Jacob?

–No lo sé, pero tengo una teoría. Si tuvieras a alguien en casa en secreto, ¿dónde lo pondrías a dormir?

–En el sótano –respondió Sharon, asimilando la idea.

–Pues pongamos que tienen ahí abajo a la niña. Tendría sentido que se fuera a la cama a las ocho, ¿verdad? Sin embargo, hoy es más pronto. ¿Por qué será? ¿Qué ha pasado hoy que sea distinto del resto de días?

A Sharon le dio un vuelco el corazón.

–Se ha metido en líos por abrir la puerta mientras yo hablaba con la señora Fleming. Ay, espero no haber empeorado las cosas.

–No te castigues por ello. Estamos hablando de que tienen a una niña prisionera –dijo Niki–. No creo que la situación pueda ser mucho peor.

Continuaron observando la casa, aunque no pasó mucho más.

–¿Por qué no saltamos una de las dos la valla y nos asomamos a esa ventana? –preguntó Sharon.

–No me parece mala idea –contestó Niki–. ¿Es muy alta la valla?

—Casi dos metros. Me horrorizó cuando la construyeron. Cuesta no tomarse como algo personal que un vecino levante una enorme muralla a lo largo del pie de la finca que separa nuestras casas. Ni siquiera hay ranuras entre los tablones. Es todo una masa sólida.

—Espera, espera —dijo Niki—. ¿Cuánto hace que se mudaron a esa casa?

—Hará unos cinco años. Antes vivía una pareja de viejecitos encantadores. Los Stoiber, Joyce y Bill. Habían criado aquí a su familia y, cuando los niños crecieron, les costaba mucho de mantener. Se jubilaron y se mudaron a un bloque de apartamentos en Florida.

—Entonces ¿los Fleming levantaron un muro nada más trasladarse?

—Nada más trasladarse, no. Vivieron aquí unos seis meses o así. Una vez me acerqué a su casa a presentarme, pero no estaban y no volví.

Cuando sonó el teléfono de Niki, Sharon bajó los binóculos mientras Niki iba a responder.

Comprobó la pantalla y anunció:

—Es Amy.

Lo puso en modo altavoz.

A Sharon no dejaba de sorprenderla lo bien que los jóvenes manejaban sus teléfonos móviles. En medio de la oscuridad, oyendo la voz de Amy, tuvo la sensación de que estaba en aquella habitación con ellas.

—Hola, Amy —la saludó Niki—. ¿A que no adivinas lo que estamos haciendo tu madre y yo ahora mismo?

Por lo general, Amy odiaba que Sharon hiciera ese tipo de cosas, siempre le decía que no tenía tiempo para adivinanzas, pero, al parecer, era mucho más tolerante con Niki, porque se rio entre dientes y contestó:

—Cuéntamelo.

—Estamos en tu antigua habitación, sentadas a oscuras, espiando a los vecinos de la parte de atrás.

—¿Los de la valla?

—Exacto.

–Los Fleming. ¿Te acuerdas de ellos? –intervino Sharon.

–No demasiado. Te recuerdo a ti hablando de que estaban construyendo una valla, pero yo solo conocí a los Stoiber.

Claro. Los Fleming se mudaron mucho después de que Amy se hubiera ido de casa y hubiera empezado una nueva vida lejos de su madre y del hogar familiar.

–¿Y por qué los espiáis? –quiso saber Amy.

Sharon dejó que Niki la pusiera al día, empezando por la fotografía que Sharon había tomado la noche del eclipse de superluna y acabando por la incursión de Sharon en el camino de entrada de los vecinos para preguntarle a la señora Fleming sin rodeos si tenía hijos pequeños. Una vez lo hubo expuesto todo, Niki preguntó:

–¿Crees que deberíamos llamar a la policía?

–Humm… –Amy reflexionó sobre ello, pero apenas unos segundos–. No tenéis pruebas de ningún delito, así que supongo que pondríais a la policía en una tesitura difícil. Probablemente lo investigaran, porque tienen que hacerlo, pero podrían interpretarlo como una queja a raíz de un riña entre vecinos. Y los Fleming no estarían obligados a permitir que registrasen su domicilio, de manera que la policía no tendría nada concreto a lo que agarrarse.

–Entonces, ¿no llamamos a la policía? –preguntó Sharon.

–Creo que sería mejor que contactarais con los servicios de protección a la infancia y les contarais lo que me acabáis de contar a mí. Están especializados en este tipo de asuntos.

–¿Crees que nos tomarán en serio? –preguntó Niki.

–Tienen que hacerlo… Es su trabajo. –Amy habló entonces con alguien que estaba más lejos, dijo que era solo un segundo, y Sharon cayó en la cuenta de que aún estaba en el despacho–. Hagamos una cosa –les propuso Amy al reincorporarse a la conversación–. ¿Por qué no me enviáis por correo electrónico todo lo que sabéis sobre la familia y compruebo qué puedo averiguar de ellos?

–No sabemos demasiado, más allá de sus nombres y dónde viven –contestó Niki.

–Es un buen principio –replicó Amy–. Enviádmelo y veré lo que puedo hacer.

Capítulo 23

La mañana siguiente, cuando Niki se marchó a trabajar, Sharon estaba ya con el móvil en la mano, con el dedo en la pantalla, a punto de telefonear a los servicios de protección a la infancia, cuando el teléfono sonó y la sobresaltó. Al ver el nombre en la pantalla, se alegró de comprobar que era Amy quien llamaba.

—¡Amy! —exclamó—. Qué alegría que llames.

Pulsó el botón para activar el altavoz, tal como Niki le había enseñado a hacer, y dejó el teléfono sobre la mesa, delante de ella. Niki tenía razón: era más fácil hablar así.

—Hola, mamá, solo tengo unos minutos, pero quería contarte lo que he descubierto sobre los Fleming.

Sharon oyó voces débiles al fondo, lo cual indicaba que Amy llamaba otra vez desde el despacho. Por eso tenía solo unos minutos.

—Soy toda oídos.

—Suzette Marie Fleming, de soltera apellidada Doucette, tiene cuarenta y seis años. Nacida y criada en Minnesota, se licenció con matrícula de honor por la Universidad de Loyola, que es donde supongo que debió de conocer a su marido, Matthew John Fleming, de cuarenta y siete años. Él se licenció en Loyola y luego estudió Medicina en Northwestern.

—Entonces, ¿es médico?

—Era médico. Trabajaba en una consulta en la zona de Chicago y hace unos seis años dejó la medicina y se mudó a Wisconsin, donde compró la casa que hay justo detrás de la tuya y consiguió un empleo en una empresa que vende material médico. Está especializado en formación y viaja enseñando al personal a utilizar máquinas de resonancia magnética y ese tipo de cosas.

—¿Y por qué dejó de ser médico? —musitó Sharon—. ¿Le resultaría demasiado estresante?

—Quizá —respondió Amy—. O quizá cometió alguna negligencia o hizo algo ilegal y lo pillaron. A veces, cuando eso sucede, al infractor se le da la opción de retirarse de manera voluntaria en lugar de acusarlo de un delito. La casa que tenían en Illinois era una mansión. Para ellos, trasladarse a tu barrio comportó claramente un descenso en su nivel de vida. Me cuesta creer que alguien deje un trabajo de alto nivel que requiere tantos años de formación a menos que ocurriera algo drástico.

—¿Una negligencia? ¿Algo ilegal? ¿Como qué?

—Podría ser cualquier cosa. Acoso sexual en el trabajo, redactar informes falsos, rellenar reclamaciones de seguros fraudulentas… Lo de siempre, vamos.

Amy, que tenía el instinto asesino de una fiscal, sonaba francamente entretenida.

—Vaya. —Sharon ni siquiera se había planteado que alguien pudiera dejar una profesión para evitar ser juzgado, pero era el tipo de cosa que su hija sabía detectar—. ¿Y a qué se dedica su mujer?

—Trabajó en recursos humanos hasta que nació su hijo y, desde entonces, no ha vuelto a trabajar. Se mantiene ocupada formando parte de varias juntas directivas de diversas organizaciones benéficas, la mayoría de ellas afiliadas a grandes empresas.

—¿Y su hijo?

—Jacob Matthew Fleming. Cursa el último año de instituto. Se sacó el carné de conducir el año pasado, pero no ha cometido ninguna infracción de tráfico que yo haya podido documentar. A sus padres sí que les han puesto algunas multas por mal aparcamiento y a su madre le pusieron una por circular demasiado lento en la autovía interestatal. Por lo demás, la familia está limpia. No hay quejas ni indicios de que hayan quebrantado ninguna ley. La típica familia de clase media de Wisconsin.

—Con una valla muy alta.

—Para cuya construcción pidieron permiso —le recordó Amy a

su madre–. Algunas personas dicen que una buena valla ayuda a la convivencia entre vecinos.

–Eso he oído. –Sharon repiqueteó con las uñas en la mesa–. ¿Algo más?

–No, es todo lo que he encontrado.

Si había algo más, Amy no lo había encontrado. Y Sharon estaba segura de que lo había.

–Vale. Gracias.

–¿Has llamado ya a protección a la infancia?

–No, estaba a punto de hacerlo cuando has llamado.

–Les va a arruinar su expediente impoluto –dijo Amy con una sonrisa en la voz–. ¡Una queja de los vecinos!

–¿Te parece mala idea?

–No, en absoluto. Si hay una niña en peligro, serás una heroína. Y si te equivocas, no es grave. En un caso como este, más vale prevenir.

Sharon sabía que Amy tenía razón, pero momentos después, mientras marcaba el número de los servicios de protección a la infancia, seguía teniendo la sensación de estar delatando a una vecina con pocas pruebas en las que fundamentar sus sospechas. La ayudó que quien respondiera fuera Kenny, un hombre reflexivo que la escuchó con atención.

–¿Sigue teniendo la fotografía de aquella noche? –le preguntó Kenny.

–Sí, la tengo en el teléfono. Me sabe mal, pero no se ve nítida. Era de noche y la tomé por encima de la valla.

–Estoy seguro de que lo hizo lo mejor que pudo –Kenny hablaba con tono tranquilizador–. ¿Va a estar en casa durante toda la mañana?

–Puedo quedarme. ¿Va a venir a mi casa?

–Yo no, pero irá alguno de mis compañeros. Mire, si le parece, dentro de una hora o así la telefoneo otra vez para hacerle saber cuándo puede acercarse alguien y echar un vistazo a lo que me está contando.

Sharon exhaló aliviada.

—Entonces ¿lo van a investigar seguro?

—Nos tomamos todas las denuncias en serio —le aseguró Kenny.

Cuando colgó, Sharon notó que se había quitado un peso de encima. Sintió un gran alivio. Había hecho todo lo que había podido por aquella niñita de la ventana. Las autoridades ya estaban implicadas y se ocuparían de todo.

Capítulo 24

Al acabar la jornada escolar, Jacob salió del instituto y se subió al autobús, pero, en lugar de bajarse en la parada de su casa, lo hizo en la anterior y se encaminó hacia Village Mart. Su madre había hecho un buen trabajo aterrorizando a la pobre Mia la noche anterior, pero lo que no sabía cuando los envió a sus habitaciones sin cenar es que ya habían cenado. Para entonces, la pequeña Mia había dado cuenta ya de un perrito caliente y medio y Jacob de dos, además del medio que Mia se había dejado. A eso había que añadir las patatas fritas y el refresco que habían tomado antes. Ambos estaban llenos a reventar. A ninguno de los dos les importó irse a su cuarto hasta el día siguiente. Jacob se habría encerrado en su habitación de todos modos, y para Mia sería un descanso, porque podría tumbarse y mirar la tele sin que la molestaran.

Su madre se vanagloriaba de ser muy lista y, en realidad, era una completa idiota.

Después de que su madre les ordenara que se fueran a sus habitaciones, Jacob había acompañado a Mia a la planta de abajo y, cuando quedaron fuera del radar de su madre, habían intercambiado una sonrisa, sabiendo que la habían engañado. Al acabar de cenar, antes de que su madre llegara a casa, Mia había despejado la mesa y le había pasado una bayeta, y Jacob había fregado los platos a mano y los había guardado en el armario. Las salchichas y los panecillos que habían sobrado estaban de nuevo en el congelador, enterrados bajo las verduras congeladas y los *nuggets* de pollo. Habían tenido la precaución de recogerlo todo y, en el proceso, no habían dejado rastro de que ya habían cenado.

El humor de Mia se vio afectado solo por su preocupación por estar encerrada.

—He bebido mucha Coca-Cola —dijo, aunque en realidad no lo había hecho—. ¿Qué hago si me entran ganas de ir al lavabo?

Jacob sabía lo que era estar tumbado despierto en la cama y nervioso.

—Haremos una cosa —le dijo—. Cerraré la puerta, pero no echaré el pestillo. Si tienes que ir al lavabo, sal sin hacer ruido y asegúrate de dejar bien cerrada la puerta cuando vuelvas a tu habitación. Y no abras el grifo ni tires de la cadena.

(En ocasiones, su madre parecía tener un oído sobrehumano).

—Pero por la mañana… —dijo Mia, con el rostro velado por la preocupación, y Jacob supo que se estaba imaginando a su madre encontrándose el cerrojo sin echar al día siguiente.

Ambos estarían metidos en un buen lío.

—Me aseguraré de ser yo quien baje mañana por la mañana —le prometió.

—¿De verdad? —Su mirada atemorizada se disipó.

—Sí. Así mi madre no se enterará.

—Gracias, Jacob.

—De nada.

—¿Jacob? —lo llamó Mia mientras se incorporaba en su cama—. ¿Tú eres como mi hermano?

¿Qué podía decirle a eso? Mia era lo más parecido a una hermana que había tenido nunca y, cuando otros chavales hablaban de sus hermanos, expresaban la misma mezcla de sentimientos que él sentía por ella. A veces podía ser un incordio, tanto que acababa hablándole con malos modos, descargando sobre ella las frustraciones del día. Pero otras veces, su manera de mirarlo le derretía el corazón. Y, por supuesto, ambos estaban bajo la supervisión de su madre, de modo que tenían el acuerdo tácito de cubrirse las espaldas mutuamente.

—Supongo que sí —dijo al final—. Una especie de hermano.

—Es lo que pensaba. —Sonrió y a Jacob se le partió un poquito el corazón.

Mia era tan agradecida, y a cambio de nada… Volvió a pensar en lo injusto que era que estuviera allí, encerrada en su casa. Si por su madre fuera, Mia nunca saldría a la calle, pero su padre decía que necesitaba sol y aire fresco, que los seres humanos no estaban hechos para permanecer encerrados todo el tiempo. Así que de vez en cuando, a intervalos muy espaciados, dejaban salir a Mia al patio posterior durante el día, pero solo cuando su madre estaba segura de que no había ningún vecino cerca, e incluso eso la ponía nerviosa. Jacob estaba bastante seguro de que una valla de dos metros proporcionaba suficiente protección. Su madre era paranoica por naturaleza.

Mia vivía en un mundo muy pequeño, y sus días estaban llenos de tareas y más tareas.

Pero, de no ser por la familia de Jacob, ¿dónde estaría? Su situación podría ser mucho peor, según su madre. Él mismo lo había visto con sus propios ojos y sabía que era verdad. La primera vez que vieron a Mia, su madre conducía por carreteras secundarias, de regreso del funeral de su abuelo. Se perdieron, porque su madre había apagado el GPS aduciendo que la voz le molestaba y que conocía el camino. Su madre era una conductora nefasta siempre, pero, cuando se perdía, se convertía en una demente, golpeaba el volante con el puño y soltaba palabrotas porque no veía las señales de tráfico… como si las señales de tráfico fueran a ayudar en algo en las infinitas carreteras rurales de Wisconsin, donde todo parecía igual.

Jacob estaba a punto de encender el GPS y pulsar el ajuste «Casa» cuando alzó la vista y vio algo diminuto moviéndose justo en medio de la carretera. Gritó: «¡Mamá, para!» y agarró el volante, cosa que, en circunstancias normales, habría enfurecido a su madre, pero como ella también había visto aquella cosa, estaba demasiado ocupada pisando el freno como para reaccionar a lo que él había hecho. Frenaron a escasa distancia de atropellar a una niña muy pequeña que iba vestida con unas bragas anchas, unos calcetines mugrientos y un pijama rosa con gatitos dibujados, lleno de manchas. Su madre dejó el coche allí aparcado, puso los cuatro intermitentes de advertencia y ambos salieron y se acercaron al bebé. Mia se había quedado allí de pie, quieta, con el pulgar en la mano, mirándolos con los ojos muy abiertos. No se inmutó. No reaccionó. Tenía el pelo grueso y largo por los hombros, enredado y grasiento. De no ser por sus grandes ojos marrones, no parecía una niña mona.

Su madre se agachó delante de ella, examinándola como a un espécimen.

—Hola, pequeñita —la saludó con una voz que sonó simpática de verdad—. ¿Cómo te llamas, bonita? —Además de estar sucia y oler a orines, la niñita no dijo nada y no parecía afectada por lo cerca que había estado de convertirse en un animalillo atropellado—. ¿Vives por aquí?

—¿No deberíamos llamar a urgencias? —había preguntado Jacob y, al ver que su madre asentía con la cabeza, sacó el teléfono.

Pero cuando intentó telefonear, vio que no había cobertura, lo cual no era raro, ya que su madre había optado por el plan telefónico más barato del mercado.

—Es porque estamos en medio de la nada —le dijo su madre con amargura—. Es como intentar llamar desde la Luna. Imposible. No se puede.

En su clase de Historia del mundo, el maestro de Jacob les había puesto grabaciones muy nítidas de transmisiones de audio desde la Luna, pero Jacob pensó que a su madre no le gustaría que la contradijeran en aquel momento. A decir verdad, no le gustaba nunca. Así que se limitó a preguntar:

—¿Y ahora qué?

Su madre suspiró.

—Cógela y sentaos los dos en el asiento de atrás. Vamos a recorrer la calle a ver si encontramos su casa.

Era una de las pocas veces en que Jacob recordaba a su madre haciendo algo decente sin pensar en sí misma, pero cuando encontraron la casa de Mia, lo que vieron les impactó, temieron por su vida y pusieron pies en polvorosa. Y como no podían dejar a Mia allí, cambiaron de plan. La llevaron a su casa y Mia se quedó a vivir con ellos. A lo largo de los años, había habido veces en que Jacob se había enfadado tanto con su madre por meterse con él por su peso y llamarlo «inútil», que había estado tentado de delatarla, de hablarle a la policía de Mia y contarles que hacía tres años que su madre la tenía encerrada en casa. Le estaría bien empleado que la arrestaran. Lo único que lo frenaba era que había hecho una búsqueda en Google y había descubierto que su padre tenía razón. El secuestro se consideraba un delito grave en Wisconsin. Y lo más probable era que acusaran tanto a su madre como a su padre, y posiblemente a él también. Tenía diecisiete años, era casi un adulto. Además, aunque a él no lo incriminaran, sin sus padres, ¿dónde viviría? ¿Con sus parientes, en otro estado? ¿Y por qué tenía que ir a la cárcel su padre? Era un buen tipo atrapado en una situación adversa.

De manera que todo había seguido igual, pero, a medida que pasaban los meses, Mia tenía más preguntas, y era a él a quien se las formulaba. Sus padres creían que Mia tenía un vocabulario de diez palabras, porque cuando estaba delante de ellos guardaba silencio. Era una estrategia inteligente, pensaba Jacob. Su madre se sentía amenazada por las personas capaces de pensar por sí mismas, y detestaba que le replicaran. Mia lo había entendido y mantenía una fachada no amenazadora.

Todos aquellos pensamientos revoloteaban en la mente de Jacob mientras regresaba a pie a casa desde la escuela. Le gustaba pasarse por Village Mart, la tienda de la gasolinera, y que los viejecitos que la regentaban lo saludaran por su nombre. Le parecía un lugar acogedor. Y ahora que tenían a aquella nueva empleada, Niki, lo motivaba aún más hacer un alto en el camino. Normalmente no iba dos días seguidos, pero quería verla otra vez y, además, quería comprarle a Mia unas magdalenas de chocolate rellenas de nata y un Sprite.

Cuando empujó la puerta para abrirla, Niki levantó la vista tras la caja registradora y le sonrió. Y al escuchar su «¡Hola, Jacob!», tuvo la sensación de llegar a casa.

Capítulo 25

Niki estaba sola en la tienda cuando entró Jacob. Albert estaba en la parte de atrás, ayudando a descargar un camión. Niki se había ofrecido a transportar las cajas al almacén. Le parecía lo más lógico, porque era una chica fuerte y tenía cien años menos que Albert, pero él había declinado su oferta.

–Los viejos como yo necesitan moverse –le había dicho–. Prefiero cansarme que oxidarme. Tú quédate dentro, que se está más caliente.

De manera que ella se había quedado en la caja, pendiente de los coches que estacionaban en los surtidores y luego se iban. Solo había entrado un cliente a comprar cigarrillos. Había pedido un paquete de Winston Lights y, cuando ella se había dado la vuelta para cogerlos de la estantería, le había dicho, avergonzado:

–Prometí que, si alguna vez costaba más de cinco dólares el paquete, lo dejaría, pero eso pasó y aquí sigo.

Le entregó un billete de veinte dólares, ella registró la compra y le dio el cambio.

–Es un vicio difícil de dejar –le dijo con tono compasivo.

–Dímelo a mí.

Se guardó el cambio en el bolsillo y le deseó a Niki un buen día.

Cuando Jacob entró, a Niki le alegró distraerse un rato. Lo había reconocido a lo lejos. Caminaba con aire derrotado, con la cabeza gacha y el rostro parcialmente oculto por la capucha de la sudadera. Y llevaba la voluminosa mochila colgada de solo un hombro.

Cuando Niki lo saludó por su nombre, a Jacob se le iluminó la cara. Niki sabía que Sharon tenía previsto llamar a los servicios de protección a la infancia para informar acerca de los Fleming, pero pensó que aún no habrían iniciado la investigación. En cuando a Jacob, había planeado ser amable con él, pero sin excederse. Aunque parecía afligido, no tenía por qué ser inocente en lo que quiera que estuviera ocurriendo en su casa. Por lo que a ella concernía, no era más que una fuente de información.

Vio a Jacob abrir con decisión la nevera de los refrescos y coger una lata de Sprite antes de dirigirse al pasillo de los tentempiés. Cuando se acercó al mostrador, depositó sobre él un paquete de magdalenas de chocolate y el refresco.

—Magdalenas de chocolate rellenas —observó Niki—. Buena elección.

—No son para mí —respondió Jacob, aparentemente avergonzado.

—Entonces aún mejor, porque las estás comprando para otra persona.

—Supongo que sí.

Dejó la mochila en el suelo y se agachó para rebuscar en uno de los bolsillos. Al enderezarse, tenía un billete de diez dólares nuevo en la mano, que deslizó sobre el mostrador.

Niki escaneó la lata y las magdalenas. Tras meter el dinero en la caja registradora, le preguntó:

—¿Son para tu novia?

—¿Qué? —preguntó él arqueando las cejas.

—Las magdalenas. Has dicho que no eran para ti. ¿Son para tu novia?

—No... Esto... —Negó con la cabeza, sonrojado—. No. Para una niña que conozco.

—¡Qué amable de tu parte! —Niki le devolvió el cambio en la mano—. ¡Seguro que le encantan!

Observó atentamente su rostro en busca de una reacción.

Jacob asintió con la cabeza.

—Son sus favoritas. Es una sorpresa.

Ya había averiguado que eran para una niña. Un tanto para Niki.

—Qué considerado de tu parte —dijo—. Últimamente ya casi nadie piensa en los demás. No sé por qué. Nos hemos vuelto más egoístas, supongo. Y tampoco es tan difícil hacer algo por los demás, ¿no crees? Me refiero a que, a veces, un pequeño gesto puede representar una gran diferencia para otra persona. Ya sé que toda esa teoría del cuidado es un poco cliché, pero me sigue pareciendo verdad: la bondad importa. –Niki se escuchó a sí misma divagando, pero Jacob no se movió y parecía contento, así que continuó–: Eres una persona especial, Jacob. Ya me contarás cuando vuelvas si esa niña se alegró de recibirlas. Me encanta saber este tipo de cosas.

Por dentro, Niki se estremeció al pensar en lo patético que había sonado. «"Me encanta saber este tipo de cosas". ¿Qué tipo de cosas eran esas? ¿Darle unas magdalenas a una niña?».

Pese a su lamentable intento de entablar conversación, pareció hacer diana. Jacob sonrió como alguien que no estaba acostumbrado a recibir cumplidos.

–Lo haré –respondió–. Puedo volver mañana. Si trabajas, claro.

Niki afirmó con la cabeza.

–Trabajo de miércoles a domingo, de nueve a cinco, así que sí, aquí estaré.

–Genial.

Guardó las magdalenas y el refresco en la mochila y se metió el cambio en el bolsillo.

–Pues aquí estaré, cuenta con ello.

–Está bien poder contar con algo –comentó Jacob, con un tono nostálgico que no pasó desapercibido a Niki.

Niki asintió con la cabeza.

–A veces, es una palabra que se utiliza a la ligera. Va bien saber qué esperar.

–Bueno, pues supongo que te veré mañana.

Se echó la mochila al hombro y se dirigió hacia la puerta.

–Adiós, Jacob –le dijo ella desde el mostrador, y él levantó la mano para despedirse, sin volver la cabeza.

Niki mantuvo la mirada fija en el escaparate mientras Jacob se alejaba. Lo vio dejar atrás la primera hilera de surtidores y frunció el ceño ligeramente al ver a dos chavales que se le acercaban desde la acera. Lo llamaron con un tono que parecía amistoso, pero

Niki reconoció la postura defensiva en la forma de encorvarse de Jacob. No eran sus amigos y no se alegraba de verlos. Ambos se hallaban ahora justo delante de Jacob, cortándole el paso. No escuchó lo que le decían, pero Jacob pareció encogerse de miedo. No era la primera vez que Niki presenciaba una escena así, y sabía lo que se sentía.

La puerta que conectaba con el almacén se abrió de golpe y escuchó la voz atronadora de Albert diciendo:

–Bueno, pues otra cosa más hecha. ¿Qué me he perdido?

–No demasiado –respondió Niki, sin apartar la vista de los adolescentes de fuera–. Lo de siempre en los surtidores. Y ha venido Jacob a comprar algo para picar. Ha comprado unas magdalenas para una niñita que conoce. ¿Lo ha hecho alguna vez antes? ¿Comprar algo para otra persona?

–No, que yo sepa –respondió Albert, que se colocó de pie a su lado.

Niki apenas registró su respuesta, porque aquellos dos chavales se estaban acercando a Jacob con gesto amenazador. Uno de ellos le dio un empujón y lo hizo trastabillar hacia atrás, pero Jacob logró recobrar el equilibrio. Niki no podía esperar más, así que dijo:

–Vuelvo en un minuto.

Apartó a Albert y salió corriendo a la calle, con el corazón acelerado. Se acercó a los chavales gritando:

–¡Eh, Jacob!

Los tres se detuvieron para mirarla. Jacob pareció el más sorprendido.

–¿Qué? –preguntó.

Niki se acercó corriendo a su lado y lo agarró por el brazo.

–¡Buenas noticias! Mi jefe dice que me da la noche libre, así que al final sí que podemos quedar para salir.

–De acuerdo –respondió Jacob, con un destello de confusión en el rostro.

–Ya sé que antes te he dicho que no, pero se lo he rogado argumentándole que era importante que pasáramos la noche juntos, y al final ha cambiado de opinión. ¡Qué bien, ¿no?!

–Sí.

–¿Así que tenemos una cita?

–Claro. –Algo en su modo de decirlo le indicó a Niki que había captado su juego–. Por supuesto.

–¡Qué bien! –Se inclinó hacia él y le dio un beso en la mejilla–. No te olvides, ¿vale? He tenido que esforzarme mucho para reorganizar mi horario de trabajo.

–No me olvidaré –le prometió, un poco más erguido.

–Siento interrumpiros, chicos –se excusó Niki–, pero las novias siempre son lo primero.

–Claro, desde luego –dijo el más alto de los dos, que intercambió una mirada con su amigo.

Entonces el segundo dijo:

–Ya te pillaremos luego, Cabeza LEGO.

Jacob y Niki se quedaron mirando cómo los dos chavales se alejaban con paso tranquilo en dirección opuesta a la casa de Jacob.

–Gracias –le dijo Jacob, con las mejillas como la grana.

Parecía incapaz de mirarla a los ojos por la vergüenza.

–De nada. Tengo que volver al trabajo –respondió Niki, cruzando los brazos para protegerse del frío; ahora que el encuentro había acabado, notó el aire invernal.

–Venga, nos vemos.

Lo observó alejarse a pie y regresó como una flecha a la tienda.

–Siento haber salido así –se disculpó con Albert al entrar por la puerta y ocupar su lugar detrás del mostrador.

Albert seguía mirando hacia el escaparate, observando cómo Jacob caminaba por la acera.

–No pasa nada –dijo con voz grave.

–¿Querías que hiciera algo?

En lugar de responder a su pregunta, Albert la miró con aprobación y le dijo:

–He visto lo que has hecho ahí fuera. Has sido muy amable saliendo a defender a Jacob.

Niki se encogió de hombros y dijo:

–Nunca me han gustado los abusones.

–A nadie le gustan, pero no todo el mundo toma partido. Tu manera de salir en su defensa ha sido excepcional. Y yo diría que eso te convierte en una persona excepcional, Niki Ramos.

Niki no se sentía en absoluto excepcional, pero de todos modos aceptó el cumplido.

–Gracias.

Capítulo 26

Suzette tenía ganas de gritar. Era por la tarde, casi la hora de que Jacob regresara a casa de la escuela, cuando sonó el timbre… y volvió a sonar. Sonó, sonó y sonó. No sabía a qué hora había empezado a hacerlo, pero debían de haber pasado ya al menos diez minutos. Las llamadas seguían un patrón. Dos timbrazos cortos seguidos por una larga pausa, una pausa tan larga que cada vez Suzette esperaba que se hubiera acabado, pero el timbre volvía a sonar de nuevo. Tenía la política de no abrir la puerta a menos que esperara a alguien, pero aquella intrusa, aquella mujer, no parecía captar la indirecta. Sabía que era una mujer quien estaba frente a su puerta. Lo había comprobado asomándose a través de las persianas.

La mujer iba bien vestida, pero Suzette la había sometido a un rápido repaso de arriba abajo y había visto que llevaba un bolso de imitación y que su abrigo, un chaquetón azul marino anodino, podía ser de cualquier gran almacén. ¿Tal vez fuera alguien de una de las organizaciones benéficas con las que colaboraba Suzette? Improbable. Tenía el aspecto de una agente inmobiliaria o una empleada del censo. Menudo fastidio.

El timbre sonó dos veces más y el ruido era tan chirriante que Suzette habría querido lanzarse al pescuezo de la mujer. Volvió a echar un vistazo por la ventana y vio a la mujer de pie, tranquila, frente a la puerta, como si tuviera todo el tiempo del mundo. Suzette se dirigió a la cocina, donde Mia estaba a cuatro patas fregando el suelo. Solo iba por la mitad. Era increíble. Mia tardaba una eternidad en fregar el suelo, pero solía hacerlo excepcionalmente bien, así que a Suzette no le gustaba meterle prisa.

—¿Mia? —la llamó Suzette desde el umbral, con una mano en la cadera.

La niña hizo una pausa para mirarla.

—¿Señora?

—Baja a tu habitación inmediatamente y no subas hasta que yo te llame. ¿Me entiendes?

Mia asintió con la cabeza mientras escurría la bayeta.

—¡Venga! ¡Ya!

La enfurecía que la obligaran a alzar la voz. ¿Tan difícil era cumplir órdenes?

Mia dejó la bayeta en el suelo, junto al cubo, se puso en pie deprisa, se dirigió a la puerta del sótano y la cerró tras ella. Cuando Suzette dejó de oír sus pasos en los escalones, se alisó el pelo y se dirigió a la puerta. Tanto trabajo solo para que el timbre dejara de sonar. Le cogería la tarjeta a la mujer y la invitaría a irse.

Cuando abrió la puerta, el rostro de la mujer se iluminó al reconocerla.

—Vaya, aquí está —dijo—. ¿Es usted Suzette Fleming? Me alegro de encontrarla en casa.

Llevaba el pelo cano recogido hacia atrás con clips a los lados, como si fuera una colegiala, pero de un geriátrico.

Su actitud denotaba una familiaridad que hizo dudar a Suzette. ¿Se conocían? Nada en aquella mujer le resultaba familiar.

—¿En qué puedo ayudarla?

La mujer sonrió.

—Soy Franny Benson, asistente social del condado. Trabajo para el Departamento de Protección de la Infancia. Uno de sus vecinos ha presentado una queja y tengo que hacerle algunas preguntas, si tiene un minuto. —Sostenía en alto una identificación con una fotografía poco convincente.

Suzette soltó un suspiro de exasperación. «Y dale con las preguntas. ¿Es que no se cansa la gente de pedirme la opinión sobre lo que pasa en esta comunidad?».

—Me temo que no me interesa, pero gracias…

Suzette empezó a cerrar la puerta, pero la mujer volvió a hablar:

–¡Espere! Según tengo entendido, está usted muy implicada en la comunidad y participa en las juntas directivas de organizaciones benéficas de la zona.

Suzette abrió la puerta un poco más.

–¿Sabe usted de qué trabajo?

–¡Por supuesto!

–¿De verdad?

Los labios de Suzette se ampliaron lentamente dibujando una sonrisa. «Sabe que lidero las juntas directivas». Ya podía decir Matt que su trabajo en esas comisiones era una pérdida de tiempo. De hecho, le había llegado a decir que, si creía estar mejorando su estatus en la comunidad por trabajar de aquello, estaba muy equivocada. «Nadie tiene interés en un puñado de mujeres que se sientan alrededor de una mesa a mantener eso que llamáis "reuniones" –le había dicho, haciendo con los dedos el gesto de entrecomillado al pronunciar la última palabra–. Los ejecutivos que os dan coba solo lo hacen porque recaudáis dinero para ellos».

Franny le preguntó:

–¿Me permite entrar unos minutos? Me encantaría hablar con usted.

–Puedo concederle diez o quince minutos –respondió Suzette, cediendo. Abrió la puerta e invitó a Franny a entrar, le cogió el abrigo y lo colgó en el armario del recibidor–. Por aquí, por favor.

Franny, con su gran bolso de mano colgando, la siguió al salón. Suzette se sentía orgullosa de aquella estancia, y con motivo; siempre se aseguraba de que el alto gabinete de curiosidades lleno de figuritas de Lladró estuviera impoluto.

Tras tomar asiento, Franny comentó:

–Tiene usted una casa muy bonita.

–Gracias. Nos gusta.

Franny buscó algo en su bolso y sacó un pequeño portapapeles y un bolígrafo.

–Sé que no dispone usted de mucho tiempo, así que seré breve.

–Se lo agradezco –contestó Suzette.

–¿Cómo quiere que la describan? ¿Como activista social? ¿Filántropa? ¿Implicada en labores humanitarias?

–Puede utilizar mi nombre, si quiere. Suzette Fleming –respondió, sintiéndose satisfecha consigo misma–. Y sí, «labores humanitarias» es lo que más se aproxima a lo que hago, aunque yo no las concibo así. Simplemente intento aportar mi granito de arena.

–No sea usted modesta, señora Fleming. Si todas las personas destinaran tiempo a colaborar con organizaciones benéficas, el mundo sería un lugar mejor.

–Gracias –dijo, bajando la mirada hacia sus manos enlazadas. «Labores humanitarias». Le gustaba cómo sonaba.

El siguiente conjunto de preguntas de Franny guardaba relación con la familia de Suzette. Franny anotó los nombres y edades de su marido e hijo, y preguntó por la escuela de Jacob.

–¿Jacob es su único hijo?

–Sí –respondió Suzette, con una tierna sacudida de cabeza–. Jacob es un niño de sobresaliente, con muchos amigos. Nuestra casa es como un punto de encuentro para los adolescentes de la zona. Todos quedan aquí; no paran de entrar y salir. A mucha gente le parecería caótico, pero yo lo prefiero así, la verdad. –Se inclinó hacia delante–. Creo que es mejor poderles echar un ojo, ¿no le parece?

–Desde luego que sí. –Franny afirmó con la cabeza.

–Mi marido y yo coincidimos por completo en lo relativo a la educación de Jacob.

–Entiendo. ¿Y vive algún otro niño con ustedes? ¿De algún matrimonio anterior? ¿O alguna visita?

–No, claro que no. Somos solo nosotros tres, y nos encanta que así sea. Somos una familia muy unida. Cuando viene del instituto, Jacob me lo cuenta todo, es como un libro abierto para mí. –Se dio unos golpecitos con los dedos en la frente–. ¡Si yo le contara…! Dramas normales de adolescente, pero a él le parecen gravísimos, claro está. Así que le escucho. Es importante apoyar a los hijos.

–Muy importante.

–La adolescencia es una época que nunca se olvida. Siempre hay alguna crisis y ahora, con las redes sociales, es incluso peor. Los rumores vuelan y los cotilleos se propagan como la pólvora. No sobre Jacob, claro está, él no tiene por qué preocuparse de esas cosas, pero es como yo, siempre intenta ayudar a los desvalidos. Es un estudiante modélico para otros alumnos. Su padre y yo estamos muy orgullosos de él.

—Suena como un jovencito maravilloso. Entonces, ¿sería correcto decir que, además de su hijo, hace una o dos semanas no había ningún otro niño en esta casa?

—¿Además de sus amigos del instituto? —Suzette frunció el ceño—. No. Claro que no.

—¿No ha habido ningún niño más pequeño en esta casa?

—Por supuesto que no. ¿Alguien ha dicho lo contrario? —Aquella mujer la estaba poniendo nerviosa.

—Solamente estoy haciendo un seguimiento de una información —aclaró Franny—. Mera rutina. Estoy visitando a varias familias del vecindario.

¿Serían imaginaciones suyas? Algo en la manera expectante con que Franny la miraba hizo que a Suzette se le tensara el cuello. Daba la sensación de que aquella mujer tuviera conocimiento de la existencia de Mia. Pero era imposible, por supuesto. Era más probable que estuviera buscando familias para hacer de casas de acogida. Pues con ella que no contaran. Suzette soltó una carcajada.

—No me interesa cuidar de niños más pequeños. Como podrá imaginar, mi trabajo me mantiene muy ocupada. Hoy me ha pillado en casa, pero no es lo habitual. Casi siempre estoy por ahí. ¿Tiene alguna pregunta más antes de que la acompañe a la puerta?

Franny pestañeó perpleja.

—¿Podría darme un vaso de agua, por favor? Me sabe mal pedírselo, pero tengo un picor en la garganta… Con un traguito o dos bastará.

—Por supuesto. Espere un momento. Enseguida regreso.

Suzette se levantó de su asiento y salió del salón. Qué tedioso le resultaba encima tener que servir ahora a aquella mujer, sobre todo teniendo en cuenta que trabajaba para el condado, lo cual significaba que, técnicamente, su salario salía de los impuestos que ellos pagaban. En esencia, Franny era la empleada de Suzette. «¿Por qué la habré dejado entrar en casa? Vivir para aprender. Nunca más». Suzette sorteó el cubo que Mia había abandonado en la cocina, sacó un vaso de zumo del armario y lo llenó con agua del dispensador de la puerta del frigorífico. Dos sorbos y acompañaba a esa mujer a la puerta. Al darse media vuelta, la sorprendió ver a Franny en la entrada de la cocina. «Cómo se atreve...».

–Qué cocina tan bonita –comentó Franny como si tal cosa–. Supongo que la habrá renovado, ¿no? Las encimeras y los armarios parecen nuevos.

Franny se acercó a Suzette, acariciando con la mano la encimera.

A Suzette ya le sobraba tanta cháchara.

–Tenga, su agua.

Franny cogió el vaso.

–Gracias.

Pero no le dio un sorbo enseguida. Suzette habría querido ponerle el vaso en los labios y forzarla a beber. En lugar de ello, la mujer se dedicó a continuar con la matraca.

–Me encantaría tener una cocina así. –Agachó la cabeza y vio el cubo en el suelo–. Vaya, veo que la he interrumpido mientras estaba limpiando. ¿Por eso ha tardado tanto en abrir la puerta?

–Sí, justo estaba fregando el suelo –respondió Suzette.

–¿No tiene usted mujer de la limpieza?

Suzette suspiró.

–La verdad es que no tengo a nadie que me ayude. Lo hago todo yo, prefiero que sea así. Cuando hago algo, me gusta hacerlo bien. Otra gente prefiere tomar atajos.

–Yo suelo llevar tejanos cuando limpio la casa. –Franny soltó una risa comedida–. Soy muy torpe. Si llevara algo más elegante, como lo que usted lleva puesto, seguro que lo estropeaba.

–Yo soy muy cuidadosa.

–Tiene que serlo.

La conversación estaba agotando a Suzette.

–No me gustaría ser maleducada, pero le agradecería que se marchara. Tengo una cita y no quiero llegar tarde.

–Por supuesto. –Franny se bebió el agua de un solo trago–. Gracias por su tiempo.

Suzette la condujo al vestíbulo, donde, sin ninguna ceremonia, le entregó el abrigo.

–Gracias por dejarse caer por aquí. Adiós.

–Adiós. –Franny le tendió la mano y Suzette, con reticencias, se la estrechó–. Ha sido un placer conocerla.

–Igualmente. –Suzette abrió la puerta–. Vaya, parece que ha bajado la temperatura. Será mejor que camine deprisa. –Le colocó una mano en la espalda a Franny y la empujó con firmeza para que saliera. –Cuídese –le dijo, una vez que la mujer se hallaba fuera.

«Y hasta nunca».

Capítulo 27

Desde que Jacob había enviado por correo la muestra de saliva de Mia, se había conectado a la página web casi a diario para consultar los resultados. Conseguir la muestra sin que sus padres lo descubrieran había sido fácil, y sabía que Mia no contaría nada. Registrarse *online* también había sido sencillo. Había necesitado una dirección de correo electrónico falsa, y tampoco había sido difícil configurarla. Le había resultado simpático indicar que el nombre de ella era Mia Mystique y le había asignado una fecha de nacimiento falsa, para simular que tenía dieciocho años. Se había asegurado de marcar el ajuste de privacidad que le permitía ver las conexiones de otras personas con Mia sin que estas pudieran consultar los datos sobre ella. Lo hizo todo en secreto, lo cual le había resultado bastante fácil, porque, cuando se encerraba en su habitación, sus padres parecían olvidarse de él.

Por suerte, había comprado el kit en una tienda, de manera que las tasas del laboratorio estaban cubiertas por el coste de la caja y no tenía que utilizar una tarjeta de crédito. De lo contrario, no habría podido hacerlo.

Se sentía bastante orgulloso de sí mismo por habérsele ocurrido aquella manera de averiguar más información sobre Mia. Jacob quería saber de dónde venía, en parte por Mia, pero también para contradecir a su madre, que siempre había mantenido que nadie la quería y que ellos eran lo único que la niña tenía. A Jacob le parecía una afirmación ridícula. Que Mia no figurara en la web de niños desaparecidos no quería decir que nadie la quisiera.

Jacob sabía que a su madre le daría un patatús si se enteraba de lo que había hecho, pero le daba igual. Una cosa buena era que últimamente había notado un cambio de poder. Tal vez se debiera a que ahora él era físicamente más grande que ella, o a que había dejado de importarle lo que le dijera y su madre había percibido que cada vez tenía menos influencia sobre él. Su madre se refugiaba cada vez más en su habitación y su padre pasaba las noches en el sofá del despacho en casa, donde incluso había trasladado gran parte de su ropa. Su pequeña unidad familiar disfuncional se estaba desintegrando, lo cual era acongojante y emocionante al mismo tiempo. Cuando le sonó el móvil para notificarle que había recibido un correo electrónico con los resultados del ADN, Jacob estaba en su habitación, recién vestido para salir hacia la escuela. Un rápido vistazo a la hora le indicó que faltaban veinte minutos para que lo recogiera el autobús escolar. Si tenía que saltarse el desayuno, se lo saltaría: tenía una caja de galletas rellenas de chocolate en la taquilla de la escuela, para las emergencias.

Se conectó al sitio web, examinó la página de inicio y finalmente hizo clic al enlace *Antepasados*. Una vez abierta la página, se desplazó hasta una sección titulada *Lista de parientes por ADN*. Casi al instante, apareció una lista encabezada por un *Abuela*, *Abuelo*, *Tío*. Los nombres que figuraban al lado eran Wendy Duran, Edwin Duran y Dylan Duran. Al leer aquellas palabras notó que le estallaba la cabeza y tuvo que contener el aliento. «Joder, ¿Mia tiene abuelos y un tío?». Clicó algunas cosas al azar y llegó a los porcentajes de ADN compartido con cada persona. Jacob no estaba del todo seguro de cómo funcionaba aquello, así que no sabía si un 24,7 por ciento era la cantidad habitual que una persona compartía con su abuelo. Tendría que investigar en Google más tarde. Otra página desglosaba la procedencia de Mia: principalmente europea, con un 24 por ciento puertorriqueño.

La sensación de euforia por lo que había hecho, por haber ingeniado él solito cómo obtener información acerca de Mia, dio paso a una sensación de angustia al pensar en lo que ello significaba. Ahora que tenía esa información, ¿qué iba a hacer con ella? Sabía que tenía la posibilidad de enviar un mensaje a las personas listadas en el sitio web, pero ¿qué podía decirles? ¿Y qué pasaba si eran gente mala? Si tal era el caso, Mia estaría mucho mejor quedándose con su familia.

Y había otro problema. La perspectiva de que su padre, que se había opuesto a que Mia se quedara con ellos desde el principio, fuera a la cárcel lo ponía enfermo. Tenía el presentimiento de que toda aquella historia podía acabar así. Su madre mentía más que hablaba y era la más convincente de los dos. ¿Qué pasaría si Mia se iba con aquella gente nueva, su padre acababa entre rejas y Jacob se quedaba solo con su madre? Solo pensarlo le espeluznaba. Aun así, quería saber más.

Tuvo una corazonada, se conectó a Facebook y buscó el nombre de Wendy Duran. Obtuvo unos cuantos resultados, pero la candidata más probable era una mujer mayor que parecía vivir en Wisconsin. No había publicado demasiadas cosas, pero tampoco había activado el ajuste de privacidad, así que Jacob pudo verlo todo. Los viejos no tenían ni idea de cómo utilizar las redes sociales, pero esta vez jugó a favor de Jacob.

Hizo clic hasta dar con una foto de familia, unos padres con un hijo y una hija. A juzgar por la ropa que llevaban, no era reciente. Wendy había escrito: «Vacaciones en familia. Dylan tenía catorce años y Morgan, doce».

«Wendy Duran vive en Wisconsin y tiene un hijo llamado Dylan».

Tenía que tratarse de la familia de Mia. Observó bien la fotografía para comprobar si la hija, Morgan, se parecía a Mia. Y se daba un aire, pero no era un parecido que saltara a la vista.

«¿Y ahora qué?». De momento no haría nada. Necesitaba tiempo para reflexionar sobre todo aquello y decidir la mejor manera de proceder. Pero primero tenía que coger el autobús escolar y pasar el día.

Capítulo 28

Sharon había aparcado al final de la manzana, donde había estado esperando hasta ver a Franny Benson salir de casa de los Fleming. La asistenta social le había dado buena impresión cuando se habían reunido algo antes en su casa, pero quería estar completamente segura de que hacía su trabajo. Franny tenía el aire de ser una persona que se preocupaba por las cosas, lo cual hablaba en su favor, pero era poco habladora y costaba interpretarla. Lo que más parecía haberle interesado era la fotografía borrosa, la que Sharon había tomado por encima de la valla. Se la había quedado mirando un rato largo y luego le había pedido a Sharon que se la enviara adjunta a un mensaje. Cuando Sharon le había dicho que no sabía cómo hacerlo, le cogió el teléfono con delicadeza y se la envió ella misma. Después le había pedido que le mostrara la planta de arriba para ver el punto de observación desde la ventana de Niki y había permanecido allí de pie, primero observando y luego tomando notas.

Durante toda la visita de Franny, Sharon se había descubierto balbuceando, intentando convencerla de que, pese a no tener pruebas, ella era una persona muy intuitiva.

—Sé que vi a una niña pequeña asomarse por la puerta del garaje. Lo juro por mi vida —dijo.

Franny se había limitado a asentir con la cabeza y a seguir escribiendo. Parecía creer a Sharon, pero su falta de respuesta no le dio demasiado pie a continuar.

—¿Irán a investigar a la casa? —le preguntó Sharon.

—Haremos todo lo que podamos dentro de lo que la ley permite. Tenemos que trabajar dentro de los límites de la ley.

–Lo entiendo. –No le gustaba, pero lo comprendía–. ¿Me dirán lo que han averiguado?

–Volveré a hablar con usted y recibirá una carta de mi oficina comunicándole que su queja se ha evaluado, lo cual significa que se han adoptado las medidas adecuadas. Es básicamente una confirmación de que hemos comprobado su denuncia.

–Me cree, ¿verdad? –le había preguntado Sharon finalmente, para quedarse más tranquila.

Franny había sido cordial, pero a Sharon le habría gustado ver una reacción más visceral; la indignación podía ser de gran ayuda.

–¿Por qué no iba a creerla? –había respondido Franny mientras guardaba su cuaderno en el bolso.

Había seguido a Sharon al piso de abajo, había cogido su abrigo y sus guantes y luego le estrechó la mano a Sharon y le dijo que estarían en contacto.

Sin embargo, cuando se hubo marchado, Sharon cayó en la cuenta de que no le había dado una respuesta clara a ninguna de sus preguntas. Estaba segura de que Franny tendría sus motivos para ello, pero notó un cierto desasosiego.

Franny no había indicado que justo después se dispusiera a visitar la casa de los Fleming, pero a Sharon le pareció el paso más lógico. Tras despedirse de ella, Sharon observó desde la ventana frontal el coche de la asistenta social que avanzaba por la calle y dejó pasar unos minutos antes de entrar en su propio coche. No siguió la misma ruta que la asistenta, sino que dio la vuelta a la manzana para entrar en la calle de los Fleming por el extremo contrario. Tenía un pretexto fácil: vivía en el vecindario y solía transitar por aquella calle. ¿Quién podía afirmar que no fuera eso lo que estaba ocurriendo en aquel momento? Y si había tenido que estacionar momentáneamente a un lado de la carretera para comprobar su teléfono móvil, tampoco era ningún delito, ¿verdad? Esas cosas pasaban. A veces el teléfono requería nuestra atención cuando estábamos al volante.

Siempre iba bien tener una excusa a punto. La habían sorprendido con la guardia baja varias veces en su vida y había aprendido la lección.

Cuando pasó por delante de la casa de los Fleming, divisó a la asistenta social frente a la puerta de entrada, de espaldas a la calle. Sharon dio otra vuelta más y luego aparcó al final de la manzana y apagó el motor. Franny no tenía ni idea de qué modelo de coche conducía Sharon, así que era poco probable que atara cabos aunque la viera. Detectó el coche de Franny aparcado junto a la acera, justo delante de la casa. Transcurrieron varios minutos sin que pasara nada y, de repente, Franny dio un paso adelante y desapareció de la vista: seguramente habría entrado en la casa, aunque Sharon no podía ver qué sucedía desde aquella perspectiva.

Al cabo de quince minutos, justo cuando Sharon pensaba que no podía aguantar más el suspense, Franny salió de la casa, recorrió el camino de acceso y se subió a su coche. Un minuto después, Sharon vio los faros rojos de freno y, a continuación, el coche se puso en movimiento, calle abajo. Sharon sintió una decepción. ¿Así que aquello era todo? Era ridículo, lo sabía, pero en el fondo lo que ella esperaba era ver a Franny salir de aquella casa con una niñita de la mano. O, como mínimo, que hubiera convocado a un batallón de coches patrulla en la casa y un enjambre de agentes pulularan por el lugar, con una orden de registro en la mano. Los policías peinarían toda la vivienda hasta dar con la niña y la salvarían de lo que fuera que estuviera pasando. Aquella última idea era un delirio, pero a Sharon le gustaba mucho, sobre todo porque la convertiría en la heroína de la historia. La vecina atenta que confiaba en su instinto y no se rendía, así las describirían en las noticias.

Le preocupaba que la visita de la asistenta social hubiera sido tan breve y que no hubiera arrojado un resultado claro. Ver a aquella mujer subirse a su coche y marcharse la había dejado con un sentimiento de desesperanza y decepción. ¿Podía ser que la asistenta social se hubiera limitado a interrogar al señor o a la señora Fleming, que hubieran negado tener a una niña viviendo con ellos y el caso se hubiera dado por zanjado?

Esa fue precisamente la pregunta que le hizo a Amy aquella noche durante su conversación telefónica. Sharon y Niki se habían contado cómo les había ido el día cuando Niki había vuelto del trabajo. Niki le había explicado que Jacob había pasado por Village Mart a comprar unas magdalenas que suponía que eran para la niña, y Sharon le había relatado la visita de la asistenta social. Ahora ambas estaban sentadas a la mesa de la cocina mirando el teléfono que tenían delante como si fuera una güija capaz de darles respuestas.

Amy repitió la pregunta:

–¿Te refieres a si darán por buena la palabra de los Fleming, sin más?

–Sí –respondió Sharon–. Eso es justamente lo que quiero saber. ¿Crees que habrán cerrado ya el caso?

Sharon alzó la mirada hacia Niki, que estaba inclinada hacia delante para oír mejor.

–Lo dudo. Supongo que cuando te dijo que harían todo lo que pudieran dentro de los límites de la ley lo que pretendía decirte es que tenía las manos atadas. En realidad, me sorprende bastante que entrara en la casa. Debe ser excepcional en su trabajo.

Sharon sabía que Amy tenía razón, pero todo el proceso la impacientaba.

–Y si Franny preguntó si vivía alguna niña en la casa y la señora Fleming lo negó, ¿qué pasará? –quiso saber.

–Bueno, no puede denunciarla por mentir.

Amy estaba de su bando, pero hablaba desde su posición de abogada y a Sharon le resultaba un poco irritante.

–Entonces, ¿de qué sirve que vaya a hablar con ellos?

–Supongo que la asistenta social adoptó un abordaje de no confrontación para que le permitieran entrar en la casa. No suele ser habitual que te inviten a pasar si creen que ocurre algo malo, así que probablemente se presentó como si fuera una visita rutinaria al vecindario. Y una vez dentro, intentaría hacerse una idea de qué tipo de hogar era y buscaría indicios de que hubiera una niña viviendo allí. Incluso es posible que les haya preguntado como quien no quiere la cosa si han tenido de visita recientemente a un niño pequeño. Es asistenta social, así que debe dársele bien detectar cuándo alguien miente. Una vez hecha la visita, se adoptarán decisiones sobre cómo proceder a partir de ese punto. Que tú no veas que esté pasando nada no significa que no esté pasando nada. Es posible que se haya dado aviso a la policía local y que empiecen a vigilar la casa, observando a la gente que entra y sale y comprobando si llevan una niña en el coche. Y la asistenta social podría entrevistar a algún otro vecino y preguntar si han visto algo sospechoso. Esas son las actuaciones que pueden hacer dentro de los límites de la ley.

«Dentro de los límites de la ley», otra vez esa expresión.

—Es cierto que me dijo que me pusiera en contacto con ella si veía algo más —admitió Sharon.

—A veces estas cosas llevan su tiempo —respondió Amy—. Los Fleming también tienen derechos. Y existe la posibilidad de que estés equivocada, espero que seas consciente de ello.

—No está equivocada —intervino Niki, que procedió a explicarle a Amy su encuentro con Jacob—. Estoy casi segura de que las magdalenas son para esa niña.

Amy rio entre dientes.

—Te creo, Nikita, pero el argumento de las magdalenas no se sostendría ante los tribunales. A menos que haya algo más, los servicios de protección a la infancia deberán actuar con cautela.

—¿Y si llamamos a los bomberos un día que toda la familia se haya ido y les decimos que hemos visto salir humo de la casa? ¿No tendrían que entrar y hacer una búsqueda? —preguntó Niki, deslizando el teléfono para acercarlo a su lado de la mesa.

Sharon habría aplaudido su ingeniosa idea, pero Amy no parecía tan entusiasmada.

—Denunciar falsamente un incendio va en contra de la ley —replicó Amy con voz tajante—. Y tomarían represalias contra el denunciante, sobre todo si pueden demostrar que se ha hecho con malicia y a propósito.

—Pero ¿cómo iban a saberlo? —preguntó Sharon—. Diremos que nos pareció ver humo. Todo el mundo se equivoca.

El gato se frotó contra los tobillos de Sharon y ella bajó la mano para acariciarlo.

–Sí, todo el mundo se equivoca, pero ¿qué posibilidades hay de que vieras salir humo de la casa justo después de haber denunciado a la familia ante los servicios de protección a la infancia?

Sharon imaginó a Amy sacudiendo con pesar la cabeza de un lado a otro.

–¿Lo relacionarían?

–Por supuesto –respondió Amy–. ¿Y qué pasa si se avisa de un incendio real mientras los bomberos están ocupados investigando un falso aviso? ¿Te gustaría ser responsable de la muerte de otra persona?

Sharon suspiró y contestó:

–Por supuesto que no.

–Hacedme caso. Sé que queréis lo mejor, pero, por favor, no actuéis de manera impulsiva. No tengo tiempo de volar a Wisconsin para pagar vuestra fianza y sacaros de la cárcel.

–No vamos a ir a la cárcel –renegó Sharon.

Era una idea absurda.

–Prometedme que no haréis ninguna imprudencia. Habéis denunciado lo que habéis visto. Ahora relajaos y dejad que los expertos hagan su trabajo.

Finalizaron la llamada prometiéndoles a Amy que no harían nada precipitado. Después Sharon se volvió hacia Niki y le dijo:

–Pues supongo que ya está. Por cierto, tu idea de llamar a los bomberos me ha parecido brillante.

Niki asintió meditativa.

–Sigo opinando que es una buena idea. Entiendo el argumento de Amy acerca de obstruir que los bomberos atiendan un incendio real, desde luego, pero ¿qué posibilidades hay de que se declare un gran incendio justo en ese momento?

Permanecieron sentadas en silencio, sopesando las posibilidades.

–Podríamos hacerlo, pero de manera anónima –sugirió Sharon.

Sarge maulló lastimeramente y Sharon se dio unas palmaditas en el regazo para invitarlo a subir. Cuando el gato saltó y se acomodó, lo acarició detrás de las orejas.

–¿Con qué teléfono? Todas las llamadas se pueden rastrear.

Sharon pensó.

–¿Hay alguna cabina telefónica en la gasolinera?

–No, no recuerdo ninguna cabina telefónica por aquí cerca.

–Sigue habiéndolas en el aeropuerto.

–Y en la estación de autobuses.

–Pero no nos sirven. Están demasiado lejos.

Niki tamborileó con un dedo en la mesa.

–Se me ocurre una idea, un modo de examinar más de cerca esa ventana del sótano, pero necesitaré tu ayuda.

–Soy toda oídos.

Capítulo 29

Cuando la señora llamó a Mia para que subiera a la cocina, estaba muy enfadada.

—Pero ¿cómo se te ocurre dejar el cubo por en medio, Mia?

La señora le pegó un puntapié al cubo con la afilada punta de su zapato y se derramó agua en el suelo.

—Lo siento, señora —se disculpó Mia.

—No sirve de nada sentirlo.

A Mia no se le ocurría nada más que añadir, así que se limitó a asentir con la cabeza.

—Venga, no te quedes ahí de pie como un pasmarote. Este suelo no se limpia solo. ¡Ponte a trabajar!

La señora salió de la cocina y Mia se puso a fregar otra vez de inmediato, sin ni siquiera cambiar el agua, que se había enfriado durante su ausencia. Cuando la señora se ponía de ese humor, infectaba el aire y todo en la casa se teñía de gris. Mia se aseguraba de quitarse de su camino. Cuando acabó de fregar el suelo, limpió el polvo, a pesar de que no era el día de hacerlo. Griswold la seguía pisándole los talones, como si notara su necesidad de estar junto a una presencia amiga. Era un perro muy listo.

Cuando Jacob entró por la puerta a su regreso de la escuela, la señora se abalanzó sobre él, reprendiéndolo por llegar tarde, pero Jacob era más listo que ella y alegó:

—He recordado lo que dijiste de que tenía que hacer ejercicio, así que, en lugar de volver en autobús, he regresado a pie. Y me siento genial. Tal vez lo haga cada día.

—Vaya, entonces de acuerdo. —Sonaba aturullada—. Pero la próxima vez llama para avisar de que llegas tarde. Estaba preocupadísima.

–De acuerdo, mamá, lo haré. Siento haberte preocupado. –Cuando la señora se dio media vuelta, Jacob le hizo un guiño cómplice a Mia. La señora subió las escaleras y, en cuanto se escuchó el crujido de los tablones de la planta superior, Jacob se acercó a Mia y le susurró–: Te he traído un regalo. Te lo dejo debajo de la cama, ¿vale?

Mia agitó la cabeza arriba y abajo, prácticamente incapaz de contener la emoción. «¡Un regalo solo para mí!». No cabía duda, Jacob era como un hermano mayor. Cuando subió del sótano, Jacob desapareció en su habitación en la planta de arriba y Mia enseguida se quedó sin nada que hacer. Durante unos minutos se sentó en el peldaño inferior de la escalera y se dedicó a acariciar a Griswold. Se notó cansada y decidió tumbarse un rato detrás del sofá. El espacio entre el sofá y la pared componía una zona acogedora de su tamaño. Entró arrastrándose, con los pies por delante, hasta ocultarse por completo, y luego cerró los ojos para descansar.

Mia no tenía previsto quedarse dormida, pero no pudo evitarlo. Lo siguiente que oyó fue al señor regresar a casa del trabajo y gritar:

–¡Hola! ¡Ya estoy en casa!

Se despertó de un sobresalto y se dispuso a salir de su escondite, pero entonces se dio cuenta de que la señora estaba en el salón, sentada en una butaca encarada hacia ella, esperando al señor. Por suerte, no la vio.

–Estoy aquí –anunció la señora.

Mia notó que hablaba con voz normal y pensó que quizá se le hubiera pasado ya el mal humor. Oyó al señor dejar su maletín en el suelo y luego sus pasos al entrar en el salón y el crujido del sofá al sentarse.

–¿Qué tal te ha ido el día, querido? –preguntó la señora.

–Ha sido un día largo. Me han retrasado el vuelo –respondió él–. Me alegro de estar ya en casa.

–¡Ja! –se burló la señora, y Mia se puso tensa.

«Oh, no». La pregunta sobre su día era una trampa. Sintió lástima por el señor, porque presentía lo que se avecinaba.

—¿Así que tú crees que has tenido un día largo? Pues no tienes ni idea. Espera a escuchar con lo que he tenido que lidiar yo.

El señor guardó silencio mientras la señora le hablaba acerca de una mujer que se había presentado en la puerta «fingiendo ser una de mis admiradoras». En lugar de eso, dijo la señora, la mujer se había dedicado a fisgonear y a preguntar cuántos niños vivían en la casa.

—Y luego me ha seguido a la cocina y ha hecho un comentario sarcástico acerca del cubo de fregar de Mia, diciendo que iba vestida demasiado elegante para estar limpiando la casa. ¡Como si fuera asunto suyo!

Cuando la señora se ponía nerviosa, hablaba como una metralleta, sus palabras colisionaban contra las paredes y rebotaban, como si libraran un asalto violento. Incluso desde detrás del sofá, Mia percibía su furia.

—Aguarda un momento —la interrumpió el señor—. ¿Te ha preguntado cuántos hijos tenemos?

La señora odiaba que la interrumpieran, como dejó claro su tono glacial.

—Sí, Matt. Entre otras cosas. Quería saber mi opinión acerca de la escuela de Jacob. ¿Es que no hacen encuestas u organizan grupos de debate para ese tipo de cosas? Seguro que hay una forma más eficiente de evaluar todo eso que yendo de puerta en puerta. Además, ¿desde cuándo es responsabilidad mía mantenerlos informados? Está claro que no tienen ni idea de lo atareada que estoy.

—¿Y era una asistenta social que trabaja para el condado? —Lo dijo pausadamente y a Mia le recordó la forma que tenía Jacob de hablarle cuando le explicaba algo.

—Ya te lo he dicho, Matt. Intenta no perder el hilo.

—Suzette, escúchame. —Mia supo que había cambiado de postura en el sofá—. ¿Qué pasa si sabe lo de Mia y está investigando? ¿Qué pasa si alguien ha descubierto que Mia vive aquí y se lo ha notificado?

—Era una visita «de rutina», Matt. Estaba visitando a todo el vecindario.

Mia se imaginó a la señora con el ceño fruncido y con los brazos cruzados sobre el pecho, su pose habitual cuando se disgustaba.

–¿Qué otra cosa iba a decirte? –alegó el señor–. Si has dejado entrar a una asistenta social en casa, es que eres la persona más tonta del planeta, Suzette.

–¿Que yo soy tonta? ¿Me estás llamando tonta?

Tras el sofá, Mia se removió inquieta. Tenía ganas de ir al lavabo, pero salir de su escondrijo en aquel momento era inviable.

–En este caso, sí.

Sin venir a cuento, la señora soltó un grito tan estridente que Mia se estremeció. No pronunció ninguna palabra, fue solo un alarido de enfado y frustración tan intenso que resultó aterrador. Y fue tan largo que Mia tuvo que taparse los oídos con las manos.

Cuando acabó, el señor le dijo:

–¿Has acabado ya de comportarte como una cría, Suzette?

Mia escuchó a la señora levantarse de su butaca de un salto y gritar:

–¡No tengo por qué escuchar esto!

Lo siguiente que oyó fue a la señora salir furiosa del salón y subir las escaleras, seguida por el señor, que insistía en su argumento sobre la asistenta social.

Mia salió de su escondite deslizándose y fue directa al cuarto de baño. Con gran alivio, hizo sus necesidades. Después de lavarse y secarse las manos, se asomó por la puerta abierta. No había moros en la costa. Tenía que ocurrírsele algo que simular que estaba ocupada cuando la señora bajara de nuevo.

Jacob tenía los auriculares puestos y estaba enfrascado en un juego cuando escuchó a su madre gritar. Puso en pausa la partida y se destapó los oídos para escuchar. «¿Qué pasará ahora?». No sonaba como si se hubiera hecho daño; el tono era más de furia que de dolor. Cuando dejó de gritar, su madre subió furiosa las escaleras, seguida por su padre, que la llamaba por su nombre. Otra discusión más. La mitad del tiempo, aquella casa era un campo de batalla. Su padre decía que era una insensatez dejar entrar a alguien en casa y luego comentó algo sobre Mia. A Jacob le pareció irónico que la pequeña Mia, la persona más dulce y menos amenazadora del mundo, tuviera el poder de atemorizar de aquella manera a sus padres.

Obviamente, no es que ella les infundiera miedo, sino la idea de haberse metido en un lío a causa de ella. A veces transcurrían meses sin que su padre sacara el tema a colación e incluso Jacob acababa olvidándose de que la presencia de Mia en su hogar era ilegal. Si nadie hablaba de ello, casi daba la sensación de que la habían adoptado. O «salvado de una vida horrible», como decía su madre. Pero entonces pasaba algo que asustaba a su padre, este volvía a confrontar a su madre sobre el tema y tenían una bronca monumental en la que los insultos y las acusaciones volaban de lado a lado. Los dos se amenazaban mutuamente de enviar al otro a la cárcel o de explicar sus malas acciones a los abuelos de Jacob, cosa que a Jacob le resultaba graciosa. Por más viejos que fueran, seguían sin querer que sus padres supieran que habían hecho algo malo. Menuda chorrada. Para él, la aprobación de su padre y de su madre había perdido ya toda relevancia. Cuando tuviera cuarenta años, estaría demasiado ocupado viviendo la vida como para tener que preocuparse por lo que opinaran.

Oyó a su padre gritar:

–¡¿Es que no puedes utilizar la cabeza ni siquiera una vez, Suzette?! ¿Has oído alguna vez que los asistentes sociales hagan visitas de rutina?

–Por supuesto que he oído decir que hacen visitas de rutina –hablaba a la defensiva–. Es precisamente a lo que se dedican, Matt.

Era una sabelotodo.

Jacob se puso en pie y abrió la puerta para escuchar mejor.

–Te digo que suena como si alguien se hubiera enterado de la existencia de Mia y nos hubiera denunciado.

Su madre se burló de él:

–Venga, Matt, déjate de dramas. Nadie sabe nada de Mia. ¿Cómo lo iban a saber?

Pero su padre no estaba dispuesto a dar su brazo a torcer.

–¡Piénsalo un momento! ¿La ha visto alguien? ¿Quizá por la ventana? ¿La has mencionado en alguna conversación? ¿Sale en alguna de las fotos que has publicado en Facebook, aunque sea en el fondo?

–Las ventanas están tapadas y hace meses que no sale a la calle.

Jacob avanzó por el pasillo hasta el dormitorio de sus padres.

La puerta estaba entreabierta.

–¿Y alguna foto en Facebook?

–Nunca publico fotos desde casa –respondió su madre con arrogancia–. Es mi cuenta profesional. Solo cuelgo fotografías tomadas durante eventos y reuniones.

–Tengo un mal presentimiento.

Cuando había una discusión, Jacob siempre se ponía de parte de su padre. Su madre tenía tendencia a menospreciar las preocupaciones de su padre y a denigrarlo siempre que podía. Lo irónico del asunto era que su padre era mucho más listo que ella.

–Venga, Matt, déjalo de una vez. Si esa mujer vuelve, no la dejaré entrar. Estás haciendo una montaña de un grano de arena.

Jacob empujó suavemente la puerta y la abrió de par en par. Su madre estaba sentada en el borde de la cama, inspeccionándose las uñas. Su padre estaba de pie delante de ella. Jacob carraspeó y ambos se volvieron para mirarlo.

–Jacob, cariño, no es buen momento… –comenzó a decir su madre.

–Sí que han visto a Mia –soltó Jacob.

–¿Qué? –Su padre se puso en alerta–. ¿Qué has dicho?

–Que alguien sí que ha visto a Mia. Una mujer.

–¿Cuándo ha pasado eso, hijo?

–Ayer, mientras no estabas. Mamá estaba en el garaje hablando con una vecina y Mia se asomó por la puerta. Mamá se puso hecha un basilisco. Nos envió a los dos a nuestra habitación sin cenar.

Su padre miró a su madre con ojos acusatorios.

–¿Y no pensabas decírmelo?

–No fue nada. Jacob está exagerando. –Se puso en pie–. No era más que una fisgona del final de la calle que se acercó a hablar conmigo cuando estaba vaciando el maletero del Audi. Hablamos un minuto y enseguida me deshice de ella. –Se encogió de hombros.

–¿Y vio a Mia?

–No creo que la viera. Fue solo un segundo. Enseguida le hice saber a Mia que tenía que cerrar la puerta.

Su padre replicó:

–Y si no fue nada, ¿por qué enviaste a los niños a sus habitaciones sin cenar?

–Pues por no hacerme caso, ¿por qué va a ser? –Su madre era capaz de retorcer las cosas a su antojo–. Le dije a Mia que no debía abrir la puerta en ninguna circunstancia y a Jacob que debería haberla estado vigilando. Los dos conocen las normas, y tienen que cumplirlas. La coherencia es esencial a la hora de educar a los niños, Matt. Lo sabrías si pasaras un poco más de tiempo en casa en lugar de andar recorriendo el país haciendo lo que sea que hagas. –Hizo un gesto con la mano en la dirección de su marido.

–¿Y de qué quería hablar esa fisgona del final de la calle contigo?

Su madre suspiró con gesto teatral para demostrar que estaba harta de aquel interrogatorio.

–Se acaba de mudar con sus nietos al barrio. Quería saber si teníamos algún niño pequeño con el que poder quedar para jugar. Le dije que solo tenemos un hijo adolescente y le di largas. De verdad, Matt, me está entrando dolor de cabeza. ¿Podemos poner punto final a esta conversación? –Se dio media vuelta, entró en el cuarto de baño y cerró la puerta con ímpetu.

Su padre se acercó a la puerta y con la cara pegada a ella dijo:

–¿De verdad no atas cabos, Suzette? Alguien viene a preguntarte si tenemos algún hijo pequeño y justo después aparece una asistenta social husmeando. Aquí pasa algo. Vives en un paraíso demencial y crees que podemos continuar así hasta la eternidad. Es hora de confesar lo de Mia.

–Apártate de la puerta, Matt –gritó Suzette–. Hemos acabado de hablar. Déjalo ya.

Capítulo 30

Aquella noche, la señora envió a Jacob a encerrar a Mia a la hora de dormir, alegando que ella iba a retirarse a su habitación.

–Tengo un dolor de cabeza espantoso y no quiero que me molestéis –dijo, pero tanto Mia como Jacob vieron la botella de vino que sostenía en la mano al regresar al piso de arriba.

No había intercambiado ni una sola palabra más con el señor, que estaba repantingado en el sofá, viendo la tele, con el mando a distancia en equilibrio sobre su barriga. Nadie que hubiera entrado en aquella casa en aquel momento adivinaría que acababa de tener lugar una discusión monumental.

Pasaba a veces. Después de la tempestad viene la calma.

Jacob acompañó a Mia a la planta de abajo, sin decir nada hasta que llegaron al rincón de la niña en el sótano.

–Recuerda que te he dejado un regalo bajo la cama –le dijo–. Está en una bolsa de plástico. Deja los envoltorios y la lata dentro de la bolsa cuando acabes y vendré a buscarlos a primera hora de la mañana.

–Gracias, Jacob.

–Dejo la puerta sin trabar –indicó, señalando hacia el pestillo–. Así puedes lavarte los dientes cuando acabes de comer. Mamá va a estar fuera de combate, no creo que tengamos que preocuparnos, pero ten cuidado de todas maneras.

Mia asintió con la cabeza. Ambos sabían la tormenta de fuego que se desencadenaría si la señora descubría alguna vez que Jacob le daba comida a hurtadillas y dejaba la puerta abierta. El vino hacía improbable que la señora bajara al sótano, pero era mejor andarse con cautela.

Mia se sentó con las piernas cruzadas en su catre.

—¿Jacob? ¿Por qué piensa el señor que esa mujer preguntaba por mí?

—Así que lo has oído, ¿eh?

Estaba impresionado. Parecía que a Mia no se le escapaba nada. Mia asintió con sinceridad.

—Tú no te preocupes por nada —le dijo Jacob, esperando tranquilizarla con sus palabras—. Cuidaremos de ti y nos aseguraremos de que nadie se te lleve.

—Pero ¿por qué se me iba a llevar alguien? ¿Adónde iría?

—Mira, Mia. —Se agachó hasta quedar a su altura—. Normalmente, cuando alguien salva a un niño, lo hace oficial, presenta documentación, habla con un juez y cosas por el estilo. Nosotros nos saltamos esa parte porque estabas en un sitio tan horroroso que era una emergencia. Teníamos que sacarte de aquella situación de inmediato y traerte aquí.

—Pero ¿no podríais hablar con un juez ahora y explicárselo?

Hacía que sonara tan sencillo…

Jacob respiró hondo. «¿Cómo se lo explico?».

—No, porque nos meteríamos en problemas por no haberlo hecho al principio. Es muy complicado, pero no tienes por qué preocuparte por eso. Tú cómete lo que te he traído. Mañana todo habrá vuelto a la normalidad. Ya sabes cómo se pone mamá.

Se puso en pie, satisfecho de haber despejado todas las preocupaciones de Mia.

—Pero ¿y si esa mujer vuelve…?

—No volverá y, si lo hace, mamá no la dejará entrar.

—Vale.

Parecía satisfecha.

—Buenas noches, Mia.

—Buenas noches, Jacob.

Jacob deslizó la puerta para cerrarla y esperó a oír el gritito de alegría de Mia al descubrir las magdalenas y el Sprite.

—Gracias, Jacob —le dijo a través de la puerta.

—De nada, renacuaja.

Jacob esperaba que no se las comiera todas de golpe y se indigestara. Pensó incluso en volver a entrar para advertirle que no lo hiciera, pero decidió que no hacía falta. Mia no era como él. Él no tenía control sobre sus antojos de comida, mientras que ella se autorregulaba y paraba cuando se sentía llena. Era así de lista. Y, además, le tenía tomada la medida a su madre. No todo el mundo era capaz de navegar las aguas de Suzette como hacía Mia.

Para ser una niña tan pequeña, se desenvolvía muy bien en la vida.

Capítulo 31

Se pusieron los abrigos, los gorros y las bufandas. Sharon incluso se calzó unas botas de invierno, mientras que Niki prefirió la ligereza de las zapatillas deportivas. Mojarse los pies era menos importante que poder escalar la valla rápidamente y sin hacer ruido.

–¿Estás segura de esto? –preguntó Sharon, mientras sacaba el taburete del armario.

Era un taburete plegable, a Niki le recordaba a una escalera de mano pequeña. Sharon había cogido también una cuerda del garaje y la ató alrededor del asa del taburete, asegurándola con un nudo fuerte.

–Segurísima. –Niki se enfundó los guantes–. ¿Qué es lo peor que puede pasar? Si me ven, echaré a correr como una poseída.

No estaba tan segura como quería transmitir. Suzette Fleming era una mujer de armas tomar y no tendría reparos en llamar a la policía y acusarla de invasión de su propiedad. Aunque eso solo pasaría si la descubrían, y Niki no tenía previsto que la descubrieran. El plan era muy sencillo. Saltaría por encima de la valla, cruzaría el jardín, miraría por la ventana, sacaría unas cuantas fotografías y regresaría antes de que nadie se diera cuenta.

La asistenta social necesitaba algo concreto, alguna prueba, y las fotografías eran pruebas. La manera de obtenerlas podía ser polémica, pero tal vez podía hacerse la vista gorda, sobre todo si había una niña en peligro. Era más fácil pedir perdón que pedir permiso.

Hacía una noche ideal para una misión de reconocimiento. Hacía días que Niki no veía al padre de Jacob y supuso que probablemente estuviera fuera de la ciudad. Jacob no estaría mirando en esa dirección, porque su habitación daba al lado opuesto. Y su madre tampoco sería un problema, porque era demasiado pronto para que estuviera en el piso de arriba. Niki se aseguró de elegir un momento en el que todas las habitaciones que daban a la fachada posterior estuvieran a oscuras. Sin luz, sin personas. Solo el misterio de un resplandor procedente de la ventana del sótano.

Además, el clima acompañaba. La nieve caía formando una neblina polvorienta y, cuando amaneciera el nuevo día, la fuerte brisa habría borrado las huellas que pudiera dejar.

Niki se tapó la boca y la nariz con la bufanda y se puso la capucha. De la cabeza a los pies, solo se le veían los ojos. No sabía si los Fleming tenían alguna cámara de seguridad en la parte posterior de la casa, pero, aunque la hubiera, probablemente estaría enfocada a los puntos de acceso a la casa, y ella iba a entrar por la esquina del patio. Logísticamente, era poco probable que la divisaran, si bien existía cierto riesgo. Cubrirse impediría que pudieran identificarla si su imagen quedaba registrada.

Salieron por la puerta del patio trasero de Sharon. Al volver la vista atrás, Niki vio a Sarge observándolas mientras avanzaban a través de la nieve hasta la parte posterior de la parcela.

—El gato se estará preguntando qué estamos haciendo —comentó.

—Yo también me pregunto qué estamos haciendo —respondió Sharon riendo entre dientes, con el taburete bajo el brazo y la cuerda arrastrando por la nieve.

Cuando llegaron al pie de la finca, Sharon abrió el taburete y lo colocó justo delante de la valla.

—¿Estás nerviosa?

Niki negó con la cabeza.

—No. Solo me llevará unos minutos y, si sale bien, tendremos algo más para actuar.

—Eso si no te pillan.

—No me pillarán. Soy sigilosa como un *ninja*.

Sharon se había mostrado alentadora cuando habían hablado de que Niki hiciera aquello. Se había manifestado favorable en la teoría, pero le preocupaba la práctica. No quería que Niki se lesionara ni se metiera en problemas. Y si Amy estuviera allí, no habría permitido que Niki trepara aquella valla para espiar a los vecinos. Amy podía ser una persona dura, pero era abogada y, en consecuencia, acataba las normas. Hablaba de procedimientos y de garantías procesales y se aseguraba de tener todas las bases cubiertas. Niki había notado que Sharon era un poco más flexible. Prefería actuar de manera correcta, pero en este caso se había impuesto su lado maternal. Sentía la preocupación de una madre tanto por aquella niñita desconocida como por Niki. Había justificado invadir la propiedad de sus vecinos con un «también se han colado niños en mi patio y, aunque no diré que me guste, no tiene mayor importancia».

Por supuesto, nadie había tenido que escalar una valla de dos metros para entrar en su propiedad.

Niki se dio unos golpecitos en el bolsillo para asegurarse de que llevaba el teléfono móvil y luego subió con cuidado al taburete. Sharon lo sujetó con firmeza mientras le susurraba:

—No estoy segura de que sea lo bastante alto.

—Mírame y verás.

Niki se subió al peldaño de arriba y miró hacia la casa de los Fleming para comprobar si seguía estando a oscuras y en silencio. Una vez lo hubo confirmado, se agarró al borde superior de la valla y pasó por encima una pierna. Dos travesaños horizontales unían los tablones por el lado opuesto. Eran un par de maderos sólidos y el más alto se encontraba a una altura que le permitió apoyar la punta del pie al pasar al otro lado. En un segundo, había saltado la valla y había descendido al suelo del patio de los Fleming.

—¡Ahora! —dijo en voz baja.

Tal como habían planeado, Sharon levantó el taburete plegado y se lo pasó por encima de la valla. Niki lo bajó por el otro lado y lo colocó abierto en su sitio, a punto para su regreso.

En silencio, cruzó el patio pegada a la valla, muy pendiente de todos los ruidos: el ladrido de un perro en el patio de unos vecinos, el ligero silbido del viento, el sonido de un coche en la distancia… La nieve seguía cayendo como una neblina y soplaba un viento tan fuerte que costaba saber si seguía nevando o si era el aire lo que levantaba la nieve. Avanzó con sigilo, consciente de que cada uno de sus pasos dejaba una huella que delataba su presencia, pero la tranquilizó pensar que la nieve no tardaría en cubrir sus pisadas.

El resplandor de la ventana del sótano era lo que la atraía, como una llama a una polilla. De cerca, apreció que era una luz más tenue de lo que había pensado. De hecho, le sorprendió haberla divisado desde la ventana de su dormitorio. Al llegar a la casa, la decepcionó comprobar que la ventana del sótano estaba hecha de adoquines. Ocho cuadrados perfectos, cuatro en la hilera de arriba y cuatro en la de abajo. Sólidos, ondulados e impenetrables. La luz era más intensa a corta distancia, pero no podía ver qué la provocaba ni quién había dentro. Cerró el puño y se planteó llamar con los nudillos al vidrio, pero decidió no hacerlo. ¿Qué iba a conseguir? Lo más probable es que solo asustara a la niña, y el ruido posiblemente alertara a otros miembros de la familia.

Todo aquello había sido una pérdida de tiempo. Se dio media vuelta y desanduvo el camino, avanzando cerca de la valla lateral hasta llegar al punto en el que había dejado el taburete. Lanzó la cuerda por encima de la valla y le susurró a Sharon:

–Prepárate, que voy.

Esperó a que la cuerda estuviera tensa antes de subirse al taburete. Trepar la valla desde aquel lado era mucho más fácil. Tenía el travesaño para apoyarse y pudo pasar ambas piernas por encima con facilidad y saltar al suelo. Una vez allí, Sharon tiró de la cuerda, primero una mano y luego la otra, hasta que el taburete estuvo a la altura de la valla. Entonces Niki se puso de puntillas para agarrarlo por el asa. Con una ligera maniobra, lograron pasarlo por encima de la valla y bajarlo por su lado.

–¿Has sacado fotografías? –preguntó Sharon.

Niki negó con la cabeza.

–No. Las ventanas del sótano son de adoquines.

–Qué lástima –comentó Sharon decepcionada–. Bueno, al menos lo has intentado.

Regresaron en silencio a la casa, donde Sarge seguía esperándolas tras la puerta que daba al patio, con una pata apoyada en el vidrio. Parecía que las estaba saludando.

Capítulo 32

Suzette caminaba lentamente en la oscuridad, de un lado para otro, con una copa de vino en la mano. Allí, en la comodidad de su habitación, con todas las luces apagadas, podía beber sin que la juzgaran. Se había acostumbrado a dejar una copa y un sacacorchos en el armario del cuarto de baño, escondido tras la hilera de limpiadores faciales. Tenerlos a mano era ideal para estas noches en las que necesitaba estar sola, algo que ocurría con más frecuencia cuando Matt estaba en casa. Aquella noche estaba de mal humor. Por supuesto, por culpa de Matt. Siempre era culpa de Matt. Era el único miembro de la familia al que no conseguía meter en vereda. Sabía manejar al niño, y Mia era como un pastelito. Era capaz de mantenerlos firmes con su simple voluntad y sus miradas severas.

En cambio, Matt era otra historia. Estaba claro que pensaba que era el más listo de los dos y eso hacía que la menospreciara. Cómo se atrevía. Apuró de un trago la copa de vino y se la rellenó. Se le habían acostumbrado los ojos a la penumbra y ya era capaz de servirlas como toda una sumiller. «Para que te enteres, Matt». La botella, de la que quedaban dos tercios cuando se había encerrado en su habitación, iba bajando, y pensó que debería haber subido otra más.

Se sentó en la butaca con orejones que había cerca de la ventana y cruzó las piernas, pensando aún en la diatriba de Matt. Incluso entre la bruma cálida del alcohol seguía oyendo sus palabras sarcásticas: «Vives en un paraíso demencial y crees que podemos continuar así hasta la eternidad. Es hora de confesar lo de Mia».

¿Hora de confesar? ¿En qué demonios estaría pensando...?

¿Acaso creía que podían presentarse en la comisaría con Mia y decir que se habían encontrado a una niña perdida? Había perdido el juicio. Si la asistenta social había ido a verla porque los estaban investigando, seguro que habían cerrado el caso. Como de costumbre, Suzette había manejado la situación con elegancia. E incluso si aquella mujer decidía volver, Suzette tenía una respuesta preparada. No la dejaría entrar en casa, asunto zanjado. Si quería entrar, que trajera una orden de registro. Problema resuelto.

Era su casa, maldita sea, y era ella quien ponía las reglas.

Miró por la ventana, preguntándose si alguien se habría acordado de dejar salir a Griswold. Mia parecía estar muy atenta a las necesidades del perro, así que probablemente ya se hubiera ocupado de ello. Era curioso lo unidos que estaban los dos seres menos inteligentes de la casa. A juzgar por cómo conectaban, podían haber salido de la misma camada; eran almas gemelas cuya única motivación era obtener comida y elogios. Almas gemelas primitivas. Para Mia y para Griswold, todo era más fácil, pensó Suzette. Los demás cubrían todas sus necesidades. No tenían ni una sola preocupación.

«Debe de ser agradable».

Vació la copa y estaba poniéndose en pie para servirse otra cuando algo en el patio captó su atención. Fuera estaba oscuro, pero no era noche cerrada. Lucía una medialuna en el cielo y los vecinos de unos de los lados tenían el foco del porche trasero encendido. Además, la luz las farolas de la calle iluminaba ligeramente la hilera de casas. Aun así, no le resultaba fácil discernir lo que estaba viendo. Se levantó de la butaca y se acercó a la ventana.

Movimiento. Había alguien en el patio, caminando a lo largo de la valla lateral. Entornó los ojos para ver mejor. ¿Era Jacob? No, aquella persona era más delgada y se movía con más agilidad. Y tampoco era Matt, por lo que alcanzaba a ver. Se le aceleró el corazón. Se preguntó si debería gritarle a Matt que había alguien fuera. ¿O tal vez debería llamar a la policía? Mientras Suzette observaba, el intruso fue acercándose a la casa, hasta quedar tan cerca de la fachada posterior que lo perdió de vista. ¿Sería un ladrón? Recordó que se había dejado el teléfono móvil sobre la encimera de la cocina, cargando. Podría gritarle a Matt, que estaba en la planta de abajo, pero no le apetecía. Después de beber tanto vino, estaba segura de que arrastraría las palabras y él se lo recriminaría.

Ya se ocuparía él de lidiar con el ladrón si se colaba en casa. Esperaba que hubiera una refriega y que Matt acabara en el lado equivocado de un cuchillo. Así aprendería una lección por hablarle con menosprecio.

El intruso volvió a quedar a la vista, recorrió de nuevo la parte posterior de la propiedad, pegado a la valla y luego la saltó tan rápido que fue como ver a un gimnasta hacer un ejercicio. Un segundo después pasó por encima de la valla algo voluminoso, que enseguida desapareció de la vista. ¿Una escalera? Tenía que ser eso.

¿Por qué andaría alguien en su patio? Apuró la copa, salió de la habitación y, al pasar por delante del dormitorio de Jacob, vio luz por debajo de la puerta, pero no se oía ningún ruido. «Estará haciendo los deberes –deseó–, aunque es más probable que esté jugando a videojuegos. Qué más da. No es asunto mío». Continuó avanzando por el pasillo y bajó las escaleras. Tras dejar la copa en el fregadero, se dirigió al salón para enfrentarse a Matt, que estaba viendo una serie sobre asesinatos en la televisión. «Típico de él».

–¿Te has dado cuenta de que había alguien en el patio justo ahora? Lo he visto desde la ventana de mi dormitorio.

Matt no apartó los ojos de la pantalla.

–Sería Jacob, que habrá dejado salir al perro. O serán imaginaciones tuyas.

«¿Que serán imaginaciones mías?». Una alusión a que había estado bebiendo. «¡Qué grosero!».

–Te equivocas –replicó–. Jacob está en su habitación, así que él no era. Y estoy segura de haber visto a alguien caminando por nuestro patio, luego lo he visto trepar la valla y saltar a la calle.

–Qué raro –dijo él–. Yo no he oído nada. Probablemente fuera algún crío. Uno de los amigos de la escuela de Jacob haciendo travesuras.

Matt bostezó.

—Jacob no tiene amigos.

—¿Cómo puedes ser tan perversa, Suzette? Es totalmente innecesario.

Estaba segura de que le decía aquellas cosas para hacerla perder la compostura.

—¿No te preocupa que alguien salte una valla de dos metros y camine por tu propiedad? Podrían estar inspeccionando la casa para entrar a robar en otro momento.

—Lo dudo. —Cogió el mando a distancia y empezó a cambiar de canal—. Pero si tan preocupada estás, deja las luces de fuera encendidas toda la noche.

—Te he dicho un montón de veces que necesitamos un sistema de seguridad.

—Sí, y yo te he dicho que, si quieres un sistema de seguridad, hagas las llamadas oportunas para pedir presupuesto. Yo no puedo ocuparme de todo, Suzette.

Cuando empezaba con aquella cháchara improductiva y antagonista, Suzette consideraba que lo mejor era largarse. No le sobraba tiempo para picar el anzuelo con necedades. Además, el vino se le había subido a la cabeza y necesitaba un poco de silencio para pensar en todo aquello. Jacob no había salido de su habitación, así que no le sería de ayuda.

Obviamente, volvía a estar sola. Se dirigió al armario del vestíbulo delantero y se calzó las botas de invierno, luego se puso el abrigo y los guantes, y cogió una pequeña linterna del cajón de los trastos de la cocina. En la parte de atrás de la casa, encendió las luces del porche antes de salir.

El intenso frío la sorprendió con la guardia baja, le mordisqueaba las mejillas y le agitaba el cabello. Su respiración formaba volutas de vaho en el aire gélido. El frío fue como una bofetada que le quitó de golpe el temple del vino. Salir a la calle con aquel clima la irritaba. Eran Matt o Jacob quienes deberían estar haciendo aquello, pero Matt no estaba dispuesto a ayudarla y probablemente Jacob no lo haría bien. «Inútiles. Son un par de inútiles».

Se dirigió a la valla posterior, al punto por el que había visto alzar la escalera, pero no halló nada, ni siquiera un rastro en la nieve. La nieve en polvo agitada por el viento había borrado las pruebas. Proyectó el haz de la linterna hacia los tablones de la valla, buscando algún punto en el que la madera pudiera haberse astillado, pero no le pareció ver nada fuera de lo normal. Se dio media vuelta y desanduvo los pasos del intruso, recorriendo la valla a todo lo largo, con el haz de luz de la linterna alumbrando el camino.

Al acercarse a la casa, vio unas marcas en la nieve que podían ser pisadas, pero no quedaba claro. No eran nítidas y, a cada minuto que pasaba, iban desdibujándose más. Al situarse junto a la casa, miró hacia su ventana. Aquel era el punto ciego de su ángulo de visión desde su dormitorio en la planta de arriba, el lugar donde la persona se había detenido antes de darse media vuelta. Le llamó la atención la ventana del sótano, la que daba a la habitación de Mia. La pequeña mocosa estaba viendo la televisión, lo cual no la sorprendió. A Suzette no le importaba lo que hiciera de noche, siempre que estuviera descansada para hacer las tareas al día siguiente.

Lo que sí la alarmó fue el pensamiento febril de que, quienquiera que estuviera en el patio, se había concentrado en esa ventana porque sospechaba que Mia estaba allí abajo. Gracias a Dios que la ventana era de adoquines.

Cuando entró en la casa, mojada y frustrada, empezó a notar un cúmulo de emociones. Indignación por el hecho de que alguien se hubiera colado en su propiedad, irritación porque Matt se negara a tomarse en serio sus preocupaciones y enojo por haber tenido que salir a investigar con aquel frío. Cuantas más vueltas le daba, mayor era su enfado.

Suzette se quitó el abrigo cubierto de nieve y los guantes, y los dejó caer en la alfombra, junto a la puerta de atrás. Luego se quitó las botas y bajó al sótano en busca de Mia. Alguien tenía que limpiar su ropa mojada, y no iba a ser ella.

Cuando llegó al fondo del sótano, la desconcertó descubrir que el pestillo de la estantería de Mia no estaba echado. A Jacob se le había olvidado. Al apartar la estantería, vio a Mia sentada a lo indio en su cama, viendo la televisión y comiendo algo que parecía una magdalena. La cara de sorpresa de Mia al verla fue impagable. Bajó la magdalena hacia un lado, como si eso fuera ayudarla en algo.

—¿Mia? —dijo Suzette con voz severa—. ¿Qué tienes en la mano?

Mia levantó la mano izquierda para mostrar que no tenía nada.

—En la otra mano.

Suzette odiaba que su voz sonara tan áspera y grave. Lo odiaba con todas sus fuerzas. ¿Por qué siempre la ponían en el papel del ogro? No quería tener que imponer las normas a la fuerza, pero alguien tenía que hacerlo. Desde fuera, su vida parecía de ensueño, pero en realidad era extenuante. A veces, pensar en todo lo que tenía que controlar le provocaba unos dolores de cabeza atroces.

Mia levantó la otra mano, en la que sostenía una magdalena envuelta en una servilleta.

—¿Se supone que puedes comer en tu habitación?

Mia negó con la cabeza.

—¡Contéstame, maldita sea! ¡Habla! —Suzette sabía que estaba a punto de perder los nervios, y eso la enfurecía. Se vanagloriaba de ser capaz de mantener la calma y no iba a permitir que una niña desobediente la sacara de sus casillas. Respiró hondo y, entre dientes, farfulló—: Te lo preguntaré una vez más. ¿Se supone que puedes comer en tu habitación?

A Mia se le anegaron los ojos de lágrimas.

—No, señora.

—Entonces sabes que no tienes que comer en tu habitación, pero lo estabas haciendo de todos modos, ¿no es cierto?

Mia empezó a asentir con la cabeza, pero se obligó a pronunciar un:

—Sí, señora.

—¿Por qué, Mia? ¿Por qué lo haces si sabes que lo tienes prohibido? —A Suzette le habría gustado agarrarla por los hombros y zarandearla hasta que quedara como un trapo, pero tuvo la admirable capacidad de contenerse—. ¿Por qué?

Mia bajó la barbilla y farfulló:

—No lo sé.

—¿Acaso crees que soy estúpida? ¿Creías que no me enteraría?

—No, señora.

—Dame eso. —Suzette alargó la mano y Mia le entregó la magdalena—. Vaya, vaya… Una magdalena, y de las buenas. ¿Te la ha dado Jacob?

Mia dudó, mientras se le saltaban las lágrimas.

—¡Contéstame! ¿Te la ha dado Jacob?

—Sí, señora.

—Ven conmigo.

Agarró a Mia del brazo, la levantó de un tirón de la cama y la arrastró escaleras arriba. En la planta baja, hizo una pausa a los pies de las escaleras que conducían a la planta de arriba y gritó:

—¡Jacob, baja aquí ahora mismo!

Suzette continuó avanzando hacia el salón, con Mia a rastras. Se disponía a echarle un buen sermón a Matt y esta vez no iba a permitir que se la quitara de encima como si fuera un incordio.

Capítulo 33

Jacob tenía los auriculares puestos y, por una vez, estaba enfrascado haciendo los deberes. La profesora de Inglés les había encargado que hicieran una redacción personal, poniendo el acento en el «personal». La señora Rathman había sugerido algunos temas: hablar de qué les definía como individuos, escribir sobre un evento que les hubiera cambiado la vida o explicar una historia de superación de un obstáculo. A Jacob no se le ocurría nada de eso, así que estaba escribiendo una redacción completamente ficticia, la historia de un día que pasó pescando con su tío abuelo Stevie y toda la sabiduría que el viejo le había transmitido antes de su inesperada muerte a causa de un infarto justo después de devolver la barca de alquiler. Al no estar constreñido por la verdad, Jacob pudo meterse de lleno en la historia y embellecerla con todos los detalles, convencido de que le arrancaría alguna lágrima a la señora Rathman. Las notas de su examen no iban a ser para tirar cohetes, así que más le valía escribir una redacción que rompiera moldes.

Lo interrumpió la puerta al abrirse de golpe. Vio a Mia de pie en el pasillo, con expresión dubitativa en el rostro. Se quitó los auriculares y dijo:

–¿Qué pasa?

–La señora quiere que bajes.

Por la manera de decirlo, supo que no lo llamaba para nada bueno. Y si su madre había enviado a Mia a buscarlo, era probable que primero lo hubiera llamado a gritos y no la hubiera oído, lo cual implicaba que ya debía de estar hecha una furia. Cualquiera que no respondiera a sus demandas le hacía perder los estribos.

–¿Estoy metido en algún lío? –preguntó.

Mia afirmó con la cabeza.

—¿Por qué?

—Por la magdalena. Lo siento, Jacob.

Le temblaba el labio inferior al hablar de un modo que hizo que Jacob se compadeciera de ella y, al mismo tiempo, se enojara con su madre.

—No te preocupes por eso, Mia. No es culpa tuya. Yo asumiré la responsabilidad.

Mia bajó las escaleras la primera y fue también la primera en entrar en el salón, donde el padre de Jacob estaba sentado en el sofá, con las piernas estiradas sobre la mesita de centro. Su madre estaba de pie frente al ventanal, con postura relajada, pero con aquella mirada de enajenada que Jacob temía tanto.

—Mia me ha dicho que querías verme —comentó como si tal cosa, al tiempo que se sentaba al lado de su padre.

Mia no sabía dónde meterse y se quedó junto a la puerta.

—¿Me puedes decir, si eres tan amable, qué es esto, Jacob?

Sostuvo en alto la magdalena con una expresión que indicaba que lo había trincado.

Jacob inclinó la cabeza hacia un lado. Estar junto a su padre le insufló valor.

—Pues a mí me parece una magdalena, mamá, pero tengo la impresión de que ya lo sabías.

—¡Insolente! —exclamó furiosa, y le lanzó la magdalena, que impactó en su rodilla, se deslizó sobre la mesita de centro y fue a aterrizar en el suelo—. ¿Cómo te atreves a darle esto a Mia? ¡Cómo te atreves! Conoces las reglas de esta casa. Está tajantemente prohibido comer en las habitaciones. Nunca. Y hay otra regla más. Solo comemos a las horas de las comidas. Nada de picar entre horas. ¿Lo entiendes?

Jacob hizo un gesto afirmativo con la cabeza.

—Conozco todas esas reglas.

—Pero prefieres ignorarlas.

—No las he ignorado. Solo he pensado hacer una excepción por una vez y dejar que Mia se comiera una magdalena.

–¿Cómo que una excepción? Aquí no hay excepciones –hablaba con voz dura y altisonante–. Lo que has hecho es imperdonable. Ya es bastante malo que tú te saltes de manera tan flagrante mis reglas, pero ¡además has implicado a Mia, que ahora pensará que no tiene que hacerme caso! ¡Es inexcusable!

Su padre bajó las piernas de la mesita de centro y se sentó erguido, apoyando los codos en las rodillas.

–Suzette, creo que estás haciendo una montaña de esto. Jacob solo pretendía ser amable.

Jacob vio de reojo a Mia, que estaba temblando.

–Actúas como si hubiera matado a alguien, mamá –dijo Jacob–. Es solo una magdalena. Yo tengo sobrepeso, pero Mia no. ¿Por qué no puede comerse un bollo de vez en cuando?

Su madre estaba visiblemente furiosa, pero, en lugar de estallar, tomó aire y habló de manera pausada, recalcando sus palabras:

–No pienso seguir con esta conversación ni un segundo más. Ya os lo he avisado a todos. Jacob, no quiero encontrar ni una miga de esa magdalena ni aquí ni en la habitación de Mia. Si la encuentro, te tiro el teléfono a la basura. Ahora voy a subir a mi habitación y no quiero que me molestéis durante el resto de la noche.

Salió hecha una furia del salón. Unos minutos después, la escucharon rebuscar en el frigorífico. Todos sabían lo que eso significaba. Otra botella de vino para el exilio en su dormitorio.

Cuando la oyeron subir por las escaleras, su padre miró a Jacob y le preguntó:

–¿Es percepción mía o cada vez está peor?

–Cuesta decirlo –respondió Jacob–. ¿Quizá peor?

Era difícil de calibrar. Su madre tenía un humor muy variable, pero era cierto que cada vez parecía tener ataques de cólera más frecuentes.

–¿Sabes dónde consigue ahora las pastillas?

–Ni idea.

–Mia, necesito hablar un rato con Jacob –dijo el señor–. ¿Por qué no bajas a tu habitación? Y no te olvides de cepillarte los dientes, ¿entendido?

Mia asintió con la cabeza y se marchó.

El padre de Jacob se pellizcó el puente de la nariz y suspiró.

—Jacob, tenemos que hablar.

—Vale —respondió Jacob.

Rara vez tenían tiempo para conversar de tú a tú y Jacob pensó que podía ser un buen momento para hablarle a su padre acerca de los resultados del ADN de Mia. Lo dejaría hablar primero y luego podrían tratar el tema de los familiares de Mia.

—Para empezar, me gustaría disculparme por el hecho de que hayas crecido en una familia tan disfuncional. Estás a punto de cumplir dieciocho y sé que no has vivido demasiados años felices. Podría decirte que he hecho todo cuanto he podido pero, si echo la vista atrás, no estoy seguro de que haya sido así. No he estado a la altura en muchos aspectos, y lo lamento de corazón.

—No te preocupes. Eres un padre genial.

Su padre alzó la mano.

—Aprecio que me lo digas, pero no busco cumplidos. He cometido muchos errores. Tal vez ya sepas que dejé la medicina porque uno de los administradores descubrió que había cometido un delito. Bueno, en realidad, múltiples delitos. Fraudes en la facturación para cobrar de la seguridad social. Lo hice porque no estaba generando suficientes ingresos y temía perder mi empleo. Una mujer que trabajaba para mí me ayudó. Tal vez hayas escuchado a tu madre mencionarla. —Levantó las cejas—. Esa otra mujer se llamaba Jayne. Tuvimos una relación, cosa de la cual no me siento orgulloso, porque ambos estábamos casados en aquel entonces. Nos despidieron a los dos y, a cambio de que no me denunciaran a la policía, accedí a renunciar a mi licencia para practicar la medicina. No he visto a Jayne desde años ni tampoco he hablado con ella. Fue algo bochornoso, horrible, y me arrepiento muchísimo de haberlo hecho.

Todo aquello se acercaba bastante a lo que Jacob había escuchado decir a su madre durante años, pero era distinto oír a su padre admitirlo. Más triste.

—Todo el mundo comete errores —señaló.

Su padre negó con la cabeza.

—Fue un error colosal y tu madre se ha dedicado a agravarlo, recordándome cada dos por tres lo que hice y aprovechando ese conocimiento para hacer ella lo que quiere. Nunca debería haber permitido que me chantajeara para retener a Mia aquí. Si quieres saber la verdad, estoy decepcionado conmigo mismo. He decidido que, en cuanto acabes el instituto, voy a confesar.

—¿Confesar?

—No puedo seguir viviendo así ni un minuto más. Iré a la policía y lo confesaré todo. Hablé con un amigo abogado, le expuse nuestra situación, hablando en términos hipotéticos, claro está, y cree que existen posibilidades de que el estatuto de limitaciones en el fraude de facturación pueda favorecerme. En tal caso, no me juzgarían. Sin embargo, el tema de Mia sigue pendiente. Tú eras menor de edad cuando llegó a casa, pero podría involucrarte en esto y también podrían acusarte. Sin embargo, creo que si los dos contamos la misma historia, podríamos librarnos de la acusación de secuestro. Solo espero que, aunque a mí acabe arrastrándome a este follón, tú te libres.

—Pero nosotros no pretendíamos secuestrar a Mia.

—Ya lo sé. —Su padre suspiró—. Creo que deberíamos decir que tu madre apareció un día en casa con ella y dijo que era la hija de su prima, adoptada en Centroamérica. Nos explicó que Mia iba a quedarse con nosotros mientras su prima recibía tratamiento para un cáncer. Un favor entre familiares que acabó prolongándose mucho más de lo que habíamos previsto inicialmente. ¿Crees que te sentirías cómodo dando esa versión de la historia?

Jacob asintió.

—Si sirve de algo… —respondió.

—Serviría de mucho. Aun así se presentarían cargos, pero, si todo sale bien, tu madre sería la única a quien incriminarían. Es una posibilidad remota, y probablemente a mí también me implicarán, pero al menos tú te salvarás. He hablado con tu abuela y con tu tío Cal y les he advertido de que en el futuro podemos tener algunos problemas familiares que harían que te quedaras solo y han aceptado cuidar de ti.

–De acuerdo.

Jacob frunció el ceño.

Su padre le dio una palmada en el hombro.

–Aún falta un tiempo, así que podemos ir cuadrando nuestras coartadas. Es importante que seamos coherentes al dar los detalles. Pero nos las apañaremos, ¿de acuerdo?

–Claro, papá.

Jacob cayó en la cuenta de que no era el mejor momento para hablarle a su padre de los resultados del test del ADN de Mia. Si las autoridades descubrían que alguien de la casa había enviado a realizar una prueba de aquel tipo, contradeciría la coartada que su padre se había ingeniado para explicar la presencia de Mia. Jacob empezaba a arrepentirse de haberlo hecho.

–Te quiero, Jacob. Lo superaremos.

–Yo también te quiero. –La cabeza le daba vueltas. Por ahora, nadie más sabía nada del test del ADN–. Pero ¿qué pasará con Mia si seguimos tu plan?

–No estoy seguro. –Su padre suspiró otra vez, y Jacob se dio cuenta de lo cansado que parecía, como si no durmiera desde hacía mucho tiempo–. En un principio quedaría a cargo del Estado, o eso creo, y, si no encontraran a su familia, acabaría en una familia de acogida.

–Entonces, ¿podría acabar con desconocidos?

Jacob imaginó el miedo de Mia si se la llevaban y se le encogió el corazón. La vida de Mia en aquellos momentos no era de color de rosa, pero al menos vivía en familia.

–Sé que sería difícil para ella, pero míralo desde esta perspectiva: podría ir a la escuela e interactuar con niños de su edad. Tener algo parecido a una vida normal.

–Y no tendría que hacer las tareas domésticas cada día.

Su padre asintió con la cabeza.

–Yo me encargo de limpiar el estropicio de la magdalena aquí. ¿Por qué no bajas a ver cómo está Mia y te aseguras de que no haya migas en su habitación? Así nos evitaremos que, cuando tu madre esté sobria, arremeta de nuevo.

Capítulo 34

Jacob bajó el aspirador de mano a la habitación de Mia y la encontró sentada en la cama, con los ojos abiertos como platos.

–Lo siento, Jacob. Lo siento mucho, de verdad.

–No te disculpes. Tú no has hecho nada malo.

–Pero la magdalena…

–Mia, no pasa nada. Mi madre es una exagerada. Muchos niños comen tentempiés todo el rato, incluso en sus habitaciones, y sus padres o no lo saben o no les importa.

–¿De verdad?

Se sentó con la espalda más recta.

–Sí, de verdad.

–Entonces, ¿otras familias son diferentes?

Sabía tan poco del mundo… Jacob lo encontraba a la par triste y divertido. Si pudiera recordar de dónde venía, entendería lo distintas que podían ser las cosas. El día que la habían recogido, sucia y apestando, la habían metido en el coche y su madre había conducido por la carretera, en la dirección por la que había venido Mia. No vieron ninguna casa hasta llegar a una chabola maltrecha justo donde terminaba la carretera.

–Supongo que debe de ser aquí –dijo su madre mientras aparcaba a un lado.

Apagó el motor y bajó del coche, pero Jacob, que iba sentado en el asiento trasero con la niñita en el regazo, no había movido ni un músculo. Su madre tenía que hablar en broma. Aquello no podía ser la casa de nadie.

–¡Jacob! –le ladró–. Vamos, muévete. No tengo todo el día.

Cruzaron el patio delantero, que estaba sembrado de basura, y se acercaron a la puerta, su madre en la avanzadilla y Jacob con la niña en brazos, que iba chupándose el dedo.

–¡Hola! ¿Hay alguien en casa? –llamó jovialmente su madre, como si estuvieran haciendo una visita social para dejarle un plato de sopa a un vecino enfermo o para llevarle flores a alguien a quien se le acababa de morir un familiar.

Al llamar con los nudillos a la puerta, el largo lamento que emitió al abrirse de par en par hizo que Jacob pensara en una casa encantada.

–No creo que aquí viva nadie –aventuró Jacob.

Pero su madre ya estaba entrando en la chabola y haciéndole gestos para que la siguiera. Una vez dentro, sus ojos tardaron un poco en habituarse a la penumbra.

–¿Hola? ¿Hay alguien en casa? –preguntó otra vez su madre, y el eco le devolvió las preguntas.

El interior era una gran estancia cuadrada, como una caja, con las paredes revestidas de madera contrachapada. Había ventanas en todos los lados, pero estaban mugrientas. El lugar apestaba, como si alguien hubiera defecado en un rincón y lo hubiera dejado allí. En otro rincón había un cubo de basura de plástico que rebosaba, con porquería esparcida por doquier. Grandes gusanos negros correteaban entre los desechos. Sobre un sofá hundido que había contra una pared había un montón de lo que parecía ropa sucia.

–Mira –dijo su madre, señalando algo en el suelo con la punta del pie. Lo levantó sujetándolo con las yemas de dos dedos. Eran unas braguitas rosas con dibujitos de gatos muy pequeñas, y estaban sucias–. Esto combina con la camiseta de la niña.

Un indicio de que estaban en el lugar indicado. Dejó caer de nuevo las bragas.

Jacob depositó a la niña en el suelo y la pequeña fue gateando hasta el sofá, se puso en pie y le dio unos golpecitos al montón de ropa. Sobresaltado, Jacob cayó en la cuenta de que debajo de toda aquella ropa sucia había una persona. Solo se vislumbraba lo que parecía una nuca, pero parecía corresponder a una mujer. Señaló hacia allí, y su madre también la vio.

–¡Hola! –la saludó en voz alta–. Le hemos traído a su hija. –Le dio un empujoncito en el brazo a Jacob–. Ve a despertarla.

A regañadientes, Jacob se acercó al sofá y se quedó de pie tras la niñita. De cerca, vio que la mujer estaba tapada con varias mantas andrajosas. La niñita apoyó la cabeza contra la espalda de la mujer en gesto de afecto.

–Disculpe –dijo Jacob, al ver que la mujer no se movía, y le apartó con cuidado las mantas de la cara.

Lo que vio lo horrorizó. La mujer tenía la cara moteada, como si hubiera salido de una película de terror. La parte del brazo que se le veía también estaba descolorida y, cuando fue a darle un golpecito, lo notó duro. Demasiado duro. La temperatura de su piel tampoco parecía la correcta. No estaba fría, exactamente, pero sí más fría que la de un ser humano vivo. Le salió la voz como un hondo suspiro:

–Está muerta.

–¡Vaya por Dios! –exclamó su madre, como si fuera un gran inconveniente.

Se acercó a comprobarlo ella misma y, por el modo en que frunció la frente, Jacob supo que estaba llegando a la misma conclusión.

–¿Crees que es su madre?

–Lo parece. –Suspiró–. Pues supongo que no podemos dejarla aquí con una muerta. Cógela en brazos, Jacob, la dejaremos en casa de los vecinos.

Jacob levantó a la niña y se la colocó apoyada en la cadera, aún aturdido por lo que acababa de ver. Venían del funeral de su abuelo, pero verlo en un ataúd abierto era mucho menos espantoso que ver a aquella mujer en el sofá. La imagen se le quedó grabada a fuego en el cerebro, junto con el hedor de aquel lugar y la sensación de tener gusanos recorriéndole la piel. Sostener a la niñita contra su cuerpo con aquella peste a orines acentuaba la sensación de suciedad. Menudo lugar. Qué horripilante pensar que aquella mujer muerta probablemente fuera la madre de aquella niñita y que vivían allí.

Estaban en el porche, bajando los escalones, cuando de repente un hombre salió de detrás de la casa. Era un tipo inmenso, vestido con una camiseta sin mangas manchada de sudor y unos tejados salpicados de barro, y llevaba un arma en la mano, colgando a un costado. Caminaba tambaleándose, como si tuviera que esforzarse para mantener el cuerpo recto. No los vio hasta que la madre de Jacob le dijo:

–¿Hola? ¿Esta niñita es suya?

Jacob supo en ese preciso instante que el hombre de pelo oscuro fue consciente de su presencia porque fijó la vista en ellos y retrocedió, sosteniendo el arma en alto y apuntándoles con ella.

–¿Qué hacen aquí? –preguntó enfadado.

Su madre se quedó paralizada en el sitio, con las manos levantadas en gesto de rendición y dijo:

–Espere un momento. Hemos encontrado a esta niña caminando por la calle y solo la hemos traído a su casa.

El hombre farfulló un rosario de obscenidades atroces, todas ellas dirigidas a la madre de Jacob. Jacob había pensado algunas veces algunas de aquellas palabras con relación a su madre, pero nunca las habría pronunciado en voz alta.

Al final, el hombre espetó:

–¿Les ha enviado Hartley? Pueden decirle que se… –Tras lo cual profirió otra letanía de obscenidades, todas ellas palabrotas referidas a Hartley, fuera quien fuera.

–Ya nos vamos –dijo su madre, y le hizo un gesto con la cabeza a Jacob indicándole que dejara a la niñita en el suelo, pero Jacob tenía los brazos paralizados alrededor de la pequeña, que ahora tenía la cabeza apoyada en su hombro.

–Ya lo creo que se van ya –dijo con un gruñido, y fue entonces cuando empezó a dispararles.

Bang, bang, bang. El ruido reverberó en la cabeza de Jacob, acompañado por la risa del hombre, como un rugido.

Su madre le gritó que entrara en el coche, y no tuvo que repetírselo dos veces. A Jacob nunca le había latido tan fuerte el corazón. Parecía que iba a darle un infarto. Agarró a la niñita contra su cuerpo aún con más fuerza y entró en el asiento de atrás del coche lo más rápido que pudo. Su madre corrió hacia el otro lado, se sentó tras el volante y puso en marcha el motor. Jacob tenía la sensación de que todo había pasado a cámara lenta.

No había espacio para dar media vuelta, de manera que su madre condujo marcha atrás, y durante todo el tiempo el hombre los siguió lentamente, caminando por en medio de la carretera, aún apuntándolos con el arma.

–¡Rápido, rápido, rápido! –gritaba Jacob.

–¿Qué crees que intento hacer? –le respondió su madre, con voz frenética. Cuando el coche estuvo a una distancia prudencial, describió un giro de ciento ochenta grados y pisó el acelerador a fondo. Los neumáticos chirriaron. Y solo cuando ya no veían a aquel tipo por el retrovisor le preguntó–: ¿Te ha dado, Jacob?

–No, estoy bien. ¿Y a ti?

Su madre también estaba bien, y la niñita, también.

Se encontraban ya a una hora de distancia de aquel sórdido lugar cuando recordaron que habían pensado en dejarla en casa de algún vecino. Se había quedado dormida. Y, sin que él se diera siquiera cuenta, su madre había comprado ropa, había reservado una habitación en un hotel y le había dado un baño a la niña. Cuando al final la metió en la cama y la arropó, Mia se quedó dormida al instante, con el pulgar en la boca. Jacob recordaba a su madre de pie sobre ella diciendo:

–Olivia también se chupaba así el dedo. –Su comentario lo sorprendió porque su madre nunca le había mencionado a Olivia antes–. Es como si me estuvieran dando una segunda oportunidad.

A su madre se le había activado algo dentro, pero Jacob no atinaba a entender qué era.

Su padre fue quien dijo que haber acudido a una comisaría habría sido lo lógico, dado que habían descubierto un cadáver, les habían disparado y se habían llevado a una niña que no les pertenecía. Su madre se había burlado de él y había alegado que era muy fácil encontrar soluciones a toro pasado. ¿Quién sabía lo que habría hecho él de haberse hallado en su situación?

Costaba creer que Mia, la niña con grandes ojos marrones que estaba sentada en aquel catre delante de él, fuera la bebé de aquel día. Jacob tenía la sensación de que siempre les había pertenecido.

Al salir de su ensimismamiento, se dio cuenta de que Mia todavía estaba esperando una respuesta a su pregunta sobre si otras familias eran distintas.

—Cada familia es un mundo —le explicó—, pero la mía es bastante complicada en comparación con la mayoría. Venga, quítate de ahí.

Le hizo un gesto para que bajara de la cama y Mia se quedó de pie junto a la puerta. Jacob se puso manos a la obra, sacó la bolsa de plástico que le había dado de debajo de la cama y luego encendió el aspirador y lo pasó por encima del colchón. A continuación se concentró en el suelo. No vio ninguna miga, pero pasó el aspirador de todos modos para asegurarse.

—No había ensuciado nada —le dijo ella cuando hubo acabado—. He tenido cuidado.

—Ya lo veo. Bien hecho. —Abrió la bolsa de plástico y vio que el envoltorio de la magdalena estaba dentro—. ¿Dónde está la lata de refresco?

Mia se acercó a la cómoda y abrió un cajón, sacó la lata y se la dio.

—No me lo he bebido todo.

—¿Quieres acabártelo?

—No, ya he tomado suficiente.

—Como tú quieras —dijo él, que se bebió lo que quedaba en la lata y, al acabar, eructó sonoramente solo para hacerla reír. Metió la lata en la bolsa—. Sabes que voy a tener que cerrar la puerta con el pestillo esta noche, así que, si tienes que lavarte o ir al baño, hazlo ahora.

—Estoy bien —respondió ella—. Ya lo he hecho.

—De acuerdo entonces. Buenas noches, Mia.

—Buenas noches, Jacob. ¿Puedo preguntarte solo una cosa más?

—Claro, pero rápido.

—¿Has sabido algo del test de saliva? Me refiero a si te han dicho de dónde vengo.

Jacob todavía no estaba listo para contarle lo que había averiguado.

—He sabido algo, pero es un poco confuso y estoy intentando averiguar qué significa. Cuando lo tenga claro, te lo explicaré.

—Vale. Gracias, Jacob.

—Que sueñes con los angelitos, Mia. Hasta mañana.

Dicho lo cual, deslizó la librería para cerrarla y echó el pestillo.

Capítulo 35

Durante más de dos años, Edwin vio cómo Wendy guardaba la licencia de conducir de Morgan como un talismán, sacándola de vez en cuando de su joyero para darle vueltas en la mano, estudiando la cara de su hija como si eso fuera a hacerla regresar. Había telefoneado esporádicamente al detective Moore para averiguar si había alguna novedad. Cuando más tarde le relataba a Edwin la conversación que habían mantenido, siempre decía:

–Es un hombre muy agradable, siempre se disculpa por no tener noticias.

Edwin habría querido decirle que dejara de telefonearlo, pero sabía que era algo compulsivo en ella, una necesidad maternal de hacer algo, lo que fuera. La entendía y la escuchaba.

Aquel sábado por la mañana, cuando sonó el teléfono, Wendy ni siquiera lo oyó porque acababa de salir de la ducha y estaba secándose el pelo. Fue Edwin quien respondió y se dirigió al cuarto de baño a buscarla.

–Ha llamado el detective Moore –anunció–. Tiene información sobre el sitio en el que encontraron el carné de conducir de Morgan y viene de camino para hablar con nosotros.

–¿Cuándo?

–Dice que tardará unos diez minutos.

–¿Qué tipo de información?

Edwin tenía una ligera idea, pero era un pensamiento horrible, espantoso, y prefirió no decirlo por si estaba equivocado.

–No lo sé. Sé lo mismo que tú. Tendremos que esperar a que llegue para averiguarlo.

Fue él quien recibió al detective Moore en la puerta y lo acompañó hasta el salón. Wendy se puso en pie para estrecharle la mano y Edwin vio que el hombre se la agarraba mientras la miraba largamente, con ternura. La compasión evidente que demostraba lo dejó sin aliento y le hizo pensar que el detective no traía buenas noticias.

–¿Quiere tomar algo, detective? –le ofreció Wendy–. Sé que está de servicio, pero tenemos refrescos, agua y zumo. ¿Le apetece algo?

–No, gracias, señora. Seré breve.

Una vez salvadas todas las formalidades, el detective Moore tomó asiento frente al sofá en el que ellos estaban sentados y empezó a hablar.

–Lo que voy a decirles pueden ser malas noticias y, en tal caso, lamento muchísimo ser yo quien tenga que comunicárselas. He recibido una llamada del departamento del *sheriff* del condado de Ash. Han demolido la casa en la que encontraron la licencia de Morgan y ayer, cuando estaban nivelando el terreno, encontraron restos humanos enterrados detrás de donde se hallaba la estructura.

–¿Qué tipo de restos humanos? –preguntó Wendy, exactamente la misma pregunta que le vino a la mente a Edwin.

–Aún no tenemos el informe oficial del forense, pero él mismo nos anticipó que corresponden a una mujer y calcula que debía de estar al final de la veintena. Por el estado en que se encuentran los restos, sitúan el momento de su muerte hace más de dos años, pero lo sabremos con exactitud más adelante.

Y entonces Edwin supo lo que era quedarse sin habla. Tenía preguntas, pero no podía articularlas. Su boca era incapaz de formar palabras.

¿Quién habría dicho que, cuando finalmente tuvieran noticias definitivas, sería Wendy quien se alzaría y asumiría el papel del fuerte? Su voz sonaba firme y serena.

–¿Qué podemos hacer para ayudar a determinar si es nuestra hija o no?

El detective Moore pareció aliviado de que fuera ella quien planteara la pregunta.

—Puesto que su carné de conducir se encontró allí, les gustaría poder cotejar los restos con el registro dental de Morgan, si a ustedes les parece bien.

—Por supuesto, lo que sea por ayudar.

Edwin se hizo eco de sus palabras:

—Lo que sea por ayudar.

Tenía la sensación de haber abandonado su cuerpo y estar observando toda aquella horrible escena como un espectador ajeno.

—¿Y no sería un mejor indicador el ADN? —preguntó Wendy.

—Pueden hacer una identificación definitiva a partir del registro dental y, además, creo que será más rápido. Al menos, eso es lo que han pedido.

Wendy asintió con la cabeza.

—¿Y cómo murió?

El detective sacudió la cabeza de lado a lado.

—Estoy seguro de que eso figurará en el informe oficial, pero por ahora desconocen la causa de la muerte.

—Entiendo. —Wendy alargó el brazo y le agarró la mano a Edwin—. ¿Había algo en el cuerpo que pudiera darnos más información? ¿Ropa o joyas?

El detective Moore negó con la cabeza.

—No había muchas pistas que seguir. Encontraron los restos completamente vestidos, con tejanos y una camiseta, con calcetines pero sin zapatos. Estaba envuelta en varias mantas y cubierta con un gran plástico. No encontraron ninguna joya.

«Los restos». Edwin notó que se mareaba. Se había pasado todos aquellos años advirtiéndole a Wendy que no albergara demasiadas esperanzas y ahora se daba cuenta de que lo había hecho para convencerse a sí mismo. Aunque había prevenido a su mujer de que se preparara para lo peor, había querido equivocarse. En el fondo, siempre esperó que Morgan regresara a casa algún día. Que hubiera tocado fondo y volviera a sus brazos a que la envolvieran con su cariño, por desmejorada que estuviera. Que, con su ayuda, recibiera tratamiento y por fin recuperaran a su hija. Y entonces la pesadilla habría acabado.

La voz de Wendy interrumpió sus pensamientos:

–¿Y cómo debemos proceder para facilitar los registros dentales a las autoridades del condado de Ash?

–Aquí tienen mi tarjeta. –El detective Moore le entregó su tarjeta a Wendy y, aunque Edwin sabía que ya la tenía, su mujer la aceptó con educación–. Pueden conseguir los registros en papel y dejarlos en la comisaría o, si están en formato digital, pedirle al dentista que me los envíe. Y, a partir de ahí, no se preocupen: yo me encargo del resto.

Le costó un esfuerzo inmenso, pero Edwin consiguió decir:

–Gracias, detective.

–Ojalá les hubiera traído buenas noticias. En todo caso, podría no tratarse de Morgan. Simplemente, necesitamos más información.

Wendy se puso en pie para acompañar al detective Moore hasta la puerta, mientras que Edwin permaneció sentado, con la cabeza entre las manos, procesando aún la noticia. Oyó cómo, en la entrada, Wendy agradecía al detective que hubiera ido a verlos y él volvía a disculparse por tener que ser él quien les traía unas posibles malas noticias.

–Me pondré en contacto con ustedes de nuevo en cuanto sepa algo más –le aseguró.

Tras cerrar la puerta, Wendy regresó y se sentó al lado de Edwin.

–¿Estás bien? –le preguntó, dándole un ligero apretón en el brazo.

–No eran las noticias que esperaba recibir. –Se enderezó en su asiento y la miró a los ojos.

–Ya lo sé, pero todavía no sabemos nada definitivo.

Wendy le colocó la palma de la mano en la mejilla y, con aquel gesto de ternura, Edwin se desmontó y dejó fluir todas las emociones que había intentado reprimir. A pesar de poner todo su empeño, tras un primer sollozo se deshizo en un mar de lágrimas. Lloró como un niño, con convulsiones en el cuerpo, y un reguero de lágrimas se deslizó por su rostro. Se descubrió diciendo:

–Lo siento, lo siento –sin saber por qué se disculpaba.

Wendy le acarició la espalda describiendo pequeños círculos

para consolarlo, mientras emitía pequeños ruidos con la boca para intentar tranquilizarlo. Al final, se puso en pie y regresó con una caja de pañuelos. Edwin se sonó la nariz con un estridente bocinazo que contrastó con su manantial de pesar.

—No sé qué me pasa —se excusó.

—No te pasa nada malo. Has perdido a una hija. Tu reacción es completamente normal.

—Tú pareces haberlo encajado mucho mejor que yo.

—Yo he tenido mis momentos durante todo este tiempo. Momentos en los que he estado segura de que estaba muerta. He llorado antes, y volveré a llorar. Pero ahora mismo estoy vacía y lo que siento es la necesidad de saber. Si es ella, al menos sabremos dónde está. No quiero que sea ella, pero no saber qué ha sido de Morgan me está consumiendo por dentro.

—No soporto pensar que haya podido pasarle algo horrible. —Solo podía imaginar que aquella joven hubiera muerto asesinada o a causa de una sobredosis—. Soy su padre. Si no puedo proteger a mi propia hija, ¿para qué sirvo?

—Fue ella quien se marchó, por decisión propia. Hicimos cuanto pudimos por localizarla. No es culpa tuya. No podías protegerla… porque no estabas allí.

—Ya lo sé, e intelectualmente soy capaz de entenderlo, pero emocionalmente el fracaso me carcome. —Se enjugó los ojos con el dorso de la mano—. No le deseo pasar por esto ni a mi peor enemigo.

—Ya lo sé. —Continuó acariciándole la espalda—. Es un infierno en vida. A veces me despierto por la mañana y pienso: «¿Cómo es posible que esta sea mi vida? Este tipo de cosas le pasan a los demás, no a nosotros».

Ambos guardaron silencio durante un minuto y luego Edwin dijo:

—Y si es ella, ¿qué hacemos? ¿Celebrar un funeral ahora pese a no saber qué ocurrió?

Wendy se inclinó hacia él.

—Cada cosa a su debido tiempo. Primero veamos qué revelan los registros dentales antes de hacernos más preguntas.

–Tienes razón.

Agradeció que fuera ella quien se hiciera cargo de la situación. Lo liberaba de parte de la carga emocional, y dejó que se ocupara. La única manera de superar aquello era juntos.

–Creo que el doctor Meek tiene consulta los sábados. Voy a telefonear para pedirle los registros dentales. Si le explico para qué los necesitamos, estoy segura de que se pondrán con ello inmediatamente.

Capítulo 36

Suzette se dio media vuelta en la cama y, al abrir los ojos, descubrió que la habitación estaba bañada de luz. Aún con los párpados entornados, vio que las persianas estaban levantadas a media altura. ¿Cómo podía habérsele olvidado bajarlas?

Un simple vistazo al teléfono le dijo que ya era media tarde. Gruñó. Siempre se había vanagloriado de tenerlo todo bajo control y aquello era un evidente paso en falso. La culpa era de mezclar las pastillas con el vino. La combinación era demasiado para su organismo.

Pensó en lo ocurrido la noche anterior y los hechos cayeron sobre ella como una cascada: el intruso en el patio de atrás, Matt restando importancia a sus preocupaciones y Jacob conspirando contra ella al permitir a Mia comerse una magdalena en su habitación. Su propia familia estaba incumpliendo sus normas. Era lógico que hubiera buscado refugio en la comodidad de su habitación y la calidez del vino. Era completamente comprensible, pero era consciente de que no podía ocurrir con demasiada frecuencia. Pasarse con la bebida muy de vez en cuando podía tildarse de eventualidad, pero más a menudo apuntaba a la existencia de un problema. Tenía que andarse con cuidado para no brindarle a Matt munición contra ella. No le sorprendería que la enviara a rehabilitación. Lo que fuera por quitársela de en medio.

Por suerte, ella era más lista que él.

Al incorporarse en la cama, el dolor de cabeza se intensificó. Tenía la sensación de tener la boca polvorienta. Despacio, se dirigió al cuarto de baño. Allí se tomó dos ibuprofenos y luego se cepilló los dientes. Agarrándose con las manos al borde del lavabo, se inclinó hacia delante, se observó en el espejo y su reflejo la horrorizó. No se había lavado la cara la noche anterior y el rímel y el delineador se le habían corrido y tenía grandes manchas alrededor de los ojos. Tenía la piel sucia y el cabello despeinado, pero no con un desgreñado simpático de recién levantada, sino enmarañado en plan película de terror. «¡Qué horror!». Verse de aquella manera era incluso peor que sentir náuseas. «Recompónte, Suzette. Tú estás por encima de esto».

El agua caliente de la ducha fue de ayuda, y lavarse el pelo con champú hizo que volviera a sentirse ella. Cuando salió de la ducha y se envolvió el cuerpo en una toalla, contempló más feliz la imagen que le devolvía el espejo.

Después de maquillarse y darse los últimos retoques al cabello, retrocedió un paso y sonrió. «¡Ahora sí!». Había recuperado su aspecto. La más hermosa de todas. O, al menos, la más hermosa de su círculo social. Desde luego no podía competir con las jóvenes de veintitantos, pero ¿por qué iba a querer hacerlo? A aquellas alturas de la partida, ella era el epítome de la elegancia y la sofisticación.

Suzette se deslizó dentro de su albornoz, se lo ató con el cinturón y salió a su dormitorio con paso decidido. Estaba a punto de entrar en el vestidor cuando la ventana llamó su atención. Ahora no había nada allí fuera, pero sabía lo que había visto la noche anterior. Alguien acechando en la oscuridad, en su patio, ¡y sin su permiso! Solo de pensarlo le hervía la sangre.

Revisó la zona de la valla y la casa que había al otro lado. Era pequeña, con la forma de un dibujo infantil y sin ninguno de los detalles encantadores que presentaban el resto de las viviendas del vecindario. No encajaba en el barrio, pero hasta entonces eso no le había preocupado, porque no se veía desde su casa. Nunca había sentido interés por los vecinos, así que no sabía quién vivía allí. Pensó que tal vez fuera el momento de hacerles una visita y preguntarles si habían visto algo la noche anterior. Matt había disipado su inquietud como si fuera una idea ridícula, pero tenía la impresión de que a los vecinos podía preocuparles que alguien utilizara su patio para colarse en el de los Fleming. Quizá incluso pudieran facilitarle alguna información, como imágenes filmadas por una cámara de seguridad, o tuvieran alguna idea de quién podía ser el intruso. Tal vez pudiera resolver el misterio. Y de ese modo pondría a Matt en su sitio.

Cuando bajó, estaba ya de mejor humor. Una taza de café y una tostada le ayudaron a asentar el estómago y a aplacar el dolor de cabeza. Mia estaba ocupada limpiando el polvo del salón. Suzette apreció con aprobación que hubiera fregado ya los platos del desayuno y hubiese limpiado las encimeras.

Suzette se sirvió otro café y pensó en qué haría durante las próximas horas. Si se marchaba justo antes de que Jacob regresara de la escuela, lo esquivaría y si alargaba su ausencia más allá de la hora de la cena, incluso se libraría de tener que cocinar. Con esa agenda, se aseguraría también de no estar en casa cuando Matt entrara por la puerta. Calcular bien los tiempos era fundamental. Enviaría un mensaje a algunas de sus amigas profesionales para ver si a alguien le apetecía salir a cenar y tomar unas copas. O a tomar unas copas y unas tapas. A ella le daba igual. Una reunión de mujeres aderezada con un poco de alcohol era una receta perfecta para pasar una velada entretenida. Las mujeres solían revelar sus secretos en cuanto el alcohol les soltaba la lengua, algo que hacía las delicias de Suzette, porque le encantaba obtener información que le diera ventaja sobre las demás. Si regresaba a casa a la hora de acostarse, podría sortear a quienquiera que estuviera todavía despierto e irse derecha a su habitación.

Envió unos cuantos mensajes de texto y, mientras esperaba a recibir respuesta, escribió una nota para Jacob y Matt. «Esta noche, cada uno cena por su cuenta. Yo he quedado con unas compañeras de la junta para una cena de planificación». Firmó con un «Suzette/mamá» abajo y dibujó un corazón junto a su firma para dejar claro que no les guardaba rencor.

Su primera parada sería para hablar con los vecinos de aquella casita. Después de la conversación, se iría de compras, su terapia habitual. En el centro comercial de la zona había una joyería que no estaba nada mal y una *boutique* que hacía tiempo que no se beneficiaba de su tarjeta Visa. Allí mataría el tiempo fácilmente. Estaba segura de que en menos de una hora tendría respuesta de al menos una de las compañeras con quienes había contactado. Una en concreto, una mujer en la cincuentena, era una apuesta segura. Aquella mujer, una imitadora de Suzette sin ninguna elegancia llamada Mary, buscaba constantemente su atención en las reuniones de la junta y hacía meses que le tiraba la caña para quedar con ella. Hasta entonces, Suzette había prestado oídos sordos a sus patéticas insinuaciones, pero aquel día se le ocurrió lanzarle un hueso a Mary con la idea de pasar un rato las dos juntas. Sería su buena acción del día.

Suzette cogió su bolso y se puso el abrigo antes de recordar que necesitaba darle algunas instrucciones a Mia.

–¡Mia! –la llamó y, al instante, la chiquilla hizo aparición, con el trapo del polvo aún en la mano y los ojos muy abiertos, expectantes. Suzette se agachó para quedar a su altura y mirarla cara a cara–. Esta noche llegaré tarde, ¿lo entiendes?

–Sí, señora.

–Mientras no estoy, necesito que pongas varias lavadoras. Lava las toallas que hay en mi cuarto de baño, y esta vez no te olvides de meter también la manopla que hay en la ducha. ¿Entendido?

–Sí, señora.

–Una vez hayas acabado con eso, lava las sábanas de mi cama y la de Jacob. Deja que Jacob haga su cama cuando estén secas, pero tú haz la cama de mi habitación.

Mia asintió enérgicamente.

A Suzette le gustaba que Mia siempre intentara complacer. Ojalá Jacob se contagiara un poco de esa actitud.

–Vale, para resumir, tendrás que lavar las toallas de mi cuarto de baño, las sábanas de mi cama y la de Jacob, y luego hacer mi cama. Después de eso, puedes tomarte el resto de la noche libre. Jacob regresará de un momento a otro. Él te dará algo de cenar y se encargará de meterte en la cama. ¿Lo entiendes?

–Sí, señora. –Su cabecita rebotó arriba y abajo.

Suzette se puso en pie, esperando que Mia recordara sus instrucciones. Normalmente lo hacía, con pequeñas excepciones, como olvidarse de incluir la manopla con las toallas para lavar o la vez que se olvidó de guardar los productos de limpieza en el armario cuando hubo acabado.

–Buena chica. Nos vemos después.

Qué diferencia con unas horas antes. Ahora que Suzette volvía a sentirse dueña de la situación y tenía un plan para el resto del día, su perspectiva de la vida se había iluminado considerablemente. Sentada al volante de su Audi, era la mejor versión de sí misma. Una mujer fabulosa en un coche de lujo que sin duda suscitaba la envidia de cuantos la veían. Condujo rodeando la manzana hasta dar con la casa que quedaba justo detrás de la suya. Desde aquel ángulo, parecía incluso más anodina. «No tiene remedio», pensó. Aparcó delante y se preguntó qué se podría hacer para que luciera mejor. ¿Unas persianas? Inclinó la cabeza hacia un lado. No, nada podía mejorar el aspecto de choza de aquella casa. Habría que demolerla. Salió del coche, se echó el bolso al hombro y se dirigió a la puerta de entrada.

Suzette había ensayado el discurso mentalmente. Empezaría presentándose. Era probable que sus vecinos supieran cuál era su casa y posiblemente incluso supieran que su nombre era Suzette. Suzette era una persona con muchísimos contactos y, además, no dejaba de sorprenderla que todo el mundo pareciera estar interconectado; bastaba con echar un simple vistazo a Facebook para comprobarlo. Después de intercambiar las trivialidades de rigor, les informaría de que la noche anterior alguien se había colado en su patio, posiblemente con la intención de cometer un delito. Estaba convencida de que le agradecerían tener aquella información.

Irguió la espalda y llamó al timbre. Un momento después, le pareció escuchar los pasos de alguien en el interior. Volvió a pulsar el timbre y esta vez se vio recompensada con la apertura de la puerta. Una mujer mayor entreabrió la puerta mosquitera lo imprescindible para hablar.

–¿Sí?

–Hola, soy Suzette Fleming. Vivo justo detrás… –Se detuvo, escrutando el rostro de la mujer, que no solo le resultaba familiar, sino que ahora había pasado de tener una expresión amable a una de conmoción, como si también hubiera reconocido a Suzette–. ¿Nos conocemos?

–Lo siento, me ha pillado en mal momento –se excusó la mujer e hizo amago de cerrar, pero, antes de que tuviera tiempo de hacerlo, Suzette agarró el borde de la puerta y metió el pie en la rendija.

Justo entonces recordó quién era, y el recuerdo la llenó de cólera. La mujer que tenía delante de las narices era la entrometida con el cabello desaliñado y vestida con ropa anodina que había asegurado que vivía al final de su calle, la que le había preguntado si tenía una hija pequeña.

–¡Así que es usted! –exclamó Suzette con voz estridente–. Usted fue quien vino a preguntar si tenía una hija pequeña. –Notó que el cuerpo empezaba a temblarle de la furia.

–Lo siento, pero debe marcharse.

La mujer intentó cerrar la puerta, pero Suzette la tenía bloqueada.

–No pienso irme a ningún sitio sin que me explique antes qué está pasando aquí. –Suzette se coló en el umbral y abrió la puerta, obligando a retroceder a la mujer–. ¿Por qué me está acosando?

Estaba en el recibidor, cara a cara con ella. A aquella distancia, vio que era una mujer insignificante, un ratoncito, una mujer a quien podía intimidar fácilmente.

–Salga de mi casa inmediatamente.

La mujer parecía alarmada por su atrevimiento.

Suzette rio.

–No hasta que me diga qué problema tiene usted conmigo y con mi familia.

–Está usted loca. Váyase ahora mismo. Voy a llamar a la policía.

La mujer se esforzaba por mantener la voz serena, como si tuviera las riendas de la situación, pero Suzette detectó miedo y supo que contaba con ventaja.

–Adelante, llame a la policía –la instó–. Así podrá explicarles por qué ha andado usted fisgoneando, por qué ha trepado por mi valla, se ha colado en mi propiedad y se ha asomado a mis ventanas.

La mujer abrió los ojos como platos, lo cual indujo a Suzette a pensar que había dado en el clavo.

–Como lo oye –añadió con aire de suficiencia–. Anoche. En mi patio. Sé que era usted y la tengo grabada en vídeo. –Se inclinó hacia delante y vio que la mujer se encogía–. ¿Qué tiene que decirme a eso?

–Creo que está usted equivocada y que debería irse.

–No estoy equivocada –insistió Suzette.

–Váyase ahora mismo.

–¡Le exijo una explicación!

La mujer giró sobre sus talones y se alejó de ella, justo lo que Suzette más detestaba que hicieran. Podía soportarlo todo: drama, lágrimas, enfado. Pero no toleraba que la ignoraran. Desde el fondo del pasillo, la mujer advirtió:

–En un minuto tendré a la policía al teléfono y la acusarán de allanamiento de morada.

Suzette no estaba especialmente versada en delitos menores y faltas, pero «allanamiento de morada» le sonó a eso.

–¡Me voy, pero no crea que voy a olvidarme de esto! –gritó–. La policía visionará las imágenes que tengo grabadas en vídeo y, una vez confirmen que se trata de usted, se la llevarán esposada.

Cerró la puerta de un portazo y caminó enfadada hasta su coche. Cómo se atrevía aquella mujer a hablarle de aquel modo.

Una vez que hubo entrado en el coche y se hubo abrochado el cinturón, Suzette echó un rápido vistazo a su teléfono y sonrió al ver que tenía un nuevo mensaje. Mary le había contestado diciéndole que le encantaría quedar para tomar unas copas y cenar, y le proponía un restaurante nuevo al otro lado de la ciudad. «¡Tienen tapas!». Seguía una carita sonriente y unos cuantos emoticonos aleatorios de comida. Como si las tapas fueran un concepto nuevo y emocionante… ¡Qué triste! La pobre Mary tenía una vida tan miserable… Suzette confirmó el lugar y le envió un mensaje indicándole la hora de su cita.

Pensó convencida que aquella sería la noche más destacada del año para Mary y se alegró de ser ella quien pudiera proporcionarle esa emoción.

Capítulo 37

Cuando Sharon fue consciente de que Suzette no pensaba irse, la dejó plantada en el recibidor y fue a buscar su teléfono a la encimera de la cocina. Fue un alivio oírla gritar que se iba, pero el encuentro la dejó temblando. Después de oír cómo se cerraba la puerta, regresó a la parte delantera de la casa, se asomó por la rendija de las cortinas del salón y contempló a Suzette en su coche. Por lo que atinaba a ver, estaba allí sentada, calmada, mirando tranquilamente su móvil. ¿Estaría hablando con la policía? No lo parecía, pero era difícil de determinar.

Sharon siguió con los ojos el coche de Suzette cuando arrancó y se alejó a ritmo pausado. Se diría que la amenaza de Sharon de llamar a la policía no la había preocupado lo más mínimo. ¿Sería porque no tenía nada que ocultar o porque aquella mujer carecía por completo de remordimientos?

Dejó caer las cortinas, miró su móvil y llamó rápidamente al teléfono de Amy. Como de costumbre, saltó el contestador y Sharon le explicó de manera atropellada lo ocurrido y le pidió que la llamara lo antes posible.

—Es urgente —concluyó.

Diez minutos después, Amy le devolvió la llamada, empezando la conversación con un:

—¿Es que has perdido la cabeza por completo?

—En mi defensa... —empezó a decir Sharon, pero Amy no tenía previsto permitirle continuar por ese camino.

—Pensé que serías una buena influencia para Niki. Jamás imaginé que las dos pudierais urdir un plan de pacotilla y que permitieras que ella se metiera en líos. —A continuación, su hija le dijo que había hecho justo lo contrario de lo que le había aconsejado–. ¿No te dije que te estuvieras quieta y dejaras que los expertos hicieran su trabajo? ¿No me prometiste que no cometerías ninguna imprudencia? Estuviste de acuerdo con todo lo que dije, así que no me queda claro cómo ha podido ocurrir todo esto.

Por la exasperación que transmitía su voz, cualquiera habría pensado que ella era la madre y Sharon la hija.

–No te negaré que podamos haber cometido unos cuantos errores…

–¿Unos cuantos errores? –Amy soltó una carcajada–. ¡Menudo eufemismo!

–Bueno, lo hecho, hecho está, así que ¿qué me aconsejas que haga ahora? ¿Llamo a la policía y les digo que ha entrado a la fuerza en mi casa? ¿O llamo a la asistenta social y la pongo al día de todo lo ocurrido?

–¿Por qué no haces ambas cosas?

–De acuerdo, pero, si lo contamos todo, ¿no nos meteremos en problemas por haber saltado a su patio?

–Podría ser, pero es un delito relativamente menor.

–No me importaría si fuera solo yo, pero no quiero meter en problemas a Niki.

Amy suspiró.

–Tendrías que haberlo pensado antes de dejar que Niki saltara esa valla para espiar a los vecinos.

–¿Y si llamo solo a la asistenta social y se lo explico? ¿Crees que podrá ayudarme a sortear la situación legamente?

–Mamá, por favor.

–¿Qué?

–No es trabajo suyo sacarte de tus problemas. Me cuesta creer que me lo hayas preguntado siquiera.

Sharon imaginó a su hija negando con la cabeza en ademán de desaprobación. Respiró hondo y dijo:

–Amy, ayúdame con esto. No sé qué hacer.

–Mamá, tengo una reunión dentro de diez minutos –la cortó abruptamente.

–Entonces tienes nueve minutos para darme instrucciones.

–No, tengo cero minutos. Siempre dedico unos minutos antes de las reuniones a revisar mis notas y es justo lo que debería estar haciendo ahora.

«Entonces, ¿por qué no ha esperado hasta después de la reunión para llamarme?». A veces Amy era un enigma.

–Vale, gracias de todos modos. Ya se me ocurrirá algo.

–Eso seguro. Ah, y… ¿mamá?

–¿Sí?

–En lo sucesivo no abras la puerta a desconocidos.

Amy concluyó la conversación diciéndole que ya hablarían más tarde. Sharon le agradeció la llamada, aunque tenía la sensación de que no había servido para nada. En resumidas cuentas, su única opción era informar a la policía de que Suzette había entrado a la fuerza en su casa y la había amenazado, pero no tenía pruebas para demostrarlo. Y, además, hacerlo comportaba un cierto riesgo, porque Suzette podía alegar que Niki había saltado a su patio para asomarse a sus ventanas la noche antes. Le había dicho que tenía imágenes grabadas en vídeo, cosa que a Sharon le parecía dudosa, pero lo había dicho con tal convicción que la había hecho vacilar.

No, decidió. No llamaría a la policía. Dejaría que fuera Suzette quien diera el primer paso, si es que lo daba. Pero sí había una persona con quien quería hablar. Cogió el teléfono, llamó a Niki y le dejó un breve mensaje en el contestador. Treinta segundos después, le sonó el móvil.

–¿Qué pasa? –preguntó Niki con tono alegre.

–¿Puedes hablar?

–Sí, la tienda está vacía y Albert me ha dicho que no pasaba nada. Qué curioso que hayas llamado. Acabo de ver pasar el coche de Suzette Fleming. Conduce fatal. Apenas se ha detenido en la señal de stop.

–Ella es el motivo por el que llamo.

Cuando Sharon acabó de contarle lo sucedido, Niki estaba hecha una furia.

—¿Qué ha entrado en casa a la fuerza? –preguntó Niki–. ¡Menudos ovarios tiene!

—La verdad es que he pasado mucho miedo –confesó Sharon.

—Pues claro –respondió Niki con tono protector–. Cualquiera lo habría tenido.

—En un momento dado se ha puesto agresiva y, sinceramente, he creído que iba a pegarme.

—¡Será bruja! –Niki resopló asqueada.

—No se ha marchado hasta que no he ido a buscar mi teléfono y la he amenazado con llamar a la policía.

—¿Y los has llamado?

—No, no quería desencadenar nada.

Sharon sabía que Niki sabría leer entre líneas.

—¿Y ahora ya estás bien?

—Si te soy sincera, sigo un poco alterada.

—Ya, me lo imagino. Dame un momento, ¿vale?

—Por supuesto.

Sharon escuchó la voz de Niki en el fondo. Cuando volvió a ponerse al aparato, le dijo:

—Esto está muy tranquilo, así que Albert me ha dicho que puedo marcharme a casa antes. Me pongo el abrigo y voy para allá.

—Puedo ir a recogerte.

Era una oferta poco entusiasta, pero sincera.

—No, mantén las puertas cerradas y no salgas. Estaré ahí dentro de diez minutos.

Sharon sintió una oleada de alivio.

—Gracias, Niki.

Capítulo 38

Sharon tenía un té caliente listo cuando Niki llegó a casa, de manera que, tras quitarse el abrigo y las botas, ambas se sentaron a la mesa de la cocina. Cuando Sharon acabó de relatarle toda la discusión con Suzette, Niki tomó una decisión:

–Voy a plantarme allí ahora mismo.

–No, no lo hagas.

–Y tanto que sí. Escúchame un momento. –Niki ya tenía un argumento a punto–. Es bastante probable que la señora Fleming no esté en casa y he visto pasar el autobús de la escuela, así que Jacob ya debería de haber llegado. Creo que le caigo bien. Apuesto a que puedo conseguir que me explique qué pasa con la niña. Y, si puedo entrar en la casa, quizá incluso la vea y pueda sacarle una foto.

Sharon negó con la cabeza y Niki supo que estaba pensando en la advertencia de Amy.

–Cielo, escúchame, no puedo permitir que lo hagas. Ya estamos metidas en un buen lío. Dice que te tiene grabada en vídeo…

Niki soltó un resoplido burlón.

–No tiene nada grabado en vídeo. Tú misma has dicho que pareció sorprendida de verte, ¿no es cierto? Que al principio había sido amable, pero, al reconocerte, fue cuando se ofuscó.

–Sí, eso fue justamente lo que pasó.

–¿Y no has dicho que pensaba que eras tú quien había saltado la valla?

Sharon volvió a asentir.

–Así es.

–Pues no tiene nada. –Niki hizo un gesto de desdén con la mano–.

Vio algo en el patio de su casa o quizá vio mis huellas en la nieve, pero no tiene nada grabado en vídeo o ya habría presentado una denuncia a la policía. Vino para preguntarte si habías visto algo y, cuando te reconoció, se dio cuenta de que había gato encerrado. Arremetió contra ti porque vio que estabas asustada. Vamos tras ella y lo sabe.

Niki rodeó con las manos la taza caliente.

Sharon se inclinó hacia delante y le dio un apretoncito maternal en el brazo.

—Es muy considerado por tu parte que quieras resolver este asunto, pero no puedes ir a esa casa. No puedo permitir que asumas ese riesgo. —Suspiró—. No. Creo que tenemos que recular. Amy dijo que dejáramos que los expertos se ocuparan de ello, y creo que era un buen consejo. Debería haberle hecho caso.

—Tienes miedo de que Amy se enfade.

—En parte sí —confesó Sharon—. Ya está enfadada. Y no quiero que se enfade más. Pero tiene razón. Tenemos que dejar que la asistenta social se encargue de este asunto. Probablemente solo estemos empeorando las cosas.

—Quizá no puedan empeorar más. —Niki le dio un sorbo a su té—. No creerías las historias de terror que he oído. Sabiendo lo que sé, no puedo quedarme de brazos cruzados. Dame diez minutos con Jacob y se resquebrajará como un huevo. Solo una conversación, es lo único que pido. ¿Qué podría salir mal?

—¿Y si es la señora Fleming quien abre la puerta? Te reconocerá de la tienda de nutrición.

—Pero no sabe que estoy relacionada contigo —señaló Niki—. Si es ella quien abre la puerta, le diré que he venido a disculparme por mi comportamiento. Conozco a las de su calaña. Le pediré perdón. Y exageraré de lo lindo. Créeme, le alegraré el día.

—Ay, Niki.

La preocupación veló el rostro de Sharon, pero no le dijo que no.

—Esto es cosa mía. Y, si sale el tema con Amy, le diré que fue idea mía y que me aconsejaste que no lo hiciera.

Dicho lo cual, Niki no perdió el tiempo. Se quitó la goma con la que llevaba sujeta la coleta y se peinó el pelo con los dedos antes de ponerse la ropa de abrigo y dirigirse a la puerta. Sharon se ofreció a acercarla en coche, pero Niki le respondió:

–No digas tonterías. Viven aquí mismo.

Cuando Niki se dirigía ya hacia la acera, Sharon le gritó:

–¡Ten cuidado!

Niki la saludó con la mano.

Cuando llegó a casa de los Fleming, Niki tuvo un instante de duda. Observó la casa desde la calle. No transmitía sensación de amenaza. Las ventanas de la planta baja estaban tapadas, pero ni siquiera eso se antojaba sospechoso. Algunas personas eran celosas de su intimidad. Los accesos, tanto para los coches como para las personas, estaban despejados de nieve y la puerta del garaje estaba cerrada. Nadie que pasara por allí adivinaría que dentro pasaba algo raro, lo cual hacía incluso más imperativo solucionar aquel asunto. Hizo acopio de todo su valor, franqueó la entrada a la propiedad y recorrió con paso decidido el camino en forma de L que conducía hasta el porche delantero. Llamó al timbre, se quitó los guantes y se los guardó en los bolsillos del abrigo.

Transcurrió un rato largo antes de que la puerta se abriera, pero cuando finalmente lo hizo era Jacob quien apareció tras ella, asomando la cara por la rendija, como si temiera lo que pudiera encontrar al otro lado. Al reconocerla, le cambió la expresión. Parecía contento, aunque con cautela.

–¿Niki?

–¡Hola, Jacob! –lo saludó con tono informal, como si fueran viejos amigos que se hubieran encontrado por casualidad–. He supuesto que esta era tu casa. ¿Tienes unos minutos?

Jacob tomó aire y miró hacia atrás.

–Claro. ¿Qué pasa?

–Alguien ha perdido un billete de veinte dólares en Village Mart y no ha venido nadie a reclamarlo. He pensado en ti al instante y quería comprobar si has notado que te falte dinero.

Jacob entornó los ojos mientras pensaba.

–Creo que no.

Niki se abrió la cremallera del abrigo. Lo sacudió rápidamente y se lo colgó sobre el antebrazo. Se inclinó hacia él, de manera que sus narices casi se rozaban.

–Bueno –dijo, intentando sonar seductora–, y ya que estoy aquí, ¿no me enseñas tu casa? Me gustaría ver por dentro el mundo de Jacob Fleming.

–¿Quieres entrar?

–Sí, solo unos minutos. No me quedaré mucho rato, te lo prometo.

–Esto…

Por su expresión, parecía claro que quería dejarla pasar, pero algo se lo impedía.

–¿Tus padres están en casa? Puedo volver en otro momento. –Se echó el cabello por encima del hombro y rio con coquetería–. Aunque ahora estoy aquí. Lista y esperando.

Jacob negó con la cabeza.

–No, mis padres no están en casa. –Volvió la vista para mirar tras de él–. Estoy yo solo. –Levantó un dedo–. ¿Te importa esperar un minuto? No te vayas.

Entrecerró un poco más la puerta, pero no llegó a cerrarla del todo.

Aunque tenía frío, Niki no se puso el abrigo, convencida de que entraría en breve. Había confiado en que Jacob Fleming sería como la mayoría de los tíos. Y sospechaba que no se equivocaba.

Unos minutos más tarde, Jacob regresó y abrió la puerta del todo, sonriente.

–Entra.

En el interior, Niki se limpió los pies en la alfombra de la entrada, un rectángulo de lana con un estampado de flores de lis.

–Me gusta tu casa –comentó, mirando a su alrededor.

–No es mía –respondió él–. Y no tienes que ser amable. Mi madre lo ha escogido todo, y tiene un gusto de pena.

–¿No le importará que esté aquí?

Jacob negó con la cabeza.

–Ha salido. Volverá tarde.

Niki soltó una carcajada y le puso una mano en el brazo. Sin la sudadera con capucha que solía llevar, parecía menos corpulento, pero la camiseta gris con el símbolo de riesgo biológico tampoco era muy favorecedora. Tenía el flequillo largo y el pelo ondulado alrededor de las orejas. Jacob tenía el aspecto de alguien que intentaba pasar desapercibido, pero, en aquel momento, su expresión revelaba que se alegraba de la visita de Niki.

–Me gustaría verla entera –le pidió Niki.

Jacob le enseñó todas las estancias y ella fue haciendo comentarios de elogio. En el lavadero divisó a un perrito hecho un ovillo en una cama para mascotas.

–Hola, cachorrillo –lo saludó.

–Es Griswold.

–¿Puedo tocarlo? –Al ver que Jacob afirmaba con la cabeza, Niki se agachó y le acarició la cabeza–. Qué perrito más bueno –lo arrulló–. Qué cosita más dulce. –Cuando hubo acabado, continuaron el recorrido, hasta acabar en la cocina–. Está todo resplandeciente –se maravilló Niki, pasando un dedo por la encimera de la isla de cocina–. Huele a limpio. –Le sonrió–. Como un hospital.

–Mi madre es una enferma en ese aspecto. Le encantan esas toallitas con lejía. –Apoyó la mano en la encimera, al lado de la de ella–. Si alguna vez hay algo sucio o fuera de lugar, le da un patatús. Normalmente me culpa a mí, aunque no sea culpa mía.

–Vaya, menudo rollo para ti. –Puso su mano sobre la de él–. Te entiendo.

–¿Tu abuela también es una loca?

–No, mi abuela está bien. Pero me he topado con gente chiflada. No entiendo por qué la gente tiene que ser así.

–Yo tampoco.

Se inclinó hacia delante para besarla y Niki le apretó la mano y giró la cabeza.

–¿Me enseñas la parte de arriba?

Jacob abrió camino, hablando con nerviosismo mientras lo hacía:

–No te asustes con lo desordenada que está mi habitación. Me gusta tenerla así. Es el único lugar donde puedo ser yo mismo. Si fuera por mi madre, estaría vacía, solo con los muebles. –Abrió una puerta a la izquierda y anunció–: El despacho de mi padre.

Niki vio una almohada y una manta doblada sobre el sofá que había frente al escritorio y extrajo sus propias conclusiones. En el mismo lado del pasillo, pasaron por delante de un cuarto de baño y un dormitorio que Jacob describió como la habitación de su madre. Al abrir la puerta, quedó a la vista un dormitorio lleno de muebles con bordes dorados.

–¿Cómo se llama este tipo de mobiliario? –preguntó Niki.

–Estilo provenzal francés –respondió Jacob, pronunciando aquellas palabras con teatralidad–. Mi madre tiene debilidad por todo lo francés. Cree que es el *summum* de la elegancia. –Hizo una mueca. –Le gustaría que la casa entera pareciera Versalles. Por suerte, a mi padre le parece hortera. –Señaló hacia la puerta de enfrente–. Sigamos.

Frente al dormitorio de su madre había una habitación para invitados. Niki entró y echó un vistazo alrededor, escaneándola en busca del rastro de una niña pequeña. Abrió las puertas de los armarios, pero estaban vacíos, solo había unas cuantas perchas solitarias. En uno de los estantes superiores había mantas dobladas y una almohada extra. En el suelo había dos cajas, ambas marcadas con la inscripción «Navidad».

–¿De verdad tenéis una habitación totalmente vacía y solo la ocupáis cuando tenéis invitados?

–Pues sí. Y ¿quieres saber lo mejor? Nunca se ha quedado a dormir ningún invitado.

–¿Nunca?

–Ni una sola vez –respondió él, haciendo con todos los dedos el símbolo de un cero–. Y en mi casa antigua tampoco. No está permitido invitar a gente a dormir. A mi madre solo le gusta la idea de tener un dormitorio para invitados.

–Caray. –Niki cerró las puertas del armario–. Debe de estar bien.

–Pues no mucho. –Señaló con un dedo–. Y ya solo queda una habitación más por ver. La mía. –La agarró de la mano y tiró de ella por el pasillo. A Niki le sorprendió que se hubiera vuelto tan atrevido en tan poco tiempo. No hacía falta demasiado para alentar a un chico a quien nunca habían alentado. Entró él primero, apartó de una patada un montón de ropa a un lado e hizo un gesto amplio con el brazo señalando toda la habitación–. Aquí está.

Niki se dirigió al centro de la habitación y fingió mirar a su alrededor. En una pared había un tablero donde había expuestos una cinta por ganar un concurso de talentos en la escuela primaria, un certificado por completar un curso de marquetería y dos fotografías de chicas guapas en bikini tumbadas en la playa. Niki reconoció a una de ellas. Era una modelo de Victoria's Secret de joven.

–¿Son amigas tuyas? –preguntó, señalándolas.

–Sí.

Tenía enmarcado un póster de un grupo de música del que Niki no había oído hablar, pero, por lo demás, las paredes estaban desnudas. La cama estaba sin hacer y el escritorio completamente cubierto de trastos. Niki se sentó en el borde de la cama.

–He dicho que quería ver tu santuario interior y supongo que es esto.

–Es esto –repitió él, cruzando rápidamente la habitación para sentarse a su lado.

A Niki le recordó a un perro con las mejillas caídas intentando contenerse mientras esperaba a que le dieran una chuche. Se sentó tan cerca de ella que sus muslos se rozaron. Cuando Jacob alargó el brazo y lo apoyó en su espalda, Niki reprimió la necesidad de apartarse.

–¿Sabes, Jacob? Te parecerá raro, pero la primera vez que nos vimos noté que conectábamos.

Se volvió para mirarlo a los ojos y detectó un destello de ilusión en ellos. Se sentía culpable por darle falsas esperanzas, pero se justificó pensando que no lo alargaría demasiado.

–Ostras. Yo también lo noté. Pero ni se me pasó por la cabeza que tú lo hubieras notado. –Pestañeó y, como si se sintiera abrumado, bajó la mirada.

–No me refiero a un sentimiento romántico –continuó ella–. Pero noto algo en ti. Una vibración. Tengo la sensación de que necesitas un amigo, alguien en quien confiar.

–Tengo amigos –respondió él con voz queda, alargando el pie derecho para darle un puntapié a un par de calzoncillos y esconderlos bajo la cama–. ¿Qué pasa? ¿Te doy pena?

–No, no es eso –Niki habló despacio, inclinándose hacia él–. Pero me gustaría saber qué te pesa tanto. Noto que hay algo que te preocupa. Da la sensación de que tienes un secreto que no quieres guardar.

–¿De verdad?

Niki asintió con la cabeza y sonrió.

–Y yo sé lo que es eso, estar metido en algo que sabes que no está bien, que incluso podría ser ilegal, pero no es culpa tuya y no tienes perspectiva para ver con claridad. Te sentirás mejor si me lo cuentas. No te juzgaré, te lo prometo.

–No sé de qué hablas. No tomo drogas, si es adonde quieres ir a parar.

–No, ni se me había pasado por la cabeza.

–Vale –dijo él a regañadientes–. No digo que no haya probado cosas…

–Ya lo sé, ya lo sé. Lo siento. No me refería a eso. –Se apoyó las manos en las rodillas y apartó la mirada–. Tengo el presentimiento de que tiene que ver con tu familia. ¿Eres hijo único?

–Sí.

–¿Entonces no vive aquí ningún otro niño?

–Solo yo.

Niki notó que Jacob se ponía a la defensiva.

–Es duro cuando no hay más niños en casa.

Jacob la miró y parpadeó.

–Estoy acostumbrado.

–¿Y para quién compraste entonces las magdalenas? Me pareció un gesto muy bonito de tu parte.

–Para una niña que conozco. Se llama Mia. Le gustan las magdalenas.

«Se llama Mia».

–¿De qué la conoces?

En lugar de responderle, se inclinó hacia ella, muy lentamente, y Niki tuvo el mal presentimiento de que pretendía besarla. Se adelantó y le dio un beso rápido en la mejilla, luego se puso en pie y le sonrió seductoramente. Jacob parecía un poco confuso.

–¡Te hago una carrera escaleras abajo!

Echó a correr, sabiendo que él la seguiría al instante y que tenía que sacarle ventaja. Cuando llegó a los pies de las escaleras, oyó unos pasos atronadores a su espalda, pero continuó avanzando hacia la puerta cerrada que Jacob le había indicado que conducía al sótano. Sin dudarlo, la abrió y encendió la luz.

–¡Espera! –le gritó él, alargando el brazo, pero Niki no esperó.

En lugar de ello, bajó las escaleras de dos en dos, con las suelas de los zapatos repiqueteando en la superficie dura. Al alcanzar el pie de la escalera, dobló la esquina y entró en una habitación amplia con una puerta al fondo, a la derecha. Para tratarse de un sótano, era bastante agradable. Las paredes de hormigón se habían revestido de pladur y el suelo estaba cubierto con tableros vinílicos. Lo raro era que estaba completamente vacío, sin mueble alguno, ni cajas de almacenamiento. Tampoco había fotografías ni ilustraciones en las paredes. Lo único que rompía la extensión de paredes blancas era una gran librería al fondo y tres ventanas de adoquines, dos a un lado de la estancia y otra en el lado contrario.

–¡Niki, espera! –gritó Jacob.

Ya había bajado las escaleras y la miraba como si hubiera perdido la cabeza.

–¡Lo siento, Jacob! Quería verlo todo –se disculpó ella, abriendo los brazos en cruz y dejándose de convencionalismos–. Todo.

–No hay nada que ver –le dijo, y sonó molesto.

–¿De verdad? ¿Y qué me dices de esto?

Niki se dirigió con paso decidido hasta la puerta y la abrió con gesto ceremonioso. Esperaba encontrar a una niña tras ella, o al menos un espacio donde se alojara una niña; de ahí su desconcierto al hallar un pequeño aseo, con su inodoro, una ducha y un lavabo de pedestal con un espejo ovalado encima. Entró y revisó la estancia. No era gran cosa, pero estaba impoluta.

Jacob se le acercó.

—Solo es el lavabo del sótano —dijo—. A mi madre no le gusta que nadie baje aquí —lo dijo con tono adusto—. Vamos arriba.

La agarró del brazo y se la llevó de allí.

Cuando regresaron a la primera planta, Niki puso un pretexto para marcharse.

—Mi abuela me está esperando en casa. —Se disculpó por haber bajado al sótano—. Debería haberte preguntado antes de bajar las escaleras. No ha estado bien.

—No pasa nada —dijo él.

—Se me ocurre una cosa: ¿por qué no nos intercambiamos nuestros números de teléfono? —le propuso.

Jacob asintió con la cabeza, sacó su teléfono y marcó el número que Niki le dio.

Al sonar, ella sostuvo su móvil en alto.

—Te tengo. Gracias. Ahora te añadiré a mis contactos.

Se puso el abrigo deprisa y le dio un abrazo rápido antes de dirigirse a la puerta.

—Hasta pronto, Jacob.

—Hasta pronto —respondió él con voz de decepción.

—Quiero que sepas que estoy aquí para lo que necesites, Jacob. De verdad. Si alguna vez necesitas ayuda, para lo que sea, cuenta conmigo.

Su ofrecimiento lo hizo sonreír.

—Lo tendré en cuenta.

Mientras se dirigía a la acera, se abrazó a sí misma, satisfecha de sus descubrimientos. No había visto en ningún sitio la ventana de pavés a través de la cual se veía aquel resplandor. Tenía que estar en algún lugar detrás de aquella librería. Y otra cosa curiosa. Sobre el lavabo de pedestal del aseo había un vaso de plástico con un cepillo de dientes infantil.

La pequeña Mia estaba en el sótano, en algún lugar tras aquella pared.

Capítulo 39

Suzette levantó un dedo al ver que se acercaba el camarero.

—Otro martini, por favor.

Era lo único que podía salvar aquella velada. Cuando iba por el tercero, dejó de molestarle tener que mirar fotos del nieto de Mary, un bebé, y, cuando iba por el quinto, incluso vio a Mary rodeada por un halo resplandeciente.

Cuando Mary le dijo: «Caramba, qué aguante tienes», Suzette se lo tomó como un cumplido.

Permanecieron sentadas, bebiendo, después de que les retiraran los platos de la cena, haciendo caso omiso de la sugerencia del camarero de que cogieran sus bebidas y se dirigieran al bar. Mary pidió una infusión y Suzette sintió un repelús. Solo le faltaba llevar una chapa identificándose como ciudadana de la tercera edad. En un gesto de magnanimidad, Suzette fingió ver su elección con buenos ojos.

Mary sumergió la bolsa de la infusión en la taza y aclaró:

—Me ayuda a dormir.

—Todo sea por dormir —respondió Suzette con tono amable, alzando su copa de martini.

Durante la última hora, Suzette había dejado que fuera Mary quien llevara la conversación. Había sonreído y asentido con la cabeza cuando había considerado oportuno, pero tenía la mente en otro sitio, dándole vueltas, incómoda, a lo que empezaba a contemplar como «el problema de Mia». Primero la asistenta social y luego la vecina metiéndose en sus asuntos personales, preguntando si había algún niño pequeño en la casa. De hecho, la vecina, esa don nadie desaliñada, había preguntado específicamente por una niña pequeña. «Cotilla». Suzette había desestimado el comentario de Matt de que la asistenta había ido a visitarlos por algún motivo y ese motivo era Mia, pero ahora tuvo un mal presentimiento. Se dio cuenta de que Matt tenía razón... pese a que no lo admitiría bajo ningún concepto.

Bueno, pues si la presencia de Mia era un problema, solo había una solución, y consistía en sacar a Mia de la ecuación. Si la asistenta social volvía a aparecer, no encontraría nada fuera de lo normal. Sí, tenía que solventar aquel problema, y pensaba hacerlo sin dilación. No había tiempo que perder.

Cuando Mia ya no estuviera, deberían hacer muchos reajustes en casa. Con toda probabilidad, Suzette tendría que contratar a una mujer de la limpieza, cosa que no le apetecía lo más mínimo, pero la casa no se limpiaba sola. Esperaba que Jacob y Matt no montaran un drama por el cambio. Tendría una buena defensa para justificar sus acciones. Matt había dicho siempre que no podían quedarse a la niña, así que a Suzette no le quedaba más remedio que admitir que al final había seguido su consejo.

Recordó el día en que devolvió la cobaya a la tienda de mascotas. El dependiente que había tras el mostrador no quería aceptarla, así que sacó al bicho de la caja de zapatos, lo dejó sobre el mostrador y se marchó. Ningún empleado por el salario mínimo con los lóbulos de las orejas dilatados por unos aros iba a decirle a ella qué tenía que hacer.

Lógicamente, Jacob se había quedado abatido al descubrir la jaula vacía, pero no tardó en superarlo. Mia podía regresar al lugar de donde había salido, y lo haría en mejores condiciones de las que estaba entonces. Estaba en mucha mejor forma que cuando la habían encontrado. Intuía que Jacob la «echaría de menos», pero a Jacob siempre le pasaba algo, y, además, Mia no podía quedarse con ellos para siempre. Pensándolo bien, empezaba a arrepentirse de habérsela llevado a casa.

A pesar de despertarse con un dolor de cabeza atroz la mañana siguiente, Suzette se levantó de la cama y empezó el día dándose una ducha rápida y vistiéndose. Se tomó unos analgésicos y una pastilla adicional para ponerse de mejor humor y se sintió a punto para afrontar una nueva jornada. Tras una o dos tazas de café, estaría lista para ejecutar su plan.

Al bajar las escaleras, le alegró descubrir que era la primera que se había levantado. Suzette descendió hasta el sótano, descorrió el pestillo de la librería, la deslizó y accionó el interruptor de la luz.

–Despierta, dormilona. ¡Hora de levantarse!

Mia se sentó y, adormilada, se frotó los ojos.

–Sí, señora.

–Date prisa. Lávate y vístete. Te tendré el desayuno preparado cuando subas.

Suzette se sentía más ligera al subir las escaleras. Aquel día solucionaría un problema.

Cuando Jacob y Matt bajaron, Mia ya estaba en la encimera comiendo sus gachas de avena. Suzette les había echado una cantidad generosa de azúcar moreno y las había coronado con una cara sonriente hecha con pasas. Se las había servido junto con un vaso de leche y le había dicho:

–Aquí tiene usted, señorita Mia. ¡Que lo disfrute!

Mia sonrió y cogió una buena cucharada del bol.

«¡Qué niñita tan buena!».

Jacob miró a su madre con recelo al entrar en la cocina.

–Te has levantado temprano –observó.

Suzette se encogió de hombros.

–Me he despertado y he decidido empezar el día.

Sonrió con afabilidad. Tal vez Jacob estuviera un poco fofo, pero un día daría un estirón y se libraría de parte de esa grasa de bebé. Y con el tiempo quizá se mostrara más dispuesto a dejarla a ella escoger su ropa. Un mejor aspecto iba acompañado de una mejor actitud y posiblemente también le aportara una cierta dosis de confianza en sí mismo, todo lo cual lo prepararía para mostrarse al público. Era su hijo, su único hijo. No estaba dispuesta a tirar la toalla con él todavía. Suzette era una firme defensora de las segundas oportunidades y de mantener todas las opciones abiertas.

–Perfecto. –Jacob pasó de largo, se dirigió directamente al armario de la despensa y sacó una caja de cereales Cheerios. En la encimera, echó cereales en un bol y cortó un plátano en rodajas por encima. Vio de reojo el desayuno de Mia–. Eh, renacuaja, ¿de dónde has sacado las gachas?

–Se las he preparado yo –respondió Suzette–. ¿Quieres unas pocas?

Jacob entornó los ojos, confuso.

–No, gracias.

Matt se sirvió una taza de café y la familia comió y bebió en silencio. Mia tardó una eternidad en acabarse las gachas; y aún estaba en ello cuando los chicos se dirigieron hacia la puerta para marcharse juntos. Matt se ofreció a dejar a Jacob en la escuela de camino al trabajo para que no tuviera que tomar el autobús.

Para demostrar que no les guardaba rencor, Suzette hizo un rápido movimiento de dedos en señal de despedida y dijo:

–¡Adiós! ¡Que paséis buen día!

Cuando se fueron, cogió un taburete y se sentó al lado de Mia.

–Hoy es un día muy especial –le explicó–. Vamos a ir de paseo en el coche y voy a enseñarte dónde vivías cuando eras un bebé. ¿Te apetece que lo hagamos, Mia?

Mia abrió los ojos como platos y asintió con la cabeza, con una cucharada de gachas aún en la boca. Su reacción desconcertó a Suzette. La niña seguía bien las instrucciones, pero Suzette dudaba de que sus capacidades intelectuales fueran más allá de eso. Sin embargo, en este caso, Mia había tenido que entender la idea de hacer ahora algo relacionado con lo que había sucedido en el pasado. Se trataba de una idea claramente abstracta para alguien tan simple como Mia. Lo más probable es que su reacción respondiera al tono de alegre expectativa de Suzette.

–Será divertido –le prometió Suzette–. Ya lo verás.

Mientras Mia acababa de desayunar, Suzette bajó al sótano y sacó la almohada y la manta de la habitación de Mia, tras lo cual se dispuso a colocar todo en su sitio para que su plan fuera como la seda.

Después, cuando Mia se quedó tan atontada que se deslizó del taburete suavemente y cayó dormida en el suelo, Suzette la envolvió en la manta y la llevó al coche.

Capítulo 40

Jacob había salido corriendo de su clase de primera hora tras decirle a la señora Taylor que tenía ganas de vomitar. Y era cierto que tenía náuseas, pero no se debían tanto a una dolencia física como a un mal presagio de que en su casa estaba pasando algo. Ya de por sí, el hecho de que su madre hubiera madrugado era algo insólito. Y si a eso le sumaba su comportamiento risueño y superficial y que le hubiera preparado unas gachas para desayunar a Mia…, bueno, era raro. Lo bastante raro como para hacer saltar las alarmas.

Incluso su padre había hecho un comentario al respecto en el trayecto hacia la escuela.

—Parece que tu madre va a adentrarse pronto por una de sus nuevas sendas —había comentado.

Hacía mucho tiempo que no lo hacía, pero años antes había atravesado varias fases distintas, probando nuevos caminos en la vida y marcándose objetivos nobles a sí misma. Su madre tenía muchas ideas, pero ninguna de ellas cuajaba. Y todas empezaban con un buen humor poco habitual en ella y una gran dosis de optimismo. Justo como aquella mañana.

No obstante, esta vez había algo diferente. Su madre tramaba algo, y Jacob creía que guardaba relación con Mia. No sabía exactamente qué pasaba, pero sí sabía que no le gustaba. Se marchó de la escuela sin pedir permiso y se encaminó a casa. El trayecto era desapacible, bajo un día gris de invierno y con las aceras cubiertas de aguanieve, pero con la sudadera y la chaqueta no tenía frío. Jacob nunca llevaba gorro, pero, tras recorrer unas cuantas manzanas, se puso la capucha porque se le habían quedado frías las orejas.

Al doblar la esquina para entrar en su calle, vio a su madre hacer marcha atrás para incorporarse a la carretera. Si lo veía, se metería en un lío, pero el coche avanzó en dirección contraria e hizo una larga pausa en la señal de stop antes de reemprender la marcha. Su padre decía que su madre era una conductora precavida en exceso, pero Jacob sencillamente pensaba que era una conductora pésima. Lenta y despistada. El hecho de que saliera de casa tan temprano era muy sospechoso. Rara vez tenía citas a aquella hora del día.

Jacob se dirigió a la puerta del garaje e introdujo el código para abrirla. Tal vez Mia tuviera alguna información de lo que estaba sucediendo; en caso de no ser así, buscaría pistas en el dormitorio de su madre y luego telefonearía a su padre.

Una vez dentro de casa, no perdió el tiempo.

–¿Mia? ¿Mia?

Recorrió la primera planta, comprobando todas las estancias e incluso miró tras el sofá, pero no la encontró por ninguna parte. Con el ceño fruncido, subió a la primera planta y la llamó por su nombre, pero las habitaciones vacías le devolvieron el eco de su voz. Frenético, notó que se le hacía un nudo en la garganta. Bajó de nuevo las escaleras, ahora ya gritando:

–¡Mia! No tiene gracia. ¡Sal ahora mismo!

Su última parada fue en el sótano, donde no había ningún rincón en el que esconderse. Atravesó la estancia, revisó el baño vacío, se dirigió hacia la librería y descorrió el pestillo. La abrió con facilidad y le dio un vuelco el corazón al ver que no estaba, y que su almohada y su manta tampoco. «¿Dónde está Mia? ¿Qué narices ha hecho mi madre?».

Tuvo la corazonada de que su madre se había llevado a Mia a alguna parte, pero, solo para ser minucioso, volvió a revisar la casa. Fue de habitación en habitación, metódicamente, buscando en cada ropero y abriendo incluso los armarios más pequeños en los que Mia podría caber. Cuando hubo acabado, sacó el teléfono y llamó a su padre. Saltó el contestador y le dejó un mensaje, tomando la precaución de no decir nada que pudiera incriminarlos en el futuro.

–¿Papá? Me he encontrado mal en la escuela y he vuelto a casa. Mamá no está aquí. Se ha llevado el paquete del sótano, el que tanto le gusta a Griswold. Estoy muy preocupado. Llámame.

Su padre podía estar en una reunión o conduciendo a alguna parte. A veces podían transcurrir un par de horas sin que consultara el teléfono.

Jacob abrió la aplicación de rastreo que tenía instalada en el móvil y vio que su madre estaba en movimiento. Probó a llamarla al móvil, pero, como de costumbre, no contestó. Probablemente lo hubiera silenciado en algún momento y se le había olvidado volver a activar el sonido. Su madre era la persona del mundo que menos dominaba la tecnología. Aunque ella se vanagloriaba de estar al día porque sabía enviar·mensajes de texto y usar emoticonos.

«¿Adónde puede estar yendo?». Los lugares habituales a los que la gente llevaba a sus hijos, como el dentista, la peluquería o a comprar ropa, estaban descartados en su caso. Si Mia se hubiera hecho daño, el mapa mostraría que se dirigían a un hospital o a un ambulatorio, pero no era eso lo que veía en la aplicación de rastreo. Además, lo que fuera que estuviera haciendo su madre parecía premeditado.

Por mera costumbre, Jacob abrió la puerta del frigorífico y miró dentro, moviendo con nerviosismo un pie. Por una vez, no hubo nada que se le antojara apetecible. Cerró la puerta y se sentó en la encimera, miró otra vez la aplicación de rastreo de su teléfono. Su madre se acababa de incorporar a la carretera interestatal. Su abuela vivía en esa dirección en Minnesota, pero hacía años que no iban a verla. Frunció el ceño, intentando entender qué pasaba. Su madre nunca llevaría a Mia de visita. Además, nunca tenía buenas palabras ni para su abuela ni para su tío, que vivían ambos en la misma zona.

Así que probablemente no se dirigiera a visitar a sus parientes, sobre todo llevando consigo a Mia.

Tuvo un pensamiento pasajero, pero era tan espantoso que dejó caer la cabeza entre las manos. No. No podía estar llevando a Mia al mismo lugar donde la encontraron, ¿verdad? ¿Sería capaz su madre de encontrar ese sitio? Y, aunque lo encontrara, ¿seguiría allí aquel tipo temible, esperando a que le devolvieran a su hija tras todo aquel tiempo? No. Aquella cabaña era una pocilga y seguro que hacía tiempo que aquel individuo se había largado de allí. Mia no recordaba nada de aquello y tendría mucho miedo. Ni siquiera su madre podía ser tan despiadada. ¿O sí?

Reflexionó sobre ello un poco más. Su madre no sería capaz de matar a Mia. Al menos, eso pensaba él. Sería demasiado engorroso y difícil de encubrir. Sin embargo, Jacob no la consideraba incapaz de abandonar a una niña. Se la imaginaba perfectamente parando el coche frente a una comisaría de policía, diciéndole a Mia que se bajara y marchándose sin mirar atrás.

Todos aquellos pensamientos lo horrorizaban. Volvió a telefonear a su madre.

—Mamá, vuelve a casa ahora mismo. Sea lo que sea que estás haciendo, ¡es un mal plan! Ven a casa y buscaremos otra solución.

Colgó, convencido de que probablemente solo había empeorado las cosas. Su madre detestaba que le dijeran qué tenía que hacer.

¿Por qué no tendría él un coche? Muchos chavales de la escuela tenían coche, o bien propio o uno que podían usar. En cambio, él era el desgraciado, el marginado que tenía que coger el autobús. Repasó mentalmente a todas las personas que conocía. ¿Había alguien que pudiera prestarle un coche para perseguir a su madre?

Solo le vino una persona a la mente y apenas la conocía, pero el día anterior le había dicho: «De verdad. Si alguna vez necesitas ayuda, para lo que sea, cuenta conmigo».

Se enfundó el abrigo y puso rumbo a la gasolinera.

Capítulo 41

Por suerte, cuando Jacob llegó, Niki estaba detrás del mostrador y no había clientes en la tienda. Fred estaba rellenando el frigorífico de las cervezas, a la vista, pero fuera del rango de audición.

Jacob entró por la puerta como una flecha, casi sin aliento, y le dejó claro que necesitaba hablar con ella. En tres minutos, le reveló toda la información que Niki había intentado en vano sonsacarle el día anterior. Su voz sonaba frenética mientras le explicaba que la niñita que vivía con ellos, Mia, había desaparecido, que su madre se la había llevado. Por lo que atinó a entender, Jacob le estaba pidiendo que le prestara un coche para poder seguirlas y asegurarse de que no le pasaba nada malo a la niña. Cada nueva información que le daba hacía que Niki formulara nuevas preguntas y Jacob parecía frustrado por el hecho de que no entendiera la urgencia de la situación.

–Solo necesito tu coche –le dijo, inclinándose hacia delante, con la mano plana sobre el mostrador–. Nada más. Si me lo prestas, te prometo que te lo devolveré con el depósito lleno o te pagaré lo que me pidas. No tengo tiempo para explicártelo todo.

Ella alzó una mano, al estilo de un guardia de tráfico, y le indicó que esperara un momento.

–Sé que tienes mucha prisa, pero necesito que me des algunas explicaciones más.

Le formuló una serie de preguntas y las respuestas la dejaron estupefacta. Cuando Jacob hubo acabado de vomitar todos los secretos de su familia, Niki recapituló.

–Entonces, ¿tu madre se quedó a una niña hace tres años, sin más, y la habéis tenido en tu casa todo este tiempo y nadie más lo sabe, solo tus padres y tú?

Jacob asintió con la cabeza.

—Sí, ya sé que suena horrible, pero no lo decidí yo. No conoces a mi madre. Chantajeó a mi padre para quedarse a Mia porque…

Niki volvió a levantar la mano.

—La verdad es que esa parte no me interesa. Sabes que deberíamos llamar a la policía, ¿verdad? Eso es un secuestro y quién sabe qué más.

Jacob bajó la mirada.

—Pero no quiero que mi padre se meta en problemas.

—Venga ya, Jacob, creo que es demasiado tarde para eso —espetó Niki—. Estáis todos metidos en un buen follón. No hay otra manera de verlo. Lo que habéis hecho es espantoso. Espantoso de verdad.

Cuando volvió a alzar la mirada, Jacob tenía lágrimas en los ojos.

—Me da igual lo que me pase a mí. Ahora mismo, lo único que tengo es miedo por Mia. Podría pasarle algo malo. Mi madre está loca. No sé lo que va a hacer.

—¿Estás dispuesto a hablar con la policía? —preguntó Niki.

—Claro, pero ahora no puedo. No hay tiempo —hablaba alzando cada vez más la voz—. Tendrán que investigar y harán un sinfín de preguntas… Todo eso podría llevarnos una eternidad y, mientras tanto, a Mia podría ocurrirle algo horrible.

—Pienso sinceramente que deberían ser las autoridades quienes se encargaran de esto.

—No podrán encontrarla. —La voz de Jacob sonó como un alarido—. Pero yo sí.

Fred se acercó.

—¿Jacob? ¿Qué sucede?

—Quiere que le preste el coche —dijo Niki—. Su madre se ha llevado en su coche a una niñita que se llama Mia. —Intercambió una mirada con Jacob—. Es una pariente de ellos. Jacob tiene miedo de que a Mia le pase algo malo.

—¿Qué podría pasarle? —preguntó Fred, ladeando la cabeza.

—Mi madre… está un poco trastornada. Y, además, conduce

fatal. La he estado rastreando con el móvil y sé dónde están. Solo necesito detenerla y asegurarme de que Mia está a salvo.

—Si quieres irte, Niki, puedes hacerlo —dijo Fred—. Jacob parece demasiado alterado para conducir ahora mismo.

—Pero es que yo no tengo coche —replicó Niki—. Vengo a trabajar a pie.

—¿Me has hecho explicártelo todo y ni siquiera tienes coche? —preguntó Jacob, con algo que sonó a un lamento acusatorio.

Fred movió la cabeza con pesar.

—Os llevaría yo mismo, pero tienen que entregarme un pedido en breve y he de estar aquí para firmar el albarán.

Jacob levantó las manos en el aire, frustrado.

—No sé qué hacer. Solo sé que tengo que encontrar a Mia.

Fred metió una mano bajo el mostrador y sacó un llavero con llaves.

—Hagamos una cosa: mi coche está aparcado en la parte de atrás, es un Camry. Os dejo usarlo, pero solo si conduce Niki. Y lo necesitaré de vuelta a las seis como muy tarde.

Niki se quedó helada, mientras que Jacob exclamaba:

—¡Gracias, gracias! Le pagaré cuando volvamos.

—No hace falta que me pagues nada. Basta con que le pongas gasolina. —Fred se volvió para mirar a Niki y le preguntó—: ¿A ti te parece bien, Niki?

Niki no daba crédito a lo que aquello representaba. Fred y su hermano Albert eran las personas con el corazón más grande que había conocido nunca. ¿Quién le prestaba a otra persona su coche así, sin más?

—Sí, me parece bien —respondió.

—Será mejor que nos vayamos —dijo Jacob—. No tenemos demasiado tiempo.

Capítulo 42

En cuanto Wendy abrió la puerta y vio al detective Moore allí plantado, con el sombrero en las manos y una mirada de disculpa, supo que no traía buenas noticias.

—Buenas tardes, señora Duran. —Hizo un gesto de asentimiento con la cabeza—. ¿Está su marido en casa?

Sin decir nada, Wendy lo dejó pasar y fue en busca de Edwin.

Cuando los tres estuvieron sentados en el salón, les dio la noticia:

—Lamento comunicarles esto, pero el forense se ha puesto en contacto conmigo y los registros dentales de Morgan coinciden.

Wendy contuvo el aliento. Las palabras del detective la golpearon como si le hubieran dado un puñetazo. Se llevó la mano a la boca e hizo un esfuerzo consciente por respirar. Quería hacer preguntas, pero no se veía capaz de soportar las respuestas. En parte, quería que el detective Moore se marchara de allí, que los dejara en paz, pero al mismo tiempo le agradecía su presencia y su compasión. Miró a su marido, que se había quedado blanco como el papel.

—Entonces, ¿la identificación es positiva? —preguntó Edwin—. ¿Los restos que encontraron son definitivamente los de Morgan?

El detective Moore inclinó el cuerpo hacia delante en su butaca.

—Sí, señor.

Fue su uso de la palabra «señor» lo que sorprendió a Wendy. Había intuido que el detective debía de tener más o menos la edad de sus hijos, pero solo entonces constató que así era. No era más que un crío, pensó Wendy. Un joven haciendo su trabajo y probablemente deseando que dar malas noticias no formara parte de su jornada laboral.

—¿Cuál es la causa de la muerte? —preguntó ella de sopetón.

–Todavía estamos pendientes de determinarla. Me han dicho que no parecía un homicidio, pero es demasiado pronto para asegurárselo.

–Entonces, ¿puede estar relacionada con las drogas? –quiso saber Edwin.

–Posiblemente. Tendremos más información más tarde. Contactarán con ustedes cuando concluya la investigación. Querrán saber cómo quieren gestionar el traslado.

–¿El traslado? –preguntó Wendy, sin entender.

–Para el funeral –aclaró Edwin con ternura. Se volvió hacia el detective y le preguntó–: ¿Verdad?

–Sí, señor.

El funeral. Qué pensamiento tan horrible. Por supuesto, eso es lo que esperaría la gente, una ceremonia a modo de cierre. Wendy miró la fotografía de familia que había colgada sobre la chimenea. Siempre había pensado que algún día, cuando Edwin y ella ya no estuvieran, aquella fotografía pasaría a Morgan y a Dylan, y a sus familias. Que sería algo que se legaría de generación en generación, un momento en el que estaban los cuatro juntos. Jamás había imaginado que uno de sus hijos pudiera morir antes que ellos. No era justo. ¿Cómo era posible? Se le hizo un nudo en la garganta.

El detective Moore dijo:

–Lo siento mucho, de verdad. Tengo que darles otra noticia.

Wendy se enderezó en su asiento.

–¿Sí?

–El forense ha confirmado que Morgan dio a luz en algún momento.

–¿Que Morgan tuvo un hijo? –preguntó Wendy.

–Sí, señora.

–Pero ¿cómo pueden saber eso? –preguntó Edwin–. Ha pasado mucho tiempo. Estamos hablando de que los restos que han encontrado son los de un esqueleto, ¿no es así?

El detective Moore pareció incómodo.

–Sí, señor. Me han explicado que el forense puede determinarlo examinando la pelvis. Si una mujer ha dado a luz, quedan una serie de muescas en el interior del hueso.

—Entonces, ¿es seguro? —quiso saber Wendy—. ¿Sin ningún género de duda?

—Sí.

Eso significaba que tenían un nieto cuya existencia ni siquiera conocían. Wendy miró a Edwin, que preguntó:

—¿Alguna noticia de dónde pueden estar Keith y el bebé?

—No, señor.

El detective Moore parecía a punto de echarse a llorar de un momento a otro.

Wendy tuvo una idea.

—Pero debe de haber un certificado de nacimiento.

—Así es, siempre que hicieran el papeleo —respondió el detective Moore.

Wendy escuchó mientras Edwin y el detective Moore hablaban acerca de lo que comportaba localizar un certificado de nacimiento. Y por más compasivo que fuera el departamento de policía, tuvo la impresión de que localizar al niño no era una de sus máximas prioridades. El detective Moore dijo:

—Por supuesto, la investigación aún está en curso y se está haciendo todo lo posible por localizar al hombre que vivía allí. Aunque fuera un accidente, el hecho de que no se informara de la muerte y además se ocultara constituye un delito.

Wendy reflexionó al respecto. Sabía que, sin tener el nombre completo de Keith o, al menos, una fotografía, sería difícil dar con él. Morgan estaba muerta y su bebé, perdido en alguna parte. ¿Sabrían alguna vez qué les había pasado?

El detective quiso saber si tenían alguna pregunta más y, ante su negativa, se puso en pie para marcharse. Al llegar a la puerta, se volvió para mirarlos y les dijo:

—En cuanto tengamos el informe completo, me pondré en contacto con ustedes.

Cuando la puerta se cerró tras él, Wendy se apoyó en la pared y se obligó a suspirar.

—Así que ya está —dijo, con los ojos anegados en lágrimas.

Durante años había revisado la página web, había respondido a los comentarios y había buscado pistas en internet. Había visitado aquel espantoso bar de mala muerte suplicando información. Había albergado la esperanza de que Morgan regresara a casa y había rezado por que su hija estuviera sana y salva. Sus oraciones habían sido especialmente sentidas y frecuentes, con la esperanza de imprimirles más fuerza. Toda aquella actividad la había mantenido ocupada, pero no había devuelto a Morgan a casa, y ahora se había ido para siempre.

Edwin la envolvió con los brazos, un círculo de calidez y amor. La estrechó contra sí y Wendy cerró los ojos y escuchó su respiración entrecortada y, un minuto o dos después, el sonido acallado de sus sollozos. Edwin no era un hombre que llorase con facilidad, no había llorado ni siquiera en el funeral de su propio padre, pero el hecho inapelable de no volver a ver a su hija lo rompió.

—Tenemos que encontrar al bebé —dijo Wendy.

En el mismo momento de pronunciarlas, constató con rotundidad lo fútiles que sonaban aquellas palabras. No habían sido capaces de encontrar a Morgan. ¿Cómo iban a localizar a un crío del que no sabían nada?

Capítulo 43

–¿Adónde vamos? –preguntó Niki mientras ajustaba el asiento y los retrovisores.

Seguía perpleja por la generosidad de Fred, sobre todo ahora que estaba sentada en su coche. No era nuevo, pero el interior estaba impecable, e incluso olía a limpio. De no ser por las monedas que había en el portabebidas, podría haber sido un vehículo de un concesionario. Si aquel coche fuera suyo, estaba segura de que no se lo dejaría a una adolescente.

Jacob miró fijamente su teléfono.

–Tendremos que tomar la interestatal I-94 hacia el norte, pero, cuando nos acerquemos, nos desviaremos hacia el oeste.

–Doy por supuesto que me vas a guiar.

Aunque hacía ya unos meses que se había sacado el carné de conducir, Niki no se había sentado demasiadas veces ante el volante. Amy le había dicho que acabaría conduciendo de manera automática, pero, al no tener coche, no había tenido la oportunidad de llegar a ese punto todavía. Ahora mismo, todavía necesitaba concentrar toda su atención en la conducción.

–Se me da bien dar indicaciones. Por cierto, te agradezco de verdad lo que estás haciendo.

–Ya lo sé.

Niki se abrochó el cinturón de seguridad y encendió el motor. Cuando escuchó el clic de la hebilla de Jacob, inició la marcha, y salió del aparcamiento.

A Jacob se le daba asombrosamente bien dar indicaciones, lo cual la tranquilizó un poco. Al cabo de unos minutos se habían incorporado ya en la interestatal para salir de la ciudad.

—¿Tienes una aplicación para rastrear el teléfono de tu madre? —preguntó Niki.

—Sí. Ella también podría rastrearme si quisiera, pero tendría que consultar la aplicación.

—¿Y no lo hace?

—No.

—¿Porque confía en ti?

Jacob soltó una carcajada forzada.

—No. Mi madre no confía en nadie. No se preocupa de rastrearme porque ¿para qué iba a servirle? No le reportaría ningún beneficio, y mi madre solo piensa en ella. Yo le importo una mierda. —Rio con amargura—. Además, probablemente ni siquiera se acuerde de que la tiene instalada. Mi madre no es especialmente ducha con la tecnología.

Su voz transmitía desdén; no había ni rastro de amor en ella. Niki sabía que había padres que no amaban a sus hijos y que también ocurría lo mismo a la inversa, pero su propia madre la había querido con locura, y su amor era recíproco. El hecho de que su madre fuera drogadicta y alcohólica era una tragedia, pero nunca había dudado de que la quería. Debía de ser horrible pertenecer a la familia Fleming. De puertas para afuera, lo tenían todo, pero bajo la superficie sonaba a que no había ni respeto ni afecto, y mucho menos amor.

—¿Cuánto rato tenemos que seguir por esta carretera? —preguntó Niki, con los ojos clavados delante.

Por suerte, había poco tráfico.

—Bastante rato. Unos sesenta kilómetros.

—¿Me harías un favor? ¿Puedes sacarme el móvil del bolso? Tengo que llamar a mi abuela y explicarle lo que está pasando.

Jacob abrió la cremallera de su bolso y encontró su teléfono. Niki le indicó cómo llegar a los contactos, que pulsara el nombre de Sharon y activara el altavoz. Cuando Sharon respondió, Niki le expuso la situación. Sharon se quedó boquiabierta al saber que sus vecinos habían tenido encerrada en casa a una niña durante tres años. Cuando se sobrepuso al impacto de la noticia, dejó claro que no le entusiasmaba el plan de acción de Jacob.

—Creo sinceramente que deberíais haber llamado a la policía —observó, haciéndose eco del primer instinto de Niki.

—Lo entiendo —respondió Niki, sin apartar la vista de la carretera—. Es lo primero que he pensado yo también.

Jacob interrumpió:

—La policía no lo entendería y explicarlo todo habría llevado mucho tiempo. Además, ahora que mi madre ha salido del condado, dirían que queda fuera de su jurisdicción.

—¿No crees que habrían activado la alerta máxima? —preguntó Sharon.

—Lo dudo —respondió Jacob—. Ni siquiera sabemos si su nombre real es Mia y no tenemos ni un apellido ni una fotografía de ella ni nada. No podrían haber dado la alerta. No dispondrían de suficiente información.

Sonaba muy seguro, como si lo tuviera todo pensado. Niki se preguntó de dónde habría sacado toda aquella información. ¿De internet? ¿De *Ley y orden*?

Jacob añadió:

—Creo que aún podemos darle alcance y, una vez tengamos su ubicación exacta, podremos llamar a la policía.

—¿Cuál es la matrícula del coche de tu madre? —preguntó Sharon.

«Buena pregunta», pensó Niki.

—No me la sé —respondió Jacob—. Cuando le demos alcance, podemos telefonearla a usted y dársela. O tal vez la policía pueda averiguarlo.

—El hecho de que los dos andéis persiguiéndola suena peligroso. ¿Por qué no dais media vuelta y hablamos bien de todo esto?

—No —contestó Jacob con rotundidad, sin ni siquiera esperar a que Niki interviniera—. Tengo que ser yo quien haga esto. Es mi madre y sé cómo piensa. Tenemos que seguir. Seguramente Mia esté asustada, pero me conoce. Tengo que ser yo quien la encuentre.

—De acuerdo, pero tened cuidado —les aconsejó Sharon, levantando la voz. Niki detectó que seguía sin estar convencida de lo que estaban haciendo—. Y llamadme cuando tengáis novedades.

Voy a telefonear a Franny Benson. Ella sabrá lo que hay que hacer. Probablemente querrá implicar a la policía y es posible que primero quiera hablar con vosotros, así que aseguraos de descolgar el teléfono, ¿de acuerdo? Aunque sea un número desconocido.

—De acuerdo —respondió Niki. Cuando colgaron, le dijo a Jacob—: Pareces bastante seguro de que podemos darle alcance.

—Bastante no, estoy completamente seguro —respondió—. La he visto salir de casa y ha sido justo antes de ir a la gasolinera. Si alguna vez hubieras visto a mi madre conducir, lo entenderías. Conduce muy lento, es una tortura. Una vez incluso la multaron por eso, y se puso hecha un basilisco. —Bajó la vista hacia el teléfono—. Además, hace muchas paradas.

—¿Paradas para qué?

—Tiene una especie de compulsión rara. Se para en las áreas de servicio y en restaurantes de comida rápida para ir a retocarse el maquillaje y comprobar si está bien peinada y, luego, cuando está allí, siempre acorrala a alguien. No soporta estar sola, siempre tiene que interactuar con otras personas, pobres. Le gusta mantener conversaciones triviales con desconocidos. Les pide indicaciones o habla del tiempo o del estado de la carretera. El tema es lo de menos. Lo importante es que la miren. Le gusta mover mucho las manos y a veces le hacen comentarios sobre sus uñas o sus joyas. Lleva muchos anillos y la gente suele verlos y hacerle cumplidos.

—¿De verdad? —preguntó Niki sin salir de su asombro.

—De verdad de la buena. Ya te he dicho que está loca —respondió Jacob—. Además, probablemente podamos pillarla porque a menudo se pierde, a veces incluso usando el GPS; no siempre se fía de las indicaciones y cree que ella conoce mejor el camino.

—¿Que no se fía de las indicaciones del GPS?

—No, piensa que se equivocan. No puedes hacerte una idea del grado de locura del que estamos hablando. Ahora estará intentando localizar un lugar que recuerda de hace tres años, y aquel día nos habíamos perdido. Y por si eso fuera poco, es posible que aquella choza ya ni siquiera exista. Apenas se tenía en pie cuando la vi.

–Entonces, ¿estás seguro de que está regresando al lugar donde encontrasteis a Mia? –Con la visión periférica, lo vio asentir con rotundidad con la cabeza.

–Segurísimo. Su cabeza funciona así.

–Pareces convencido.

–He vivido con ella el tiempo suficiente para conocerla. Si algo no sale bien, sencillamente da marcha atrás. Ha cambiado de amigos más que la mayoría de las personas en toda su vida. Todo el mundo la adora al principio y algunos incluso siguen haciéndolo después de que los deje tirados. No entienden en qué le fallaron. Mi madre se ofende por cualquier cosa. Basta con que alguien la mire de mala manera o que no le ría uno de sus chistes como ella quiere para finiquitar su relación con esa persona. Algunas veces sus amigas la telefonean y se deshacen en disculpas, o le envían notas o regalos. Y a ella le encanta, pero nada de eso la hace cambiar de opinión. Una vez ha decidido sacar a alguien de su vida, es para siempre. No hay retorno posible. Ya te lo he dicho, está como una cabra.

–¿Y qué ha hecho mal Mia?

–¿Mia? Mia no podría hacer nada mal ni aunque se lo propusiera. Es una niña buenísima, no tiene ni una gota de maldad.

–No, me refiero a por qué iba a querer devolverla tu madre.

–Ah, eso. –Jacob suspiró–. Es porque vino a casa una mujer del ayuntamiento y estuvo haciendo preguntas y luego una vecina apareció cotilleando. Creo que la asustaron y ha decidido sacar a Mia de casa para no meterse en problemas. Si Mia no está, es como si nunca hubiera existido.

«Una mujer del ayuntamiento. Una vecina cotilleando». A Niki empezó a darle vueltas la cabeza al darse cuenta de que ella y Sharon eran las responsables del destino de aquella niña. Quizá hubieran desencadenado algo terrible. «Pero no es culpa nuestra», se justificó. Ni ella ni Sharon harían daño a una criatura, nunca. Lo que pretendían era salvar a aquella niñita. ¿Qué podían hacer ellas si Suzette Fleming era una perturbada? Solo una persona enferma robaría a una niña y se la quedaría como criada en su casa durante tres años. Pobrecilla. Sintiendo un arrebato de urgencia, Niki cambió de carril y adelantó a un Buick que circulaba por debajo del límite de velocidad. De repente, encontrar a Mia lo antes posible era más importante que sus reparos acerca de conducir por la autopista.

—Mucho mejor así —comentó Jacob con aprobación—. Sigue así y le daremos alcance en un abrir y cerrar de ojos.

A Jacob le costaba creer lo liberador que le había resultado confesárselo todo a Niki. En un solo día, Mia había pasado de ser un secreto de familia a convertirse en alguien de quien podía hablar, y eso hacía que la contemplara como una persona de verdad. Niki tenía un montón de preguntas que hacerle.

—Ya sé que has dicho que tu madre chantajeó a tu padre para quedarse a Mia en secreto, pero ¿tú por qué no se lo dijiste a nadie? Da la sensación de que le tienes cariño a Mia, y sabías perfectamente que lo que hacíais no era correcto...

Lo miró de reojo antes de volver a concentrar la vista en la carretera. Hacía un día gris, pero había poco tráfico, así que al menos tenían eso a su favor.

—Pensé en delatar a mi madre, presentar una denuncia anónima, y en dejar a Mia en una comisaría de policía, pero era muy pequeña y habría tenido miedo.

—¿Y no crees que debía tener miedo durmiendo en el sótano sola?

Por primera vez, Niki habló con una voz que sonaba a juicio.

—No lo entiendes —replicó Jacob—. Estamos hablando de mi familia. Sé que todo es muy raro, pero, cuando estás metido en el meollo, parece normal. Mia siempre ha sido feliz. Me refiero a que quizá habría sido distinto si hubiera estado triste o hubiera llorado, pero siempre tiene una sonrisa en la cara.

—Quizá sea porque no conoce nada más.

—Podría ser —admitió Jacob—. Pero, sinceramente, no era cosa mía. Yo también era un niño.

—Sí. Pero sabías que no estaba bien.

–Sí, claro que sabía que no estaba bien, pero me limité a esperar a que uno de mis padres hiciera algo. ¿Y sabes qué? Comprobamos los sitios web de niños desaparecidos y nadie la buscaba. La casa donde vivía era horrible. No le desearía ni a mi peor enemigo vivir allí.

Aquello era una verdad a medias. El peor enemigo de Jacob era un chaval llamado Liam Johnson. Liam tenía la taquilla contigua a la de Jacob y solía cerrarle la puerta con fuerza y golpearle con ella cuando iba a cambiar los libros. Un día la apretó tan fuerte que Jacob pensó que iba a partirle el brazo. El golpe le dejó un moratón que tardó semanas en desaparecer, un recordatorio de la crueldad de Liam. A partir de aquel día, Jacob llevaba todos los libros en la mochila y no utilizaba su taquilla. Y evitaba a Liam Johnson siempre que podía.

Al pensar en Liam Johnson tuvo claro que algunas personas son seres humanos horribles, sin redención posible. ¿A qué venía toda esa maldad aleatoria? Jacob no le había hecho nada. Liam Johnson se merecía vivir en aquella choza apestosa, pero no se le ocurría nadie más que lo mereciera.

–Todo eso son excusas.

–Quizá –replico él–, pero, en cierto sentido, salvamos a Mia de una vida espantosa. Y piensa en esto: si mis padres fueran a la cárcel, yo me quedaría sin nadie y acabaría en casas de acogida o viviendo con parientes a quienes apenas conozco. Incluso es posible que también me acusaran a mí. Así que todos estaríamos jodidos. Mi madre nos colocó en una situación imposible.

–Vivir en una casa de acogida no es el fin del mundo –apuntó Niki–. ¿Y quieres que te diga algo? No todo gira en torno a ti, Jacob. También hay una niña pequeña implicada. Me da igual si salía de una situación horrible. Teníais otras opciones, entonces y después. Podrías haber llamado a la policía.

Condujeron en silencio unos quince minutos, durante los cuales el único ruido que se oyó fue el de Niki intentando sintonizar música buena en la radio. Pasó de la electricidad estática a música *country*, tertulias y vuelta a empezar, y al final acabó tirando la toalla.

Capítulo 44

Suzette suspiró con resignación. Conducir nunca había sido su fuerte y, desde luego, no era la actividad en la que más le gustaba invertir su tiempo. En un mundo ideal, habría sido lo bastante rica para tener un chófer a jornada completa, pero eso no sucedería mientras siguiera casada con Matt. Así que allí estaba, perdiendo buena parte de la mañana conduciendo a través de Wisconsin. El problema era que estar sentada al volante más de unos minutos la hacía sentir cansada y ansiosa. Y luego estaba el desafío de orientarse. Cuando había mapas de carreteras, le parecían tan inteligibles como un jeroglífico. Incluso el GPS tenía sus dificultades. Carreteras en construcción, indicaciones poco claras, desvíos que no estaban indicados, todo lo cual la hacía dudar de estar yendo por el camino correcto.

Lo único que recordaba acerca del lugar en el que encontraron a Mia era que estaba en algún punto al norte de Harlow, Wisconsin. Jacob y ella regresaban de casa de su madre y se había desviado de la autopista para buscar un lugar donde comer. Había visto anunciado en una valla publicitaria un restaurante familiar a menos de diez kilómetros de la interestatal, de manera que tomó la salida y siguió las indicaciones, pero no lo encontraron. Condujo y condujo, convencida de que estaría tras la siguiente curva.

En lugar de ello, se habían perdido del todo y habían acabado conduciendo durante kilómetros por carreteras llenas de baches, pasando por delante de prados y campos labrados, sin cruzarse con ningún otro vehículo. En resumidas cuentas, una pesadilla.

Aunque habían transcurrido ya tres años, estaba segura de que lo reconocería al verlo. El problema era encontrarlo. Si no lo encontraba, podía optar por su plan alternativo y dejar a Mia en una comisaría de la zona. La llevaba envuelta en una manta calentita. Dormía como una princesa encantada. Suzette se imaginaba dejándola en un portal. No hacía demasiado frío en la calle. No pasaría mucho tiempo hasta que alguien la encontrara y, aunque tardaran un rato, Mia era una niña resistente. Estaría bien. Era un buen plan. «A menos que...». Y aquí hizo una pausa para pensar en qué podía salir mal. A menos que tuvieran cámaras en el exterior y la detectaran. Algo le decía que una comisaría en el quinto pino no sería tan sofisticada como para tener cámaras de seguridad fuera, pero era posible, y no quería asumir riesgos. Tenía que encontrar aquella casa. No había nada más que hablar.

Suzette llevaba conduciendo una hora y media más o menos cuando le rugió el estómago de hambre y cayó en la cuenta de que lo único que había desayunado aquella mañana era una tostada. «¡Joder!». No funcionaba bien con el estómago vacío y precisamente aquel día tenía que estar al cien por cien. No había alternativa: tenía que hacer una parada rápida.

Pensó en los somníferos que había chafado y mezclado con las gachas de Mia. Había hecho unos cálculos matemáticos de máxima precisión: había calculado la cantidad que necesitaba ella y la había ajustado en función de la diferencia de peso. Cuando Suzette se tomaba la dosis íntegra, caía en un sueño comatoso que se prolongaba entre cuatro horas y toda la noche. A veces se despertaba confusa, sin saber si era ya por la mañana. Teniendo eso en consideración, le pareció poco probable que Mia se moviera hasta que hubieran llegado a su destino, y quizá ni siquiera entonces. Suzette había tenido la suerte, además, de que el clima la acompañara en aquel viaje. Hacía calor para la época del año que era. Bueno, quizá calor no, pero por lo menos estaban por encima de los cero grados y el sol derretía los bancos de nieve. Mientras no tomara ninguna curva de manera brusca, Mia seguramente no se movería de su sitio.

Condujo durante un rato, escudriñando los márgenes de la carretera, desanimada al no ver ninguna señal que indicara una salida durante kilómetros. Finalmente, una valla publicitaria anunció que en la salida siguiente había una gasolinera y un bar-restaurante familiar. Le habría gustado encontrar un restaurante de comida rápida con servicio directamente en el coche para no tener que dejar el Audi desatendido, pero no tenía más opciones. Esperaba poder comprar algo rápido para llevar.

Cuando se desvió de la interestatal y tomó el ramal divisó felizmente el restaurante ante ella. La zona de estacionamiento era de gravilla, y el edificio, de acero pulido con grandes ventanales, descansaba sobre una base de hormigón. Un restaurante de carretera de verdad, se dijo, como salido de una película de los años cincuenta. Se bajó del coche, con el bolso colgado del antebrazo, y se dirigió hacia la puerta, deteniéndose brevemente para pulsar la llave y bloquear las puertas del Audi. Una vez dentro, inspeccionó el local: una vitrina giratoria con empanadas junto a la caja registradora, un largo mostrador curvo con solo un cliente y una hilera de reservados junto a las ventanas. Todos los reservados estaban vacíos, excepto uno en el que había dos viejecitas tomándose un café a sorbitos. Una flecha colgada indicaba la dirección en la que se encontraban los aseos, justo lo que necesitaba en aquel momento. Sorteó a una camarera que portaba una bandeja de comida e hizo una breve incursión en el cuarto de baño de mujeres. Tras lavarse las manos, se retocó el cabello y se miró el rostro para confirmar que lucía un aspecto digno de dejarse ver en público.

Al regresar a la cafetería, se dirigió a la caja, a la espera de que la atendieran. La camarera que había visto hacía apenas unos minutos había desaparecido de la vista. Repiqueteó con la punta de los pies, impaciente. Tras ella, una voz masculina dijo:

—No tiene que esperar. Siéntese donde quiera.

Suzette se volvió para ver quién le había hablado. Era el tipo que había sentado a la barra, un hombre fornido de cincuenta y tantos años vestido con una chaqueta de obrero marrón y una gorra tejana algo gastada.

La repasó de arriba abajo.

–Vaya, es usted como un soplo de aire fresco –lo dijo con voz de admiración–. No es usted de por aquí, ¿verdad?

–No –respondió ella, sujetando el bolso con más fuerza–. Estoy de paso.

–Pues siéntese –le indicó él, señalando el taburete que había a su lado–. Liz saldrá enseguida. Está preparando más café. –Hizo un gesto con la barbilla hacia una puerta batiente de aluminio.

–No, gracias –contestó Suzette con recato–. Solo quiero comprar algo para llevar.

–Como quiera.

Suzette reconoció el tono herido de su voz y supo que se había sentido rechazado. Más o menos en la época en la que se licenció en la universidad se había dado cuenta de que causaba ese efecto indefinible en las personas. Una atracción magnética. Carisma. La gente se sentía atraída por ella y quería ser su amiga. Al principio, lo había permitido y había acabado formándose un gran grupo de parásitos que la perseguían a todas partes. Pero no había tardado en aprender a discriminar. Era agotador mantener tantos admiradores y admiradoras a raya. Sin embargo, en aquel momento pensó que echaba de menos aquella época. Las atenciones de Jacob y Matt se quedaban muy cortas, y sus amigas de las juntas directivas de las organizaciones benéficas no las compensaban.

Suzette se sentó en el taburete situado junto a aquel obrero.

–Hola, soy Suzette.

Observó cómo él se animaba y alzaba su taza de café en un gesto de brindis.

–Hola, Suzette. Encantado de conocerte. Soy Craig.

Le tendió la mano y ella se la estrechó con una sonrisa. Tenía una mano grande y cálida.

–Encantada de conocerte, Craig. ¿Podrías ayudarme a conseguir algo de comer y un café para llevar? Algo rápido, un bollo o una tostada.

Una sonrisa lenta se abrió paso en el rostro de Craig. A los hombres les encantaba ser de ayuda.

–Por supuesto. –Se puso las manos alrededor de la boca y gritó–. ¡Liz! Una mujer hambrienta te necesita lo antes posible. –Se volvió hacia Suzette–. Saldrá en un segundo –añadió confiado.

Momentos después, una mujer empujó la puerta con una cafetera en una mano.

–Caray, Craig. ¿Tienes que gritar?

Craig señaló con un pulgar a Suzette.

–Es una emergencia. Esta mujer tan guapa necesita algo rápido para llevar.

Liz regresó y dejó la cafetera sobre el hornillo.

–¿Qué le apetece?

–Un café con leche y algo fácil para comer mientras conduzco. ¿Tiene bollos o una tostada?

Antes de darle tiempo a responder, Craig sugirió:

–¿Por qué no le pides al cocinero que le prepare un sándwich de la casa, Liz?

Suzette frunció el ceño.

–No, no, no hace falta…

Craig se sentó con la espalda muy recta.

–Bueno, aquí no se sirven bollos dulces, y una tostada no parece suficiente. Una mujer como usted merece algo especial. Puede preparárselo en un abrir y cerrar de ojos, ¿a que sí, Liz?

Liz asintió con la cabeza.

–Serán solo unos minutos. Probablemente, poco más de lo que cuesta preparar una tostada.

–Bien, entonces adelante. –Suzette estuvo a punto de preguntar de qué era el sándwich, pero Liz ya se había ido a hacer el pedido.

Así que entabló conversación con Craig, fingiendo interés por su trabajo en la construcción. Cuando concluyó su tediosa cháchara sobre las zonas en obras y finalmente le preguntó a qué se dedicaba ella, Suzette contestó:

–De joven fui modelo, pero ahora dirijo una organización benéfica para niños con discapacidades.

–Modelo, ¿eh? No me sorprende –respondió Craig–. He tenido la corazonada de que era modelo en cuanto ha cruzado esa puerta.

Hay algo en usted... –Sacudió la cabeza–. Es usted elegante de verdad.

–Vaya, es muy amable por su parte. –Apoyó la mano en el codo de Craig, pero solo un instante, para que fuera algo especial, como experimentar el roce de las alas de una mariposa al pasar volando–. De eso hace ya mucho tiempo. –Se llevó la mano al pecho.

–No puede hacer tanto tiempo –le rebatió él–. No tiene usted ni una sola arruga en la cara.

Como hacía siempre que interaccionaba con un hombre, imaginó cómo sería ser su novia o esposa. Al cabo de un minuto decidió que, aunque la adulación inicial podía ser agradable, el tedio de la conversación de Craig pronto la desgastaría. Y por mal que la hubiera tratado Matt últimamente, al menos su nivel educativo y su posición profesional le conferían un estatus adecuado en la comunidad. ¿Cómo debía ser asistir a eventos sociales con obreros de la construcción y sus mujeres? Se estremeció solo de pensarlo. No, resolvió, Craig encajaba mejor en el tipo de hombre con el que coquetear: unos minutos de conversación lo dejarían anhelando algo más. Años después seguiría pensando en aquella pelirroja llamada Suzette que había sido modelo y que una mañana le había sonreído en una cafetería. Recordaría el breve roce de sus dedos en su brazo y se preguntaría: «¿Y si...?».

–Qué amable es usted –le dijo–. Gracias por el cumplido.

–¿Y ahora dirige una organización benéfica para niños? –Le dio un sorbo a su café, sin apartar los ojos en ningún momento de su rostro–. Es usted prácticamente una santa.

–Creo en dar y recibir. –Suzette miró hacia la puerta de aluminio y deseó que se abriera. ¿Por qué tardarían tanto?–. Cuando deje este mundo, quiero pensar que habré contribuido a que sea un lugar mejor.

–Qué bonito.

Craig asintió con gesto de aprobación y empezó a hablar de su hermana, una auxiliar de enfermería que trabajaba en una residencia de ancianos. «¡Vaya por Dios!». Como si eso estuviera en la misma liga que dirigir una organización benéfica para niños discapacitados. Suzette fingió interés, pero le alivió ver que Liz regresaba finalmente con un vaso para llevar y una bolsa de papel blanca con la parte superior doblada y grapada.

Liz lo depositó todo sobre el mostrador, delante de Suzette, junto con la cuenta. Craig agarró el trozo de papel y dijo:

–Yo la invito.

–Vaya, es muy amable por su parte. –Suzette se puso en pie y cogió la bolsa y la taza–. Gracias. Que tengan un buen día.

Salió de la cafetería sin volver la vista atrás. Al sentarse en el coche, dejó el café en el portabebidas y abrió la bolsa. Se alegró al ver que, además del sándwich, contenía servilletas. Cogió los trocitos de beicon que sobresalían y le dio un mordisco al bocadillo. Suspiró con aprobación. Huevo frito y queso cheddar en pan de molde. Craig tenía razón. Aquello era mucho mejor que una tostada. Se comió la mitad antes de encender el motor. Iría mordisqueando el resto mientras conducía.

Capítulo 45

Jacob observó que Niki conducía muy concentrada. Solo había soltado el volante brevemente para sintonizar la radio, cosa que había intentado sin éxito durante un minuto antes de tirar la toalla. Por lo demás, no apartaba la mirada de la carretera y no decía ni mu. De vez en cuando, fruncía el ceño.

–¿Estás enfadada conmigo? –le preguntó.

Niki siguió mirando hacia delante.

–No. ¿Por qué lo preguntas?

–Porque estás muy callada.

Se abstuvo de comentarle el verdadero motivo por el que pensaba que ella podía estar enfadada con él. Había notado cuánto la había horrorizado conocer el papel que había desempeñado al retener a Mia en su casa. Su reacción era comprensible. Era imposible que nadie ajeno a su familia pudiera entender el poder que su madre tenía sobre él y sobre su padre. El humor en el que se encontraba los afectaba a todos y dictaba su comportamiento. Creaba situaciones e inventaba mentiras que no podían deshacerse. Insistía una y otra vez en su propia versión de los hechos. E incluso sabiendo que era errónea, a fuerza de repetírsela al final acababa haciéndolo dudar.

–Pensaba que podías estar enfadada… –Bajó la vista hacia su teléfono.

–No estoy enfadada. Estoy callada porque no estoy acostumbrada a conducir por la autopista. –Niki suspiró–. Si quieres que te diga la verdad, no estoy acostumbrada a conducir en general. Tengo carné, pero no tengo coche y he conducido muy poco. Conducir tan rápido me estresa mucho.

—Vaya. —Tenía sentido—. Pues siento que te estrese. ¿Quieres que conduzca yo?

Él tampoco había conducido demasiado, pero la velocidad no le amedrentaba.

—No, pero gracias. Estoy bien.

—Sé que cuando encontremos a Mia tendremos que ir a la policía y que se la llevarán. Voy a echarla mucho de menos —confesó Jacob.

Mia era la única que lo saludaba con una sonrisa. Hacía falta tan poco para hacerla feliz. Agradecía incluso los detalles más nimios. Mia no solo lo quería, sino que lo quería pese a no tener motivos para hacerlo. Mia era puro amor.

—Bueno, como no tiene parientes, acabará en una casa de acogida. Aún es pequeña. Quizá alguien la adopte.

—No. Sí que tiene parientes —replicó Jacob, sin pensar lo que decía.

—¿Qué parientes? —preguntó Niki—. Has dicho que no figuraba en la página web de niños desaparecidos.

—Y no figuraba. —Respiró hondo, sabiendo que estaba a punto de contárselo todo. Hacía tiempo que quería explicárselo a alguien, pero no había nadie en quien pudiera confiar—. Hace poco le hice un test de ADN. Ya sabes, de esos en los que llenas de saliva un tubo y lo envías por correo.

—¿Y cuáles fueron los resultados?

—Tiene abuelos y un tío. Sus nombres y su información figuran allí. Los he buscado en Facebook. La abuela era la única que tenía cuenta y parecía agradable. Trabaja de contable.

—Así que probablemente sean buenas personas.

—Supongo que sí —respondió él. Algo en la voz de ella lo hizo retorcerse de culpa—. Lo he descubierto hace muy poco.

—¿Y lo sabe Mia?

—Sabe que le hice el test. No sabe que tengo noticias de los Duran. Le dije que todavía estaba tratando de entender los resultados.

—Los Duran. ¿Es el apellido de su familia?

—Sí. La abuela se llama Wendy Duran.

«Su familia». Mia tenía familia. Qué idea tan extraña…

Continuaron en silencio durante dos largas horas, interrumpidas solo por una llamada telefónica de la abuela de Niki diciendo que le había dejado un mensaje de voz a la asistenta social y que volvería a llamar cuando tuviera más información.

—Ten cuidado, Niki —le advirtió, y Jacob percibió el amor que transmitía su voz—. No quiero que te pase nada malo.

—Estamos teniendo cuidado —la tranquilizó Niki—. Te llamaré si pasa algo.

—Todo este asunto me está poniendo nerviosa. Creo que deberíamos llamar a la policía.

—¿Puedes esperar un poco? —le propuso Niki—. Una vez demos con ella, tendremos novedades. Ahora mismo no estamos seguros de nada.

La abuela de Niki accedió a esperar, pero Jacob intuyó que se debatía internamente. Más o menos media hora después de aquella llamada telefónica, Jacob detectó algo nuevo en su aplicación de rastreo.

—Ha dejado de moverse. Parece que ha salido de la autopista y se ha parado.

—¿Crees que habrá encontrado la casa y estará dejando a Mia? —preguntó Niki.

Jacob negó con la cabeza.

—Estoy bastante seguro de que no es ahí. Me da la sensación de que está demasiado cerca. Probablemente haya parado a comprar algo de comida o para ir al baño o lo que sea. —Esperaba no equivocarse. Si Mia estaba en el asiento trasero, sujeta por el cinturón, imaginó que estaría asustadísima. Su madre le habría dado alguna excusa para explicarle que se la llevaba a dar una vuelta en coche, algo fantasioso, como que iban a visitar un parque de atracciones o a montar en poni. No le costaba fabular. Pero Mia no era tan ingenua como su madre creía, y Jacob sospechaba que al final acabaría dándose cuenta y se preocuparía de estar tan lejos de casa. Siguió mirando el teléfono—. Te aviso cuando empiece a moverse otra vez.

—Al menos eso nos da la oportunidad de alcanzarla.

Pisó el acelerador hasta ponerse veinticinco kilómetros por encima del límite de velocidad, cosa que Jacob apreció teniendo presente cuánto la asustaba conducir por la autopista. Le habían ido ganando terreno a su madre desde el principio. Y ahora tenían la oportunidad de darle alcance. A medida que se acercaban, Jacob fue consciente de que habría un enfrentamiento. Repasó mentalmente lo que tenía pensado decir. Le diría a su madre que todo había acabado, que la policía lo sabía todo y que ella ya no estaba al mando. Jacob insistiría en llevarse a Mia con Niki. Su madre se pondría furiosa y quién sabía cómo podía reaccionar. Pero, arremetiera como arremetiera, estaba dispuesto a encajarlo.

Tenía que hacerlo. Mia dependía de él.

Veinte minutos después, vio que su madre volvía a ponerse en movimiento y le dijo a Niki:

—Ha vuelto a tomar la carretera. Se dirige al norte.

Tal como había imaginado, su parada había sido poco más que una breve pausa en el camino. Lo sabía porque no había dado media vuelta para regresar a casa, sino que había continuado avanzando.

—¿Cuánto queda?

—No mucho —respondió Jacob—. Entre cuarenta y cincuenta y cinco kilómetros, más o menos.

Niki se metió el pelo por detrás de la oreja y aceleró hasta alcanzar al coche de delante, lo adelantó y se reincorporó a su carril.

Jacob se agarró al salpicadero.

—¿Qué demonios haces, Niki?

—¿Quieres que la pille? Pues voy a pillarla.

—Sí, pero si tenemos un accidente o nos paran para ponernos una multa por exceso de velocidad, no va a ser de mucha ayuda. Queremos implicar a la policía, pero no hasta que lleguemos allí.

Los rodeó una fina neblina repentina, que se convirtió en una llovizna que cubrió el parabrisas.

—Jacob, ¿puedes buscar tú el botón para accionar los limpiaparabrisas? —preguntó Niki, con la voz tensa.

—Ahora mismo.

Se inclinó hacia ella y giró la ruedecilla que había en el extremo de una palanca hasta que los limpiaparabrisas barrieron el cristal a uno y a otro lado al ritmo adecuado.

–Gracias.

Jacob volvió a mirar el móvil.

–Acaba de dejar la autopista y se ha incorporado a una comarcal. Te aviso cuando tengamos que tomar la salida.

Niki asintió con la cabeza, concentrada en la carretera.

–¿Y qué vamos a hacer cuando la veamos? ¿Seguirla y ya está?

–Improvisar, supongo.

Continuaron en silencio mientras Jacob observaba cómo iban acortando distancias. Su madre iba más lenta ahora, conduciendo por carreteras comarcales que probablemente no estuvieran bien señalizadas. Apostaba a que su madre había creído que acababa de encontrar la salida correcta y estaba conduciendo por allí, buscando la casa o algún punto de referencia cercano que recordara. Imaginaba su frustración al no ver nada familiar. Sacudió la cabeza. «Estará completamente perdida».

Cuando llegaron a la salida, Niki giró a la derecha, aceleró y se detuvo en seco en la señal de stop que había al final del ramal.

–¿Cuánto falta? –preguntó.

–Ya casi hemos llegado. Unos minutos.

Jacob continuó dándole indicaciones, pasaron frente a una gasolinera y tomaron un camino rural. A ambos márgenes había grandes extensiones de campos de labranza desnudos, grises y mojados, a la espera de la primavera. Montoncitos de nieve salpicaban las cunetas. El camino acababa en una bifurcación.

–Toma la derecha –le indicó Jacob.

Llevaban veinte minutos por aquella carretera cuando Niki preguntó:

–¿Estás seguro de que vamos bien?

Acababa de pronunciar la frase cuando Jacob divisó el coche de su madre aparcado en el arcén.

–¡Ahí está! –exclamó–. Es ese Audi plateado, el que está aparcado a la derecha.

Tenía los faros encendidos y el humo que salía por el tubo de escape indicaba que el motor estaba en marcha. Su madre estaría o bien haciendo una llamada telefónica o consultando el GPS. Era tan tonta…

–Párate detrás de ella.

Cuando el coche se detuvo, Jacob dijo:

–Espérame aquí. Voy a hablar con ella y a coger a Mia.

Salió de un salto y caminó con paso decidido hasta la puerta del copiloto del Audi. Esperaba ver a Mia atada en el asiento de atrás, pero, solo vio a su madre, que estaba sentada al volante. El coche estaba vacío. Lo invadió una sensación de horror. ¿Qué había hecho esta vez su madre? Permaneció en pie junto a la ventanilla mientras Suzette, ajena a su presencia, consultaba el GPS en su móvil. Llevaba encendido también el GPS del ordenador del salpicadero. Los limpiaparabrisas se movían de izquierda a derecha, enviando una fina neblina hacia él cuando se deslizaban hacia su lado. Por una milésima de segundo, se quedó allí quieto, procesando la escena. Si Mia no estaba con ella, ¿adónde se dirigía su madre? Y lo que era aún más importante, ¿dónde estaba Mia?

Dio unos golpecitos en el vidrio y la sobresaltó. Su madre levantó la cabeza de golpe. Al reconocerlo, una serie de emociones velaron su rostro en el espacio de pocos segundos. Jacob las conocía perfectamente todas, porque ya las había visto muchas veces: confusión, fastidio y, finalmente, lo que parecía el inicio de un ataque de cólera. Bajó la ventanilla.

–Jacob, ¿qué haces tú aquí? –pronunció cada palabra como si empezara con una letra mayúscula.

–Mamá, ¿dónde está Mia?

Suzette miró hacia atrás, hacia el coche que estaba aparcado tras ella.

–Vete ahora mismo y regresa a casa. Tu padre y yo nos encargaremos de ti más tarde. Te has metido en un buen lío, jovencito.

–Mamá, no me voy a ir a ningún sitio. –Tenía la mano apoyada en el techo mojado del coche y se inclinó hacia delante–. Tienes que decirme dónde está Mia.

—Pues en casa, por supuesto —respondió, escupiendo las palabras—. ¿Me has estado siguiendo?

—Mia no está en casa. Te la has llevado a algún sitio. ¿Dónde está? —Notó el miedo clavando sus garras en él—. ¿Está viva?

Su madre sacó la mano por la ventanilla y lo empujó.

—¿Cómo te atreves? Me has pirateado el teléfono, ¿a que sí? ¡Me has pirateado el teléfono y me has seguido! Pedazo de mierda.

Fiel a su estilo, cuando se enfadaba de verdad, su fachada de dama elegante se desmoronaba y no podía evitar recurrir a los insultos. Muchas veces, el sobresalto de escuchar sus ataques verbales había hecho que Jacob y su padre corrieran un tupido velo para estar en paz, pero esta vez Jacob no estaba dispuesto a dejarla desviar el tema.

—O me dices dónde está o llamo a la policía. Dímelo ahora mismo.

A su madre le centelleaban los ojos de rabia.

—¡¿Cómo te atreves?!

Suzette cerró la ventanilla.

Jacob aporreó el vidrio, gritando:

—¡Dime solo una cosa! ¿Está bien?

Su madre aceleró y, al darse cuenta de que tenía puesta la marcha de aparcar, la cambió por la de conducción. Le enseñó el dedo en ademán de mofa mientras se alejaba de allí.

—No te vayas. ¡Espera! ¿Por qué no lo hablamos?

Jacob retrocedió de un salto al ver que su madre giraba bruscamente hacia él y volvía a incorporarse a la carretera. Se le llenó la nariz de gases del tubo de escape. Regresó corriendo adonde Niki había aparcado y saltó dentro del coche.

—¡Vamos! ¡Vamos! —Señalaba frenético hacia el parabrisas—. Tenemos que seguirla. Le ha hecho algo a Mia.

Capítulo 46

–¿Qué quieres decir con que le ha hecho algo a Mia? –preguntó Niki mientras pisaba el acelerador–. ¿Le ha hecho daño?

Niki contuvo el aliento al imaginar a la niña maniatada en el asiento trasero, amoratada y sangrando.

–No sé qué le ha hecho. ¡No está ahí!

«¡¿Que no está ahí?!». Niki frunció los labios mientras observaba los faros traseros del coche plateado en la distancia. La señora Fleming conducía como una loca, demasiado deprisa para transitar por carreteras resbaladizas y, para empeorar las cosas, iba pisando la línea continua central. Niki agarró con fuerza el volante:

–¿Mia no estaba en el coche?

–No.

–¿Y entonces por qué seguimos persiguiéndola?

Delante de ellos, el Audi plateado giró a la izquierda para incorporarse a una carretera secundaria y Niki lo siguió. Pasaron por delante de un granero desvencijado con el techo hundido. Bajo la lluvia, en el prado adyacente, solo se veía una vaca solitaria.

–¡Porque tenemos que averiguar lo que le ha hecho a Mia!

–¿Y cómo va a ayudarnos en eso perseguirla?

–Podemos alcanzarla y cortarle el paso –propuso Jacob, con la voz rota por la emoción–. Oblígala a parar. Y yo haré que me lo diga.

–No, Jacob, no. –Niki soltó el pie del acelerador. Se había apuntado a salvar a una niñita. Había tomado prestado un coche y se había sobrepuesto a su miedo a conducir por la autopista durante horas con Jacob, que era prácticamente un desconocido. Pero no iba a meterse en una persecución a alta velocidad que solo podía acabar en un accidente, bajo ninguna circunstancia, pero sobre todo no con un coche prestado. Había llegado el momento de delegar el asunto en la policía–. Es demasiado peligroso.

–¡Pero…! –Se acercó el teléfono a la cara–. Avanza por un callejón sin salida. Está a menos de un kilómetro.

–¿Y qué diferencia hay en que sea un callejón sin salida?

–Pues que tendrá que pararse. Lo único que tenemos que hacer es seguirla hasta allí y acorralarla. Confía en mí, se enfadará y gritará, pero no hará nada que pueda dañar su coche. Lo adora.

–Jacob –dijo Niki con un suspiro. Lo compadecía por el aprieto en que estaba. Reconocía el tono de pánico que revelaba que las cosas no habían salido como hubieran querido. Ella también lo había vivido. Pero tenía la sensación de haber llegado al final del trayecto–. A veces hay que saber cuándo rendirse.

–Por favor, Niki, por favor. –Sonaba a punto de romper a llorar–. Arranca, por favor. Sé que puedo conseguir que nos diga dónde está Mia. Hemos llegado hasta aquí. –Juntó las manos en señal de rezo–. Solo diez minutos más, te lo suplico. No te lo pediría si no fuera importante.

Si seguía por ese camino, conseguiría convencerla. Una última mirada al rostro exaltado del chico zanjó el tema. Niki sacudió la cabeza mientras pisaba con fuerza el acelerador. Tenía la sensación de estar cometiendo un error, pero el argumento de Jacob era sólido. Ya habían llegado hasta allí.

–Diez minutos más –replicó a regañadientes–. Luego nos damos media vuelta y volvemos.

Jacob exhaló sonoramente.

–Gracias.

El coche de Fred tenía una buena aceleración. Avanzó a toda prisa por la carretera de curvas, sin ver el Audi plateado, pero no había ninguna carretera secundaria, así que lo más seguro es que Suzette Fleming simplemente les sacara ventaja. En aquel momento, la lluvia había dado paso a una leve bruma. Los limpiaparabrisas la limpiaban apenas se posaba sobre la luna del coche.

Mantuvo la velocidad, ahora con más cautela, para tomar las curvas en aquella angosta carretera de doble carril con el pavimento resbaladizo por la lluvia. En el portabebidas, sonó el teléfono, pero ambos lo ignoraron.

–Solo un poco más –dijo Jacob, con los ojos alternando entre su teléfono y el parabrisas.

La carretera se elevaba ahora por encima de los campos de labranza que descendían a ambos lados. Dejaron atrás un estanque con la superficie lisa como un espejo. Junto a él, una gran máquina de riego con ruedas esperaba al día en que la necesitaran.

–Ya no falta mucho.

Mientras Jacob hablaba, Niki divisó las luces de freno rojas al final del carril. Justo en aquel momento, Jacob gritó:

–¡Ahí está! Pon el coche atravesado para cortarle el paso.

Niki soltó el freno y giró el coche invadiendo el carril de la izquierda. Avanzó un poco y luego retrocedió, repitiendo la maniobra varias veces para girar el coche, mientras Jacob bajaba la ventanilla para sacar la cabeza y ver mejor. Volvió la vista hacia Niki y le dijo:

–Para el motor. Voy a bajar.

Salió del coche y recorrió corriendo los diez metros que lo separaban del punto en el que el coche de su madre daba sacudidas adelante y atrás, en un intento evidente por dar media vuelta. Jacob vio que al final del callejón se alzaba un muro de piedra que delimitaba la carretera. En la parte alta de un poste, una señal metálica perforada por lo que parecían agujeros de bala advertía: «Propiedad privada. Prohibido el paso».

A medida que fue acercándose al coche, Jacob fue teniendo una mejor visión del rostro de su madre, crispado por la ira. Estaba enfadadísima. Con el tipo de furia que en casa habría descargado con él en forma de gritos e insultos y que podía haber acabado en alguna bofetada a Mia.

–¡Mamá! –gritó al acercarse. A veces era posible distraerla y sacarla de su mal humor. Hoy dudaba de que pudiera hacerlo, pero tenía que intentarlo–. ¡Venga, hablemos de todo esto!

Estaba ya junto a la ventanilla de Suzette, pero ella ni siquiera se dignó a girar la cara para reconocer su presencia. Lo ignoró, como si ni siquiera estuviera allí. El insulto definitivo. Suzette siguió adelantando y retrocediendo, recorriendo apenas medio metro en cada dirección, como una adolescente que acabara de sacarse el permiso de conducir y aún no estuviera segura de cómo se hacía. Jacob andaba junto al coche mientras hacía las maniobras, diciéndole:

—¿Por qué no paras y hablas conmigo? ¡No vas a ir a ningún sitio hasta que me digas dónde está Mia!

Recordó demasiado tarde que su madre no aceptaba ultimátums de nadie. Suzette logró orientar las ruedas delanteras hacia la carretera abierta y pisó el acelerador. El coche avanzó a trompicones. Jacob saltó hacia atrás para que no lo atropellara y observó con impotencia cómo su madre se dirigía hacia el coche de Niki.

—¡Mamá, para! —le gritó.

Capítulo 47

Niki vio el Audi que se dirigía hacia ella e intentó retroceder, pero solo consiguió hacerlo unos metros. Notó que el corazón le palpitaba con fuerza. Parecía que iba a embestirla a una velocidad desconcertante y, al mismo tiempo, que avanzaba a cámara lenta. Pensó con remordimiento: «Debería haber seguido mi instinto, dar media vuelta y volver a casa cuando he tenido la oportunidad».

Vio la expresión fiera de Suzette y se preparó para un impacto que no se produjo. Justo antes de colisionar, el Audi giró bruscamente, esquivó por poco el parachoques delantero del coche de Fred y se salió a la cuneta. El lado del copiloto del coche plateado estaba tan bajo que, por un momento, Niki pensó que iba a dar media vuelta de campana. Alargó el cuello y vio que Suzette había perdido por completo el control del coche y conducía fuera del pavimento. El coche descendió por el terraplén en un ángulo abrupto, rebotando y vibrando en su avance, golpeó el borde del equipo de irrigación y se estrelló en el agua. Mientras el capó del vehículo se hundía en el estanque, Niki oyó claramente a Jacob gritar con un gemido: «¡Mamá!», y vio cómo echaba a correr hacia ella.

Salió del coche y lo siguió, resbalando con las suelas de los zapatos en el pavimento mojado. Jacob descendió el pequeño promontorio y ella lo siguió, aminorando el ritmo al ver que él había estado a punto de caerse, si bien había logrado volverse a enderezar.

—¡Mamá! ¡Mamá! ¡Ya voy! —gritó con la voz teñida por una emoción que Niki no había escuchado antes.

Niki pensó en todos los niños de acogida que había conocido y en cómo incluso los que habían sufrido malos tratos a manos de sus padres parecían echarlos de menos, como si el amor que un hijo siente por quienes le han dado la vida fuera un hecho inapelable, hasta cuando no era recíproco.

Con paso vacilante, descendió a medio camino del coche, procurando no perder el equilibrio. Delante de ella, Jacob había conseguido llegar chapoteando hasta el lado del conductor y tiraba sin éxito de la manecilla de la puerta.

−¡Desbloquea la puerta, mamá! −gritó.

El coche estaba inclinado en un ángulo que hacía que los neumáticos posteriores apenas estuvieran mojados, mientras que los delanteros y la parte inferior de la puerta de delante estaban completamente sumergidos.

−No creo que la puerta se abra estando así, dentro del agua −le gritó Niki.

−Tiene que abrirse. Le ha saltado el airbag y no parece estar bien. ¡Tenemos que sacarla!

−Voy a ver si Fred tiene algo en el maletero que podamos usar para romper la ventanilla.

Ascendió hasta la carretera tan rápido que le faltaba el aliento. Cuando llegó al coche, cogió las llaves y abrió el maletero. El maletero de Fred estaba tan limpio como el resto del coche, y vacío. Tiró del forro y se levantó por un lado. Al retirarlo, vio un fino tablero que cubría gran parte del compartimento de almacenamiento. A la derecha había un tablero más pequeño con un asa recortada. Frenética, lo abrió tirando de ella y debajo encontró un gato plegado.

Lo sacó y regresó corriendo al lugar del accidente. Descendió la colina. Jacob caminó deprisa hacia la orilla. Niki se adentró en la gélida agua para ir a su encuentro a medio camino. Hizo una mueca de dolor cuando el agua le caló los zapatos y los tejanos, y le llegó a la piel. «¿Cómo puede él soportar estar aquí de pie, en esta agua tan fría?». Sin mediar palabra, Jacob agarró el gato que le tendía con la mano y regresó junto a la ventanilla.

−Mamá, tienes que apartarte un poco −le indicó−. Voy a romper la ventanilla. –Su madre debió de contestar algo que sonaba a objeción porque Jacob replicó–: Aquí no se puede llamar a ninguna grúa, mamá. Estamos en medio de la nada.

Niki retrocedió chapoteando hasta la orilla y llamó a emergencias.

)

Capítulo 48

Mia notaba la cabeza nublada y el cuerpo pesado. Llevaba mucho tiempo despertándose y volviéndose a dormir, consciente del zumbido de una vibración y del sonido de una música. No sabía dónde estaba y no conseguía abrir los ojos.

Tenía los brazos clavados a los lados, pero su cabeza reposaba sobre algo suave y acolchado. No lograba zafarse de su adormilamiento, así que se rindió al sueño.

Soñó. Tuvo una pesadilla inquietante en la que unos monstruos la perseguían. Corrió por toda la casa intentando escapar de ellos, pero estaban por todas partes: detrás de los muebles, dentro de los armarios, escondidos en los rincones. Al doblar una esquina, vio a la señora sentada a la mesa de la cocina, tomándose tranquilamente su café. Fue a pedirle ayuda, pero entonces la señora también se convirtió en un monstruo, con el rostro metamorfoseado en algo verdaderamente espantoso, una máscara brillante con los dientes amarillos y afilados y unos ojos negros y amenazadores. Las uñas pintadas se convirtieron en zarpas que se clavaron en los brazos de Mia, y la zarandeó con tanta fuerza que le castañetearon los dientes, tras lo cual la señora-monstruo la empujó hacia el otro lado de la estancia. Le dio un empellón tan fuerte que Mia chocó contra la pared y se golpeó en la nuca. Fue la fuerza del impacto con la pared lo que la despertó, pensó.

Siguieron unos minutos de confusión, porque no reconocía el entorno.

Abrió los ojos y lo único que vio fue una oscuridad total. Estaba envuelta en una especie de tela que le mantenía los brazos pegados al cuerpo. Notó un borde duro contra la espalda, pero nada de aquello tenía sentido. ¿Seguía estando en la pesadilla? Se revolvió y retorció y al fin consiguió liberar los brazos. Palpó a su alrededor y notó que estaba en un lugar cerrado, hermético, pero no entendía dónde. Al mismo tiempo, notó algo mojado debajo de ella y le horrorizó caer en la cuenta de que se le había escapado el pipí.

Le iban a echar una buena regañina.

La señora odiaba que llorara, porque decía que era de pusilánimes, así que Mia había aprendido a contenerse pasara lo que pasara. Ni siquiera en los momentos en que más miedo o tristeza había sentido había derramado ni una sola lágrima, pero esta vez no pudo evitarlo. Estaba tan asustada que se le saltaron las lágrimas. Por encima del sonido de la música, escuchó el eco de voces a su alrededor, unos gritos que no conseguía entender. Las voces sonaban cerca y lejos al mismo tiempo, y una de ellas, una voz masculina, sonaba enfadada y disgustada. El señor había visto una vez una película en la que un hombre muy malo había enterrado a una mujer en una caja bajo tierra. La mujer de la caja había estado a punto de quedarse sin aire, pero la habían salvado en el último momento. Mia pensó que eso era lo que le había pasado a ella. Estaba oscuro y hacía frío, y estaba atrapada. Era lo único que tenía sentido. ¿Sería ese hombre enfadado cuya voz oía quien la había enterrado?

La otra voz, de mujer, sonaba más agradable, pero Mia no la reconoció. A veces, la señora parecía buena y, un segundo después, se volvía un ogro. Podía ser arriesgado pedir ayuda, pero, si no lo hacía, podía quedarse allí atrapada para siempre.

–¿Hola? –Su voz sonaba ronca y débil. Tenía la boca seca. Tragó saliva y volvió a intentarlo–. Socorro. Por favor, ayuda.

Hizo acopio de todas sus fuerzas y ¿para qué? Sus palabras quedaron atrapadas en el espacio que la rodeaba.

¿La encontrarían a tiempo? De no ser así, moriría. Por supuesto, iban a castigarla cuando vieran que se había orinado encima. Solo los bebés se hacían pipí. Mia era demasiado mayor para tener un accidente.

Quizá no vieran la mancha.

La idea de morir bajo tierra hizo que se le encogiera tanto el corazón que no podía respirar. El miedo la hizo estallar en lágrimas y no se contuvo. Lloró y lloró. Tenía la cara mojada, se le caían los mocos, tenía frío y estaba triste. Finalmente, y sin importarle nada, dejó ir un lamento seguido de un sollozo. A partir de ahí, le resultó imposible seguir conteniéndose. Un sollozo llevó a otro.

Mia nunca se había sentido tan desesperanzada y triste. Esperaba que morir no doliera mucho.

Capítulo 49

Niki estaba ya prácticamente en la orilla cuando escuchó un lloriqueo. Se detuvo a escuchar. Otra vez. Inclinó la cabeza hacia un lado. «¿Sale del coche?». Volvió a caminar chapoteando por aquellas aguas gélidas, sin prestar atención a Jacob, que discutía con su madre, y se concentró en el maletero del Audi. Estaba claro: allí había alguien llorando. Apoyó ambas manos sobre el portón y se inclinó hacia delante.

–¿Hola?

El llanto se suavizó a un sollozo lo suficientemente audible como para que Niki supiera que había un niño en el maletero.

–Mia, ¿eres tú?

No hubo respuesta, solo el sonido de un llanto sordo, los sollozos sin aire de alguien que lloraba tan desconsoladamente que no podía hablar. «Tiene que ser Mia. ¿Quién podría ser si no?».

Niki le gritó a Jacob:

–¡Mia está aquí! Está en el maletero.

–¡¿Qué?! –Al instante se plantó a su lado–. Mia, ¿estás ahí?

–¿Jacob?

Lo dijo con una voz tan bajita y dubitativa que rompía el alma y, por un momento, Niki se olvidó del frío que tenía.

–Sí, Mia, soy yo, Jacob.

–Jacob, tengo miedo.

–Ya lo sé. No pasa nada. Vamos a sacarte de ahí. –Regresó chapoteando a la ventanilla y gritó–: Mamá, ¿has metido a Mia en el maletero? ¡¿Cómo se te ocurre?! ¿Qué? Pues tienes que encontrarlo. –Miró a Niki y le dijo–: No encuentra el mando a distancia. –Se volvió hacia su madre–: ¿Lo tienes en el bolso, mamá? ¿Puedes mirar en el bolso?

Mientras él se ocupaba de su madre, Niki se inclinó hacia delante y habló con voz fuerte:

–Mia, soy una amiga de Jacob. Me llamo Niki. ¿Estás herida?

Hubo una leva pausa.

–¿Niki de la gasolinera?

–Sí, soy yo. Niki de la gasolinera. ¿Estás herida?

–Creo que no. Pero tengo miedo. Está muy oscuro. No sé dónde estoy.

–Ya sé que tienes miedo, cariño, pero escúchame. Estás dentro del maletero de un coche. Por eso está oscuro. Si sigues el sonido de mi voz y palpas por este lado, quizá encuentres un asa o una palanca que abrirá el maletero y podré sacarte de ahí.

–¿Un asa?

–Sí. Cerca de aquí. –Niki alzó aún más la voz–. ¿Puedes seguir el sonido de mi voz a ver si la encuentras? Tendrías que palpar algo de lo que puedes tirar.

–No lo sé –Mia hablaba con voz trémula–. Lo siento, Niki. Lo siento mucho, pero no sé dónde estás.

Niki golpeó con los nudillos en el portón del maletero.

–¿Y ahora?

Escuchó un golpe desde el interior del maletero a modo de respuesta.

Se oyó la voz de Mia.

–¿Aquí?

–¡Muy bien! Estás en el sitio correcto. Ahora palpa por todas partes y mira si puedes encontrar el asa.

–Creo que la he encontrado –alzó la voz emocionada.

–¡Muy bien! Ahora tira de ella y veamos si… –El portón se abrió y quedó a la vista una niñita enmarañada en una manta, con el cabello revuelto y la cara roja y llena de churretes–. Mia, cariño, ¿estás bien?

Mia pestañeó deslumbrada por la luz del sol.

–¿Eres Niki?

–Sí, soy Niki. La amiga de Jacob. Venga, sal, te llevaré a mi coche, que allí se está calentito, ¿de acuerdo?

Mia asintió y Niki la cogió en brazos y se la llevó del coche.

Capítulo 50

Al llegar al coche de Fred, Niki acomodó a Mia en el asiento delantero, tapada con su manta, y puso el motor en marcha para encender la calefacción. Luego se volvió hacia la ingenua niña y le preguntó:

–¿Cómo te encuentras, Mia? ¿Te duele algo?

Mia negó con la cabeza. Estaba extrañamente serena, dadas las circunstancias. ¿Tal vez estuviera en *shock*? Volvió a intentarlo.

–Qué miedo estar encerrada en el maletero, ¿no?

–Sí que tenía miedo –respondió con el labio inferior temblando.

–Bueno, ahora ya estás a salvo –Niki le habló en tono tranquilizador–. Voy a llamar por teléfono para pedir ayuda. Solo serán un par de minutos. ¿Estarás bien?

–Sí. –Alargó el cuello para mirar atrás, hacia el Audi, que seguía clavado en el estanque–. ¿Va a venir Jacob?

–Probablemente dentro de unos minutos. Lo esperaremos aquí.

Niki se sintió aliviada cuando respondieron a su llamada, pero tuvo que dar muchas explicaciones para que la operadora entendiera que no solo había habido un accidente de tráfico, sino que también estaba denunciando un delito.

–¿Un secuestro? –preguntó la operadora–. ¿Se había denunciado la desaparición de la niña?

–No. –Niki contempló la expresión dulce y confusa de Mia–. Es una larga historia. Se la explicaré a la policía cuando llegue. Lo principal es que necesitaremos una ambulancia, a la policía y una grúa.

Niki permaneció en línea mientras la operadora coordinaba la respuesta. Sonrió a Mia, que la observaba con mucha atención.

–¿Estás bien?

Mia asintió con la cabeza.

–Jacob dice que eres guapa.

–Vaya, qué amable por su parte.

–Y dice que tienes el pelo y los ojos del mismo color que los míos.

–Es verdad.

Mia ladeó la cabeza y miró a Niki, evaluándola.

–A veces Jacob me compra cosas en la gasolinera.

–Ya lo sé. Magdalenas de chocolate rellenas de nata, ¿verdad?

Lentamente, la boca de Mia dibujó una sonrisa y Niki se enterneció. No pudo evitar apreciar que, pese a su desaliñado aspecto y el espantoso corte de pelo, Mia era una niñita muy bonita. «Ay, cariño, ¿cómo has podido estar perdida tanto tiempo sin nadie que te buscara?».

Como si Jacob las hubiera oído hablar de él, la puerta trasera del coche se abrió y entró de un salto. Dejó el gato a su lado, en el asiento.

–Caray, qué frío tengo. He tenido que salir del agua porque no lo soportaba ni un minuto más –lo dijo con los dientes castañeteando–. No me deja romper la ventanilla. No deja de gritar que llamemos a emergencias.

–Ya lo he hecho –lo informó Niki, mostrándole el teléfono.

Dentro del coche se estaba ya caliente, con la calefacción y la ventilación puestas. Niki ajustó las rejillas para que el aire llegara mejor al asiento trasero.

Mia se volvió para mirar a Jacob.

–¿Está enfadada conmigo la señora?

Temblando, Jacob le contestó:

–Mia, no has hecho nada malo. Sí que está enfadada. Pero no te preocupes por eso.

Mia pasó la manta por encima del asiento.

–Quédatela tú, Jacob. Yo ya no tengo frío.

–¿Estás segura?

–Sí.

Jacob cogió la manta agradecido.

–Gracias, renacuaja.

Quince minutos después, tal como la operadora había anticipado, vieron las luces rojas giratorias de los vehículos de emergencia aproximándose. Niki salió del coche para recibirlos.

–He sido yo quien ha llamado a emergencias –informó al primer agente que vio al salir del coche.

Tuvo la sensación de estar viviendo una vida ajena, la vida de alguien que tomaba las riendas de la situación y sabía cómo actuar. La vida de un adulto en su expresión más extrema. Los agentes se presentaron y luego llegó otro coche de la oficina del *sheriff*, seguido por una ambulancia y una grúa.

Los agentes tenían infinidad de preguntas, todas las cuales Niki respondió primero de pie, junto al coche de Fred, y luego desde la parte posterior de la ambulancia. Le entregó las llaves del coche a un ayudante del *sheriff*, que le prometió que lo llevarían a un aparcamiento junto a la comisaría.

Poco después de que llegaran los equipos de emergencia, un ayudante del *sheriff* trasladó a Niki, Mia y Jacob a una clínica para que los examinaran por hipotermia. Otra parte de los efectivos se encargarían de sacar a la madre de Jacob del coche.

Una vez llegaron a la clínica, Mia se agarró con fuerza a Jacob hasta que él le dijo:

–No pasa nada, Mia. Son buenas personas. Quieren ayudarnos. –Dubitativa, Mia le hizo un gesto a Jacob para que se le acercara y susurrarle algo al oído. Jacob respondió en voz alta–: Puedes explicarles todo lo que quieras. Responde a todas sus preguntas. No te meterás en problemas. Te lo prometo. Nadie se va a enfadar. Te lo prometo, Mia. Sabes que yo no te miento, ¿verdad?

Con reticencias, Mia dejó que una de las enfermeras la cogiera de la mano y se la llevara, aunque fue volviendo la vista atrás para mirar a Jacob y Niki mientras recorría el pasillo. Después, separaron a Jacob y Niki y los llevaron a sendas consultas para examinarlos. Cuando la doctora hubo revisado a Niki y dijo que estaba bien, una enfermera le proporcionó unos pantalones de chándal blancos y unos calcetines blancos para que se cambiara la ropa mojada, y, agradecida, Niki se los puso.

Después de la revisión, ya en calma, Niki telefoneó a Sharon, que respondió con un:

—¡Niki! ¡Gracias a Dios! ¿Por qué no has respondido a mis mensajes? —Su voz transmitía una preocupación sincera.

Niki contestó:

—Lo siento, pero han pasado muchas cosas. Me he despistado.

Le explicó a Sharon todo lo ocurrido y, a continuación, Sharon le contó a ella todo lo que había pasado desde que la avisó por teléfono.

—He hablado con Franny Benson, y ella ha llamado a la policía. Se han acercado a casa y me han interrogado, pero no tenía mucha cosa que explicarles.

—Diles que llamen a la comisaría del condado de Ash —le indicó Niki—. Son los que respondieron a la llamada de emergencias. Y los que se están ocupando de todo.

—La comisaría del condado de Ash —repitió Sharon, y Niki supo que estaba anotándolo—. ¿Dónde estás ahora?

—Estoy en un ambulatorio, en la calle Mayor de Ash —respondió Niki, echando un vistazo a su alrededor. Estaba en una sala minúscula, del tamaño de una enfermería de una escuela primaria. Había un dispensador de gel hidroalcohólico para las manos junto a un lavamanos y, delante, una pequeña mesa con un ordenador. Estaba sentada en la camilla, aunque había una silla tapizada cerca. Era evidente que era una sala destinada a niños, a juzgar por el mural que había en una pared, de osos con tutús—. Pero no creo que me quede aquí mucho rato. El agente dijo que nos llevarán a la comisaría para continuar con el interrogatorio.

—Escucha, Niki. He hablado con Amy y me ha dicho que no digas nada si no hay un abogado presente. Aunque tú no tuviste nada que ver en el secuestro de esa niñita, es mejor cubrirte las espaldas. Solicita un abogado.

—Me parece que es un poco tarde para eso. He respondido ya a todo tipo de preguntas.

Sharon suspiró.

—Ay, Niki. Ojalá me hubieras llamado antes.

–Ojalá –repitió Niki.

En realidad, lo que le habría gustado es que Sharon estuviera a su lado en aquel momento. Era lo que más habría querido en el mundo. De repente, se emocionó. Había mantenido la entereza mientras hablaba con los agentes de la ley y el equipo médico, pero ahora la desbordaron los sentimientos: de gratitud por los cuidados de Sharon, de alivio por haber encontrado a Mia en el maletero y de preocupación por cómo se desarrollarían los acontecimientos a partir de entonces. «¿Cómo podría pensar alguien que yo he estado implicada en esto?».

–Bueno, lo hecho hecho está –comentó Sharon con pragmatismo–. No podemos retroceder en el tiempo.

–Siento no haberte llamado –se disculpó Niki, con la voz rota por la emoción–. ¿Qué pasará si la madre de Jacob dice que yo estaba al corriente de todo o algo por el estilo? Podría decir cualquier cosa. Y yo podría verme metida en un buen lío.

–Venga, cielo, veamos el lado bueno. Has encontrado a la niñita. ¡Eres una heroína! Y contactamos con Franny antes de que pasara nada de esto, así que ella podrá hablar en tu favor, y yo también. Amy solo hace lo que hace siempre: asegurarse de que no queden cabos sueltos. Lo superaremos.

«Lo superaremos». Oír aquello hizo que Niki se sintiera reconfortada. Ya no estaba sola.

–Gracias, Sharon.

Capítulo 51

Todo el mundo era tan amable con Mia que le resultaba confuso. En la clínica, la enfermera y el doctor habían sido muy simpáticos y le habían dicho que era una niña muy valiente. La enfermera le dijo que podía llamarla Jenny. Era una mujer sonriente con el pelo moreno y rizado, recogido en una coleta. Le dio a Mia unos pantalones limpios que le quedaban muy largos. Cuando Mia se los puso, Jenny se disculpó:

—Lo siento, Mia, pero no tenemos ninguno de tu talla. Déjame, creo que podemos solucionarlo. —Se arrodilló en el suelo y le dio unas vueltas a los bajos hasta que quedaron con el largo perfecto. Jenny alzó la mirada y le sonrió—. ¿Mejor?

Su sonrisa era tan amable que, sin saber por qué, a Mia le entraron ganas de llorar. Solo consiguió asentir con la cabeza. Luego Jenny guardó las braguitas y los tejanos mojados de Mia en una bolsa de plástico y los dejó a un lado. Ni siquiera comentó que Mia se hubiera orinado encima.

El doctor, un hombre alto con gafas, le había mirado dentro de la boca y los oídos, y le había hecho algunas pruebas para comprobar si tenía el corazón sano y si los pulmones funcionaban bien al respirar. Había medido lo alta que era y la había hecho ponerse encima de una báscula para comprobar cuánto pesaba. Nada de eso le había dolido. Luego le preguntó cuántos años tenía y, cuando le dijo que no lo sabía porque no sabía cuándo era su cumpleaños, el doctor y Jenny se miraron y se quedaron sorprendentemente callados. Mia pensaba que había metido la pata, pero entonces el doctor dijo:

—Pues tengas la edad que tengas, creo que eres perfecta.

Le dedicó una sonrisa de oreja a oreja y le preguntó si podía darle la mano, porque era su paciente favorita del mes hasta ese momento.

Cuando acabó, Jenny dijo que Mia tenía una salud maravillosa y que era la niña que mejor se portaba que había visto nunca en su vida.

Entonces vino una policía, también muy amable, y dijo que quería hablar con Mia, y fueron juntas a una habitación que había en la parte de atrás. Entró una enfermera que le trajo a Mia un bocadillo y un zumo, y la policía tan amable, que se llamaba Amanda, se sentó con ella. Mia escuchaba ruidos fuera de la habitación, teléfonos sonando y puertas que se abrían y se cerraban, pero Amanda parecía no darse ni cuenta. Llevaba puesto el uniforme, pero debía de tener el día libre, porque, en lugar de trabajar, se limitó a mirar cómo comía Mia y luego, cuando hubo acabado, sacó unos papeles de colores y unos lápices y le preguntó a Mia si le apetecía dibujar.

Mia no estaba acostumbrada a dibujar, pero Amanda era tan amable que no quería que se enfadara, así que cogió un lápiz de color y empezó a dibujar unos árboles. Amanda le dijo que podía usar más de un lápiz; de hecho, podía utilizar todos los colores que quisiera e incluso podía dejar de dibujar cuando le apeteciera. Mia se alegró de que se lo aclarara, porque no estaba segura de cuáles eran las normas.

Amanda se puso a dibujar también y luego le hizo algunas preguntas de un modo muy amable. Mia se esforzó por contestar lo correcto. Sabía que, si se equivocaba, Amanda podía enojarse, así que fue cautelosa.

—Mia es un nombre precioso —comentó Amanda—. ¿Cuál es tu apellido?

Mia se encogió de hombros. Sabía que el apellido de Jacob era Fleming y el de la señora y el señor también. Lo había visto en los sobres que llegaban por correo. Una vez pensó que su apellido también era Fleming, pero Jacob le dijo que no era así. Tenía un apellido, añadió Jacob, pero no sabían cuál era.

–¿No lo sabes o no quieres decírmelo?

Mia se pensó la respuesta. Jacob le había dicho que podía contestar a todas las preguntas y Amanda parecía simpática.

–No lo sé.

–No pasa nada. Hay cosas que no sabemos.

Mia suspiró aliviada. Jacob tenía razón. Amanda no iba a enfadarse con ella.

–Sé cuál es el apellido de Jacob. Es Fleming.

–¿Jacob es el chico que ha venido contigo?

Mia asintió con la cabeza.

–Jacob es bueno conmigo.

–¿Jacob y tú vivís en la misma casa? ¿Con su madre y su padre?

–Sí.

–¿Vive alguien más en la casa?

–No.

Sin levantar la mirada del papel, Amanda dijo:

–Mira, Mia, he pensado que voy a dibujarte la casa en la que vivo yo. ¿Te apetece a ti dibujar tu casa?

Mia la miró, evaluando la situación. No estaba segura de qué contestar. Era evidente que Amanda quería que dijera que sí. El problema era que Mia no podía hacer aquel dibujo porque, en realidad, no sabía qué aspecto tenía la casa de Jacob desde fuera. Solo la había visto desde el coche cuando habían ido a la feria estatal y de eso hacía ya mucho tiempo y no se acordaba bien. Y había salido por la puerta de atrás al patio varias veces, pero no se había detenido a mirar la casa porque estaba demasiado entretenida contemplando los árboles y el cielo y a Griswold dando saltitos en la hierba. «Griswold». Hacía mucho rato que Mia no estaba en casa. La echaría de menos y se preguntaría dónde estaba. Pensarlo la hizo ponerse triste. Mia ya había llorado una vez aquel día y no estaba dispuesta a permitir que pasara de nuevo, así que pestañeó para contener las lágrimas y apartó los ojos de Amanda.

–No pasa nada –la tranquilizó Amanda–. No tienes que dibujar tu casa. Era solo una idea.

Mia hizo un gesto de asentimiento con la cabeza.

—Vale.

—¿Qué te gustaría dibujar?

—¿Puedo dibujar a Griswold?

—Claro. ¿Qué es un Griswold?

Mia sonrió.

—Griswold es un perro. Y Jacob dice que yo soy su persona favorita.

—Pues claro que puedes dibujar a Griswold. Me encantaría saber cómo es.

Mia escogió un lápiz marrón del color del pelo de Griswold.

Estuvieron pintando un rato largo. A Amanda le encantó su dibujo de Griswold y también el dibujo que Mia hizo de su habitación en el sótano. Quiso que le explicara todo sobre la librería y el hecho de que la habitación de Mia fuera un secreto especial. Entonces Mia empezó a sentirse mejor contándole cosas a Amanda, así que hizo un dibujo de la señora, el señor y Jacob juntos. El pelo de la señora no era del rojo exacto, pero el resto le quedó muy bien. Incluso le dibujó el pelo desmelenado a Jacob.

—¿Y tú por qué no sales en el dibujo? —preguntó Amanda.

—No salgo porque es martes y tengo que fregar el plato de la ducha. Siempre lo dejo muy limpio —respondió orgullosa.

—Lo entiendo. ¿Y tenías tareas distintas cada día?

Mia asintió con la cabeza.

—A veces hacía alguna extra para que la señora se pusiera contenta.

Amanda le hizo un montón de preguntas sobre sus tareas domésticas. Mia le habló del día que fueron a la feria estatal y le dijo que algunas veces había salido al patio de atrás, pero no muchas, porque alguien podía verla y entonces se la llevarían, y eso la asustaba muchísimo. Se inclinó sobre la mesa y le susurró:

—A veces la señora se enfada mucho mucho, así que, por favor, no le diga que le he contado tantas cosas.

—No se lo diré. —Amanda sonrió—. ¿Qué hace la señora cuando se enfada?

—A veces no hace nada. —Las veces en que no hacía nada eran

horribles porque la miraba de una manera que la hacía estremecerse. Por su mirada, Mia sabía que dentro de la señora estaba cuajando algo espantoso y nunca sabía qué era ni cuándo iba a salir. Las veces en las que la señora reaccionaba de inmediato eran aterradoras, pero más llevaderas–. A veces pega, grita y empuja. A veces solo grita. Una vez le lanzó unos platos al señor y se hicieron añicos y se armó un buen lío que tuvimos que limpiar entre todos.

–Suena aterrador –comentó Amanda–. Entonces hacía mucho tiempo que no salías de casa, ¿no es así?

–Hoy he salido. –Mia miró a su alrededor–. ¿Sabe cuándo podré volver a casa? Tengo que darle de comer a Griswold.

No dijo cuánto lo echaba de menos. Eso era algo privado.

En lugar de responder a su pregunta, Amanda dijo:

–A veces resulta duro conocer a personas nuevas e ir a lugares nuevos, pero ahora nos lo estamos pasando bien, ¿no? –Al ver que Mia asentía con la cabeza, añadió–. Los cambios son una cosa positiva. Intenta no tener miedo de los cambios, Mia, ¿de acuerdo? Hay mucha gente que quiere ayudarte.

–De acuerdo –contestó Mia, aunque lo que Amanda decía no tenía ningún sentido.

Mia no conocía a mucha gente, así que ¿quiénes eran esas personas y por qué querían ayudarla? ¿Y ayudarla a qué? Era muy confuso estar fuera de casa, abrumador, y no creía que le gustaran los cambios. Pero era una niña buena y, si Amanda le decía que no tuviera miedo, lo intentaría con todas sus fuerzas.

Siguieron pintando y luego Amanda le propuso jugar a las muñecas, pero Mia no conocía las normas para jugar con muñecas y no sabía muy bien cómo hacerlo. En un momento dado, otra mujer llamó con los nudillos a la puerta y Amanda se excusó para ir a hablar con ella. Hablaban tan bajito que Mia no entendía bien lo que decían. Cuando Amanda regresó a la mesa, le dijo:

–Mia, esta señora es una asistenta social. Trabaja con niños cuando tienen problemas. Se llama Franny Benson.

Franny Benson se agachó para poder mirar a Mia a los ojos.

–Hola, Mia. Encantada de conocerte.

Mia vio su larga melena gris metida por detrás de las orejas y sus ojos oscuros con largas pestañas. Franny Benson tenía arrugas alrededor de los ojos y una gran sonrisa. Tenía los dientes un poco torcidos y llevaba unos pendientes que eran unos monitos de plata; era como si los llevara colgados de las orejas, sujetos por un brazo. Aquella señora parecía una abuela de la tele. En las series televisivas que Mia veía, las abuelas siempre eran muy buenas.

—Hola —la saludó con timidez.

Franny Benson se sentó en la mesa.

—Puedes llamarme Franny, si quieres. —Observó los dibujos de Mia y le dijo que eran geniales—. Son muy bonitos —opinó, y Mia sonrió de oreja a oreja con orgullo.

Franny pidió a Mia que identificara a las personas del dibujo y le repitió algunas de las preguntas que le había hecho Amanda, pero esta vez a Mia le resultó más fácil. Franny no parecía querer que Mia contara nada. Daba la sensación de que le preguntaba porque le importaba de verdad. Cuando Mia hubo acabado, Franny dijo:

—Mia, escucha. Amanda tiene que volver al trabajo y apuesto a que tú también estás cansada de estar aquí.

Mia asintió con la cabeza.

Franny continuó:

—Yo cuidaré de ti ahora y me gustaría llevarte a un lugar donde estarás segura. Iremos en mi coche. Tengo cosas para picar y podemos escuchar música. Puedes hacerme todas las preguntas que quieras y te prometo que te diré la verdad. ¿Qué tal te suena eso?

—¿Por qué no puedo volver a casa?

—Las personas con las que vivías, los Fleming, no estarán allí y no puedes quedarte sola. —Franny sacudió la cabeza a ambos lados con tristeza—. Sé que esto te resulta difícil, pero no podemos evitarlo. Los niños no pueden estar solos en las casas. La ley dice que tienen que estar siempre acompañados de un adulto.

—Yo me quedo sola en casa muchas veces.

—Ya lo sé, pero se supone que no tendría que ser así. —Le sonrió compasiva—. Hay una ley que lo dice. Es para asegurarse de que los niños estén seguros.

—Jacob podría quedarse conmigo.

—Cielo, Jacob todavía no es un adulto y tampoco estará allí.

—¿Y dónde estará? —lo preguntó con una voz más altisonante de lo que pretendía.

Todo estaba cambiando a mucha velocidad.

—No lo sé. Le encontrarán un lugar seguro donde quedarse mientras todo esto se soluciona.

Mia notó que las lágrimas le caían por las mejillas. No podía retenerlas, pero al menos no hacía ruido.

—Yo no quiero ir a otro sitio.

—Ya lo sé. No es fácil, ¿verdad? —Franny sacó su teléfono—. Dame un minuto, Mia. Tengo que hacer una llamada telefónica. Creo que conozco a alguien que puede ayudarnos.

Se puso en pie y salió al pasillo a hablar.

Durante su ausencia, Amanda le dio un clínex a Mia.

—Todo saldrá bien, Mia. Ya lo verás.

Cuando Franny regresó a la habitación, dejó el teléfono sobre la mesa, delante de Mia.

—Hay alguien que quiere hablar contigo, Mia.

—¿Mia?

La voz que salía del teléfono era la de Jacob.

—¡Jacob!

—¡Hola, renacuaja! Tengo que ir a ver a mi tío y no estaré en casa durante un tiempo. Franny Benson es una señora muy buena y tienes que irte con ella, ¿de acuerdo? Me ha dicho que podéis parar de camino a comer algo y que incluso puedes tomarte un Sprite si quieres.

Mia alzó la mirada y vio a Amanda y a Franny que la observaban con expresión de ternura.

—¿Y qué pasa con Griswold? Hay que darle de comer.

—Niki tiene mis llaves de casa y se ocupará de Griswold hasta que yo vuelva, así que no te preocupes por él.

—Pero, Jacob… —empezó a decir Mia, y se detuvo porque le temblaba la voz—, ¿y qué pasa con tu madre y tu padre?

—Ellos también quieren que vayas con Franny —le respondió él—.

Tampoco van a estar en casa durante mucho tiempo. –Hizo una pausa, y luego añadió–: Todo irá bien, Mia. Tú vete con Franny. ¿Acaso te he mentido yo alguna vez?

–No.

–Estarás bien, Mia. Ya lo verás. Todo va a salir bien.

–Vale. Si tú lo dices. –Cuando Jacob se despidió de ella y ella de él, Mia se volvió hacia Franny y le dijo–: Estoy lista para irme.

Capítulo 52

Cuando el tío Cal llegó, Jacob ya se había desahogado con los agentes de policía. Extraoficialmente y de manera voluntaria, claro está, porque todavía era un menor. Se sentía tan bien después de poder contar finalmente la historia a su manera. Y cuando la asistenta social, Franny Benson, lo telefoneó justo después de eso, enseguida accedió a hablar con Mia para asegurarle que no pasaba nada porque fuera con Franny en el coche, que estuviera tranquila. Al concluir la conversación, le entristeció caer en la cuenta de que tal vez nunca volvería a ver a Mia.

Tres horas después, el tío Cal y él estaban en otro lugar, una comisaría cerca de casa de Jacob, donde tuvo que responder a más preguntas aún. Su padre se reunió con ellos en el pasillo, junto con un abogado. Jacob no se había alegrado tanto de ver a alguien en toda su vida. Lo abrazó con fuerza. Cuando se separaron, su padre le dijo:

—No te preocupes por nada, Jacob. Yo me encargaré de todo. —A continuación se volvió hacia el tío Cal y le dio un apretón de manos—. No tengo suficientes palabras para agradecerte lo que estás haciendo por nosotros. Gracias, Cal.

—De nada —respondió el tío Cal—. Para eso está la familia.

Desde que había muerto su abuelo, no habían ido a visitar a su abuela ni a su tío y rara vez habían hablado con ellos por teléfono. Su madre decía que era porque criticaban a Jacob, que se reían de él por estar gordo y se burlaban de que sacara malas notas. «¡Nadie habla así de mi hijo!», había exclamado indignada. Pero ahora Jacob estaba seguro de que todo era mentira. Cal parecía un buen hombre. Y estaba claro que entendía cómo funcionaba la cabeza de Suzette.

En lugar de juzgar a Jacob por no haber denunciado antes el encarcelamiento de Mia, Cal se había mostrado comprensivo:

–Suzette siempre ha tenido un don especial para acorralar a las personas. No te fustigues, Jacob. Tú también eras solo un niño.

Ahora, en la comisaría, el tío Cal y él estaban sentados fuera, en un banco, mientras su padre y el abogado hablaban con la policía. Dispusieron de mucho tiempo para conversar.

–Tu padre me ha dicho por teléfono que probablemente tanto a él como a tu madre los acusarán e irán a prisión. Espero que no sea así, pero, en caso de que eso ocurra, quiero que sepas que no estás solo. Puedes venirte a vivir conmigo si quieres o, si prefieres acabar el bachillerato, la abuela se ha ofrecido a instalarse aquí contigo hasta final de curso. Puede quedarse en tu casa o alquilar un apartamento para los dos durante unos meses. –Le dio a Jacob una palmadita en el brazo–. Ya lo solucionaremos.

Al cabo de dos horas, un agente se acercó a donde estaban sentados y les pidió que lo acompañaran a la sala donde habían trasladado a su padre para el interrogatorio. Cuando Cal y Jacob se sentaron a la mesa, su padre le dijo a Jacob:

–Los detectives quieren hacerte unas preguntas y quiero que les respondas la verdad.

–Claro, papá –contestó Jacob, posando los ojos primero en los dos detectives, luego en su padre y finalmente en el abogado.

Todo el mundo parecía estar muy relajado. Quizá su padre fuera a librarse después de todo.

Como si hubiera escuchado sus pensamientos, su padre le dijo:

–Hemos llegado a un acuerdo y parte de dicho acuerdo consiste en que a ti no te acusarán de ningún delito, así que no tienes que preocuparte por eso, ¿entendido? Ya me he encargado yo de todo.

Eso comportaba que su padre había asumido toda la responsabilidad. Jacob notó que se le empañaban los ojos y parpadeó rápidamente para reprimir las lágrimas. Asintió con la cabeza para indicar que lo entendía.

Las preguntas de los detectives guardaban relación con el momento en que encontraron a Mia. Jacob describió el trayecto desde la casa de su abuela hasta Wisconsin. Detalle a detalle, fue sacándolo todo a medida que los policías le formulaban más y más preguntas. Respondió lo mejor que supo, intentando ceñirse a los hechos, tal como le recordaban que hiciera una y otra vez.

Cuando hubo dicho y hecho todo, el detective de más edad le agradeció su colaboración y le dijo que era libre para irse a casa con su tío.

—Se pondrán en contacto contigo desde Servicios Sociales —le indicó—. Lo normal es que se inicie un proceso para asegurarse de que, como menor, tienes a un pariente designado con el que permanecer, pero, como cumples dieciocho años dentro de dos semanas, apuesto a que con un acuerdo informal bastará.

Entonces habló el tío Cal:

—Les prometo que o bien su abuela o bien yo permaneceremos con Jacob hasta que acabe el año escolar. O más tiempo, si es lo que él quiere.

—Me reconforta mucho saberlo —le agradeció el padre de Jacob—. Gracias, Cal.

—Pero ¿y qué pasa con Mia? —preguntó Jacob.

El detective lo miró a los ojos.

—Mia está en buenas manos. Los Servicios Sociales están cuidando de ella y haremos lo que podamos para comprobar si tiene parientes. Si no conseguimos encontrar a ningún familiar…

—¡Mia tiene familia! —exclamó Jacob—. Tiene abuelos y un tío. Puedo darles sus nombres.

Capítulo 53

Al día siguiente, Amy entró en casa con sus propias llaves y se dirigió a la cocina, donde Niki y Sharon aún estaban desayunando.

–¡Amy! –exclamó Sharon, poniéndose en pie para ir a recibirla–. ¿Por qué no me has dicho que venías? Te habríamos ido a buscar al aeropuerto.

Amy levantó una mano.

–No me vengas con esas –dijo Amy–. Os tengo a las dos apuntadas en mi lista.

–¿Qué lista? –preguntó Niki.

Fred le había dado el día libre, así que todavía estaba con una camiseta y los pantalones del pijama puestos, lo cual contrastaba con el abrigo de lana y el traje de chaqueta de Amy.

–¿Te apetece un café?

Sharon se puso en pie para sacar una taza del armario.

Amy hizo caso omiso de ambas preguntas.

–Me pareció buena idea que las dos vivierais juntas. –Señaló a su madre–. Pensé que a ti te iría bien tener un poco de compañía en casa. –Y luego se volvió y le hizo un gesto a Niki–. Y pensé que a ti te iría bien vivir con una persona mayor que fuera una buena influencia y te diera estabilidad. Jamás se me pasó por la cabeza que os fuerais a alentar la una a la otra y acabarais metidas en líos con la ley. No, no se me ocurrió. Y sí, me apetece un café. –Se quitó el abrigo y lo colgó del respaldo de una silla. Luego se sentó enfrente de Niki–. Con una nube de leche, por favor.

Sharon le preparó la taza de café y se la dejó delante.

–Tener a Niki aquí ha sido una bendición, tanto para mí como

361

para esa niñita llamada Mia, que ahora por fin es libre tras años de servidumbre. No te enfades, Amy. Juntarnos fue buena idea.

Sharon alargó el brazo y la abrazó desde detrás, apoyando la mejilla en la cabeza de su hija.

Niki las observó, con una sonrisa cada vez más amplia. Sharon había dicho que tenerla era una bendición y era evidente que lo pensaba. Incluso Sarge parecía feliz de que viviera allí, subía cada noche a su habitación y maullaba ante la puerta pidiéndole que lo dejara entrar. Por una vez en la vida, estaba en casa de alguien y no se sentía una intrusa.

El día anterior, Sharon había conducido hasta Harlow con la asistenta social, Franny Benson, para recoger a Niki en la comisaría. Niki se había alegrado tanto de verla que, sin pensárselo dos veces, se había lanzado a sus brazos y Sharon le había devuelto el abrazo. Los policías habían tomado declaración a Sharon, y también a Franny, y luego Franny se había marchado de la comisaría para ir a ver a Mia. Antes de que Sharon llegara, los agentes parecían escépticos con respecto a la versión de la historia que les había contado Niki. Uno de ellos, un hombre fortachón con el pelo cano rapado, le había preguntado varias veces:

—Entonces, ¿dices que hasta hoy no sabías que esta niñita estaba secuestrada y retenida de manera ilegal en casa de tu vecino?

Y luego había insinuado que, dado que Jacob y ella eran buenos amigos, ella también tenía que estar involucrada o, por lo menos, tener un cierto conocimiento de que se estaba cometiendo un delito. Niki le explicó que apenas conocía a Jacob, pero intuyó que el agente tampoco se lo creía.

—Entonces, ¿te tomaste el día libre en el trabajo, le pediste el coche prestado a tu jefe y condujiste hasta aquí para ayudar a alguien a quien prácticamente no conocías? —le preguntó.

Planteado así, ciertamente sonaba improbable. Durante todo el tiempo que duró el interrogatorio, Niki temió que la arrestaran, pero su miedo se disipó en cuanto llegaron las dos mujeres.

Cuando Franny y Sharon prestaron sus declaraciones, Sharon no se limitó a explicar los hechos, sino que además añadió:

–No pueden ni imaginarse lo orgullosa que estoy de Niki. Ambas sospechábamos que pasaba algo en casa de los Fleming, pero fue ella la que se negó a olvidarse del tema. Estoy segura de que mucha otra gente habría mirado hacia otro lado, pero mi Niki no. ¿Quién sabe qué le habría pasado a esa niñita de no ser por ella? No sé si su departamento condecora a los ciudadanos, pero, si lo hace, desde luego Niki se merece una medalla.

«Mi Niki no».

Tal vez el cambio de actitud de aquel policía hacia ella fuera fruto de su imaginación, pero no se lo parecía. Antes de que Sharon llegara, daba la impresión de que consideraban a Niki una posible sospechosa; cuando Sharon hubo acabado de hablar, Niki era una heroína. Por supuesto, también ayudó que tanto Jacob como su padre la absolvieran de toda responsabilidad con respecto a Mia, pero eso no lo supo hasta mucho después.

Habían regresado a casa en el coche de Fred, con Sharon al volante y Niki en el asiento del copiloto. De camino, Niki había telefoneado a Fred, que le había dicho que no tuviera prisa, que su hermano lo llevaría a casa. Después de aquello, había telefoneado a Amy, que pareció anonada por todas las novedades. Amy apenas dijo nada. Pero eso había sido el día anterior. Al día siguiente, Amy había recuperado la voz.

–No te vas a librar de esto tan fácilmente, mamá –le dijo–. Tú eres la adulta, y es a ti a quien considero la responsable –lo dijo con tono brusco, pero su expresión se había suavizado, y se había recostado en el abrazo de su madre.

Sharon le dio una última palmadita y volvió a sentarse en su sitio.

–¿Has venido desde tan lejos para reñirme?

–No, he venido porque dijiste que las autoridades locales os habían pedido que fuerais a presentar declaración al centro esta tarde. Y he pensado que os puedo servir como abogada.

–Dijeron que era una mera formalidad –apuntó Niki–, que serían las mismas preguntas que respondimos ayer.

–Pero aun así necesitaréis estar en presencia de un abogado.

Sharon le dio un sorbo a su café.

—Creía que el derecho penal no era tu especialidad…

—Tienes razón, pero ellos no lo saben. Y, además, sé lo suficiente como para evitar que cualquiera de las dos os metáis en más problemas.

—Esa es una de las ventajas de tener una hija abogada —sentenció Sharon.

Amy se había relajado y entablaron conversación, hablaron del vuelo de Amy desde Boston y de cuánto tiempo se quedaría con ellas. Resultó que solo pensaba quedarse una noche, para decepción de Sharon.

—¿No puedes quedarte un poco más? Aunque sea solo un día…

—Hace veinte minutos ni siquiera sabías que vendría ¿y ahora te quejas porque no voy a quedarme más tiempo?

Niki se recostó en su silla y observó la charla cargada de comentarios sarcásticos en ambas direcciones. A simple vista, parecían un estudio de contrastes. La mujer mayor con sus zapatos cómodos frente a la abogada de la zona alta. Tenían una personalidad completamente distinta, pero era innegable que conectaban y que se querían.

Pasaron a hablar del tiempo y del calor que hacía para la época del año en la que estaban. Sharon comentó que esperaba que el deshielo no comportara inundaciones. Mientras ellas conversaban, Niki se evadió mentalmente a los acontecimientos del día anterior. Cuando se produjo una pausa en la conversación, preguntó de sopetón:

—¿Qué hay que hacer para ser asistenta social?

Sharon bajó su taza de café y sonrió. Al otro lado de la ventana, más allá de Sharon, Niki vio un pajarillo marrón en el comedero.

—Pues se empieza por estudiar un grado en Trabajo Social —respondió Amy—. ¿Crees que podría gustarte?

—Sí. O al menos sé que me gustaría trabajar con niños en acogida. —Para rellenar el silencio, añadió—: Creo que se me daría bien.

Sharon replicó:

—Yo creo que se te daría genial.

—Y yo también —remachó Amy.

La idea de asistir a la universidad era tan remota para Niki que le resultaba casi inimaginable y, sin embargo, la llenó de emoción y esperanza.

—¿Cuánto se tarda en obtener el título?

—Una licenciatura son cuatro años —respondió Amy—, pero no es infrecuente que se tarde un poco más. Un semestre adicional o dos, a veces.

—Ah. Cuatro años...

Como mínimo, y si le añadía otro año más, cinco. Le dio un vuelco el corazón. Era demasiado tiempo para asistir a clase, hacer trabajos y estudiar. Y aún tardaría más en poder trabajar como asistenta social y ayudar a niñas como Mia.

—Para entonces tendré ya veintidós o veintitrés años —observó.

Faltaba mucho tiempo. ¿Cómo se mantendría y pagaría las tasas de cuatro o cinco cursos? ¿Podía alguien como ella conseguir un crédito estudiantil? No conocía a nadie que lo hubiera solicitado.

Sharon rio.

—Tendrás esa misma edad hagas lo que hagas. ¿Y no preferirías ser una asistenta social de veintitrés años que seguir trabajando en un empleo que no te llena?

—Por supuesto. Pero es... mucho.

Y, si tenía que ir a la universidad a jornada partida, tardaría incluso más. Sería una anciana cuando se licenciara.

—¿Mucho? —le preguntó Amy, interrumpiendo con su voz las dudas de Niki—. ¿Mucho qué?

—Mucho tiempo. Y mucho dinero —respondió Niki con desaliento.

De manera inconsciente, bajó los hombros en gesto de derrota y concentró la atención en el vaso de zumo casi vacío que tenía delante. Se lo llevó a los labios y bebió el último sorbo.

—¿Te parece abrumador? —preguntó Sharon—. ¿Casi inviable?

Niki afirmó con la cabeza, preguntándose cómo podía Sharon intuir tan a menudo justo lo que estaba pensando.

—Pues no te preocupes. Nosotras te guiaremos y te ayudaremos a hacerlo. —Se volvió hacia Amy—. ¿Verdad?

—Por supuesto —respondió Amy—. Te lo ofrecí en el pasado y mi oferta sigue en pie. Yo me encargaré de pagarte la universidad siempre que saques buenas notas. No es un préstamo. Es un regalo. Porque tengo dinero para hacerlo y te lo mereces.

—Y si no te importa estudiar en la universidad estatal, puedes seguir viviendo aquí e ir y volver cada día —le ofreció Sharon—. Me gusta tenerte por aquí.

Niki no acertaba a ponerle un nombre a lo que sentía en aquel momento. Asintió con la cabeza, con los ojos llenos de lágrimas. Amy alargó la mano y le dio un apretoncito en el brazo.

—No estás sola, Niki. Te ayudaremos en cada paso que des.

—No hay vuelta atrás. Ahora estás atrapada con nosotras —añadió Sharon alegremente—. Y estaremos encantadas de ayudarte.

Por primera vez desde la muerte de su madre, Niki tuvo la sensación de pertenecer a una familia. Miró primero a Sharon y luego a Amy, con un nudo de felicidad en la garganta, y únicamente fue capaz de pronunciar una palabra:

—Gracias.

Capítulo 54

Unos meses después de recibir la confirmación de la muerte de Morgan, el detective Moore volvió a visitar a los Duran. Como había ocurrido la vez anterior, Wendy lo acompañó hasta el salón, donde se sentó frente a ella y a Edwin.

—¿Sí? —le preguntó impaciente—. ¿Tiene algo que decirnos?

Hablaba con una expectación palpable, con un hormigueo bajo la piel.

—Así es. En realidad, tengo dos noticias que darles. La primera es que el novio de Morgan, Keith, ha muerto.

—¿Cómo? —preguntó Wendy casi en un susurro—. ¿Cómo murió?

—Un altercado en un bar la semana pasada —aclaró el detective Moore—. Lo expulsaron del bar, se puso agresivo y sacó un arma. Casualmente, el dueño del bar tenía una pistola detrás de la barra. Le disparó en defensa propia y Keith murió allí mismo.

—Lo entiendo —dijo Wendy.

—Su nombre completo era Keith William Caswell.

—¿Y cómo lo han relacionado con Morgan? —quiso saber Edwin.

—El señor Caswell llevaba en la cartera una vieja tarjeta de crédito de unos grandes almacenes que pertenecía a Morgan. Uno de los detectives hizo unas indagaciones y contactó con nuestro departamento. También buscaron a la familia más allegada de Keith y averiguaron que su madre está muerta y su padre en la cárcel.

«Suena razonable». Wendy necesitó un momento para procesar la información y luego le vino a la cabeza otro pensamiento:

—¿Y qué hay del bebé?

—Esa era la segunda cosa que quería explicarles —respondió el detective Moore–. No guarda relación con la muerte de Caswell, pero ha habido otro avance. Hemos encontrado a su nieta.

«Hemos encontrado a su nieta». Wendy se quedó sin aliento al oír aquello.

El detective Moore le explicó que, en realidad, la policía no la había encontrado, sino que se la habían llevado, pero que el resultado final era el mismo. Tenían una nieta, una niña llamada Mia. Edwin tenía un millón de preguntas, mientras que Wendy solo tenía una:

–¿Cuándo podemos verla?

Se habrían montado en el coche y habrían ido a buscarla aquel mismo día, pero había cuestiones legales que resolver primero, obtener la confirmación del ADN y otros trámites burocráticos. Sin embargo, el detective Moore les prometió acelerarlos porque se trataba de un caso extremo.

Wendy contó los días hasta poder abrazar a aquella niñita.

El día que Edwin y Wendy conocieron a Mia, no sabían lo que iba a pasar. La historia de sus últimos tres años era increíble, y espeluznante. ¿Cómo gestionaba un niño ese tipo de trauma? Por entonces Mia llevaba ya un tiempo en una casa de acogida temporal y la asistenta social les había sugerido que la visitaran al menos una o dos veces antes de llevársela con ellos a casa. La precaución había llevado a Wendy a anticipar que Mia no se mostraría receptiva con ellos. Sin embargo, cuando entraron en la casa y la madre de acogida los condujo adonde Mia estaba viendo una película de Disney con otras dos niñas más o menos de su edad e hizo las presentaciones, Wendy se agachó para mirarla a los ojos y se sorprendió cuando Mia le preguntó, sin más preámbulo:

–¿Habéis venido a llevarme a casa?

Tenía los ojos brillantes, el cabello de color avellana y se parecía tanto a Morgan cuando era niña que Wendy sintió una inmensa alegría y también ganas de llorar.

No se llevaron a Mia a casa aquel día, sino unos días más tarde. A Wendy le costaba creer que todas las pertenencias de Mia cupieran en una pequeña bolsa de plástico de supermercado. No tardaron en enmendar la situación, comprándole ropa nueva y juguetes. Descubrieron que Mia era una niña fácil de contentar, pero también que temía que se enfadaran. Si Wendy o Edwin se acercaban a ella para darle un abrazo, se encogía por miedo a que le pegaran. Y a ellos se les partía el corazón.

La asistenta social les explicó que habría un período de luna de miel, seguido por un período de rebeldía.

—Mia ha sufrido un trauma tremendo —les indicó—. Es como si le hubieran estado dando veneno durante tres años, y tiene que expulsarlo todo para sanar. Por desgracia, será con ustedes con quienes lo descargará.

Mia tenía pesadillas en las que estaba atrapada, y también tenía ataques de llanto y era incapaz de explicar por qué estaba tan triste, pero hasta el momento no había hecho ni dicho nada que Wendy encontrara desproporcionado. La mayor parte del tiempo era una niña feliz. La visitaba una psicóloga, una mujer muy amable llamada Michelle, que los ayudaría a superar los obstáculos que encontraran en el camino.

Un niño no sustituía a otro, pero Wendy descubrió que tener a Mia aliviaba el profundo dolor por la pérdida de Morgan. Mia se había encariñado enseguida con su tío, Dylan, a quien había equiparado con Jacob, pero aún no la habían presentado al resto de la familia, porque preferían dejar que fuera amoldándose poco a poco. Además, optaron por darle educación en casa por el momento. Wendy pidió una excedencia en el trabajo, y no lo echaba ni un ápice de menos.

Mia nunca hablaba de los malos tratos que había sufrido en casa de los Fleming, pero sí hablaba en general de lo bueno que Jacob había sido siempre con ella y de cuánto la quería Griswold.

—Me daba besos cada día —contaba.

A Wendy le preocupaba que Mia estuviera reprimiendo malos recuerdos, pero Michelle la tranquilizó.

—Dele tiempo. Ella se lo hará saber cuando sea el momento de hablar.

Cuando Jacob llamó al teléfono fijo de su casa cinco meses

después de que se llevaran a Mia, a Wendy le desconcertó tener noticias suyas. Entonces recordó que su número podía encontrarse haciendo una búsqueda en internet. Tuvo la impresión de que Jacob esperaba que lo enviara al diablo y le colgara. Le explicó quién era tartamudeando y le pidió disculpas por molestarla durante tanto rato, que al final Wendy lo interrumpió con un:

—¿Me puedes decir cuál es el motivo de tu llamada?

Jacob le habló con educación, por supuesto, pero Wendy no estaba dispuesta a pasarle el teléfono a Mia. Cuando Jacob le contó lo que tenía en mente, Wendy se quedó paralizada y le dijo que primero tenía que consultarlo con la psicóloga de Mia y que, una vez lo hubiera hecho, se pondría en contacto con él.

Edwin y ella estaban en la consulta de la terapeuta cuando Michelle dijo:

—Mia, me pregunto qué te parecería volver a ver a Jacob. ¿Cómo te sentirías?

Mia dio un brinco en su asiento y se volvió para mirar hacia la puerta.

—¿Jacob está aquí?

Lo preguntó con una voz llena de alegría.

—No —respondió Michelle con tono neutro—. Pero le gustaría verte en algún momento en las próximas semanas. Sin embargo, eres tú quien decide.

Hablaron de que Jacob la visitara en casa con su tío, una visita corta.

—A tus abuelos les gustaría estar contigo todo el tiempo, y puedes poner fin a la visita cuando quieras. Todo sigue igual. Solo será una visita corta. No tendrás que irte a ningún sitio con Jacob.

Para sorpresa de Wendy, Mia se puso muy contenta de pensar en volver a verlo. La psicóloga les había dicho en privado que podía ser una manera de cerrar una etapa, pero que deberían permanecer con ella en todo momento y poner fin a la visita si la alteraba.

Había llegado el día de la visita y, hasta el momento, Mia seguía pareciendo feliz de volver a ver a Jacob. Lo primero que hizo fue hacerse la cama y ordenar los animales de peluche sobre el tocador.

—¡Ya veréis cuando Jacob vea mi habitación! —exclamó—. Abuela, ¿puedo enseñarle toda la casa?

—Por supuesto —respondió Wendy—. Puedes hacer lo que quieras.

Wendy había hablado con Jacob varias veces más y se sentía más cómoda con su visita. Jacob parecía sinceramente preocupado por Mia y quería comprobar en persona cómo le iba la vida. Le pidió permiso para hacerle un regalo a Mia. Y, evidentemente, Wendy se lo concedió.

Había muchas expectativas puestas en aquel día. Wendy esperaba que no le fallara el instinto. Rezó por no estar equivocándose. Su nietecita ya lo había pasado bastante mal en la vida.

Capítulo 55

Llegaron justo a tiempo, gracias a la meticulosa planificación del tío Cal. Jacob había dejado que fuera su tío quien condujera, pues él estaba nervioso por la reacción que podría tener Mia al volverlo a ver. La abuela de Mia le había dicho que la renacuaja estaba emocionada por su visita, pero tenía un mal presentimiento. Aunque él y Mia habían pasado tres años juntos y habían mantenido la relación más estrecha que pueden tener dos críos, la dinámica había sido errónea. Mia no era su hermana, ni una invitada, ni siquiera una niña en acogida. Mia había sido una prisionera y ahora, tras haberse reunido con su familia, tenía que apreciar la diferencia de tener una familia que la quería y un hogar. Un lugar donde no la trataran como a una criada y la tuvieran encerrada en una habitación oculta en el sótano. La habían privado de tantas cosas que a Jacob le preocupaba que verlo pudiera desencadenarle malos recuerdos o sentimientos de cólera. No la culparía por ello y, tampoco si arremetía contra él, porque pensaba que quizá se lo merecía. Pero, aun así, estaba preocupado.

Su psicólogo le había explicado que él también había sido una víctima, cosa que le había ayudado a aliviar un poco su sensación de culpa. Mudarse a Minnesota y cambiar de escuela también había sido de ayuda. En lugar de ser el Cabeza LEGO, allí era el chico nuevo en un instituto donde los chicos nuevos suscitaban curiosidad. Había empezado de cero. Había hecho dos amigos y tenía previsto estudiar en la Universidad de Twin Cities el año siguiente. Su abuela y su tío lo trataban bien, con tanto cariño que al principio le había resultado sospechoso. Jacob descubrió que le costaba bajar la guardia. No era consciente de lo bien que lo había entrenado su madre a lo largo de los años hasta que intentó zafarse de todo lo que ella había impreso en él. Su abuela se había disculpado por todo el sufrimiento que había padecido Jacob.

–Tu madre fue egoísta desde que era niña. Yo solía preguntarme si era culpa mía, pero crie a Cal exactamente igual que a ella y él es una buena persona. –Se encogió de hombros, con mirada triste–. Siento no haber estado ahí para ayudarte, Jacob. Lo intenté muchas veces, pero me bloqueó el acceso.

Jacob había visitado a su padre en la cárcel dos veces, pero todavía no había reunido valor suficiente para visitar a su madre. Estaba furiosa con él, de eso no tenía ninguna duda. Siguiendo el consejo de su psicólogo, le había escrito una larga carta, pero ella no había respondido, y eso que Jacob había incluido una hoja de papel y un sobre con la dirección ya escrita. No podrían negarle que lo hubiera intentado. Había hecho el esfuerzo. Ahora la pelota estaba en el tejado de su madre.

Aparcaron en la acera, frente a la residencia de los Duran. Era una casa antigua de aspecto alegre, un chalé de dos plantas con un gran porche y tulipanes rojos y amarillos a ambos lados de las escaleras que conducían hasta la puerta de entrada. La lluvia reciente había refrescado el césped y había resaltado las tonalidades de verde.

–Es aquí –anunció el tío Cal. Apagó el motor y sonrió a Jacob–. Irá bien, Jacob. No te preocupes.

–Ya lo sé. –Intentó sonar seguro de sí mismo.

Cuando la abuela de Mia abrió la puerta, Jacob se presentó:

–¿Señora Duran? Soy Jacob, y este es mi tío Cal.

–Llamadme Wendy.

Abrió la puerta con la mosquitera y les indicó que entraran con un gesto. Aún no habían cruzado el umbral cuando Mia bajó corriendo por las escaleras.

–¡Jacob! –gritó llena de felicidad, y se quedó paralizada cuando vio que de su mano colgaba una correa con Griswold en el extremo, y que el perrito tiraba para llegar a ella. Se dejó caer de rodillas y abrió los brazos–. ¡Griswold!

Jacob soltó la correa y Griswold saltó en los brazos de Mia y empezó a lamerle el rostro y a gimotear de alegría. Si un perro pudiera sonreír, Griswold hubiera sonreído, tal como hacía Mia.

Jacob había visto un centenar de vídeos en internet de perros que se reunían con sus antiguos propietarios, pero no había visto nada comparable a la felicidad de Mia y Griswold.

Jacob se arrodilló al lado de Mia.

—¿Qué, renacuaja? ¿Te gusta tu regalo?

—¿Mi regalo? —Tenía a Griswold abrazado, pero asomó la cara para mirar a Jacob, que estaba señalando al perro. Mia chilló—: ¿Griswold es mi regalo? ¿Puedo quedármelo?

—Sí, ahora es tuyo. Yo empiezo la universidad en otoño y no estaré por casa. Necesita a alguien que lo cuide.

Mia alzó la vista hacia sus abuelos.

—¿Puedo quedármelo, abuela, abuelo? Es un perrito muy bueno. No dará ningún problema.

—Por supuesto que puedes quedártelo —respondió Edwin—. Jacob nos lo preguntó antes de traerlo. Queríamos que fuera una sorpresa.

Cal y Jacob se quedaron unas dos horas. Mia les enseñó la casa, mostrándoles todas las estancias como si le pertenecieran.

—Esta es mi cocina, y mi patio trasero, y mi cuarto de la lavadora…

Griswold no se despegó de sus talones en ningún momento, saltando a su lado como si no quisiera perderla de vista ni un instante.

Wendy sirvió unos aperitivos y charlaron de trivialidades en el salón. Jacob le habló a Mia de su nuevo instituto y Mia parloteó acerca de su habitación y de cuando iba de compras con su abuela.

Más tarde, cuando en el patio observaban cómo Mia le lanzaba una pelota de tenis a Griswold, Jacob le dijo a Wendy:

—Les agradezco mucho que me hayan permitido volver a verla. Está fantástica. Tan feliz…

—Mia también quería verte. Creo que era importante para ella. —Wendy soltó el aire—. Pero no sé si volveremos a hacerlo.

Esperó a comprobar la reacción de Jacob.

Jacob hizo un gesto de asentimiento.

–Lo entiendo. –Respiró hondo–. Me parece importante decirle que me siento fatal por no haber denunciado antes que mi madre tenía a Mia encerrada en nuestra casa. Sé que estuvo mal. Quise explicárselo a alguien un millón de veces, pero siempre acababa acobardándome. Lo siento tanto tanto.

Wendy asintió y dijo:

–Agradezco tus disculpas, Jacob.

–A veces me paso la noche despierto, preocupado por ella, y pienso en todas las veces que podía haberme encarado con mi madre y no lo hice.

–Seré sincera contigo, Jacob. Si hubieras llamado tres meses antes, te habría colgado el teléfono. La psicóloga de Mia nos ha estado ayudando a todos a gestionar nuestra ira y nuestra pérdida. Trabajar con ella me ha dado una nueva perspectiva. Tú también fuiste una víctima. Y ayuda saber que participaste en el rescate de Mia. Además, mi marido y yo te agradecemos que enviaras su muestra de ADN.

–Al menos era algo. –Tragó saliva–. Debería haberlo hecho antes.

–No tiene sentido que te flageles por ello. No podemos echar el tiempo atrás. Ahora Mia es feliz y está a salvo. Todo el mundo se merece empezar de nuevo, ¿no crees?

–Espero que sí –respondió él. Y luego añadió–: Gracias.

Cuando llegó el momento de irse, Mia le dio un fuerte abrazo a Jacob.

–Nunca fuiste mi hermano, ¿verdad?

–No –contestó él con tristeza–. Habría sido muy afortunado de tenerte como hermana, pero tú nunca has sido una Fleming, por suerte para ti. Tu casa está aquí, con tu abuelo y con tu abuela, Mia Duran.

Mia le dio unas palmaditas en la cabeza al perro.

–Gracias por el regalo.

Jacob la miró sonriendo.

–Griswold siempre fue tuyo, Mia. Siempre has sido su persona favorita.

Agradecimientos

Muchas gracias a mis primeros lectores por sus comentarios, sus reflexiones y por ser tan buenos detectando errores. Kay Ehlers, Charlie McQuestion, Michelle San Juan y Barbara Taylor Sissel, ¡sois los mejores!

Jessica Fogleman, la revisora, no solo me hizo de correctora, sino también de maestra. Tiene una mente excepcional para los detalles y cada vez que trabajamos juntas agradezco todos sus comentarios. Jessica, he aprendido muchísimo de ti a lo largo de los años y me emocionó que pudiéramos volver a colaborar. Como siempre, cualquier error que se haya colado en el texto, es mío, porque soy yo el origen del problema.

Muchísimas gracias a mis lectoras tempranas MaryAnn Schaefer y Ann Marie McKeon Gruszkowski por detectar errores de coherencia. Me siento halagada de que leyerais la historia con tanta atención y me ahorrarais motivos de bochorno.

Gratitud a raudales también para Kathi Cauley, por tomarse tiempo para responder a mis múltiples preguntas relativas a los servicios de protección a la infancia. Mi asistenta social fìcticia conocía las reglas, pero se salió un poco del guion, cosa que a veces ocurre en las novelas. Asumo toda la responsabilidad por cualquier divagación.

Quiero dar también las gracias a mi equipo de revisores (Karen's Cool Kids) por leer este libro de antemano y ayudarme a hacer correr la voz. Su aliento y críticas sinceras fueron importantísimas para mí. Me siento muy afortunada de contar con ellos.

Y al equipo McQuestion en casa –Greg, Charlie, Rachel, Maria, Jack y Boo–, todo mi amor. Vosotros me mantenéis cuerda y feliz.

Para acabar, un saludo a mis lectores. Vosotros sois el motivo por el que escribo novelas. Vuestro apoyo y vuestras reseñas me alientan a seguir escribiendo y espero no decepcionaros nunca. Desde lo más hondo de mi corazón, gracias.

Índice